KB065067

향가와 선풍

鄕歌 仙風

향가와 선풍

윤철중

보고사
BOGOSA

책머리에

욕심이지요.

여기저기 발표한 논문들인데 읽는 사람이 드문 듯합니다. 읽은 사람이 많다면 아는 척했을 텐데, 코멘트하는 사람이 없습니다. 한데 묶어서 엮어 놓으면 혹여 눈에 띄는 경우가 생기게 될는지요.

신라 때 향가입니다. 신라 때도 초기 부족국가 시대의 여음(餘音)에서 노래 제목을 따온 '사내(思內)'에 더 관심을 두었습니다. 임하(林下) 최진원(崔珍源) 선생님께서 제 아호를 사내로 잡아서 '사암(思菴)'이라고 지어 주셨습니다. 저더러 도남(陶南) 선생님의 민족주의로 일관하여 논문을 쓴 사람이라고 했습니다. 그런 사람은 국문학계에 사암 한 사람밖에 없다고 했습니다.

어쨌든 이 책은 향가에 관한 제 논문만 엮어 놓은 책입니다. 책 이름을 '향가(鄕歌)와 선풍(仙風)'으로 정했습니다. '선풍'은 고운 최치원이 말하는 유불선(儒佛仙)의 '선(仙)'으로, 선은 한국 종교사상의 원류일 것 같습니다. 이 책에 수록한 논문들이 조리 없이 난삽하지만 좀 참으면서 읽어 주시고 코멘트도 좀 해주셨으면 감사하겠습니다. 됨됨이 욕심은 적지만 그냥 부리는 욕심입니다.

책을 만들어 주시는 보고사 대표 김흥국 사장님께 감사 올립니다. 책의 겉과 속을 예쁘게 꾸며주신 이경민 대리님께 진심으로 감사의 뜻을 올립니다.

여러 차례 논문 선정 편집을 하고 세월이 흘러 바뀐 맞춤법에 따라 교정을 하고 한자 투성이의 논문 글을 한글로 바꾸어 작성하느라 애쓰고 또 애쓴 김창환 동학에게도 아울러 고마운 마음을 전합니다.

2020년 9월

사암 윤철중(尹徹重) 씀

차례

〈신공사뇌가〉 삽의

〈혜성가〉 연구

〈서동요〉의 신고찰

처용설화와 굴아화국 신화의 아니신모

향가성격고

제의가(祭儀歌)를 중심으로

1. 서언

신라 천 년간 면면히 불리어왔을 향가의 성격이 한 줄기로 일양(一樣)한 채 흘러내리지는 않았을 것이다. 이러한 사정은 선학의 수많은 논저에서 명백히 드러나고 있는데, 본고에서는 상대에는 주술성이 지배하다가 불교의 전래 이후 불교성이 대두되고 한시의 영향이 강해지는 하대에 이르러 서정성이 더욱 뚜렷해진다는 전제하에서, 변천하는 향가의 성격을 시대의 흐름에 따라 고찰해보려 한다.

이 작업은 주로 향가의 불교에 관한 종래의 설을 음미하고, 향가를 불교 찬가로 규정하고 있는 향찬설(鄕讚說)을 비판하고, 향가의 원류가 제의가에 있음을 밝히어 향가의 주술성에 대한 논의가 주류를 이룰 것이며, 아직 구체적인 논의가 많지 않은 서정성에 대해서는 본고의 논의 대상에서 제외하기로 한다. 향가는 제의에서 불리던 제의가에 그 원류를 두고 있는 것이므로 제의의 담당자로서 제의가와 밀접한 관계에 있는 화랑에 대해 비중을 두어 언급할 것이며, 고려속요의 여음과 신라 상대의 가요와의 관계를 살펴서 신라 상대에서 고려에까지 이어지는 한국시가의 일전통을 규명해 보려 한다.

2. 향가의 삼(三) 성격

양주동(梁柱東) 박사는 그의 대저(大著)『고가연구(古歌硏究)』에서 향가의 성격을 말하는 자리에서 〈원왕생가〉·〈도천수관음가〉·〈도솔가〉는 불교 중심의 작품들이고, 〈풍요〉·〈위망매영재가〉·〈우적가〉는 불교적인 색채가 농후하여 향가에는 불교적인 요소가 많이 있으나, 향가가 반드시 불교적인 내용만이 아니라 자연과 인생, 연모(戀慕), 해학(諧謔), 애원(哀怨), 동경(憧憬), 달관(達觀), 체관(諦觀) 등과 안민리국(安民理國)의 이상까지 무엇이나 노래한 것이라고 말하여 신라인이 자연과 인사백반(人事百般)의 사물(事物)을 즐겨 노래했다고 지적하고 있으니 이것은 향가에는 불교적인 내용이 많이 담겨 있고 서정적인 요소도 다분히 있음을 지적한 듯한데, 또 이어서,

> 더구나 여기 다시 특필할 것은 상인유사문중(上引遺事文中) '향가왕왕능감동천지귀신자비일(往往能感動天地鬼神者非一)'이란 문구이니, 나대인(羅代人)은 무릇 사뇌가를 다만 풍영(風詠)·희락(戱樂)의 구(具)로만 생각한 것이 아니오 정말 천지신명을 감동시킬 수 있는 신성한 무엇으로 간주한 것인데, 이는 저 상대진인(上代震人)이 가악(歌樂)을 천(天)·신(神)과 교통할 수 있는 무슨 초자연력 혹은 신귀를 구사할 수 있는 무슨 주술적 힘으로 관념(觀念)한 것 그대로의 유전(遺傳)이다. 유사소재가(遺事所載歌)로 보더래도 전술한 가락 구간의 '영신군가'를 비롯하야 수로부인을 납치한 해룡을 위협코저 군중이 합창한 〈해가사(海歌詞)〉, 또는 맹아(盲兒)가 득안(得眼)한 〈도가(禱歌)〉, 이일병현(二日竝現)의 괴(怪)를 즉좌(卽座)에 소멸케 한 〈도솔가(兜率歌)〉, 혜성을 즉멸케 하고 일본병을 환국(還國)케 한 〈혜성가(彗星歌)〉, 내지 노래로써 역신을 감동시켜 그를 구축(驅逐)하였다 하야 벽사진경의 구로 나여(羅麗)를 통하여 근대에까지 전승된 〈처용가(處容

> 歌)〉 등은 모다 노래를 초자연적·주술적·신비한 힘으로 간주(看做)한 실례이다.[1]

라고 말하여 향가에는 초자연적·주술적 신비한 힘이 있는 것으로 보았다. 이로써 보면 양 박사는 향가의 성격으로 불교성, 서정성, 주술성을 지적하면서 특히 '能感動天地鬼神'한다는 향가의 신비한 힘에 관심이 쏠린 듯이 보인다.

김동욱(金東旭) 교수는 「신라 향가의 불교문학적 고찰」에서 향가의 불교성을 논술하는 서두에 향가의 성격의 다양성을 지적하면서,

> 그(향가) 내용적 면에 들어가서 무가적(巫歌的)인 것과 불교적인 것을 구별하여야 하겠고, 이에 주사(呪詞)적 요소와 기원적인 요소를 동일시하는 것부터 시정하여야 할 것이다. 또 개중에는 시가 본래의 순수한 동기에서 나온 것도 있으니, 이런 관점에서 분류해 볼 때 거기에 뜻하지 않았던 그 본질을 간취(看取)할 수 있을 것이며, 또한 신라의 역사적 발달에 수응(隨應)하여 샤마니즘에서 불교로 넘어가는 종교적 진화단계를 역연(歷然)히 볼 수도 있을 것이다. 그러나 신라 시대의 샤마니즘은 천(天)의 숭배라든가 조상숭배·산악숭배 등 원시 아니미즘에서 상당히 발달한 위치에 있는 것도 사실이지만 불교보다는 더 주술적 농도가 짙은 것이며 불교도 이를 순화하지 못하고 그 잠재력 때문에 오히려 습합하여 왔다는 것도 사실이다. 이제 본질적인 것과 사실적인 것을 병위치(倂位置)에 놓고서 종교민속학이 예시하는 종교적 태도와 주술적 태도가 맺어주는 양극선에서 다시 향가를 돌이켜보는 것이 순서일 것 같다.[2]

---

1) 양수농, 『증정 고가연구』, 일조각, 1965, 54쪽.
2) 김동욱, 「신라 향가의 불교문학적 고찰」, 『한국가요의 연구』, 4-5쪽.

라고 지적하고 있는데, 이와 같은 견해는 향가에는 무가적(주사적 요소)[3]인 것과 서정적인 것(시가 본래의 순수한 동기에서 나온 것)이 있어서 그 양상이 복잡하고, 향가에는 토속신앙에서 불교로 넘어오는 과정이 담겨 신라 사회의 종교적 변이를 볼 수 있으며, 향가에 나타나 있는 종교적인 성격이 불교적인 면보다 토속신앙(주술성)이 선행하고 있음을 시사하고 있다. 본고에서는 현존하는 향가보다 상대의 노래에는 토속신앙적인 요소가 더 강하게 작용하고 있었으리라는 가능성을 염두에 두고 선학의 설을 정리해 나가게 될 것이다. 그러므로 '본질적인 것'이 작품의 내용에 접근하는 것을 뜻하는 것이고 '사실적인 것'이 시대 배경적 요인이라고 이해된다면 본고에서는 즉 작품적이기 보다는 작품외적인 논의가 더 많이 진행될 것이다.

> 신라 근 천 년의 사직(社稷) 속에서 시가적 생활에 있어서도 순연한 민요에서 파생한 가요와 더불어 무가적인 주술적인 가요가 있고, 불교적인 기원적인 가요가 서로 병존하고 있으면서 삼자 사이에 기묘한 착잡상(錯雜相)을 나타내고 있다.[4]

향가의 성격에 대한 김동욱 교수의 이와 같은 견해는 양주동 박사의 견해와 거의 일치하는 것 같다. 본고에서는 향가가 지니는 주술성, 불교성, 서정성 가운데 주술성에 대한 논의가 중심이 될 것이고, 서정성에 대한 논의는 하지 않을 것이다. 불교성은 주술성을 유도하는 전제로 다루어질 것이다.

이능우(李能雨) 교수는 『현대문학』 21호에 발표한 「향가의 마력」이라

---

3) 김동욱 교수는 주술적인 요소를 무가에만 귀속시키는 것은 아니다. 다라니(陀羅尼)의 주사(呪詞)가 있음을 지적하고 있다.

4) 김동욱, 앞의 글, 6쪽.

는 논문을 통해 고전문학 연구에 있어서 형식의 문제와 병행하여 내용의 연구가 이루어져야 하며, 작품의 내용에 따른 장르 설정이 바람직하므로 향가가 지니는 마력을 한 내용으로 하는 장르가 형성되는 것이 아닐까 하는 문제를 제기했다.

이 교수는 "향가를 하는 사람이 많으니 대저 그게 시송(詩頌) 따위인가, 왕왕 능히 천지 귀신을 감동케 하는 자가 한둘이 아니다."(遺事 5권) 하는 말에 삽의(揷疑)하여 향가에는 특이한 힘이 있는 것으로 간주하고 이것을 세 가지 그룹으로 분류했다. 그 분류를 요약하면,

① 한 그룹 : 이것은 자기의 소원을 이 향가로서 부름으로써 소원이 이루어졌다는 이런 힘을 가진 것들이다. (〈도솔가〉나 〈맹아득안가〉)
② 또 한 그룹 : 자기의 소원을 향가로써 부르되 그 희망을 이미 성취한 것처럼 불러버리는 태도를 가진 노래인 것이다. 이러함으로써 마치 그 향가란 것에 어느 소원 성취의 마력(魔力)이 붙어지는 것과도 같은 느낌을 주는 이런 내용의 것인 것이다. (〈서동요〉, 〈혜성가〉)
③ 이제 한 그룹 : 이것은 향가 이것을 부름으로써 자연히 길하게 되어지는 모습을 지닌 것이다. 그 내용은 거의 자기의 소망을 언급하지 않고 있을뿐더러 오히려 일종 체념적인 것이기도 한 것이다. 그러나 그 효과는 위 것들과 똑같은 것으로 볼 수 있는 것이다. (①, ② 그룹에서 지적하고 남은 10수)[5]

이와 같은 분류에 대한 타당성 여부를 논의하려는 생각은 없다. 다만 작품을 작품이 지니는 성격으로 이해하려는 태도는 과거의 논저에서 진일보했음을 인지할 뿐이고, 더욱이 그 성격을 마력이 있는 것으로 보

---

5) 이능우, 「향가의 마력」, 『현대문학』 21호, 196-199쪽.

려는데 특별한 관심을 기울이는 것이다.

이능우 교수는 또,

> 필자는 위와 같이 현존 신라 향가 14수의 내용을 파악하려는 것이다. 그리고 무엇보다도 그 기이한 '能感動天地鬼神'적인 힘을 가지고 있는 것으로 보아 신라대의 한 유니크한 시군(詩群)으로서 보는 것이 옳을 것 같이 생각해지는 것이다. 다시 말하면 향가라는 것은 신라대 하나의 시의 장르요, 그 성격이란 전체로 마력적인 힘을 가지고 있는데 특색이 있는 것이라고 생각하는 바이다.[6]

라고 피력하고 있는데, 향가는 신라대에 있어서의 시의 한 장르로 보려는 관점에는 그 한계의 모호성으로 동의하기 어려운 상당한 난점을 지니고 있으나[7] 그 성격의 특색으로 마력적인 힘을 가지고 있으리라는

---

6) 이능우, 앞의 글, 203쪽.

7) 김택규(金宅圭) 교수가 정리한 향가의 장르에 대한 견해를 들어보면,

1. 조윤제 박사는 향가의 하위 쟝르로 도솔가와 사뇌가와 진작(眞勺)을 설정 분류하고 다시 사뇌가를 4구체 6구체 8구체 10구체로 나누었다. (196쪽).
2. 지헌영 교수는 향가 쟝르도(圖)에서 향가 속에 민요와 도솔가와 사뇌를 포함시키고 사뇌 속에 단(短)사뇌와 차사(嗟辭)사뇌를 넣어두고 있다. (192쪽).
3. 김동욱 교수의 분류는 몇 차례의 시도가 있다.
   a. 향가를 분류하여 사뇌가, 염불가, 창작가요, 장가(長歌), 무악(舞樂)=신악(神樂), 무가, 군악, 민요 등 8종을 제시했다. (192쪽).
   b. 김동욱 교수의 『국문학개설』을 참고하여 필자(김택규)가 임의로 도식화했다는 것에 의하면 향가를 제신가, 사뇌가, 민요로 나누고 다시 사뇌가를 수도요체(修道要諦), 의식가, 찬가, 주사로 나누고 민요를 무가, 잡가 불계(佛系) 교훈 주사로 나누었다. (200쪽).
   c. 김동욱 교수는 「향가의 하위 쟝르」라는 논고에서 (1)민요; 동요·참요·군악, (2)예능요, (3)제신가; 무가(축사), 시축(尸祝)·제축(祭祝), (4)담가(譚歌), (5)불사요(佛事謠)·사뇌가(향가)·보시(布施)동량가, (6)장가(長歌), (7)창작가요, (8)한문학의 여러 쟝르로 나누고 있다.

김택규, 「문학·설화편 회고와 전망」, 『신라시대의 언어와 문학』, 한국어문학회편, 313-323쪽.

견해는 신라대 가요의 어느 일면성을 강력히 시사해주고 있는 것으로 여겨진다.

조윤제(趙潤濟) 박사는 『현대문학』 2권 11호 「향가 연구에의 제언」에서 향가가 소창진평(小倉進平)씨, 양주동씨의 연구에서 일보도 벗어나지 못하고 해독의 테두리 안에 머물러 있음을 지적하고,

> 이런 때에 이능우군의 「향가의 마력」은 그 내용의 가치 여하를 불문하고 새로운 하나의 시도로서 학계에 신선미가 있는 글이라 하겠다.[8)]

라고 말하며 이능우 교수의 「향가의 마력」이 논의과정에서 어느 정도 결함이 있긴 하지만 향가 연구에 새로운 국면을 열어놓았음을 지적하면서 이어서,

> 향가 문학을 하나의 문학으로써 연구하여보자 하는 그 의도는 확실히 경청할 바이고, 또 학계에 던진 하나의 중대한 제언이 되지 않을 수 없다.[9)]

고 말하여 향가 연구에 있어서 해독의 테두리를 벗어나 새로운 시기가 열렸음을 알려주었다.

이능우 교수가 말하는 장르에 대한 견해를 좀 더 들어보면,

> 14수에 깃들여진 하나하나의 작자가 있는 것과 더불어 위와 같이 그것은 신라의 전(全) 노래가 아니라 확실한 작자가 있어지는 바인 것을

8) 조윤제, 「향가연구에의 제언」, 『현대문학』 23호, 13쪽.
9) 김택규, 앞의 글.

> 이해할 수 있다고 필자는 생각하는 바이거니와 여기서 한 걸음 나아가 이것을 바로 화랑들의 문학 장르라고 생각할 수도 있는 것 같다.[10]

라고 말하고 있는데, 여기서 이 교수가 주장하는 바는 향가는 민요와 같은 자연 발생적인 노래가 아니라 특정한 작자의 의도적인 작가로서 이루어진 노래로 자연 발생적인 노래와는 구별되어야 하는 것이며 이들 작의에 의하여 제작된 노래의 담당자가 화랑이 아니었을까 하는 추론으로 보여진다. 앞에서도 지적한 바와 같이 유사(遺事) 소재 14수의 향가를 하나의 장르로 설정하려는 데는 난점이 따르나, 이들 노래가 지니고 있는 마력적인 힘과 이 노래의 담당자로서 화랑을 지적하여 한데 묶어 생각하려 한 곳에 현존하는 향가 속에 감추어져 있는 향가의 성격의 일면을 들추어 주는 듯한 느낌이 드는 것은, 향가가 지닌 마력적인 힘은 불교가 신라에 들어오기 이전부터 이 땅에 있어왔던 토속신앙과 밀접한 관계가 있으며, 향가에 있어서 이러한 성격은 더 상대의 속성이라고 여겨지는 향가의 원초적인 성격에 접근하는 것이라고 보이는 것이기 때문이다.

본고에서는 향가의 주술성(마력적인 힘)을 고찰하고, 그 주술성은 토속적인 원시종교의 제의와 밀접한 관계가 있으며, 그러한 성격의 노래가 향가의 원초적인 모습에 접근할 것이라는 사실을 추적해보려는 것이나, 이에 앞서 향가에 있어서의 화랑의 역할 내지는 향가와의 관련성을 살펴보기로 한다.

---

10) 이능우, 앞의 글, 204쪽.

3. 향가와 화랑

현상윤(玄相允) 박사는 『조선사상사』 '화랑도'의 장에서 화랑도의 영향을 (1)정치적인 영향과 (2)문화적인 영향으로 나누면서 정치적인 영향을 설명한 뒤,

> (2)는 문화적 영향이니 향가의 발달이 그것이다. 조선 국문학의 창시요 원류인 향가는 화랑도의 촉진에 의하여 발달되었나니 이것은 대개 좋은 노래를 부르는 것이 화랑교육의 중요한 교과가 되어있는 고로 저들이 산으로 들로 떼를 지어 교유하고 여행할 때에, 노래가 유일한 취미의 자료가 되어 있는 까닭이다. 이같이 낭도들이 노래를 부르는 동안에 자연 노래는 보급되며 발달되었고, 또 시인들은 다투어 좋은 노래를 새로이 창작하게 된 것이다. 그리하여 이러는 동안에 향가는 더욱 더욱 발달을 보게 되었으니, 이 향가의 발달은 화랑도의 영향이라고 아니 할 수 없다.[11]

고 하였는데 이로써 화랑과 향가와의 관계를 짐작할 수 있겠고, 화랑이 향가를 노래하는 것과 산으로 들로 교유하던 일과 어떤 관련성이 있음을 짐작하게 하고 있으나, 노래가 취미의 자료가 되었다는 것은 문학외적 연구가의 소박한 견해였던 것으로 생각된다.

장덕순(張德順) 교수는 향가를 화랑 편에 가까운 문학으로 보았는데, 먼저 불교색의 작품이 있음을 지적하고,

> 화랑의 노래로는 득오(得烏)의 〈모죽지랑가〉와 충담사의 〈찬기파랑가〉, 그리고 노래 자체에 마력이 있어 '축사(逐邪)의 노래'라고는 했으

11) 현상윤, 『조선사상사』, 23쪽.

> 나 융천사(融天師)가 삼화랑의 출유(出遊)를 위해 부른 〈혜성가〉 등 삼수(三首)이다. 그러나 신충(信忠)의 〈원가〉, 노옹의 〈헌화가〉, 처용랑(處容郎)의 〈처용가〉 같은 것은 화랑도와 또는 그 화랑적인 정신에 가깝지 불교와는 아무래도 연이 멀기 때문에 이는 화랑적인 시가로 간주해야 할 것이다. 그러면 화랑적인 향가는 총 6수가 되고 이제 남은 것은 〈서동요〉, 〈풍요〉, 〈안민가〉의 삼수인데 전 이수(二首)는 민요이니 문제 외로 하고, 〈안민가〉는 승려의 작(作)이기는 하나 왕에게 이민(理民)·치국(治國)의 뜻을 노래한 것이니 불교적인 것보다 당시 국가의 동량(棟梁)인 화랑에 가깝다고 볼 수 있다.[12)]

라고 말하며, 작품의 외형적인 고찰에 치우친 느낌이 강하기는 하나 화랑과 직접 간접으로 관계되는 향가가 많다는 것을 상기시키고 있는 것이다.

향가가 화랑과 깊은 관계에 있다는 것은 주지의 사실이나, 본고에서의 관심은 어느 향가 작품이 어느 화랑을 찬미한 노래라거나 어느 작품의 작자가 화랑과 관계가 더 깊다거나 하는 데 있는 것이 아니라 우리나라에 불교가 전래되기 이전부터 있어왔던 토속신앙이 화랑도의 생활 속에 그 맥락이 이어져 내려와, 토속적인 것이 외래적인 것에 저항하면서 토속신앙의 어떤 전통이 화랑 쪽에 유지되어 왔으며, 그러한 성격을 거슬러 올라가면서 고찰함으로써 향가의 원초적인 성격(제의가)에 접근할 수 있으리라는 데에 관심을 두고 있는 것이다.

먼저 화랑에 대한 몇몇 견해를 들어보기로 한다. 三品彰英(미시나 아카히데)은 화랑 집단이 지닌 성격에 대하여,

---

12) 장덕순, 『국문학통론』, 98-99쪽.

1. 화랑집회는 가무유오(歌舞遊娛)를 행하는 청년의 사교 클럽과 같은 것이다.
2. 이 집회는 국가 유사시에 이를 막기 위한 청년 전사단이었다.
3. 이것은 또한 청년들의 국가적, 사회적 교육기관이었다.
4. 그리고 이것은 화랑이라고 하는 특수하고 존귀한 소년들을 받듦으로써 형성한 집회였다.[13)]

라 하였고, 이병도(李丙燾) 박사는,

화랑도의 가장 중요한 생활양식(수양과업)은 '상마이도의(相磨以道義)'=서로 도의를 닦는 것(이성도야), '상열이가악(相悅以歌樂)'=시가와 음악을 즐기는 것(정서도야), '유오산수(遊娛山水), 무원부지(無遠不至)'=명산(名山)과 대산(大山)을 두루 찾아다니며 유오하는 것(여기에는 심신연마·산천순례의 뜻도 있다.). 그 밖에 도중의 우량분자를 선택하여 조정에 천거하는 것들이었다…… 홍륭기(興隆期)에 있어서의 그들은 무사의 정신을 길러 더욱 외래 유교의 충효사상을 흡수하여 국가사회에 봉공하는 정신이 강렬하였으므로, 난시(亂時)에는 입산기도 혹은 종군 출전하여 목숨을 티끌과 같이 가벼이 여기고 평시에도 의(義)를 태산같이 무겁게 여기어, 의가 아니면 천금을 주어도 굽히지 않는 고결한 기상을 가졌던 것이다.[14)]

라 하였다. 또 이동환(李東歡) 교수는 선학의 설을 요약하여,

화랑도의 연원은 상고(上古) 소도제단(蘇塗祭壇)의 무사라기도 하

---

13) 유동식, 『한국무교의 역사와 구조』, 85쪽에서 요약한 것을 그대로 인용 전재하였음.
14) 이병도, 『국사대관』, 126쪽.
진단학회, 『한국사』 고대편, 600쪽.

> 고(신채호), 상고 한국 고유의 '밝의 뉘'(光明世界) 신앙단이라기도 하며(이선근) 그리고 원시 미성년집회라기도 한다(최남선)[15)]

라 하였는데, 이상에서 들어본 제설은 화랑이 유오산수 했다는 것과 토속신앙과 관련이 있으리라는 것과 향가를 지어 불렀다는 정보를 제공해 줄 뿐이다.

화랑을 통과의례의 각도에서 고찰한 견해가 있다. 김열규(金烈圭) 교수는,

> 현재에 전하여져 있는 각종 문헌에 의하는 한 화랑도가 인격도야와 호국을 위해 무예를 연마하는 신라의 청년단체란 것은 거의 틀림없을 것이다. 그러나 고도로 제도화되기 이전의 화랑도의 원형은 신라 사회의 입사식에서 찾아볼 수 있을 듯하다. 화랑도는 그 여러 가지 개별적 특색에 있어 그것이 이러한 원시사회의 입사식의 차원 높은 제도화라는 것을 암시해주고 있다. 두 여성 원화(原花)의 존재도 그렇다. 남자 미성년들을 위한 성교육에 더러 여성이 개재하였던 사례가 있는 것이다.[16)]

화랑제도의 원형을 신라 사회의 입사식에서 찾아보려는 시도는 매우 조심스러운 것이기는 하나 홍미 있는 시사라 아니 할 수 없다. 현전하는 기록으로 화랑제도의 가장 오래된 모습을 전해주는 것은 '法興王元年 選童男 容儀端正者 號風月主 求善士爲徒衆 以礪孝悌忠信'[17)]이라 한 것인데 여기에서 '選童男'했다는 그 '童男'이 어쩌면 입사식과 관계가

---

15) 이동환, 「한국문교풍속사」, 『한국문화사대계』 Ⅳ, 고려대민족문화연구소, 1968, 775쪽.
16) 김열규, 「통과의례와 부락제」, 『한국사상의 원천』, 박영문고, 232-233쪽.
17) 『동국여지승람』 권21, 경주 풍속.

있는 것이 아닌가 하는 생각이 든다. 『삼국사기』의 '미모남자'나 『삼국유사』의 '良家男子有德行者'라 한 것은 훨씬 후래적인 형태로, 이른바 차원 높은 제도화 이후의 화랑도를 설명한 변형된 표현일 것이며 '選童男'의 동남(童男)은 화랑도의 시원적 원형에 접근하는 시기에 있어서 입사식을 통과하는 '성년공동사회의 성원으로서 그 사회에 재수용될' 구성원일 수도 있을 것이다.

한편 풍월주라 호(號)한 그 풍월주(風月主)는 풍월주, 풍류도와도 관련이 있는 것이며, 이 풍월도나 풍류도가 화랑의 유오산수 하던 주술적 종교적 제의인 산천제와 관련이 있는 것이라면, 산천제와 동일한 자장 안에 있으리라 여겨지는 입사식에서 그들에게 가해지는 시련과 재생의(再生儀)나 신성 체험의 일환으로 행해진 성지순례의 잔영이 이른바 제도화된 화랑의 유오산수라는 표현으로 나타난 것인지도 모른다.

지금까지 한 화랑에 대한 고찰은 향가와의 관계를 규명하는데 별반 도움이 되지 못하고 있다. 이것은 그만큼 향가와 국문학의 입장에서 문학적이고 본격적으로 연관지어 화랑을 연구한 자취가 드물다는 증거가 된다. 다음에 고찰하려 하는 설화에 대한 연구에 있어서도 향가와 연관지어 연구되었다기보다는 설화에 나타나는 화랑과 미륵과의 관계에 논의를 치중하여 화랑을 미륵사상의 구현으로 도론(導論)하여 향가의 배경론으로서의 불교의 위치를 부상시키고 있을 뿐이다.

화랑과 미륵에 얽힌 설화는 「미륵선화 미시랑 진자사」(유사 권3), 「효소왕대 죽지랑」(유사 권2), 「월명사 도솔가」(유사 권2), 「김경신」(사기 권42, 열전1)과 「경덕왕 충담사 표훈대덕」(유사 권2) 등이 있는데, 이 가운데 「미륵선화 미시랑 진자사」의 설화를 들어보면 다음과 같다.

진지왕대에 미처, 흥륜사에 승 진자(眞慈)[혹은 정자(貞慈)라 함]란 이가 있어 항상 미륵상 앞에 나아가 발원서언(發願誓言)하되 '우리 대성(大聖)이시여, 화랑으로 화신하여 이 세상에 나타나 제가 항상 친근(親近)하고 시종(侍從)하게 하소서'. 그 간곡한 정성과 지극히 기원하는 정이 나날이 두터워지더니 어느날 밤 꿈에 한 중이 이르되 '네가 웅천(熊川[지금 공주]) 수원사(水原寺)에 가면 미륵선화를 볼 수 있으리라'하였다. 진자가 깨어 놀라며 일변 기뻐하며 그 절을 찾아 열흘 길을 갈새 걸음마다 절하면서 그 절에 이르렀다. (절) 문밖에 농섬(濃纖)이 잘 조화된 한 소년이 있어 반가운 눈웃음과 입맵시로 맞이하여 소문(小門)으로 인도하여 객실에 이르니 진자가 올라가서 읍하여 가로되 '그대가 일찌기 나를 모르거든 어찌 나를 접대함이 이렇게 은근(殷勤)한가' 하였다. 낭이 대답하되 '나 역시 서울 사람이라 대사가 멀리서 옴을 보고 위로할 따름이다'하고, 조금 있다가 문밖으로 나갔는데 그 간 곳을 알 수 없었다. 진자는 그저 우연한 일이라고 생각하여 매우 이상하게는 여기지 않고 다만 사승(寺僧)에게 전날의 꿈과 온 뜻을 말하고 '잠시 하탑(下榻)에서 미륵선화를 기다리고자 하니 어떠한가' 하였다. 사승이 그 정경(情境)이 허무함에 속으면서도 그 은근함을 보고 말하되 '이로부터 남쪽으로 가면 천산(千山)이 있는데, 예로부터 현인철인(賢人哲人)이 머물러 있어 명감(冥感)이 많다고 하니 어찌 그곳에 가지 않겠는가' 하였다. 진자가 그 말대로 산하(山下)에 가니 산신령이 노인으로 변하여 나와 맞아 이르되 '여기 와서 무엇을 하려느냐' 하니 진자가 대답하되 '미륵선화를 보고자 하나이다' 하였다. 노인이 이르되 '전에 수원사 문밖에서 이미 미륵선화를 보았는데 다시 무엇을 구하러 왔느냐' 하였다. 진자가 듣고 놀라 빨리 본사에 돌아갔다. (그런지) 월여(月餘)에 진지왕이 (그 소문을) 듣고 불러 그 이유를 물어 가로되 '낭이 자칭 경사인(京師人)이라 하였으니 성인은 거짓말을 하지 않거늘 어찌하여 성중을 찾아보지 않느냐' 하였다.

진자가 왕의 뜻을 받들어 중도(衆徒)를 모아 여염간(閭閻間)에서 널리 찾으니 황홀하게 차린 미목(眉目)이 수려한 한 소년이 영묘사(靈妙寺) 동북쪽 길가 나무 밑에서 거닐며 놀고 있었다. 진자가 놀라 맞아 말하기를 '이 분이 미륵선화이다'하고 가서 묻되 '낭의 집은 어디 있으며 방명(芳名)은 무엇인지 듣고자 원한다' 하였다. 낭이 대답하여 이르되 '내 이름은 미시(未尸)요, 어려서 부모를 여의었으므로 성은 무엇인지 모른다' 하였다.

이에 가마에 태워서 들어가 왕에게 뵈었다. 왕이 경애하여 받들어 국선(國仙)을 삼았다. 그리하였더니 그 자제(낭도)를 화목(和睦)함과 예의(禮儀)와 풍교(風敎)가 보통 사람과 달랐다. 그 풍류가 세상에 빛남이 무릇 7년에 홀연 간 곳이 없어졌다.18)

이 설화에 대해서 황패강 교수는,

미륵에 관한 최초의 기록으로 보이는 미륵선화의 설화는 신라미륵사상의 독특한 요소를 나타내고 있다. 즉 미륵사상의 신라적 전개로서의 화랑(국선)사상이다. 이로써 보면 신라는 처음부터 미륵신앙을 도솔상생(兜率上生)이나 당래(當來) 미륵하생성불시(彌勒下生成佛時)

---

18) 『삼국유사』, 권 제3, 탑상 제4, 「미륵선화 미시랑 진자사」.
及眞智王代 有興輪寺僧眞慈 [一作貞慈也] 每就堂主彌勒像前 發原誓言 願我大聖化作花郎 出現於世 我常親近晬容 奉以周旋 其誠懇至禱之情 日益彌篤 一夕夢有僧謂曰 汝往熊川[今公州] 水源寺 得見彌勒仙花也 慈覺而驚喜 尋其寺 行十日程 一步一禮 及到其寺 門外有一郎 濃纖不爽 盼倩而迎 引入小門 邀致賓軒 慈且本且揖曰 郎君素昧平昔 何見待殷勤如此 郎曰 我亦京師人也 兒師高蹈遠屆 勞來之爾 俄而出門 不知所在 慈謂偶爾 不甚異之 但與寺僧敘曩昔之夢與來之之意且曰 暫寓下榻 欲待彌勒仙花何如 寺僧欺其情蕩然 而見其懃恪 乃曰 此去南隣有千山 自古賢哲寓止 多有冥感 盍歸彼居 慈從之 至於山下 山靈變老人出迎曰 到此奚爲 答曰 願見彌勒仙花爾 老人曰 向於水源寺之門外 已見彌勒仙花 更來何求 慈聞卽驚汗 驟還本寺 居月餘 眞智王聞之 徵詔問其由 曰 郎旣自稱京師人 聖不虛言 盍覓城中乎 慈奉宸旨 會徒衆 遍於閭閻間 物色求之 有一小郎子 斷紅齊具 眉彩秀麗 靈妙寺之東北路傍樹下 婆娑而遊 慈迓之驚曰此彌勒仙花也 乃就而問曰 郎家何在 願聞芳氏 郎答曰 我名未尸 兒孩時爺孃俱歿 未知何姓 於是肩輿而入見於王 王敬愛之 奉爲國仙.

의 용화법화(龍華法化)에의 회우(會遇)를 원구(願求)하는 본래적인 미륵사상으로서 관심하지 않았던 것처럼 보인다.

진자의 발원 서언 가운데 '원아대성화작화랑(願我大聖化作花郎)'에서 보듯 대성(彌勒菩薩)이 화랑으로 화현한다는 생각은 신라인이 독특하게 발달시킨 신앙으로 보인다. 화랑 즉 미륵이라는 사상은 신라의 국가이념과도 부합되었다.[19]

고 말하여, 신라에 있어서의 미륵신앙은 미륵정토인 용화세계(龍華世界)에서 미륵불을 회우(會遇)하기를 비는 본래적인 모습이 아닌 신라인이 독특하게 발달시킨, 즉 미륵이 화랑으로 화현하기를 원하는 것으로, 이것은 중국의 제도를 받아들여 새로운 국가로 변모하고 문화적 변화기를 맞아 삼국을 통일하려는 기상이 날로 높아가는, 즉 새로운 이상향을 건설하려는 의지와 용화세계의 이상향적인 모습이 잘 부합될 소지가 있었던 것이다.

미륵정토인 용화세계의 당래할 모습은 누구나 희구하는 이상향 바로 그것인 것이다. 용화세계의 모습을 알아보면,

미륵은 석가불의 후불(後佛)로서 도솔천에 있으며, 아직 성불치 않은 당래불(當來佛)이다. 미륵하생성불시의 용화세계의 국토는 시세안락(時世安樂)하고 성읍촌락에 문을 달지 않고 살며 기근독해(飢饉毒害)의 난(難)이 없고 서로 공경화순(恭敬和順)하여 언어겸손 단엄수묘(端嚴殊妙)하여 복덕인이 충일(充溢)한 것으로 나타나 있다.[20]

그 때에 이 〈염부제〉의 국토는 평탄하고 쪽고르며 거울처럼 맑숙하고 깨끗하며 곡식이 풍족하고 인민이 번성하며 온갖 보배가 흔하고

19) 황패강, 「신라불교설화연구」, 『동양학』 3집, 181-184쪽.
20) 황패강, 위의 책, 181-184쪽.

모든 부락이 잇달아서 닭의 소리가 들리느니라. 그때에는 좋지 못한 과일나무는 다 말라버려 없어지고 냄새나는 더러운 물건도 다 소멸되며 달고 향기로운 과일나무가 땅에 나타나느니라. 그때에는 기후가 고르고 사시가 조화되며 사람의 몸에는 백 팔 종류의 질병이 없고 욕심·성냄·어리석음이 엷어지고 사나운 마음이 없으며 인심이 골라서 다 한뜻과 같으며 서로 보면 기뻐하고 좋은 말을 주고받으며 그 말이 동일되어 차별이 없는 것이 마치 '울단월 세계'와 같으니라. 그때에는 이 세상의 인민이 다 고루 잘 살아서 차별이 없으며 대소변을 하려하면 땅이 저절로 열리고 일 마친 뒤에는 다시 합치느니라. 그 때에 이 땅 위에 자연생의 벼곡식이 껍질도 없으며 매우 향기롭고 달며 먹으면 모든 병고가 없느니라. 그리고 금이니 은이니 진주 호박이니 하는 보물이 땅 위에 흩어져 있어도 사람들이 그것을 구경하거나 집어가지 않느니라. 그 때의 인민들은 손에 이런 보배를 들고 서로 말하기를 '옛 사람들은 이따위 물질로 말미암아 서로 빼앗고 도둑질하다가 옥에 잡아 가두키어 고통을 받았다는데 이제는 자갈돌과 같이 여기서 사람들이 따로 지키고 보호하지 않는도다'라고 하느니라.[21]

와 같다.

미륵은 석가 재세(在世)시의 제자였으나, 도솔천에 태어나 제천중(諸天衆)을 교화하고 있는 일생보처(一生補處)의 보살로서 장차 입수(入壽) 8만 4천 세의 때 구전륜성왕(佉轉輪聖王) 치세에 하생하여 용화수(龍華樹)하에서 성불하여 석가불미도(釋迦佛未度)의 유연중생(有緣衆生)을 제도한다고 생각되고 있다.[22]

황패강 교수는 죽지랑의 설화[23]에 언급하여,

---

21) 황패강, 앞의 책, 181-184쪽.

22) 황패강, 위의 책, 181-184쪽.

23) 初述宗公爲朔州都督使 將歸理所 時三韓兵亂 以騎兵三千護送之 行至竹旨嶺 有一居

> 화랑인 죽지랑의 출생연기를 살펴보면 미륵화현이란 관념이 모티브가 되어있음을 알 수 있다. 죽지령(竹旨嶺)에서 '평리영로(平理嶺路)' 하던 거사는 보살행을 하는 미륵으로 관념되었고, 죽지랑은 미륵으로 관념된 죽지거사의 환생이었다. 이것은 마치 도솔천에 있던 미륵보살이 계두성(鷄頭城)의 양구전륜성왕(蠰佉轉輪聖王)의 치세에 대신(大臣)인 수범마(修梵摩)의 부인 범마월(梵摩越)에게 탁태(托胎)하여 탄생한 것을 모형으로 하여 생긴 이야기인 듯하다.[24]

라고 말하고 있는데 같은 설화에 대하여 김동욱 교수는 다음과 같이 말하고 있다.

> 미륵하생경에 의한 시두말성(翅頭末城)의 대바라문주(大婆羅門主) 묘범(妙梵)의 처 범마파제(梵摩波提)에 생을 탁(託)하여 불생(不生)하여 크게 국토를 교화한 미륵보살의 사실에 가탁한 것으로 여겨서, 죽지는 미륵의 화생으로 다루어 하생경에 의한 신앙을 나타내주고 있는 한편 전기 미륵선화와 아울러 화랑으로 태어났다는 것은 화랑의 성격 규정에 있어…… 불교적인 편재를 시사하는 것이 아닐까 한다.[25]

이상에서 말한 것을 다시 요약하면 미륵은 당래불(當來佛)로서 앞으로 미륵이 성불하여 용화수(龍華樹)하에 내려와 미륵불의 치세가 되면 이 세계는 아주 살기 좋은 이른바 미륵정토가 되는데, 신라 사람들은

士 平理其嶺路 公見之歎美 居士亦善公之威勢赫甚 相感於心 公赴州理 隔一朔 夢見居士入于房中 室家同夢 驚怪尤甚 翌日使人問其居士安否 人曰 居士死有日矣 使來還告其死與夢同日矣 公曰 殆居士誕於吾家爾 更發卒修葬於嶺上北峯 造石彌勒一軀 安於塚前 妻氏自夢之日有娠 旣誕 因名竹旨 壯而出仕 與庾信公爲副帥 統三韓 眞德 太宗 文武 神文四代爲冢宰 安定厥邦 (『삼국유사』 권 제2.)

24) 황패강, 앞의 책, 181-184쪽.

25) 김동욱, 앞의 책, 48쪽.

화랑을 미륵의 하생으로 생각하여 미륵이 화랑으로 화현하기를 원한다든가 화랑의 출생을 미륵의 환생으로 생각하게 되었다는 것이다.

이러한 사실에 대해서 김동욱 교수는 화랑의 성격 규정에 있어 불교적인 편재를 시사하는 것이라는 견해를 보이었으나, 황패강 교수는,

> 진흥왕 때 우여곡절을 거쳐 창설된 화랑제는 미륵신앙을 배경으로 하고, 미륵의 화현으로서 화랑을 관념하고, 이를 통해 미륵정토를 신라사회에 구현하는 것이 그 이상이었던 것 같다.[26]

라고 그 견해를 밝히어 화랑제는 미륵사상의 신라 특유의 전개로 보고 있다. 화랑을 미륵사상의 신라적 전개로 보고 미륵불이 용화수하에 하생하여 용화법회를 열어 신라의 국토가 이른바 미륵정토가 도래하는데, 이러한 불국토화의 회원으로 화랑을 미륵의 화현으로 생각하려 한 것은 화랑을 통하여 미륵정토를 신라사회에 구현하는 것으로 생각한 것이다. 화랑을 불국토화하는 이상의 실현자로 생각했던 것이다.

화랑 김경신을 용화향도(龍華香徒)라[27] 기록한 것은 당시 신라사회의 사정으로 미루어 넉넉히 이해할 수 있는 일이다. 새로운 국가로 발전하는 기상은 새로운 국가 건설을 위하여 동분서주하는 화랑이 당시 신라인의 눈에는 국토를 이상향으로 만드는 동량으로 인식됐을 것이며, 이들을 용화수하에 하생한 미륵불에 견주어 용화향도라 생각한 것은 당연한 일이라 할 수 있다.

하여튼 이와 같은 견해는 화랑을 불교에 유화되어 불교의 이념을 신라 사회에 널리 홍포(弘布)하고 불교사상의 구현 수단이요 불교 신앙의

---

26) 황패강, 앞의 책, 181-184쪽.
27) 『삼국사기』, 권 제41, 열전 제1, 「김경신」.

주역으로 이해하려는 태도인 것이나, 이와 같은 견해와 태도는 설화의 외면적 사실에 치중한 결과이고, 향가와 화랑의 관계를 주의 깊게 관찰한 견해에 의하면 이와 같은 견해는 어느 정도 심각한 모순을 지니고 있음을 알게 된다.

아울러 이러한 모순에서 유도된 것이므로 황 교수는,

> 불교가 토착화하는데 있어 신라 고유의 신을 격하하거나 거부하기보다는 차라리 이에 접근하고 조화함으로써 그 토착화를 성취할 수 있었다.[28]

라고 말하게 된 것이다.

신라 고유의 신(토속신·토속신앙)은 불교가 접근하고 조화하는 것을 그냥 받아들인 것이 아니라 이에 저항한 것이며 토속신은 격하되거나 거부된 것과는 차원을 달리하는, 저항하다가 조복(調伏)된 운명의 길을 걷게 된 것이다.[29]

화랑을 불교사상의 구현으로 보는 견해는 불교가 신라 문화에 끼친 신라 후기적 특질인 일면성만을 말해주는 것이고, 화랑을 이해하는 데 더 중요한 성격-원초적 성격-을 고려하지 않은 데서 오는 결과인 것 같다. 불교가 이 땅에 들어오기 이전에 이 땅에는 토속신앙이 있었으며, 토속신앙을 지니던 신라인에게 불교의 전래는 저항감을 불러일으키는 이질성이었을 것이며, 더욱이 화랑도의 근원이 토속신앙에 닿고 있는 것을 감안할 때 미륵이 화랑으로 현신한 설화를 가지고 화랑사상이 미륵사상의 전개라고 보는 것은 조급한 속단이 아닐 수 없다.

---

28) 황패강, 앞의 책, 201쪽.

29) 최진원, 「사찰연기설화와 선풍」, 『국문학과 자연』, 성대출판부 참고.

유동식 교수는 『한국무교의 역사와 구조』에서 화랑과 무교(토속신앙)의 혈연성을 강조했는데, '우리나라에 현묘한 도가 있다. 이를 풍류(風流)라고 하는데, 이 교를 설치한 근원은 선사(仙史)에 상세히 실려 있거니와 실로 이는 삼교(三敎)를 포함하였으며 모든 민중과 접촉하여 이를 교화하였다'는 최치원의 난랑비 서문에 대하여,

> 그는 나라에 현묘한 도가 있어 이것을 풍류라 한다고 하였다. 그리고 이 풍류도는 유불선 삼교를 포함한다고 했다. 여기서 그는 풍류도로서의 화랑도가 지닌 두 성격을 설명하고 있다. 하나는 화랑도가 유불선 삼교를 포함함으로써 형성되었다는 것이요, 또 하나는 그러한 외래종교들을 받아들이고 포섭한 주체적 전통문화 또는 종교가 화랑도의 근간이 되어있다는 것이다. 화랑도는 결코 유불선 삼교를 종합해서 만들어낸 어떤 종교 문화가 아니다. 이미 있었던 종교 문화가 능히 삼교를 포섭할 수 있었을 뿐만 아니라 그 전통적인 종교 속에는 이미 유불선 삼교의 요소가 들어있기도 했다는 뜻이다. 그러한 전통적 종교를 우리는 무교(巫敎)라 했다. 그러므로 화랑도는 일단 무교가 주체가 되어 유불선을 흡수한 가운데 새로이 형성된 것으로 설명된다.[30)]

라고 지적하여 유불선이 이 땅에 전해오기 이전에 토속신앙인 풍류도가 있었는데, 이 풍류도가 근간이 되어 유불선을 흡수해서 화랑도가 성립되었다는 것이다. 이것은 적어도 화랑이 미륵사상의 신라적 전개라는 설에 대하여 그 부당성을 말해주는 것이 된다. 어쨌든 화랑도는 토속신앙인 풍류도를 근간으로 성립되었다. 그러면 풍류도는 어떤 것인가? 이에 대해서 기록은 명확한 해답을 주지는 않지만 이 문제를 규명

---

30) 유동식, 앞의 책, 85쪽.

하는 과정에서 향가와 화랑과의 관계를 밝혀보려 한다.

> 法興王元年 選童男 容儀端正者 號風月主 求善士爲徒衆 以礪孝悌忠信
>
> (『동국여지승람』 권21, 경주 풍속)

이 기록은 진흥왕대 화랑제가 마련되기 이전인 법흥왕 초기에 이미 화랑의 모체가 될 만한 단체가 있었음을 보여주는 것인데 동남(童男)을 뽑아 용모 단정한 자로 풍월주(風月主)라 부르고 선사(善士)를 구하여 도중(徒衆)을 삼은 것은 화랑제의 그것과 흡사한 것이고, 그 근본정신을 '礪孝悌忠信'으로 했으니 이것은 뒤에 오는 화랑도에 계승된 것으로 화랑도를 '풍월도'라 하는 것은 이 풍월주와 전혀 무관한 이름은 아닌 것 같다. 실상 화랑도를 풍월도라 하는 것은 이 풍월주에 연유하는 것이고 또한 화랑도를 국선도라하는 것은 화랑을 국선이라 하는 것과 직결되는 것은 주지의 사실이고 국선도와 '선풍'[31]과의 관계도 같은 범주로 이해할 수 있을 것이다.

먼저 화랑을 남무(男巫)로 보는 견해를 들어보기로 한다. 서정범(徐廷範) 교수는 현재 민간에서 쓰이는 '화랑'이라는 말과 '자충(慈充)'의 어의를 상기시키면서 그의 논문 「화랑어 고」에서,

> 경상도 방언에서 무부(巫夫)를 '화래기, 하랭이, 화랑' 등으로 부르고 있는데 무부는 굿 할 때 반주자 구실을 한다. 그러나 '화랑'은 무부뿐만 아니라 남무를 '화랑'이라 부르는데 옛 신라의 판도였던 지방에서는 주로 남무를 '화랑'이라 하고 강원도 지방에서도 남무를 '화랑'이라고 하는 곳도 있다. 신라 제2대 남해차차웅(자충)의 차차웅·자충이

---

31) '선풍(仙風)'에 대해서는 뒤에 논의됨.

> 왕칭으로서 본의는 무(巫)였음을 삼국유사에서는 밝혀주고 있다. 이러한 면에서 볼 때 무가 고대에 올라갈수록 존장자적 위치에 있었음을 언어에서 보여준다고 하겠다. 이러한 일련의 사실들은 신라의 화랑이 남무였다는 것을 보여준다고 하겠다.[32]

라고 하여 화랑이 무와 관련이 있음을 지적하고 있는데, 이것은 화랑이 불교 전래 이전의 토속신앙이나 화랑이 퇴화한 이후의 무속과 관련이 있음을 시사하는 것이라 할 수 있다. 이와 같은 말은 화랑은 토속신앙과 같은 전통문화 속에서 발생한 것이며, 화랑 고유의 기능이 퇴화하면서 그 신앙적인 요소는 토속성을 유지(계승)하고 있는 무속 쪽으로 침강해 들어간 것으로 해석된다.

화랑을 무적인 성격과 연결시킬 수 있는 유력한 증거로 고려 팔관회의 우인(優人)·무격(巫覡)을 들 수 있는데 최진원 교수는 이것을 선(仙)과 관련시켜 다음과 같이 말하고 있다.

> '선(仙)'이 '國有玄妙之道 日風流 設教之源 備詳仙史'(최치원, 〈난랑비서(鸞郎碑序)〉, 『해동고승전』), '時有月明師 …… 月明云 臣僧但屬於國仙之徒 只解鄕歌'(『삼국유사』 권5, 「월명사도솔가」)와 같이 화랑의 별칭으로 사용되었음은 주지의 일이거니와 팔관회가 신라 유풍으로서 '遵尙仙風 昔新羅仙風大行 …… 故祖宗以來 崇尙其風久矣'와 같이 선풍이라 별칭되었고, 그 속에 '四仙樂部 龍鳳象馬車船 皆新羅故事'의 사선악부(四仙樂部)가 들어있음을 봐서 '効仙語而爲之'의 '선(仙)'은 화랑과의 관련 하에서 해석되어야 하겠다. 팔관회의 백희가무의 연행자를 '선'(仙家·仙郎·國仙)이라 불렀음은,
> – 四仙之跡 所宜加榮 依而行之 不敢失也 …… 所謂國仙之事 比來仕

32) 서정범, 「화랑어 고」, 『한국민속학』 7, 1974, 78쪽.

路多門 略無求者 宜令大官子孫行之 (『고려사』 14권, 예종 11년 4월)
— 近來兩京八關之會 日減舊格 遺風漸衰 自今八關會 預擇兩班家産饒足者定爲仙家 依行古風 致使人天咸悅 (『고려사』 18권, 의종 22년 3월)
— 臣妾等籍仙房 (林宗庇 '燈夕致語' 東文選 104권 致語)
— 大喝毬庭拜舞興 宰臣斟酒祝岡陵 諸臺振吼仙郎入 兩部鏗鏘和氣凝(浮堦) (이색 「牧隱詩藁」, 『목은문집』 20권)
의 기록을 통해서 알 수 있는데, 신라의 화랑이 고려 이후에 와서는 무격·우인(巫覡·優人)으로 전락되거니와 위 기록의 '선'은 무격·우인을 가리키는 말이다. 무격·우인으로서의 '선'은 예종(11대), 의종(18대) 때가 되면 고갈되어 부득이 '兩班家産饒足者'의 자손으로 하여금 이를 대행케 하였음을 위 기록에서 또한 알 수 있다.[33]

이상의 논의에서 신라의 화랑이 고려 이후에 와서는 무격·우인으로 전락된 것을 알 수 있어 화랑을 남무로 보는 데는 화랑의 퇴행 과정에서 이해되는 것으로 보여진다.

아울러 이상의 논의에서 팔관회가 신라 유풍으로 '선풍'이라 별칭되었음을 지적하고 있는데, 팔관회와 선풍의 관계를 좀 더 살펴보면,

팔관회는 다 아다시피 태조훈요(太祖訓要)의 '八關所以事天靈及五嶽名山大川龍神'에 의한 천지신명(토속신)에 대한 제전으로서, 연등회와 더불어 고려의 2대 연중행사였으며, '고대 이래의 추수감사제와 선랑(화랑)가무 등의 신라고전을 융합한 문화제'(진단학회, 『한국사』 중세편, 294쪽)였다.[34]

33) 최진원, 「동동고」Ⅰ, 『국문학과 자연』, 성대출판부.
34) 황패강, 앞의 책, 140쪽.

와 같이 팔관회는 토속신을 섬기는 신라 화랑의 유풍이었다. 그러면 선풍은 무엇이었을까. 물론 선풍은 토속신을 섬기는 제의일 것이다. 그런데 최진원 교수는 혜공왕 때 정해진 오묘(五廟)와 선덕왕 때 설치된 사직단·산천제를 제의의 의례화로 보고, 산천제(제의)의 의례화하는 경위를 말하고,

> 이렇듯 산천제는 제의에서 의례로 옮아갔다. 선천제의 의례화는 오악제(五岳祭)를 포함한 모든 산천제에 두루 실시되었을 것이다. 대사(三山)·중사(五岳·四鎭·四海·四瀆 등)·소사(24山)의 산천제를 '선풍'이라 부른 것이 아닌가 생각된다.[35]

고 말하여 산천제의 의례(제의)가 '선풍'일 것이라고 논의했다. 그렇다면 '선풍'과 화랑과의 관계는 어떤 것인가.

이것은 산천제와 관계를 밝힌 다음의 글을 보아 알 수 있다.

> 화랑도들이 "산수(山水)에 유오(遊娛)하였다"고 하였는데, 그 산수는 곧 제사지(祭祀志)에 "삼산·오악이하 명산대천(三山·五岳已下 名山大川)"이라고 한 명산대천 그것이었다고 생각된다. 그들이 결코 무명의 산천으로 그저 다닌 것이 아니었을 것이다. 만일 이러한 유오가 주술적이고 종교적인 의의를 지닌 것이라고 한다면 더욱 그렇게 생각하게 된다. 따라서 아마 신라의 국가적 제사의 대상이 된 산·천·진·해 등은 모두 이러한 화랑의 주술적 종교적 의식을 위한 소위 유오의 대상지였을 것이다. 그리고 오악도 물론 당연히 거기서 중요한 위치를 차지하였을 것이다.[36]

---

35) 최진원, 「동동고」Ⅱ, 『국문학과 자연』, 성대출판부, 165쪽.
36) 황패강, 앞의 책, 161쪽.

화랑의 유오산수가 주술적 종교적인 의의를 지니는 것이라면 화랑이 제의의 담당자로 이해되는 것이며, 그것은 산천제 즉 선풍(제의)을 위한 성지(聖地)의 순례를 뜻하는 것이다.

고대 제의에서 불리우던 노래가 제의가이고 이런 제의가를 고려사 악지의 '動動之戱 基歌詞多有頌禱之詞 蓋効仙語 而爲之'를 따라서 선어라고 부른다면 국선지도가 선풍에서 부른 제의가는 선어일 것이다. 〈동동〉 기구와 같은 송도지사는 신라 선풍에서 불리우던 제의가, 곧 선어이고, 송도지사는 주술적 성격을 띤 노래이고, 선어는 송도를 내용으로 하는 주사(呪詞)다.

국선은 선풍을 지키는 제의의 담당자로서 선어의 주성을 지키려고 노력하였다. '臣僧但屬國仙之徒 只解鄕歌'라 하여 굳이 '향가'를 내세운 것은 제의 해체에 대한 저항으로 해석되는데, 불교와 유교에 의하여 제의가 해체되고, 제의가로서의 사뇌가가 해체되는데 대하여, 외래시가(한시)와 사뇌가를 구별하기 위하여 '향가'를 내세운 것이다. 국선지도는 사뇌가의 주성을 한시의 송찬성과 서정성의 침식으로부터 지키기 위하여 제의의 해체에 저항했다.[37] (충담사가 왕사(王師)를 고사불수한 일 역시 저항이라 생각된다.)

향가의 원류는 사뇌가요 사뇌가는 선풍(토속신앙)의 제의가인데 화랑은 선풍(제의)의 담당자로서 제의가의 주성을 지키려고 외래시가에 저항하였다.

이상에서 고찰한 것은 화랑이 용화향도로 표현되고 미륵의 화현으로 기술된 설화가 있음에도 불구하고, 화랑의 본래적 성격은 토속신을 섬기는 제의의 주역으로 산천제의 제의가의 담당자이며 제의가의 주성을

---

37) 황패강, 앞의 책, 161쪽.

지키기 위하여 외래문화에 저항한 데 있다는 것이다. 이와 같은 고찰로서 향가와 화랑과의 관계는 어느 정도 밝혀진 셈이 된다.

4. 향찬(鄕讚)과 제의가

(1)

향가의 불교성에 대해서는 많이 논의되어 왔다. 이병기(李秉岐) 선생은 『국문학전사(國文學全史)』에서,

> 향가의 작가가 이처럼 승려를 중심으로 한 화랑도로서 조직되어 있다는 사실은 곧 향가의 내용을 규정짓는 데에 또한 유력한 증언을 하여 주는 것으로 이해된다. 즉 향가의 내용은 그 작가가 한정되어 있던 만큼 그 작가들의 정신생활이 반영되어 있음이 기대되는 바 그 작가가 곧 승려와 화랑도들이었다는 것은 곧 향가의 내용이 불교적인 이념에 그 기초가 있음을 얼른 추측하게 할 것이요, 또 실제 향가의 내용도 불교적인 것이 압도적으로 승(勝)한 것을 본다.[38]

고 말하고, 이어서 '향가문학은 곧 불교문학의 한 절정을 이룬 것'이라 지적하여 향가에 있어서 불교성이 지배적임을 뚜렷하게 말했다.

정병욱(鄭炳昱) 교수는 「향가의 역사적 형태고」에서 유사(遺事) 소재 14수의 향가에 균여(均如)의 〈보현십원가(普賢十願歌)〉 11수를 더하여 모두 25수를 통계의 대상으로 하여, 내용과 작가와 형식의 세 가지 각도에서 다음과 같이 분류하고,

---

38) 이병기·백철(白鐵), 『국문학전사』, 신구문화사, 1965, 72쪽.

내용	불교적(18) 붕우관계(2)	군신관계(2) 기타(1)	남녀관계(2)
작가	승려작(17) 민요(2)	화랑작(3) 실명(1)	여류작(2)
형식	10구체(19)	4구체(4)	8구체(2)

신라문화가 주로 불교 문화로써 그 광망(光芒)을 유지하고 있었음을 상기하고, 그러한 문화 속에서 향유되던 문학이 불교적인 색채를 지니는 것은 당시의 문학 현상을 반영해주는 것으로 해석할 수 있을 것이라고 하였다.

정병욱 교수는 향가의 작자에 대하여 좀 더 자세히 설명하였는데,

> 승려의 작품 17수를 필두로 하여 승려와 가장 긴밀한 유대(紐帶)로 연결되어 있던 낭도(郎徒)의 작품이 3수, 그리고 여류(女流)의 작품 2수 중 그 1수는 직접 불사(佛寺)에 기거하고 불승(佛僧)의 처인 동시에 사비(寺婢)였던 광덕(廣德) 처의 작품이고, 다른 1수는 독실한 불교의 신도였던 희명(希明)의 작이었으니 이러한 사실을 종합하여 보면 현전하는 향가 25수 중 실로 22수가 불교에 관련 있는 사람 또는 그러한 고도한 문화생활을 누릴 수 있는 고급문화인, 이러한 사람들에 의하여서만 제작되었다는 사실을 명기하여야 할 것이다. 그리고 일세를 풍미하던 당대의 이름 높은 향가 시인들은 거개 월명사(月明師), 충담사(忠談師), 융천사(融天師), 석영재(釋永才), 균여대사(均如大師) 부치의 고승들이었음을 또한 잊어서는 안 될 것이다. 이처럼 향가의 작가는 결단코 광범한 데에서 구할 것이 아니라 오히려 승려 또는 화랑도를 중심으로 하는 당시의 문화층에 속하는 극히 국한된 부류만이 향가의 작가일 수 있다는 단안을 지워 마땅하리라 본다.[39]

39) 정병욱, 『국문학산고』, 신구문화사, 1959, 140-145쪽.

고 하여, 향가에 있어서 불교의 영향을 절대적인 것으로 부상시켰고, 그 작자는 고승과 같은 지식층에 국한시키려 했다. 이와 같은 견해는 향가의 불교성을 강조하기 위하여 지나치게 통계수치를 내세운 데 말미암은 것이며 작품의 외형적인 문면에만 관심을 두었던 결과라고 보여진다.

김기동(金起東) 교수는 「국문학상의 불교사상연구」에서 향가의 불교성에 관심을 돌려 불교의 서원사상(誓願思想)과 정토사상(淨土思想)의 입장에서 〈원왕생가〉와 〈제망매가〉를 다루고 있다. 먼저 〈원왕생가〉의 서원에 대한 논술을 들어보면, 이 노래의 말미에 초점을 두어,

> 아으 이몸 기텨 두고
> 사십팔대원(四十八大願) 일고샬까 〈원왕생가〉

의 48대원 사상을 고찰해 봄으로써 이 작품의 사상적 배경과 창작 동기를 이해할 수 있다고 전제하고 무량수경(無量壽經)에 의거하여 법장보살(法藏菩薩)이 세자(世自) 재왕불(在王佛)의 가르침을 받고 48대원을 성취하고 나서 아미타불이 된 경위를 밝히면서, 〈원왕생가〉의 사십팔대원이 바로 이것이라고 지적하고 그 원문을 하나하나 살펴나갔다. 그 가운데 〈원왕생가〉와 직결되는 서원은 제18 염불왕생원(念佛往生願)인데,

> 염불왕생원은 만일 내가 성불할 때에 십방세계의 중생들이 나의 진실한 마음을 의심없이 받아들여서 신요(信樂)하고, 나의 나라에 태어나려고 염불하는 사람이 나의 정토에 왕생하기를 얻지 못한다면, 나도 정각(正覺)의 불(佛)이 되지 않겠다는 서원이니 제18원은 48원 중에서도 가장 중심이 되는 서원이라 하겠고, 미타(彌陀)신앙에 있어서 가장 중히 여기는 발원이라 하겠다.

라고 밝히어 사문(沙門) 광덕이 〈원왕생가〉에서 이와 같이 서원이 깊으신 무량수불을 우러러 양수(兩手)를 모아 '원왕생원왕생'하면서 서방정토 극락세계에 계시는 무량수불을 그리워하는 사람이 있다는 것을 알리어 달라고 서산으로 넘어가는 달을 보고 호소한 것임을 말했다.

> 요컨대 광덕의 〈원왕생가〉는 미타사상의 중심이 되는 서원사상(48원)을 바탕으로 불리어진 작품이라는 것이요, 그 서원사상 중에서도 제18 염불왕생원을 발원한 노래라는 것을 구명했다.

라고 김 교수는 결론적으로 말했다.

또 정토사상과 연결시켜 〈원왕생가〉에는 예토(穢土)에서 육체를 머물러두고 있는 한 아미타불이 성불할 때 발원한 48대원을 성취할 수 없으므로 한시라도 빨리 정토에의 왕생을 원하였을 것이라고 말하면서 〈제망매가〉의 종구(終句),

> 아아 미타찰에서 만나볼 나는
> 불도 닦으면서 기다리련다. 〈제망매가〉

에 관심을 기울여,

> 현세에서 허무관(虛無觀)과 무상관(無常觀)에 물들어있는 작자로서 현세에서는 만나볼 수 없는 망매(亡妹)를 아미타불이 설법하고 있는 극락세계로 간다면 상봉할 수 있기로 그날이 올 때까지 불도를 수행하면서 기다리겠다는 것은 진정 미타신앙이 없는 사람으로서는 감히 품어볼 수 없는 염원일 것이다.[40]

라고 밝히었다.

이상으로 「국문학상의 불교사상연구」에 나타난 향가에 대한 부분을 요약했는데 많고 깊은 불교사상의 고찰에 비하면 향가문학에 적용 해석한 농도가 약한 감이 있다. 작품에 나타난 특정 단어의 주석적 해석에 머물렀다는 느낌이 든다.

김동욱 교수는 한 걸음 나아가 향가에 나타나는 특정 단어와 연상되는 불교사상과 향가 작품의 주변에 있는 설화를 연결하여 연구하는데, 그의 논문 「신라정토사상의 전개와 원왕생가」에서, 신라에 있어서 미타관계의 초견(初見)은, 진평왕대의 혜숙(惠宿)법사의 미타사 창건에서 볼 수 있고, 이에 이어 선덕왕대에 자장(慈藏)법사에 의한 '아미타경류'의 저작에서 볼 수 있고, 다음 무열왕대 재상 김양도(金良図)의 이녀(二女)로 사비(私婢)로 흥륜사(興輪寺)에 사신공양(捨身供養)한 '신향서방(信向西方)'에서도 엿볼 수 있다고 말하고, 미타사상의 전개 중에서 가장 주도적인 위치에 있는 것은 원효(元曉)의 출현이라고 밝혔다. 원효는 〈무애가(無碍歌)〉의 작자로서 대호(大瓠)를 가지고 차가차무(且歌且舞)하면서 천촌만락을 돌아다녔다. 이때 염호(念号)가 '남무아미타불(南無阿彌陀佛)'이었을 것이고 〈무애가〉가 정토사상과 근접할 것이라고 말하였다. 김 교수는 정토사상과 향가와의 관련에 언급하여,

> 대체적으로 향가를 개관하건대 정토사상을 발상한 노래로서 미타정토에 광덕의 〈원왕생가〉 외에 미륵정토에 월명사의 〈도솔가〉와 또 미타정토에 〈위망매영재가〉가 있다.[41]

---

40) 김기동, 「국문학상의 불교사상연구」, 66-143쪽.

41) 김동욱, 『한국가요의 연구』, 을유문화사, 1961, 95쪽.

라고 지적하고 있다.

미타사상이 신라인을 서방정토극락왕생하는 신앙에 젖어들게 하였고, 이러한 신앙의 산물이 〈원왕생가〉와 〈제망매가〉라고 한다면 〈도솔가〉는 미륵사상과의 관련 아래서 생성된 작품이라고 보고 있다. 김 교수는 그의 논문 「도솔가연구」에서 불교 가요의 하나로서 〈도솔가〉를 중심으로 하여 신라에 있어서의 미륵사상을 일별(一瞥)하고자 한다고 전제하고,

> 경덕왕 십구년 4월 삭에 이일(二日)이 병현(並現)하여 순(旬)을 두고 사라지지 아니하므로 일관(日官)이 주청(奏請)하기를 연승(緣僧)을 청하여 산화공덕(散花功德)을 베풀면 풀 것이라 하였다. 이에 조원전(朝元殿)에 단(壇)을 만들어 놓고 청양루(靑陽樓)에 가행(駕幸)하여 연승을 맞이한 결과 월명사가 남로(南路)에서 오므로 왕이 불러 개단(開壇) 작계(作啓)케 하였다. 이때 명(明)이 아뢰기를 '臣僧但屬於國仙之徒 只解鄕歌 不閑聲梵'이라 하니 왕이 '旣卜緣僧 雖用鄕歌可也'라 하여 명(明)이 도솔가를 지어 불러 일괴(日怪)가 즉멸(卽滅)하였다는 것이다.[42]

라고 〈도솔가〉에 얽힌 설화를 설명하고 '산화'의 의식절차를 통하여 용화삼회(龍華三會)를 모상(模像)하고, 멀리 도솔천에서 미륵보살을 모셔와 미륵의 기적을 통하여 현실국토에 식재향복(息災享福)을 염원하는 소박하고도 강렬한 신앙심이 감돌고 있으니, 이러한 의식을 진행하기 위한 청불(請佛)·요불(邀佛)로서의 〈도솔가〉는 미륵세존을 모시는 노래인 것이라고 지적하였다.

---

42) 김동욱, 앞의 책, 39-40쪽.

미륵은 도솔천에 태어나 제천중(諸天衆)을 교화하고 일생보처(一生補處)의 보살로서 장차 양구전륜왕(蠰佉轉輪王) 치세에 하생(下生)하여 용화수하(龍華樹下)에서 성불하여 석가불미도(釋迦佛未度)의 유연중생을 제도(濟度)한다고 생각되고 있다.

신라에 있어서의 미륵사상은 설화 속에서 화랑과 긴밀한 관계를 가지고 나타나는 것은 이미 앞에서 말한 바와 같거니와 화랑을 용화향도라 생각하여 미륵하생신앙과 결부한 것은 낭불습합(郎佛習合) 이상의 차원으로 기층문화의 불교문화에 대한 역전 내지는 확산으로 여겨진다.[43]

김동욱 교수는 관음신앙에도 관심을 돌려 관음신앙을 현세적인 신앙으로 일반 서민에게 친근한 신앙이라고 지적하면서 「신라 관음신앙과 도천수대비가」라는 논문에서 다음과 같이 말하고 있다.

> 관세음보살은 초인적인 영험으로서 중생의 고액(苦厄)을 도탈(度脫)시키고 안락을 주는 구제자로서 자비의 화신으로 신앙되어 온 것이다. 또한 관세음보살은 아미타불에 따라다니기도 하지만 사후 정토안락의 소원감(疎遠感)도 없다. 같은 서민성을 지닌 신앙이면서도 보다 직접적인 친밀감을 자아내주는 현세적 신앙인 점에 소박한 무속신앙과 접경하고 있는 서민들에게 환영을 받은 것이고 다시 정토사상적인 면에 있어서는 응신(應身)사상을 통하여 일반 불도에게 친근한 신앙이었다.[44]

---

43) 이상일(李相日) 교수는 현대를 사는 원시성(『한국사상의 원천』, 22쪽)에서 다음과 같이 기술하고 있다. "이것은 신라 사회에도 적용될 것이다. 그 기층의 비합리적 생명력이 원형의 모태이며 그 모태에서 역전하는 문화 형성력이 상층의 개성문화에 작용함과 동시에 상층문화권의 문화재가 하층으로 침강하여 민족문화로서 뿌리를 내린다는 함수관계를 지적할 수 있을 것이다. 기층문화형성력이 개성문화에의 역전방식에서 우리는 문화적 원형의 의의를 발견하는 것이며, 그 원형의 확산지대로서 미개와 미신으로 버림받은 기층문화권의 한국적 현상에 대하여 주목하는 것이다."

44) 김동욱, 앞의 책, 109쪽.

관세음보살신앙에 깃들어 있는 현재 신격적 요소가 무속의 신앙과 통한다는 말은 이른바 선풍(仙風)의 성지인 관음굴(觀音窟)과 금강굴(金剛窟)이 관음진신상주처(觀音眞身常住處)의 불교 성지가 되었다[45]는 것과 비교 음미해볼 만한 흥미를 일으킨다. 선풍 성지의 토속신의 자리에 불교성의 보살이 대치된 설화적 표현으로 보여진다.

본고에서 향가의 불교성을 고찰하는 것은 불교성 자체를 알아내려는 것이기보다는 기왕에 존재하던 제의가의 주술성이 불교성 이전에 어떻게 존재했는가를 알아보려는 것이다. 물론 이러한 입장으로 고찰하려 할 때 향가의 원초형으로 추정되는 제의가가 불교가 전래된 이후에도 화랑도의 생활 주변에 주술성이라는 특성으로 강하게 전승되어 있었음을 전제로 하여 출발한다.

김동욱 교수는 향가 연구의 기본 방향을 현존 향가의 문면에 충실하여 향가문학이 미타사상, 미륵하생사상, 관음신앙의 표출로써 성립되었다는 입장에서 향가(사뇌가)를 불교찬가인 향찬(鄕讚)으로 잡고 있어 외래문화의 영향을 인정하여,

> 향가는 우리 민족 문학의 유산임에 틀림이 없으나 또한 중국적 영향을 받은 문학이라는 것을 간과해서는 안 될 것이다. 더욱이 향가 속에는 너무나 많이 불교적인 영향을 간직하고 있다는 것도 잊어서는 안 된다. 필자는 이미 여기에 착목(着目)하여 향가의 어떤 것을 인도의 범찬(梵讚), 중국의 한찬(漢讚), 일본의 화찬(和讚)에 비의(比擬)하여 '향찬(鄕讚)'으로 다루고 ...... [46]

---

45) 최진원, 「사찰연기설화와 선풍」, 『국문학과 자연』, 성대출판부, 122-123쪽.
46) 김동욱, 앞의 책, 34쪽.

라고 말하여 중국적 영향과 불교적 영향을 받은 문학임을 지적하고 있는데, 여기에서 말하는 중국적 영향이란 주로 향가의 형식이 절구(絕句)의 형식을 많이 취한 한찬(漢讚)의 영향임을 뜻하는 듯하며, 불교적 영향이라 함은 현존 향가의 문면에 많은 비중을 두고 이르는 말인 듯하다. 한편 향가를 인도의 범찬(梵讚), 중국의 한찬(漢讚), 일본의 화찬(和讚)에 비의하여 향찬을 다루게 된 "향가의 어떤 것"이라고 지목되는 작품의 대표적인 것은 아무래도 〈도솔가〉로 여겨지는데, 〈도솔가〉를 논술하는 자리에서 〈도솔가〉의 설화[47]에 '只解鄕歌 不閑聲梵'이라는 성범(범패)의 사실이 나오므로, 이미 불교 전래 이후에 의식가로서의 불찬가는 전래했으리라고 전제하면서,

> 개단(開壇)하여 계청(啓請)하는 마당에 성범(聲梵)을 익히지 못하였기에 향가라도 불러라 하는 왕명(王命)은 향가가 다만 신라 사회에 유행하던 속가(俗歌) 이상으로 '향찬(鄕讚)'으로써 불교적 기원과 발원의 노래였음을 증명하는 것이다.[48]

라고 지적하여 〈도솔가〉가 계청에 쓰인 향찬임을 말하였다.

향가가 그 내용면에서 불교의 영향을 많이 받고 있다는 주장은 이미 앞에서 살펴본 바 있거니와 이제 중국적 영향을 받았다는 것은 형식에 대한 소론(所論)으로 보이는데, 김동욱 교수는 〈도솔가〉의 형식에 대하여 언급하면서 경덕왕대 작품이 10구체가 아닌 4구체라는 이유를,

---

47) 景德王十九年庚子四月朔 二日並現 挾旬不滅 日官奏 請緣僧作散花功德 則可禳於是潔壇於朝元殿 駕幸靑陽樓 望緣僧 時有月明師 行于阡陌時之南路 王使召之 命開壇作啓 明奏云 臣僧但屬於國仙之徒 只解鄕歌 不閑聲梵 王曰 旣卜緣僧 雖用鄕歌可也 明乃作兜率歌賦之（三國遺事卷第五 月明師 兜率歌)

48) 김동욱, 앞의 책, 13쪽.

> 현존 범음집(梵音集) 중의 한찬(漢讚)이 칠언절구 형식이 많으므로 그것을 모방한 것이 아니면 또 이 노래 자체가 청불염화가(請佛拈花歌)로 되어 있기 때문에 가진 형식적 제약인지도 모른다.[49]

는 데서 찾으려 하고 한찬과 향가의 형식면의 관계를 더 언급하여,

> 한찬은 대개 오언, 칠언 절구 형식이거나 이의 연장형식이 대부분이다. 이와 향가 속에 내재되어 있는 4구체적 바탕은 어느 정도 유비(類比)를 나타내고 있다. 즉 4구의 배수인 8구와 후구의 2구가 붙어 있으나 후 2구는 대중들이 제창하는 후렴이라고도 할 수 있으니 형태적인 면에서는 민요에서 생성했다 하더라도 그 안정감은 이런 한시적 영향을 받았으리라 믿어진다.[50]

고 추론했는데, 4구체와 8구체의 변용의 원인을 절구의 영향으로 보고 있는 점에 대하여 김택규 교수는 미흡함을 표명하여,

> (향가의) 형식에 대하여는 선학의 '4→8→10'의 과정을 그대로 계승하고서[51], 변용의 원인을 '중국시가의 영향인 듯하다'고 하였으나, 이와 「향가의 연구」에서 논급하고 있는 범패(梵唄) 한찬(漢讚)과의 관계 사이에는 약간 미흡함이 있는 듯하다.[52]

고 하여 향가의 형식을 한시 형식의 영향으로 보는 것은 범패, 한찬, 향찬으로 변이하는 영향 관계를 설명하는데 불투명성이 있음을 지적하

49) 김동욱, 앞의 책, 59쪽.
50) 김동욱, 앞의 책, 20쪽.
51) 조윤제 박사는 향가의 형식적 전개를 '4구체→8구체→10구체'로 보고 있다.
52) 한국어문학회 편, 『신라시대의 언어와 문학』, 200쪽.

고 있으나, 이것을 더 근본적으로 살펴보면 김택규 교수가 미흡함을 표명한 것이 향가의 형식과 향찬의 성립 과정 사이에 있는 것처럼 본 것부터가 문제의 출발점을 정확하게 파악하고 있지 못한 것으로, 그것보다는 오히려 김동욱 교수의 궁극적인 주장인 향가의 성립은 범패나 한찬의 영향을 받아 향찬으로 성립되었다는 것과 향가의 형식의 발전 과정을 한시의 절구의 영향으로 보려는데 잘못이 있다. 김 교수도 이 점을 우려했음인지 장르 정립 문제를 상기시키면서 향가 가운데는 불교적 발원 외에 순수한 서정시에 속하는 노래도 있기 때문에 향가를 전체 향찬으로 대치하고자 하지는 않는다고 말하고, 〈서동요〉, 〈헌화가〉, 〈처용가〉 등이 동요나 민요나 무요이며, 신충의 〈궁정백(宮庭柏)〉은 불교적 발원의 구심력에서 멀고 〈모죽지랑가〉, 〈찬기파랑가〉 등의 노래가 순연한 발원의 노래가 아니고, 여러 관계 문헌에 불교 가요가 아닌 것이 산견되니,

> 필자 자신도 '향가=향찬'의 도식적인 상등성을 주장하지는 않는다. 다만 현존 향가에 관한 한 사뇌가는 종교 찬가인 향찬으로, 실지 불교 의식에서 불리웠다는 것을 정명하고자 한 것이다.[53]

라고 밝히고 있다. 이러한 해명에 대해서 최근에는,

> 사뇌가를 향찬으로 보는 견해는 필자의 제창이래 상당한 반응을 보이고 있으나, 필자는 전언한대로 사뇌가의 민요적 소원(溯源)을 배제하지 않았으므로 '사뇌가=향찬'의 완전등식을 끝내 주장할 염의는 없다. 다만 재래의 '사뇌가=향가'의 등식을 배제하려는 데서 주장한 것[54]

---

53) 김동욱, 앞의 책, 36쪽.

이라고 하여 종전의 해명을 다시 보충하였는데 이것을 종합해 보면 다음과 같이 된다.

> 향가 중의 사뇌가는 불교적 시가인 향찬이 많은데, 향가는 그 장르가 다양하므로 '향가=향찬'의 상등성을 주장하지 않으며, '사뇌가=향가'라는 등식은 배제되어야 하므로 사뇌가는 종교 찬가적인 향찬으로 불교의식가요로 보아야 하나, 사뇌가의 민요적 소원을 배제하지 않았으므로 '사뇌가=향찬'의 완전등식을 끝내 주장하지는 않는다.

그러나 이상과 같은 종합에도 불구하고 김 교수의 궁극적인 주장은 향가는 향찬에 의해 성립되는 것이며, '현존 향가에 관한 한 사뇌가는 종교 찬가인 향찬으로, 실지 불교의식에서 불리웠다'는 것이다. 승려에 의한 불교 찬가로서 향가가 성립되었을 뿐만 아니라 화랑까지도 당시의 국교적인 불교의 영향을 받은 것으로 보아, 불교의식의 여러 직책에 상응한 사중(士衆)이나 도자중(道者衆) 같은 것으로 봉사(奉仕)한 것이 아닌가 보고, 이렇게 화랑은 불교적 접촉에서 그 시가적 발상을 세련(洗鍊)하고, 사뇌가의 원형을 한문학이나 인도 문학의 한역으로 되어 있는 한찬에서 탈피시켜, 향찬을 익히는 습속을 가졌으리라고 보아진다.[55] 고 하였다.

이미 전술한 바와 같이 화랑은 토속신앙을 계승한 집단으로 제의의 담당자이었던 만큼 불교에 예속되어 있는 듯이 생각하는 것은 잘못이며, 설사 불교와 가까운 관계에 있다 하더라도 불교에 봉사하는 무리로 있었던 것이 아니라 오히려 승려가 불승으로서, 화랑도에 속해 있으면

---

54) 한국어문학회 편, 앞의 책, 320쪽.
55) 김동욱, 앞의 책, 19-20쪽.

서 중요한 역할을 담당하고 있던 사실을 찾아볼 수 있는 것이다.

이일병현(二日併現)을 물리치기 위하여 연승으로 뽑힌 월명사가 경덕왕의 명을 받고 '신승은 다만 국선지도에 속하므로 오직 향가만을 알 뿐'(유사 권5 「월명사 도솔가」)이라고 하여 국선지도임을 밝혔고, 경문왕이 국선으로 있을 때 범교사(範敎師)라 하는 흥륜사(興輪寺) 승이 낭도승으로 있으면서 국선 응렴(膺廉, 경문왕의 휘)에게 많은 영향을 끼친 낭지도 상수(上首)로 종사한 기록(사기 권11 「헌안왕」 4년, 유사 권2 「사십팔 경문대왕」)[56]이 있다. 이 밖에도 승려가 낭도승으로 종사한 예는 더 있을 것이나 국선과 관계하는 낭도승과 승려를 구별하여 조지훈(趙芝薰) 교수는 국선은 이름 밑에 '사(師)'를 붙이고 승려는 이름 위에 '석(釋)'자를 관(冠)하였다고 밝히어[57] 월명사, 융천사, 충담사는 국선지도에 속하는

---

56) 王諱膺廉 年十八爲國仙 至於弱冠 憲安大王召郎 宴於殿中 問日 郎爲國仙 優遊四方見何異事 郎日 臣見有美行者三 王日 請聞其說 郎日 有人爲人上者 而撝謙坐於人下其一也 有人豪富 而衣儉易 其二也 有人本貴勢 而不用其威者 三也 王聞其言 而知其賢不覺墮淚而謂日 朕有二女 請以奉巾櫛 郎避席而拜之 稽首而退 告於父母 父母驚喜 會其子弟 議日 王之上公主貌寒寢 第二公主甚美 娶之幸矣

郎之徒上首範敎師者聞之 至於家 問郎日 大王欲以公主妻公 信乎 郎日 然 日 奚娶郎日 二親命我宜弟 師日 郎若娶弟 則予必死於郎之面前 娶其兄 則必有三美 誡之哉郎日 聞命矣 旣而王擇辰 而使於郎日 二女惟公所命 使歸以郎意奏日 奉長公主爾 旣而過三朔 王疾革 召群臣日 朕無男孫 窀穸之事 宜長女之夫膺廉繼之 翌日王崩 郎奉遺詔卽位 於是 範敎師詣於王日 吾所陳三美者 今皆著矣 娶長故 今登位 一也 昔之欽艶弟主今易可取 二也 娶兄故 王與夫人喜甚 三也 王德其言 爵爲大德 賜金一百三十兩 (『삼국유사』 권 제2, 「48 경문대왕」)

王會群臣於臨海殿 王族膺廉 年十五歲 預坐焉 王欲觀其志 忽問日 汝游學有日矣 得無見善人者乎 答日 臣嘗見三人 竊以爲有善行也 王日何如 日 一高門子弟 其與人也不自先 而處於下 一家富於財 可以侈衣服 而常以麻紵自喜 一有勢榮 而未嘗以其勢加人 臣所見如此 王聞黙然 與王后耳語日 朕閱人多矣 無如膺廉者 意以女妻之 顧謂膺廉日 願郎自愛 朕有息女 使之薦枕 更置酒同飮 從容言日 吾有二女 兄今年二十歲 弟十九歲 惟郎所娶 膺廉辭不獲起拜謝 便歸家告父母 父母言 聞王二女容色 兄不如弟 若不得已 宜娶其弟 然尙疑未決 乃問興輪寺僧 僧日 娶兄則有三益 弟則反是有三損 膺廉乃奏臣不敢自決 惟王命是從 於是 王長女出降焉. (『삼국사기』 권 제11, 신라본기 제11, 「헌안왕」 4년 추구월)

낭도승임을 시사하고 있다.

이와 같은 사실과 견해는 화랑도를 불교의식에서 봉사하는 도중(道衆)으로 생각하는 것으로, 화랑이 불교적 접촉에서 시가적 발상을 닦아 나가고 향찬을 익히는 습속을 가졌다는 것은 향가의 역사적 발전과정을 무시한 데서 비롯되는 견해인 것이다. 화랑도는 토속신앙의 제의를 계승한 무리인 것이다.

더구나 김 교수는 이미 앞에서 지적한 바와 같이 향찬이 한시인 절구의 4구체적 바탕에 다시 그 배수인 8구체를 거쳐 후구의 2구가 붙어서 10구체가 되는 것으로 보아, 향가는 불교 찬가적인 향찬으로 시작되어 형식면에 있어서도 한찬의 주된 형식인 절구의 4구체에서 발달하여 10구체의 향가가 형성되는 것으로 보고 있으나 이와 같은 견해는 앞에서도 지적한 바와 같이 향가의 역사적 발전과정을 잘못 파악한 데서 생기는 오류라고 할 수 있다.

향가는 이미 불교가 전래되기 이전에 토속신앙의 제의를 계승한 화랑에 의하여 그 제의와 함께 물려받은 제의가의 주술성을 특성으로 하는 노래로 성립되어 있었던 것이다. 김교수가 말하는 사뇌가의 민요적 소원(溯源)에 있어서도 제의가의 중창적인 요소가 민요로 분화했을지는 몰라도 민요가 사뇌가의 소원이 될 가능성은 매우 희박한 것이다.

'향가의 원류는 사뇌가요 사뇌가는 토속신앙의 제의가다.'[58] 제의가는 불교전래 이전부터 제의와 함께 신라 사회와 밀착되어 있었으며, 제의가는 불교의 영향이 침투하기 이전부터 사뇌가의 성격을 지배하고 있었다. 오늘날 가명만이 전해지는 신라 상대에 속하는 노래에는 제의가가 지니는 특성, 예컨대 여음이나 주술성을 더 풍부하게 지니고 있을

---

57) 조지훈, 「신라가요연구논고」, 『민족문화연구』 제1호, 149쪽.

58) 최진원, 「동동고」Ⅱ, 『국문학과 자연』, 성대출판부, 158쪽.

것이다. 이런 각도에서 사(詞)는 부전(不傳)하나 가명만이 남아 있는 노래를 살펴볼 필요가 있다.

김동욱 교수는,

> 오늘날 잔존 향가의 작품은 25수지만, 각종 문헌에 남아 있는 가요에 관한 이름은 50여 수를 보이고, 또 대장경(大藏經) 보판(補板) 균여(均如)의 저작에서 추상할 수 있는 것이 67수 되니, 현존한 문헌으로도 200수를 넘나드는 향가의 편수를 헤아릴 수 있음은 다행이고, …… 여기에 다시 〈향악잡영(鄕樂雜詠)〉, 금곡(琴曲), 가야금곡(伽倻琴曲), 기타의 것을 합치면, 그 저변은 더 확대될 것이다.[59]

라 하여 향가의 양적인 열세를 보완하려는 느낌이 있으나, 본고찰에서는 사(詞)는 부전(不傳)하나 가명만이 전해지는 것을 합친 50여수의 노래를 대상으로 삼는데 그치려 한다.

이미 양주동 박사는 『고가연구』에서 여러 문헌에 나타나는 가명을 50여 수 열거하여 설명했으며[60] 조윤제박사는 『한국시가사강』에서 유사에 보이는 노래 25수와 기타 문헌에 보이는 가명 39편을 들어 가요 주변을 설명하였고[61], 김동욱 교수는 「향가의 연구」에서 이들 노래를 한데 통틀어 연대순으로 정리했는데 도합 55수(보현십원가는 일가명(一歌名)으로 계산)를 보여 주고 있다.[62]

이들 노래는 시대의 추세에 따라 달라지고 있음이 보이는데,

---

59) 김동욱, 「향가의 하위 장르」, 『신라 시대의 언어와 문학』, 한국어문학회 편, 309쪽.
60) 양주동, 『증정 고가연구』, 17-53쪽 참고.
61) 조윤제, 『한국시가사강』, 39-75쪽 참고.
62) 김동욱, 「신라 향가의 불교 문학적 고찰」, 『한국가요의 연구』, 37-39쪽 참고.

> 초기 작품은 '~~樂'으로 표시되는 무곡(舞曲)적인 요소가 많고, 진평왕대 이후에 불교 가요가 등장하게 되고, 또 문헌으로 잔존하고 있는 가요 중에는 그 대부분이 불교적 가요라는 것도 알 수 있다.[63]

라고 하였는데, 〈회악(會樂)〉이니 〈돌아악(突阿樂)〉이니 〈지아악(枝兒樂)〉이라 하는 '무슨 무슨 樂'이라는 이름의 노래가 무곡적(舞曲的)이라는 것은 초기의 노래에는 원시집단가무의 현장에서 불리워졌거나 그 영향이나 잔영이 짙었을 듯하다는 것으로 해석되며, 이러한 무곡적인 요소가 많은 것으로 지목되는 〈회악〉이나 〈돌아악〉이나 〈지아악〉은 고대 제의가의 원형을 많이 지니고 있을 것으로 생각되며, 이러한 가명이 보여주는 인상은 고려속요의 〈동동〉이 여음에서 붙여진 이름인 것처럼 이들 노래도 여음에서 가명을 만든 것으로 보여진다. 이 여음에 대해서는 다음 항에서 논의될 것이나, 노래의 사조(詞調)가 여음에 압도되던 노래는 한국시가의 원초형에 가까울 것으로 생각된다. 외래문화의 영향을 받기 이전의 신라의 노래는 여음의 주술성으로 특성 지어지는 사뇌가가 있어왔으나 진평왕 이후에는 불교의 영향으로 불교 가요가 등장하게 되는 것을 지적하는 것이다.

여기에 제의가의 해체 시기를 경덕왕대로 보고 제의가의 해체 후의 역사는 종교화 서정화의 길을 밟기 마련이라는 견해와,[64] 경덕왕대까지의 향가는 시송화·한시화되지 않았다(또한 불찬가화=향찬화도 되지 않았다)는 견해[65]와, 선풍(仙風)과 밀착되었던 사뇌가는 선풍해체로 말미

---

63) 김동욱, (위와 같음).

64) 최진원, 앞의 글, 161쪽.

65) 최진원, 위의 글, 162쪽.
일연은 '신라인에 향가를 숭상하는 사람이 많다. 향가는 시송의 류(類)인가. 왕왕 천지귀신을 감동케 하는 것이 한둘이 아니다'라고 말하여 향가를 시송에다 견주었다. 이

암아 새로운 운명을 맞는데, 그 운명의 한 면이 불찬가화라는 견해[66]를 어울려 판단해 보면,

> 사뇌가는 진평왕을 전후한 시기에 불교성이 가미되다가 경덕왕 무렵에 이르러 제의가로서의 성격이 해체되고 그 이후에 불찬가화(향가화)하게 된다.

로 종합된다. 사뇌가는 제의가로써 토속신앙의 제의(선풍)에서 불리어 오면서 향가의 성격을 주도해 오다가 불교와 유교가 전래된 이후에 불교와 유교의 영향으로 선풍이 해체되면서 향가는 불찬가화, 서정화의 길을 밟게 된다. 선풍은 고려의 팔관회에 계승되고 제의가의 유영은 고려속요에 계승된다.

(2)

불교 찬가로서의 향찬은 제의가 해체되는 경덕왕 이후에 가능해진다.[67] 화랑은 불국토사상을 배경으로 하여 나타나 불국토의 실현이라

말은 한시관으로써 향가를 규정코자 한 데에서 문제가 된다. 이 말은 일단은 수긍된다. 왜냐하면 시의 '송(頌)'은 본래 신(神)을 송찬하는 노래이므로 그것은 향가의 제의성과 유사하기 때문이다. 제의가에는 '기도성(祈禱性)'과 더불어 '송찬성'이 따르게 마련이다. 그러나 향가의 송찬성과 시송의 그것은 약간 다른 점이 있다. 경덕왕대까지의 향가는 시송화, 한시화되지 않았다. (또한 불찬가화=향찬화도 되지 않았다).

66) 최진원, 「사찰연기설화와 선풍」, 앞의 책, 133쪽에서 결론을 말하면서, "선풍의 저항은 어차피는 무너지고 만다. 선풍의 형이하성(形而下性)·비논리성(非論理性)은 불교의 형이상성(形而上性)·논리성(論理性)의 적수가 아니기 때문이다. 드디어 불교는 선풍을 조복(調伏)하고, 그 성지를 습합하여 불교의 성지로 만든다. 사찰연기설화에 나오는 '착한 용'은 거의가 조복된 '선풍'인 듯하다. 선묘(善妙)의 석룡(石龍)은 불교에 조복된 말로가 아닐까. 이에 이르면 선풍은 해체된다. 선풍과 밀착되었던 사뇌가는 선풍 해체로 말미암아 새로운 운명을 맞는다. 그 운명의 한 면이 불찬가화나. 균여의 〈보현원왕가(普賢願王歌)〉는 그 표본이다."

는 고원한 종교적 이상과 관련되어 있는 것[68]이 아니라 토속신을 섬기는 제의의 계승·담당자로서 있어왔던 것이며, 화랑이 한찬의 영향으로 성립된 향찬을 익히는 습속을 지니고 있었던 것[69]이라기보다는 제의가의 주성(呪性)을 지키기 위하여 향가의 한시화-송찬화·서정화-에 저항하였다.[70] 불교가 토착화하는데 있어 단순하고 순조롭게 신라 고유의 신에 접근하고 조화함으로써 토착화를 성취한 것[71]이 아니라 토속신앙의 저항을 받아 마찰과 갈등이 있던 끝에 논리성과 윤리성에 약한 토속신을 조복(調伏)한 것이었다.[72]

향가의 원초적인 모습은 고대 제의와 함께 있어 왔다. 고대 제의에서 불리우던 노래는 그 노래가 강한 인상을 주는 것이면 차차 제의가로 굳어져 제의 때마다 불리게 되는데 향가는 이 제의가로 성립되었다.

고대 제의와 직접 관련이 있는 노래는 〈회소곡(會蘇曲)〉이 있는데, 이에 대해 김열규 교수는,

> 가배(嘉俳)의 고사와 가락국 희락사모지사(戱樂思慕之事)의 고사는 이미 우리의 전통적 놀이가 쟁투(爭鬪)로 이루어져 있었음을 말하여 주고 있다.[73]

고 하여 가배의 고사가 쟁투임을 보여주고, 가배의 적마희(積麻戱)가 편전(便戰)임을 말하고,

---

67) 최진원, 「동동고」Ⅱ, 『국문학과 자연』, 성대출판부, 160-162쪽.
68) 황패강, 앞의 책, 200쪽.
69) 김동욱, 앞의 글, 19-20쪽.
70) 최진원, 위의 글.
71) 황패강, 위의 책, 201쪽.
72) 최진원, 「사찰연기설화와 선풍」, 『국문학과 자연』, 성대출판부, 133쪽.
73) 김열규, 「전승제의」, 『한국민속과 문학연구』, 138쪽.

王既定六部 中分爲二 使王女二人 各率部內女子 分朋造黨 自秋七月既望 每日早集大部之庭績麻 乙夜而罷 至八月十五日 考其功之多少負者置酒食 以謝勝者 於是歌舞百戲皆作 謂之嘉俳 是時負家一女子起舞歎曰 會蘇會蘇 其音哀雅 後人因其聲而作歌 名會蘇曲[74)]

이 기록이 양파경축희(兩派競逐戱)에 대하여 말하고 있음은 명백하다. 이 경우 적마 이외의 다른 제의적 의미를 직접 문면에서 결론짓기는 힘들다. 다만 가배의 기록이 여성의 편전에 대해서 말하고 있되, 그 편전이 달(月)의 영결(盈缺)과 직결되어 있다는 사실로 해서 여성원리적 생생력(경쟁력)과 달의 상관성이 그 기록 가운데서 암시되어 있음을 알 수 있다. 즉 여성 원리적 생생력과 영결에 따라 흥쇠(興衰)하는 달의 생생력이 연관되고 또 상보됨으로써 지상에 풍요와 번영을 재래(齎來)할 수 있게 될 가능성에 대한 암시가 그 기록 가운데 있는 것이다. 더욱이 칠월기망(七月既望)부터 팔월지망(八月之望)까지의 사이는 농산물이나 자연 직물의 결실의 계절이라 여성원리와 달의 원리에 의한 생생력의 상보증진은 더없이 필요한 때인 것이다. 말하자면 양원리의 합성에 의한 생생력의 증대를 목적으로 하는 계절적 제의가 절실히 요구되는 시기인 것이다.[75)]

라고 말하여 가배의 적마희(績麻戱)가 제의일 가능성에 대해서 언급하고 있는데, 이와 같이 가배의 적마희가 제의적 성격에서 소외되지 않는다면 이때 불리운 〈회소곡〉은 가배의 제의에서 하나의 형으로 굳어진 제의가일 것이다. 더구나 8월 15일에 '歌舞百戲皆作'했다는 기록은 달

74) 『삼국사기』, 권 제1 신라본기, 「제1 유리왕」 9년.

75) 김열규, 위의 책, 155쪽. 편전(便戰)에 대해서 다음과 같이 설명하고 있다(139쪽). '편전은 거개(擧皆)가 연차제의나 절후제의에 수반되거나 그러한 제의 그 자체로서 시행된다. 연자제의나 절후제의는 개인의 생에 있어서의 통과제의에 대응될 자연의 통과제의 내지 집단의 통과제의라는 성격을 가지게 된다.

의 생생력과 함께 가배의 고사가 제의임을 말해 주는 것이다.

가배의 고사가 편전(便戰)으로써 집단적 신성 쟁투의 개념으로 이해되는 제의(양파경축회)에서 불린 제의가라면, 〈구지가〉는 영신(迎神)의 제의에서 불린 제의가라고 할 수 있다. 이에 대해 김열규 교수는,

> 구지가는 신탁을 따라 군신을 맞이하려는 무도(舞蹈)에 수반되어 제창(齊唱)된 노래다. 무도가요(舞蹈歌謠) 합창가라는 성격을 겸유하고 있다. 신탁이 있었고 그것을 봉행하기 위한 행위가 있었던 점으로 보아 거기에는 제의가 베풀어졌다는 것이 명백하며, 구지가는 이러한 제의의 한 부분인 것이다. 그런 점에서 이 노래는 '제의가'라는 일면을 지니고 있다.[76]

라고 지적하고 있어 〈구지가〉가 제의가임을 뚜렷이 하고 있는데, 이 〈구지가〉의 주술적인 요인과 함께 「수로부인」의 기록에서 주술의 놀이[77]를 확인할 수 있다고 말하고,

> 이 얘기는 '푸닥거리'나 '풀이' 류에 속할 주술이 놀이 형태로 이루어졌음을 말해준다. 전기(前記)한[78] 「가락국기」의 영신(迎神) 놀이와

76) 김열규, 「향가의 문학적 연구 일반」, 『향가의 어문학적 연구』, 서강대학교인문과학연구소, 3-4쪽.

77) 한국의 민간 전승에 있어서는 '놀이'는 이미 제의와 상충(相衝)적인 개념은 아니었다. …… 민속적인 제의가 얼마나 많이 '놀이'란 이름으로 불리고 있다 하는 것은 새삼스레 열거할 필요도 없다. '놀이'는 이 원천적인 개념에 있어서 신성한 행위, 진지한 종교적 행위와 대립적인 것이 아니었던 것이다. (김열규, 「전승제의」, 『한국민속과 문학연구』, 133쪽.)

78) 「가락국기」에서 신탁은 '等須掘峰頂撮土 歌之云 龜何龜何 首其現也 若不現也 燔灼而喫也 以之蹈舞 則是迎大王 歡喜踴躍之也'와 같이, 영신의 제의를 가무로 된 행동으로 실연하기를 요구했던 것이다. 이 춤추고 노래 부르는 것이야말로 바로 굿이었고 놀이였던 것이다.

> 비교할 때 가락국기의 '굴봉정촬토(掘峰頂撮土)'와 「수로부인(水路夫人)」 얘기의 '以杖打岸'이 상관성을 지닌 변이라는 것이 눈에 띈다. 양쪽 주사(呪詞)를 비교할 때도 수로부인의 〈해가사〉는 〈구지가〉의 변창(變唱)에 지나지 않는다.[79]

라고 지적하여 〈해가사〉는 제의가일 가능성을 밝히고 있다.

이상에서 살펴본 바를 한마디로 말하면 위에 든 세 노래는 모두 제의가인데 〈회소곡〉은 양파경축희에서 불리었고, 〈구지가〉는 영신의 제의에서 불리었으며, 〈해가사〉는 주술의 놀이에서 불리던 것이다.

가배의 제의가로서의 〈회소곡〉은 '以謝勝者'하던 제의의 끝마당에 '가무백희'와 함께 성립하던 것이었다. 이 결실을 앞둔 계절의 제의는 가무백희하는 가운데 풍겸(豊歉)의 구별이 뚜렷이 결정되는 것이며 '회소회소(會蘇會蘇)'하고 탄(歎)하는 그 소리는 제의의 의미로 해서 더욱 애아(哀雅)한 것이었을 것이다.

〈구지가〉는 주사(呪詞)로서의 제의가다. 위협과 명령으로서 대상에게 주술을 가하고 있다. 구수(龜首)의 출현이 대왕의 강림을 유도한다고 생각할 때 '首其現也'의 명령법은 대왕의 강림을 기대하면서 구수에 가해지는 강압(强壓)이므로 구지가는 대왕과 구수가 제휴되는 은유의 명령법에 의한 주사라 할 수 있다.[80]

김열규 교수는 「〈원가(怨歌)〉의 수목(樹木)(柏) 상징(象徵)」에서 〈구지가〉와 함께 〈해가사〉의 호격을 주술대상에 대한 위협으로 보고, 향가에 있어서 언어적 상징이 기소(祈訴)적인 점이 많은 것을 들어 향가의 성격을 종교적인 것에서 찾으려 하여 〈원가〉를 주술 의도에 의하여 제

79) 김열규, 「전승제의」, 『한국민속과 문학연구』, 137쪽.
80) 김열규, 위의 책, 5쪽.

작된 것으로 보아 시(詩)이기보다는 제의이고 언어이기보다는 행동이라고 하였다. 〈원가〉의 작자 신충(信忠)에게 있어서는 〈원가〉는 욕구충족의 행동을 상징하는 제의인 것이다.[81]

이상에서 제의와 관계가 있을 것으로 보아온 몇 개의 노래를 들어보았는데, 이런 노래 이외에도 많은 제의가가 있었을 것이고, 이런 신라의 노래는 현전하는 향가 이외에도 많은 노래가 고려에 계승되어 불리었으리라 여겨진다. '今俗謂此爲散花歌 誤矣 宜云兜率歌 別有散花歌 文多不載'(유사 권5, 〈월명사 도솔가〉)에서 보는 바와 같이 일연이 유사를 기록하던 고려대에 있어서 '속(俗)'으로 표현된 계층에서 〈도솔가〉가 불린 듯 하며, 아울러 '文多不載'한 〈산화가〉도 '俗'에서 불린 노래일 것이다. 여기에 굳이 '今俗謂此爲散花歌 誤矣'라 한 일연의 서술은 '俗'에 대한 대립되는 개념을 염두에 두고, 그러한 개념과 대응하는 계층으로 '속'이라는 표현을 사용했을 것으로 보이는데, 이때의 '속'은 '속요(俗謠)'의 '속'과 의당 같은 개념으로 봐야 할 것인데, 이때 '속'이라 함은 외래문화에 대응되는 토속적인 문화의 개념, 혹은 상층문화에 대한 기층문화의 개념으로 파악되어야 할 것이다.

이렇게 볼 때 〈도솔가〉가 속요 내지는 토속성과 관련이 깊은 기층문화와 제휴되어 있다는 가정은 〈도솔가〉가 주가일 것이라는 기왕의 주장을 재확인하는 방증이 될 수 있으며, '이일병현(二日竝行)'의 괴(怪)를 물리치기 위하여 연승을 맞아 '개단작계(開壇作啓)'하는 것이, 제의의 변형 내지는 제의의 투영이 짙은, 사신(事神)하는 주술이 행해지던 제단의 모습을 전해주는 것이라고 말할 수 있을 것이다. 〈도솔가〉의 제의가적 성격은 고려대에 와서 기층문화와 제휴되었을 가능성이 크다.

---

81) 김열규, 「〈원가〉의 수목(백) 상징」, 『국어국문학』 18호, 1957.

'文多不載'한 〈산화가〉는 장형의 노래이었을 것이며, 이러한 장형의 노래는 고려속요와 맥이 이어지는 것이고 이 노래가 문화 기층과 더 관련되어 있으리라는 것은 고려속요가 지니는 제의가적인 성격과 유관하다는 것을 보여주는 것이다. 고려속요에는 제의가로서의 향가의 성격이 계승되었다는 것은 이미 잘 알려진 것이지만, 예컨대 〈동동〉 기구나 〈정석가〉 기구의 송도성, 여음이 보여주는 주술성 등은 신라대 향가에 그 연원을 두고 있으며, 이러한 고려대에 계승, 잔존한 시가의 성격을 그대로 신라대 제의가의 성격으로 수용할 수 있는 것이다.

(3)

〈돌아악(突阿樂)〉과 〈지아악(枝兒樂)〉이 한국시가의 기초적인 것으로, 후대의 시가에 풍부하게 나타나는 여음은 이미 이들 노래에서 비롯된 것이며, 이들 노래의 가명은 그 노래 속에서 그 노래의 성격을 압도하던 여음에서 취득한 것임을 전제로 하여 이들 두 노래를 고찰해 보겠다.

> 會樂及 辛熱樂 儒理王時作也 突阿樂 脫解王時作也 枝兒樂 婆娑王時作也 思內(一作詩惱)樂 奈解王〉時作也 笳舞 奈密王時作也 憂息樂 訥祇王時作也 碓樂 慈悲王時人百結先生作也 竿引 智大路王時人川上郁皆子作也 美知樂 法興王時作也 徒領歌 眞興王時作也 捺絃引 眞平王時人淡水作也 思內奇物樂 原郎徒作也 內知 日上郡樂也 白實 坤梁郡樂也 德思內 河西郡樂也 石南思內 道同伐郡樂也 祀中 北隈郡樂也 此皆鄕人喜樂之所由作也[82]

삼국사기의 기록은 여기에서 문제로 삼은 노래에 대한 정보를 이렇

82) 『삼국사기』, 권 제32, 잡지 제1, 「악지」.

게 전해준다. 이것 이외에 그때의 사정을 더 말해주지는 않는다. 그러나 이 가명에 대한 어학적 고찰의 성과는 이들 노래의 성격을 유추하는 데 큰 도움이 되었다.

우선 〈도솔가〉에 대한 고찰을 들어보겠다.

> 이 〈도솔가〉는 그 내용이 전치 않으나마 사기소기(史記所記)에 의하야 대략 '민속환강(民俗歡康)'을 구가(歐歌)한 노래, 혹은 왕의 인정(仁政)을 송양(頌揚)한 노래임을 알 수 있는데 '도솔'은 원래 '두리·도리'의 차음이므로 '도솔가'는 현존 농악 '두레'('社·circle'의 뜻)의 '두리놀이·도리놀애'에 해당한다. 이 '두리·도리'는 동방속악에 흔히 후렴으로 사용되는 전통적 문구 '둥둥다리·다롱디리' 등의 '다리·디리'와 동일한 자인데 그 원의는 혹 간단히 타고동동(打鼓冬冬)의 의음(擬音), 곧 '두리둥둥'에도 연원됨일지나, 이는 일방 전절 소인(所引) 위서(魏書)에 삼한무도형식(三韓舞蹈形式)을 기술한 '其舞數十人, 俱起相隨, 踏地低仰' 운운에 의하여 다수인이 발을 구르며 돌아가면서 노래의 후렴을 '도리·두리'라 제창한 것으로 해(解)할 수도 있겠다. 어떻든 '도솔(兜率)' 곧 '두리·도리'(다리·디리)는 동방가악에 고금에 관용되는 전통적 사설로서 저 진흥왕대의 '도령가(徒領歌)'도 그에 불외(不外)하며, 헌강왕대의 산신(山神)창가(唱歌)로 전하는 '지리다도파도파(智理多都波都波)'의 '智理', 또는 훨씬 내려와 여요 중에 '아으 動動다리', '위 두어렁셩 두어렁셩 다링디리', '더러둥셩 다리러디러 다리러디러 다로러거디러 다로러' 등 유사한 문구로 의연히 잔존되어 있는 것이다.[83]

이와 같이 〈도솔가〉를 '두리놀애·도리놀애'로 본 것이나, 여요에 나

---

83) 양주동, 앞의 책, 14-15쪽.

타나는 후렴(여음)으로 맥락을 연결시킨 것은 본고의 전개에 많은 점을 시사해 준다. 적어도 신라 상대의 노래들이 여요에서 풍부하게 볼 수 있는 여음의 원초적 형태를 지녔으리라는 것을 강력히 시사해 주는 것이다. 〈도솔가〉가 여요의 여음과 밀접한 관계에 있다는 것을 전제로 하여 신라 상대의 노래-적어도 〈도솔가〉와 동시대이거나 더 상대의 노래-예컨대 〈회악〉이나 〈돌아악〉이나 〈지아악〉 등 현존하는 노래의 가명에서 신라 상대의 가요의 일성격을 추출할 수 있을 것이다.

여기서 문제의 〈돌아악〉에 대한 선학의 견해를 들어볼 필요가 있다.

> 탈해왕대의 〈돌아악〉이란 것은 '돌아(突阿)'가 곧 '돌아'의 차음(借音)임을 보아 상필(想必) 노래의 모두(冒頭)를 '돌아 돌아'로써 시작한 노래일지니 …… 우리는 이 '돌아 돌아'를 기구로 한 노래의 형식이 사뇌가 중의 〈원왕생가〉 백제의 〈정읍사〉, 기타 근대 속요를 통하야 꾸준히 전승되어 있음을 본다.[84]

'突阿'가 '돌아'의 차자일 가능성은 매우 높을 것이나, 근대 속요에 꾸준히 전승되었다 함은 달을 소재로 하는 '달아 달아 밝은 달아' 등의 노래를 연상케 하는데, 이 '돌아(突阿)'를 자연의 달(月)로 보지 않고 '돌아' 혹은 '돌아'로 보아 여음의 한 흔적으로 추적할 수도 있을 것이다. 이러한 각도의 추론이 가능하다면 '파사왕대의 〈지아악(枝兒樂)〉은 의미상(義未詳)'[85]이라고 한 〈지아악〉과 〈돌아악〉을 모두 다 그 노래 속에서 노래를 압도하던 여음에서 취득한 가명일 것이라는 의문을 세워 볼 수 있을 것이다.

---

84) 양주동, 위와 같음.
85) 양주동, 위의 책, 20쪽.

〈정석가〉 기구(起句)는 〈동동〉 기구와 함께 선어(仙語)다. 〈정석가〉는 그 전편에 송도적 성격이 농후하게 풍기는 가의로 이루어졌다. 그런데 〈정석가〉에는 〈동동〉과는 달리 언뜻 여름이 보이지 않는다. 기구를 제외한 여타의 연에는 반복되는 주제에 따라 관념화된 말이 연의 말미에 반복해서 쓰이고 있다.

삭삭기 셰몰애 별헤 나ᄂᆞᆫ
삭삭기 셰몰애 별헤 나ᄂᆞᆫ
구은 밤 닷 되를 심고이다
그 바미 우미 도다 삭나거시아
그 바미 우미 도다 삭나거시아
有德ᄒᆞ신 님믈 여희ᄋᆞ와지이다 (〈정석가〉 2연)

아무래도 무의미한 여음의 영발(詠發)에 비해 '有德ᄒᆞ신 님믈 여희ᄋᆞ와지이다'와 같이 관념화된 언어는 저항을 느끼게 한다. 이미 관념화되어 교감의 정도는 떨어지게 되고 여음이 주는 집단적 동질성에서 유리되는 감이 많아진다. 그렇다면 〈정석가〉 기구에서는 여음이 없는 것인가. 여음의 흔적이라도 남아 있지 않을까. 〈동동〉 기구가 여음을 사(詞)의 말미에 달고 있다면 〈정석〉가 기구는 여음을 모두(冒頭)에 지니고 있는 것이 아닐까.

딩아 돌하 當今에 계샹이다.
딩아 돌하 當今에 계샹이다.
先王聖代에 노니ᄋᆞ와지이다. (〈정석가〉 기구)

'딩아 돌하'가 정석가에서는 한데 어울린 여음으로 쓰이고 있지만 신라대에는 '딩아'와 '돌아'로 독립하여 별개의 여음으로 각각 다른 제의가에서 그 제의가를 압도하던 여음으로 볼 수 있을 것이다. 그러던 것이 〈정석가〉 기구에서 '딩아 돌하'로 회합한 것이라고 볼 수 있을 것이다.

그러면 '딩아 돌하'에 대해서 좀 더 생각해 보기로 한다.

> '딩'은 '정(鉦)', '돌'은 '경(磬)'. 금(金)·석악기(石樂器)를 의인적으로 호격화한 것으로써, 즉 창자가 금·석악기를 치면서 그 '딩·동' 성(聲)에 맞추어 해학적으로 '딩아 돌아' 부르는 것이다. 인격으로서의 '-돌'은 나대(羅代)로부터 줄곧 관용되어 있다. 진한 육촌장(辰韓六村長)의 일인 '소벌도리(蘇伐都利, 쇠볼도리)', 신라 불교 최초의 신자 '모례(毛禮)'(도리), 신라 지증왕휘(諱) '지도로(智度路)'(디돌) 등등 근세엔 '돌(乭)'로 쓰여진다. (麗謠箋註)
>
> 한림별곡의 '鄭少年하'와 같은 뜻으로 '돌'은 '소년·동자'의 뜻이며 '딩아'는 '디아(디리야)'의 음전(音轉)인 듯하니 '디(디리)는 '신(神)'의 뜻으로 나대(羅代)엔 '지도로(智度路)', '지리(地理)'리 등으로 표시되었다. (鄕歌麗謠新釋)[86]

상기 인용한 견해는 다 같이 '딩아 돌하'를 의미가 있는 실사로 보고 특히 '돌하'의 '돌'을 인칭으로 보아 연소자의 남자를 지칭하는 것으로 이해하려 하고 있다. '돌하'가 남자 연소자를 호칭하는 '돌아'라는 호격에서 연유한 것이며 실제로 제의가에서 그런 의미로 사용되던 어의를 지니고 있는 것인지는 몰라도 이미 〈정석가〉에 이르러서는(제의가로 정착되었을 때에는) '돌아'는 하나의 여음으로 굳어진 것으로 보인다. 한편

---

86) 양주동, 『여요전주』, 성대국어국문학과, 72쪽.

'딩'과 '돌'을 악기성으로 본 것은 그것이 여음일 가능성을 간접적으로 시사하는 것으로 볼 수 있을 듯하며, '딩아'를 신의 뜻으로 보려 한 것은 신격을 호칭하는 것을 전제로 하여 제의성을 암시하는 듯도 하다.

〈정석가〉는 여섯 연으로 이루어진 노래인데 언뜻 보아서도 이 노래는 세 부분으로 가를 수 있다. 기구와 본사와 종구로 나누어 볼 수 있는데, 정석가의 기구와 종구는 고려대에 이미 널리 쓰이어 관용되던 것이 아니었는가 하는 생각이 든다. 본사는 연속되는 네 개의 연이 같은 주제로 소재만을 바꾸어 단조롭게 전개하여 임을 송도하고 있어 본가를 위한 제작으로 보여지나, 기구는 이미 부활제에서 굳어진 제의가의 한 원형으로 보여지는 것이다. 이러한 제의가의 기구로 관용되던 것이 임의 송도에 쓰일 의식가와 결합된 것이며, 이러한 논의는 〈정석가〉의 종구가 〈서경별곡〉류에도 보이는 것으로 이들 특정한 구연(句聯)이 또 다른 노래에도 관용되었을 가능성을 상정할 수 있을 것이다.

〈정석가〉를 이렇게 세 부분으로 분리해서 볼 때 각 부분이 지니고 있는 가사의 성격으로 보아 그 각각의 제작 성립 시기를 대충 구별할 수 있을 것 같다. 본사(2, 3, 4, 5연)는 사의(詞意)가 관념화되어 추상적인 개념이 사표(詞表)로 유리되는 듯이 보여서, 이른바 송찬으로 전범(典範)적 존재를 대상으로 하고 있으므로 교감이 감소되고 있으며, 종구는 사의가 상당히 관념화되어 있기는 하나 송도하는 대상의 외정(外廷)이 좀 더 개방되어 있으며, 또한 사의의 대상이 전범화되지 않았다는 것을 보아 민중에 가까운 것이며, 기구는 부활제의 시간성[87]을 배경으

87) 최진원 교수는 〈정석가〉 기구의 시간성에 대하여 "당금의 왕은 당금의 존재가 아니라 조령(祖靈)의 화신이다. 이와 같은 원초적 사유에 있어서는 '당금'의 현존은 '선왕(先王)대'의 과거에 흡수(회귀)되어 버린다. 현재는 과거의 연장이 아니라 과거의 반복이다. 그러므로 부활제의 시간은 과거뿐이다"라고 말하였다. 이것은 〈정석가〉 기구가 제의가임을 보여준다.

로 성립된 것임을 알 수 있다. 이것은 〈정석가〉 기구가 제의가로 성립된 것임을 말해주는 것이다.

〈정석가〉는 이와 같이 그 전편이 동시성을 지니는 것이 아니라 앞에서 구분한 세 부분을 단위로 할 때 기구는 종구에 선행하며 본사는 종구에 후행하는 것으로 볼 수 있다.

〈정석가〉의 경우 그 기구는 제의가이며 〈동동〉 기구와 함께 신라대에 선어(仙語)로 성립된 것으로 보여진다.

> 〈정석가〉 기구 역시 그 밑바닥에 조령과 왕을 일체시하는 원초적 사유를 깔고 있음을 알 수 있다. 그러므로 그것은 〈동동〉 기구와 같은 선어다. 그러나 그것은 왕의 부활제에서가 아니라 일반 성년식에서 불리운 것이 아닌가 생각된다.[88]

신라 선풍과 맥락이 이어지는 〈정석가〉 기구는 성년식에서 불린 노래라고 생각될 때 화랑의 유오산천(遊娛山川)하던 산천제의 범주 속에 신참자로서의 화랑도의 성년식이 포함되어 있으며, 이들의 성년식은 선풍성지에서 이루어진 것이라는 추상도 곁들여 볼 수 있을 것이다. 선풍성지는 신라대 제의의 현장이었을 것이며, 선풍성지는 제의가의 실연장이었을 것이다. 그때 제의가는 선풍성지와 밀접한 관계를 유지하며 성립할 것인데, 특정 지역에 자리잡은 성지는 그 지역 특유의 색채를 띤 제의가를 산출할 것은 당연한 일일 것이다. 이 지역 특유의 색채를 특징지어주는 결정적인 구실을 하는 것이 여음일 것으로 추상되는데, 이것은 근대에도 지방색의 민요에 그 지방 특유의 여음이 발달되어 있는 것에 비의될 수 있는 것이다.

---

88) 최진원, 「동동고」Ⅱ, 『국문학과 자연』, 성대출판부, 155쪽.

고대(원시적) 제의에서 불리던 노래는 생활과 밀접한 관계가 있고, 그리하여 강력한 인상을 주는 것이면 제의 때마다 계승되어 드디어는 하나의 형으로 굳어버린다.[89] 이때 강력한 인상을 주는 것은 일차적으로는 노래의 가사가 지니는 의미질(質)이겠으나, 이차적이기는 하나 노래의 색채를 결정하는 더 강력한 요소는 의미질에 있는 것이 아닌 것 같다.

> 그런데 노래란 것이 집단적인 제창이 되면 거기에는 반드시 율조를 고르게 하는 군소리(여음)가 개입하여, 노래의 의미적인 향락이 축출되고, 음조의 율동적인 희락, 나아가서는 손발이 움직이는 군무로 변전(變轉)하여, 이미 노래가 가졌던 개인성 곧, 의미질은 상실되고 군중성, 곧 음악질이 제고(提高)된다. 그러므로 이렇게 어떤 집단 혹은 지방의 특유한 성조, 곧 음악적인 표현으로 아주 대치되어버린 노래를 일컬어 아무 지방, 아무 군현, 또는 아무 성중, 아무 산록(山麓)의 노래라 부르게 되는 것은 필연지세가 아닐까?[90]

여기에서 최학선 씨가 말하는 아무 지방, 아무 군현, 아무 성중, 아무 산록의 노래라고 지칭하는 것은 〈치술령곡(鵄述嶺曲, 國人作)〉, 〈양산가(陽山歌, 時人作)〉, 〈동경곡(東京曲, 國人作)〉, 〈이견대(利見臺, 新羅王 父子作)〉, 〈목주(木州, 木州孝女作)〉, 〈여나산(余那山, 未詳)〉, 〈방등산(方登山, 長日京女作)〉, 〈내지(內知, 日上郡人作)〉, 〈백실(白実, 押梁郡人作)〉, 〈덕사내(德思內, 河西郡人作)〉, 〈석남사내(石南思內, 道同伐郡人作)〉, 〈사중(祀中, 北隈押郡人作)〉 등등을 이름인데, 이들 노래는 그 노래의 내용과

89) 최진원, 위의 책, 153쪽.

90) 최학선(崔鶴璇), 「고가명삽의(古歌名插疑)」, 『무애 양주동박사 고희기념논문집』, 349쪽.

는 관계없이 그 노래가 생산된 지역의 이름이 가명으로 명명된 것을 이름이다. 이들 노래는 그 집단, 혹은 지방의 특유한 성조를 지니고 있으며, 그 노래의 특색을 드러내어 그 지방의 이름으로 가명을 관(冠)한 것인데, 비교적 의미질이 남아 있어 그 내용을 후세에 전해주는 것이겠으나, 여음이 그 노래를 압도하여 음악질이 제고된 노래는 후세에 노래의 내용을 전하지 못할 만큼 의미질이 손상되어 있었던 듯이 여겨진다. 〈내지〉, 〈백실〉, 〈덕사내〉, 〈사중〉과 같이 노래의 내용이 전하지 않는 것들 중에는 이런 노래가 끼어 있을 것으로 볼 수 있을 것이다.

이러한 생각을 좀 더 넓혀서 다른 노래에도 적용해 볼 수 있겠는데, 최학선 씨는 〈정읍사〉의 풍부한 여음의 예를 들어 그 여음이 가의를 흐려놓을 것이라고 지적하고,

> 사실 이 노래만 하더라도 후세에 〈아롱곡(阿弄曲)〉이라 명명된 것이(『투호아가보(投壺雅歌譜)』) 바로 그 까닭이요, 저 고려가요의 〈동동〉이 또한 이와 같다. 그러므로 위에 말한 지명에 연유한 가명의 내용에 대하여 설혹 소전(所傳)이 있었다 할지라도, 그 내용 곧 가사가 무시망각(無視忘却)되고, 오히려 그 음조를 높이 사서 그것들을 어느 군현, 혹은 성중 또는 산록지대(山麓地帶)의 특이한 노래로 생각하여 온 듯하다. 따라서 고가에 이러한 지방적 특이한 음조로서 명명되고 가창되었다는 것은 그것이 가의의 향락보다는 무의미한 악률적인 사설, 곧 군소리의 반복이 희락의 구로 소용되었다는 근본 성격을 시현하는 것이라 보겠다.[91]

와 같이 말하고 있다.

---

91) 최학선, 앞의 글, 350쪽.

특히 여음의 반복이 희락의 구로 소용되었다는 말은 그 노래의 성격(군중성)으로 보아 여음이 그 노래를 압도하는 것을 지적하는 것이고, 더 나아가서는 여음으로만 구성되는 무가와 같은 노래를 산출하였을 것으로 보인다.[92] 이와 같이 예의 무가처럼 여음으로만 구성된 노래가 아니라 하더라도 그 노래의 인상이 여음에 달려 있고, 또는 그 노래의 성격이 여음으로 좌우되는 경우, 그 노래의 이름을 여음에서 따온 것을 볼 수 있다. 〈아롱곡〉이 그런 방식의 명명법이고, 〈동동〉이 그런 방식의 명명이고, 『규원사화(揆園史話)』에 보인다는 '어아지락(於阿之樂)'[93]이 그것을 보여주는 일례가 될 것이다. 이와 같은 견해는 신라 상대 탈해왕 시작인 〈돌아악〉과 파사왕 시작인 〈지아악〉이 여음에서 명명된 가명이라는 가능성을 배제할 수는 없을 것이다.[94]

신라 선풍과 맥락이 이어지는 〈정석가〉 기구는 제의가(선어)라는 입장에서만이 아니라 여음의 각도에서 보아도 신라 상대의 노래와 혈연관계에 있을 개연성은 넉넉히 상존하는 것이다. '동동'이라는 명명이 '동동다리'라는 여음에서 얻어진 것이고, '동동다리'의 '다리'를 '지리(智理)'로 볼 때 '동동'은 '지리'로 명명됐을 가능성을 생각해 볼 수 있듯이, 〈정석가〉 기구에 들어있는 '딩아 돌하'가 여음이라고 할 수 있다면 〈정석가〉도 '정석'이 아닌 '딩아(枝兒)'나 '돌아(突阿)'로 명명될 수 있었을 것이다.

---

92) 『시용향악보』에는 여음으로만 구성된 무가가 기재되어 있다.
軍馬大王 리러루 러리러루 런러리루 / 러루 러리러루 / 리러루리 러리로 / 로리 로라리 / 러리러 리러루 런러리루 / 러루 러리러루 / 러루 러리러루 / 리러루리 러리로
이 밖에 〈구천(九天)〉, 〈별대왕(別大王)〉도 여음으로만 이루어진 무가이다.

93) 황희영(黃希榮), 「한국시가 여음고」, 『국어국문학』 18호, 1956, 56쪽.

94) 이 밖에 〈도령가(徒領歌)〉는 〈도솔가〉와 함께 '도리'라는 여음일 것이라고 양주동 박사에 의해 지적된 바 있으나, 기왕(祈王) 대의 〈달도가(怛忉歌)〉도 여음에서 취득된 이름일 가능성이 크다.

다음은 이러한 관점에서 〈정석가〉 기구의 '딩아 돌하'가 여음일 가능성에 대해서 논의해 보겠다.

상기한 바 있는 지헌영 교수의 설에 '딩아'를 '디아(디리아)'의 음전(音轉)으로 추정한 것은 '디리아'에서 '리'가 탈락되고, '디아'로 습용되는 과정에서 모음 충돌을 피하기 위하여 'ㅇ'음이 개입될 가능성을 상정할 수 있을 것이며, '지도로(智度路)'나 '지리(地理)'나 '지리(智理)'가 이 '디리'일 것이나, '다로러디러 다로러디러 다로러거디로 다로러'(〈쌍화점〉 여음)의 '디러'에서 음전되었을 가능성이나, '어긔야 어강됴리 아으 다롱디리(〈정읍사〉 여음)'에 보이는 '디리'와 같이 이러한 여음은 이미 신라 상대의 가요에서 널리 습용된 여음이 아닌가 생각된다. '디리'의 여음이 노래의 모두(冒頭)에 놓일 때 호격조사를 수반하는 것은 납득하기에 그리 곤란을 주지는 않는다. '둥기 둥기 둥기야'와 같이 민요에서 볼 수 있는 말도 '둥기' 자체는 여음일 것이고, 이 여음이 가두에 옴으로써 호격조사(혹은 감탄조사)를 수반한 것으로 보여진다.

이렇게 볼 때, '디리→디리아→디아→딩아'의 변전을 추론할 수 있을 것이다. 이와 같은 추론은 〈정석가〉 기구에서 '딩아'로 불린 소리는 신라대에는 '디아'로 불리었을 것이다. 그렇다면 '디아'와 '지아(枝兒)'는 어떤 관계가 있는 것이 아닐까. '지아'가 '디아'로 호전하는 관계에 있다면, '지아악'의 '지아'는 〈정석가〉 기구의 '딩아'에 계승된 원형일 것이다.

또 한편 '딩아 돌하'의 '돌하'는 '돌아'로서 '돌아악'의 '돌아(突阿)'를 계승한 것이다. 그래서 이미 신라 상대에 '돌아'로 여음구가 구성된 노래가 있었고, 그 여음구에서 가명이 성립되어 '돌아악'이라는 명명법이 성립된 것으로 보인다.

이러한 추론이 인정된다면 '돌아악'은 〈정석가〉 기구에 계승된 제의가의 원초형으로 볼 수 있지 않을까 생각된다. 향가의 원류는 사뇌가(詞腦歌)인데 '싀닉'야(野)를 중심으로 생성 전파된 사뇌가는 〈회악〉이나 〈도솔가〉나, 〈돌아악〉이나 〈지아악〉과 밀접한 혈연관계에 있을 것이다.

〈정석가〉 기구의 '딩아 돌하'는 상고 가요에서 계승된 여음이다. 〈정석가〉 기구가 지니는 송도지사는 동동 기구의 그것과 함께 상고 제의에서 불리던 제의가에서 계승된 것이다. 〈정석가〉 기구에 이와 같은 성격을 물려준 〈돌아악〉과 〈지아악〉은 신라 상대의 제의가였으며, 〈회악〉(〈회소곡〉), 〈도솔가〉는 물론 상술한 바 있는, 그 노래가 산출된 지명으로 가명을 관(冠)하고 있는 노래들도 제의가일 가능성이 크다.

(4)

〈회악〉, 〈도솔가〉, 〈돌아악〉, 〈지아악〉 등은 여음에서 가명을 취했거나 그랬을 가능성이 큰 노래다. 〈내지〉, 〈백실〉, 〈치술령곡〉, 〈양산가〉 등은 의미질의 가사보다 무의미한 사설이라 할 수 있는 여음이 더 발달한 노래다.

〈정읍사〉는 '아으 다롱디리'의 여음에서 〈아롱곡(阿弄曲)〉이라는 이름을 얻었고, 〈동동〉은 '아으 동동 다리'의 여음이 그대로 가명으로 굳어버린 것이고, 〈정석가〉는 여음의 음성적 인상에 관심을 두어 '딩아 돌하'의 여음에서 그 소리를 음차와 훈차하여 만든 이름이다.

이들 노래는 가사가 지니는 많은 의미에도 불구하고, 여음이 차지하는 비중으로 말미암아 여음이 부각되어 가명으로 정착된 것이다. 여음은 이들 노래의 성격을 지배하게 된다. 때로는 가사의 의미와 상승하여 노래의 기능을 고양시킨다.

여음이 반복되어 중창되는 동안 집단의 구성원은 율동의 희락을 공감한다. 물론 희락의 출발은 가사의 의미에서 시작되는 것이겠으나, 노래가 거듭되는 동안 가사의 의미질은 점차 희미해지고, 노래의 의미는 여음에 밀려 망각되고, 무의미한 여음의 사설은 사람들을 사로잡는다. 이러한 신비한 감동은 심령의 교감으로 심화되고, 제의의 자장 속에 놓인 집단의 구성원은 동질감을 공유하게 된다.

제의가 행해지는 동안, 제의에 사용되는 말은 위력을 지닌다. 제의에 사용되는 말은 제의에 활력을 주는 생명력이 있는 선택된 언어일 것이다. 그 제의에 알맞는 특정의 말은 제의의 성격과 결부되어있는 주성(呪性)을 지닐 것이다. 특정한 말은 제의를 주도할 마력을 지니는 것이지만, 그러한 기능에도 불구하고 유한한 의미를 지니는 말은 그 의미의 속성인 개별성 때문에 심령의 교감의 정도를 떨어지게 한다. 말의 '의미'는 말의 '소리'가 무한으로 지니는 교감하는 기능을 감소시킨다. 의미는 분할이다. 의미는 암시성의 결여다. 의미를 지닌 말은 개별화의 기능도 지닌다. 그것은 매우 미약한 것이긴 하겠지만, 무의미한 여음이 공헌하는 전일적인 성과에 비하면 매우 큰 것이 될 수도 있는 것이다.

무의미한 여음, 희락과 신비의 감성을 촉발하는 소리, 개념화된 관념의 속박에서 자유로울 수 있는 소리는 군중의 동질화를 촉진한다. 의미가 결부되지 않은 소리, 이것은 시원의 원음이며 원시림의 절규다. 이 원음으로서의 여음은 교감의 극대화를 가능하게 하며, 제의의 주술심리를 충족시킨다. 제의가는 그 주술성 때문에 여음을 필요로 한다. 제의가의 주술성은 여음과 함께 존재한다. 여음에서 가명을 취한 노래는 여음의 이러한 성격이 그 노래를 지배하고 있는 가요임이 분명하다.

여음은 주술성을 지닌다. 제의가의 주술성을 계승한 무가에는 여음이 압도적으로 많이 사용되고 있으며, 『시용향악보』 소재의 가요에는 여음으로만 구성된 무가의 예를 찾아볼 수 있는데, 이때 여음은 무가의 주술적인 기능을 전담하여 백분 발휘하고 있는 것이다. 여음으로만 구

성된 무가를 들어보면,

리러루 러리러루 런러리루
러루 러리러루
리러루리 러리로
로리 로라리
러리러 리러루 런러리루
러루 러리러루
리러루리 러리로 〈군마대왕(軍馬大王)〉

리로 리런나
로리라 리로런나
로라리 리로런나
오리런나
나리런나
로런나
로라리로 리런나 〈구천(九天)〉

노런나 오리나 리라리로런나
니리리런나 나리나 리런나
로로런니 리런나
로로러나 리런나 〈별대왕(別大王)〉[95]

와 같은데, 여음으로만 무가의 주술목적을 충족하고 있는 것이며, 이들 무가의 주술효과는 여음의 반복으로 그 구실을 다하고 있는 것이다. 고

95) 황희영, 앞의 글, 64-65쪽에서 전재했음.

려속요에 풍부하게 나타나는 여음도 이와 같은 효과를 지니는 것이다.

제의와 연관해서 생각할 때, 고려속요는 그 속에 지닌 여음으로 해서 율동에서 오는 희락과 심령의 교감이 증대되었을 것이다. 여음의 주술성은 반복되는 율동적인 음조로 해서 더욱 고양되었을 것이다. 〈서경별곡〉이나 〈쌍화점〉의 여음이 그러했으리라 믿어지는데, 이와 같은 여음의 성격은 신라에서 물려받은 것으로 보아야 할 것이다. 〈동동〉과 〈정석가〉의 경우가 또한 그러한데, 〈정석가〉의 여음 '딩아 돌하'는 이미 신라 상대의 가요에 습용되던 '지아'와 '돌아'의 계승임을 밝힌 바 있다. 〈동동〉과 〈정석가〉는 적어도 부분적으로는 신라대에 산출된 제의가다.

김열규 교수는 그의 논문 「한국문학과 그 '비극적인 것'」에서 〈찬기파랑가〉와 〈동동〉이 동시대 작품임을 증명하려 하고 있는데, 이것은 〈동동〉이 신라대에 제작된 제의가이거나, 그러한 제의성을 그대로 계승했다는 전제하에서 출발되는 것이지만, 두 작품의 동시대성에 대한 설명은 충분하지 못하다. 상고 재생을 주지로 하는 제의들에서 추출되는 '비극적인 것'을 일전통(一傳統)으로 정립하고, 〈찬기파랑가〉나 〈동동〉이 그 시적 상징적인 표현 속에 '비극적인 것'을 깔고 있음을 말하여 신라의 시가와 고려의 시가에 통시적인 맥락이 유지되어 있음을 증명하고 있다.

탈해전승의 '작석총유칠일(作石塚留七日)'에서 찾아낼 수 있는 재생의(再生儀), 동명전승의 '東明乘麒麟 徒窟地中 登朝天石'의 기록에서 추정되는 재생의, 이들 재생의에 상징적으로 표현된 '죽음'과 '재생'이 유한한 지상적인 것과 구원(久遠)의 천상적인 것의 갈등을 초극하려는 염원으로 나타나는 '비극적인 것'이 상대 시가 문학에서 추출되고, 이러한 전통은 통시적인 유전인자로서 신라와 고려의 시가 문학 속에 용해되어 있을 것이다.

이와 같은 '비극적인 것'의 전통은 〈찬기파랑가〉의 달과 물에서 상징되는 구원의 생명력에 귀일(歸一)하려는 비원적인 요소와, 〈동동〉의 자연 섭리 앞에 미미한 자신의 존재를 감지하는 숙명적인 비원이 동일한 '비극적인 것'의 전통적인 선상에 놓이는 것으로 보고 있다.[96]

김열규 교수의 이러한 견해는 〈동동〉이 이미 신라대에 만들어진 노래라는 가능성을 열어놓은 것이지만, 같은 신라대의 작품이라 하더라도 〈동동〉 기구를 두고 말할 때, 〈찬기파랑가〉의 송찬성보다 〈동동〉 기구의 송도성이 앞서는 것으로 보아야 할 것이다. 〈동동〉은 〈찬기파랑가〉에 선행한다. 〈정석가〉 기구도 그럴 것으로 여겨진다.

최진원 교수의 견해를 살펴보면, 〈동동〉 기구는 고려의 팔관회에서 쓰이던 제의가인데, 팔관회는 명산대천(名山大川) 신을 제사하는 토속신앙으로, 신라의 산천제를 거쳐 고대 부활제에 연결된다.

> 動動起句 基歌詞多有頌禱之詞 蓋效仙語而爲之[97]

따라서 이런 제의가를 '선어'라 하고, 신라의 산천제를 '선풍(仙風)'이라 보는데, 〈동동〉 기구는 신라 선풍에서 불린 선어, 즉 신라의 산천제에서 불린 제의가다. 선풍의 시원은 부활제이고 팔관회는 선풍의 계승인데, 팔관회에서 불린 〈동동〉 기구의 송도지사는 고대 부활제의에서 행해지던 조령에게 바치는 송도 바로 그것의 계승이다.

동동 기구를 선어로 보는 까닭은 〈동동〉 기구에는 선풍이 원초형에 가깝게 유지되어 있기 때문이다.

고대왕권이 부활제를 통하여 비의적(秘儀的)으로 생산된다는 것은 주

---

96) 김열규, 『한국민속과 문학연구』, 일조각, 1971, 278-302쪽 참조.
97) 『고려사』, 권71, 「악지」2, 〈동동〉.

지의 일이다. 부활은 왕(현존왕)의 부활이 아니라 조령(祖靈)의 부활이다. 왕은 조령의 화신일 따름이다. 그러므로 조령과 왕은 다같이 '님ᄀᆞᆷ'인 것이다. 그런데 동동 기구에서는 그 '님ᄀᆞᆷ'이 '님(림)ᄇᆡ = 王'와 '곰ᄇᆡ = 祖靈'의 두 존재로 되어있어 이상한 감이 든다. 그러나 따져보면 이상한 것은 아니다. '곰ᄇᆡ', '님ᄇᆡ'는 부활제의 두 절차인 '주검'과 '탄생'에 대응되는 가요적 표현일뿐이다. 부활제에 있어서의 왕의 탄생은 주검의 절차를 거쳐야만 한다. 그래야만 그 탄생은 조령의 부활이 되며, 따라서 왕권은 신권이 된다.[98]

이것은 〈동동〉 기구,

덕(德)으란 곰ᄇᆡ예 받ᄌᆞᆸ고
복(福)으란 림ᄇᆡ예 받ᄌᆞᆸ고
덕이여 복이라 호ᄂᆞᆯ
나ᅀᆞ라 오소이다
아으 동동다리

의 '곰ᄇᆡ'와 '림ᄇᆡ'를 지헌영 교수와 남광우 교수의 설에 따라,

덕으란 신령(神靈)님에게 받치옵고
복으란 임금님(혹은 조령)에게 받치옵고
덕이여 복이라 하는 것을
진상(進上)하러 오사이다.

98) 최진원, 앞의 책, 154쪽.

로 해석하고, '곰비'와 '림비'가 부활제의 원초적 사유를 담고 있음을 논의한 것이다.

〈동동〉 기구는 〈정석가〉 기구와 함께 고대 제의에서 쓰이던 제의가인데, 신라의 선풍(仙風, 산천제)이 유지되는 동안에는 그 원형을 유지해오다가, 제의가 의례화하면서 이런 제의가에도 의례적인 말이 개입하여 '덕'이나 '복'과 같은 후래형(後來型)이 나타나 고려에 계승되었을 것이다. 향가의 원류는 사뇌가이고 사뇌가는 선풍에서 불리우던 제의가인데, 선풍은 불교로 말미암아 해체되고, 제의가도 외래 시가의 영향을 받아 또한 해체된다.

제의가는 기복의 송도지사로 해서 본래 주술적 성격을 띠는 것인데, 이런 제의가의 주성의 일차성은 '말의 마력'에 있고, 이차성은 자연과 인간을 등질시하는 '자연=인간'의 등식에 있다. 그런데 한자의 추상성은 '말=물(物)'이라는 '말의 마력'의 법칙을 깨버리고, 불교 이념은 자연과 인간의 조화로 나타나는 제의의 낙천성(樂天性)-주성의 비논리성을 적발하였다. 영혼과 육체, 현재와 과거를 일체시하는 제의의 조화관은 깨어지고, 영혼의 불멸이 믿어지게 되고, 인간은 자연에서 떨어져 나가고, 한시의 서정은 사회를 동반하고 등장하여 개인을 촉발시킨다. 이렇듯 제의가는 해체된다.

제의의 해체는 운명적인 것이긴 하지만 선풍은 선풍 성지의 불교화에 저항하고, 토속신앙과 제의가의 담당자인 국선(國仙)은 제의가로서의 사뇌가의 해체에 저항하였다. 월명사가 '臣僧但屬國仙之徒 只解鄕歌'라고 굳이 향가라는 명칭을 사용한 것은, 국선지도는 사뇌가의 주성을 한시의 송찬성·서정성과는 다른 것으로 자각하게 되고, 사뇌가의 주성을 지키기 위하여 외래시가와 구별할 필요에서 그렇게 불렀으며, 경덕왕이 왕사로 봉하려 할 때, 충담사가 왕사(王師)를 고사불수(固辭不

受)한 것은 사뇌가를 송찬의 도구로 사용하는 것을 막고 사뇌가의 주성을 지키기 위한 저항이었을 것이다.

제의의 의례화, 선풍 성지의 불교화에 따라 제의가로서의 사뇌가는 해체된다. 그 뒤의 사뇌가의 운명은 송찬화·서정화의 길을 밟는다.

5. 결언

이상에서 향가의 성격을 고찰해 보았다. 주로 제의가(祭儀歌)로서의 향가의 성격에 관심을 두었다. 요약하면 다음과 같다.

(1) 향가에는 주술성(呪術性), 불교성(佛敎性), 서정성(抒情性)의 세 가지 성격이 있다.
(2) 향가의 원류는 제의가에서 찾아야 하며, 제의가의 특성은 송도(頌禱)와 주술성에 있다.
(3) 화랑도는 미륵(彌勒)사상의 전개가 아니다. 화랑은 불국토(佛國土)사상을 배경으로 나타나, 불교의 이념을 신라 사회에 홍포(弘布)하려는 불교 신앙의 주역도 아니다.
(4) 화랑도는 토속신앙에 연원을 두고 있으며, 화랑은 토속신앙과 제의가의 담당자로서, 화랑의 유오산수(遊娛山水)는 산천제(山川祭)와 관련이 있고, 산천제는 제의가가 불리던 현장일 것이다.
(5) 향가는 향찬(鄕讚)으로 성립된 것이 아니다. 범패(梵唄)와 한찬(漢讚)에서 우리말 불찬가인 향찬이 발생했고, 향가의 형식이 한찬의 형식에 많이 쓰이는 오언·칠언 절구(絕句)의 영향으로 발생했다는 견해는 향가가 이미 상고(上古)의 제의가에서 발생·형성되었고, 불찬가

(佛讚歌)도 이 제의가의 해체 과정에서 비롯된다는 역사성을 외면한 데서 오는 오류다.

(6) 〈동동〉 기구는 선어(仙語)인데, 선풍(仙風)에서 불린 송도지사(頌禱之詞)다. 선풍은 산천제와 같은 제의이고, 선어는 선풍에서 쓰이던 제의가다. 〈동동〉 기구는 고대 부활제에서 쓰이던 제의가이기도 하다.

(7) 제의가의 특성은 송도성과 주술성에 있는데, 이러한 기능은 제의가에 쓰이는 특정한 말의 마력에도 있지만 반복되는 여음(餘音)의 음악성에도 있다.

(8) 고려속요에 나타나는 풍부한 여음은 상대(上代)의 제의가에서 전승된 것이며, 〈돌아악〉과 〈지아악〉 같은 신라 상대의 가요는 그 노래의 여음에서 가명을 취한 것인데, 이 노래들의 여음은 〈정석가〉 기구의 '딩아 돌하'로 계승되었다. 〈돌아악〉과 〈지아악〉은 〈정석가〉 기구의 원초형일 것이다. 이들 세 노래는 모두 제의가다.

(9) 토속신앙은 선풍 성지의 불교화에 저항했다. 국선지도(國仙之徒)는 제의가의 주성을 지키기 위하여 외래시가에 저항했다. 불교의 토착화는 토속신에 접근·조화하는 정도로 순조롭게 이루어진 것이 아니다. 화랑이 불교의 도중(道衆)으로 봉사하고, 불교로 세련하고, 향찬을 익히는 습속을 지녔던 것이 아니다.

(10) 제의가의 해체된 뒤의 운명은 송찬화(頌讚化)·서정화(抒情化)의 길을 밟는다.

〈회소곡〉과 사소신모의 직라

1. 가배(嘉俳)와 적마(績麻)

〈회소곡〉은 『삼국사기』 신라본기 「유리왕」 9년의 기사에 나온다.

> 왕이 이미 육부(六部)를 정한 후 이를 둘로 나누어 왕녀(王女) 두 사람으로 하여금 각기 부내(部內)의 여자를 거느리어 편을 짜고 패를 만들어, 추칠월(秋七月) 기망(旣望)으로부터 날마다 일찍 대부(大部)의 마당에 모이어 적마(績麻)를 하고 을야(乙夜)에 파하게 하였다. 8월 15일에 이르러 그 공의 다소를 고사(考査)하여 지는 편은 주식을 장만하여 이긴 편에 사례하게 하였다. 이에 가무백희(歌舞百戲)를 모두 연작(演作)하였다. 그것을 일러 가배(嘉俳)라 하였다. 이때 진 편의 한 여자가 일어나 춤추며 탄식하기를 회소회소(會蘇會蘇)라 하니 그 소리가 애아(哀雅)했다. 후인이 그 소리를 가지고 노래를 지어 이름을 회소곡(會蘇曲)이라 하였다.[1]

---

1) 『삼국사기』, 권 제1, 신라본기 제1, 「유리이사금」.
王旣定六部, 中分爲二, 使王女二人, 各率部內女子, 分朋造黨, 自秋七月旣望, 每日早集大部之庭, 績麻, 乙夜而罷, 至八月十五日, 考其功之多少, 負者置酒食, 以謝勝者, 於是, 歌舞百戲皆作, 謂之嘉俳, 是時, 負家一女子起舞, 歎日會蘇會蘇, 其音哀雅, 後人因其聲而作歌, 名會蘇曲.

이 기록은 한가위(嘉俳)를 맞이하기 위하여 7월 16일부터 8월 15일까지 길쌈(績麻) 내기를 한다는 것과, 한가위에는 주식이 마련되고 가무(歌舞)와 백희(百戲)가 연작(演作)된다는 것과, 그 자리에서 한 여자가 일어나 '회소회소(會蘇會蘇)'라고 외쳤는데 뒤에 그 소리가 지니는 음조와 의표에 따라 〈회소곡〉을 지었다는 것이다. 이 기록에 대하여 김열규(金烈圭)는,

> 이 기록이 양파경축희(兩派競逐戲)에 대하여 말하고 있음은 명백하다. 이 경우 적마(績麻) 이외의 다른 제의적 의의를 직접 문면에서 결론짓기는 힘들다. 다만 가배의 기록이 여성의 편전(便戰)에 대해서 말하고 있되, 그 편전이 있다는 사실로 해서 여성원리적 생생력(경쟁력)과 달의 상관성이 그 기록 가운데서 암시되어 있음을 알 수 있다.[2)]

라 하여 양파 편전으로 이해한 적마(績麻) 놀이를 여성원리와 달의 원리에 의한 풍요와 번영을 재래하는 계절적 제의로 파악하고 있다. 이와 같이 적마를 여성의 편전으로 보고 우리 민속의 오랜 전통으로 지켜져 오는 풍요를 재래하는 여성 편전의 원형으로 본 관점은 본 고찰에 시사하는 바가 크며, 적마와 가무백희를 수반하는 가배가 풍요와 번영을 재래하는 계절적 제의라는 관점은 본 고찰의 출발점이 된다.

적마희는 풍요와 번영을 재래하는가. 적마희는 편전이기 때문에 풍요와 번영을 재래하는가. 그보다 더 근원적인 요소는 없는가. 7월 16일에 시작되는 적마는 여성 성년식의 통과제의(通過祭儀)이기도 하다. 이 제의는 사소신모(娑蘇神母)의 직라(織羅)를 신성모형으로 하고 있다. 한 달에 걸쳐 치루어지는 적마의 시련을 거쳐 나온 육부(六部)의 처녀들은

---

2) 김열규, 『한국민속과 문학연구』, 일조각, 1975, 155쪽.

이제 성년 여인으로 새로 태어나는 재생의 기쁨에 환호하는 것이다. 사소신모를 사모하여 모의하는 이 적마제의의 뒤에 벌어지는 놀이가 가무백희(歌舞百戲)이며 이러한 가무백희에서 이제는 성년의 자격을 획득한 여인이 '회소회소' 외치는 소리는 사소신모를 사모하여 환호하는 외침인 것이다. 이때 적마제의의 신성모형은 사소신모의 직라라 할 수 있는 것이다.

2. 사소신모(娑蘇神母)의 직라(織羅)

사소신모는 신라 시조 혁거세 거서간의 모성이 되는 신모이다. 선도성모(仙桃聖母)로도 일컬어지고 있다. 그런데 『삼국사기』의 「혁거세 거서간」 본기에는 사소신모의 이야기가 보이지 않는다. 혁거세 본기에서는,

> 고허촌장인 소벌공(蘇伐公)은 어느 날 양산 밑 나정 곁에 있는 숲 사이를 바라보니 말이 무릎을 꿇고 울고 있어 가보니 말은 간 데 없고 다만 큰 알만 있어 알을 깨어보니 거기에서 어린아이가 나왔다. 곧 그를 거두어 길렀더니 나이 십여 세가 되매 뜻과 재능이 뛰어나게 숙성했다. 육부 사람들은 그 출생이 신이하였으므로 그를 높이어 받들었고 이에 이르러 그를 세워서 임금으로 삼았다.[3]

라고 한 것처럼, 이 기록은 혁거세의 부성과 모성에 대한 언급이 없이, 혁거세는 다만 큰 알을 깨어서 얻은 영아로 소벌공이 수양한 것으로 되

---

3) 『삼국사기』, 권 제1, 신라본기 제1, 「시조 혁거세 거서간」.
高墟村長蘇伐公, 望楊山麓, 蘿井傍林間, 有馬跪而嘶, 則往觀之, 忽不見馬, 只有大卵剖之, 有嬰兒出焉, 則收而養之, 及年十餘歲, 岐嶷然夙成, 六部人, 以其生神異, 推尊之, 至是, 立爲君焉.

어 있다. 또『삼국유사』기이 제1,「신라시조 혁거세왕」의 신화에서도 협주에서 선도성모의 일을 간략히 다루었을 뿐 혁거세의 부성과 모성에 대한 이야기는 역시 보이지 않는다.

> 六部의 조상들이 각기 자제들을 거느리고 알천안상(閼川岸上)에 모여서 의논하기를 우리가 위로 백성을 다스릴 군주가 없어 백성들이 모두 방일(放逸)하여 제 마음대로 하니 어찌 덕 있는 사람을 찾아 임금으로 삼아 나라를 세우고 도읍을 정하지 아니하겠는가 하고 이에 높은 곳에 올라가 남쪽을 바라보니 양산(楊山) 아래 나정(蘿井) 곁에 이상한 기운이 전광(電光)처럼 드리우더니 한 백마가 꿇어앉아 절하는 형상을 하고 있었다. 그곳을 찾아가 보니 한 붉은 알이 있는데 말은 사람을 보고 길게 울며 하늘로 올라가 버렸다. 그 알을 깨어보니 의형이 단정하고 아름다운 동자(童子)가 있었다. 경이하게 여겨 동천(東泉)에 목욕시키니 몸에서 광채가 나고 새와 짐승이 따라 춤추며 천지가 진동하고 일월이 청명하였다. 인하여 혁거세왕이라 이름하였다.[4]

『삼국사기』에서는 소벌공이 혁거세를 수양한 것으로 기록되어 있었으나, 이『삼국유사』의 기록에서는 붉은 알을 깨어서 동자를 얻는 것으로만 기록되어 있다.『삼국유사』의 혁거세 신화는 혁거세의 부성과 모성에 대한 언급은 없이 신화의 벽두에 본 신화와는 직접적인 관계가 없이 별개의 것으로 보이는 육부조(六部祖)가 각각 그들의 영산에 내려왔

---

4)『삼국유사』, 권 제1, 기이 제1,「신라시조 혁거세왕」.
六部祖各率子弟, 俱會於閼川岸上, 議日, 我輩上無君主臨理蒸民, 民皆放逸. 自從所欲. 盖覓有德人, 爲之君主, 立邦設都乎, 於是乘高南望, 楊山下蘿井傍, 異氣如電光垂地. 有一白馬跪拜之狀, 尋撿之, 有一紫卵. 一云靑大卵. 馬見人長嘶上天. 剖其卵得童男. 形儀端美. 驚異之. 浴於東泉. 東泉寺在詞腦野北. 身生光彩, 鳥獸率舞, 天地振動, 日月淸明, 因名赫居世王.

다는 천강신화적인 요소를 언급하고 있다. 이 점은 매우 특이한 점이다. 혁거세의 신모(神母)와 부신(父神)에 대한 기사가 없어지고 그 대신 육부조 천강했다는 기사가 그 자리에 대신 들어간 듯한 인상을 주고 있는 것이다.

「가락국기」의 수로 신화에는 구간(九干)이 모여 수로왕을 맞이한다는 점에서 혁거세 신화와 닮은 점이 있다. 수로왕의 모성과 부성에 관한 기록이 없다는 점도 닮아 있는 점이다. 혁거세 신화와 수로 신화가 이런 두 가지 점에서 닮아있다는 것은 신라 제30대 문무왕 법민에게 혁거세는 그 신라의 시조요, 수로는 그 외가 가락국의 시조라고 법민이 인식하고 있는 점과 관계가 있는 것인지도 모른다. 이러한 양쪽 시조를 공유했다는 의식이 시조의 신모가 신라의 서술에서 배제되는 변이과정의 요소로 작용한 것인지 모른다.

> 『삼국사(三國史)』에 『북사(北史)』의 말을 인용했는데, "고구려에는 신사(神祠)가 둘이 있었다. 첫째는 부여신(扶餘神)인데 이는 나무를 깎아 부인상(婦人像)으로 만들었고, 둘째는 고등신(高登神)인데 이는 시조 부여신의 아들로서 대개 하백(河伯)의 딸과 주몽(朱蒙)이다."하였다. 또 "정화(政和) 무렵에 송(宋)나라로 들어가 우신관(佑神館)에 나아가서 한 여선상(女仙像)을 보았다. 관반학사(館伴學士) 왕보(王黼)가 이르기를, '이는 귀국(貴國)의 신인데 알겠습니까? 옛날 제실(帝室)의 딸이 있었는데 남편이 없이 아기를 배자 남에게 의심을 받고 바다로 떠서 도망을 쳐서 얼마 후 진한(辰韓)에 이르러 아들을 낳았는데, 이가 해동(海東)의 시주(始主)가 되었답니다. 제(帝)의 딸은 지선(地仙)이 되어 선도산(仙桃山)에 있었는데 이것이 그의 초상(肖像)이랍니다.' 했다." 하였다.
>
> 또 대송(大宋) 신사(信使) 왕양(王襄)이 동해 성모(東海聖母)에게

드린 제문(祭文)을 보니, "어진 사람을 배어 나라를 처음 세웠다." 하는 글귀가 있으므로 이 동신(東神)이 바로 선도산 신성(仙桃山 神聖)이란 것을 알게 되었다. 이 두 말이 서로 비슷하니 우리나라에 어찌 이런 두 여선(女仙)이 있어 시조로 되었던 것일까?

이는 반드시 전하는 말과는 같지 않을 것이다. 이 사실은 우리나라에 있어서는 이미 믿을 수 없는 허황한 말로 되었는데 저 상국(上國)까지 전해져서 그를 높여 제사까지 지내게 되었으니 웃을 만한 일이 이와 같다.[5)]

성호는 위에 인용한 글의 내용처럼 부여신을 하백의 딸로 보고 고등신을 주몽으로 보면서, 주몽을 시조 부여신의 아들로 인식하여 고구려의 시조로 부여신인 하백의 딸로 보고 있다. 또 진한 땅으로 건너온 제실의 딸이 선도산의 지선이 되고 그가 진한 땅에 이르러 낳은 아들이 해동의 시주가 되었다고 보고 있다. 이 선도산의 지선도 부여신과 마찬가지로 해동 진한 땅의 시조가 된 것으로 인식하고 있다. 그러면서 부여신과 선도산신이 이 땅의 시조가 된 것을 비판하여 "이 두 말이 서로 비슷하여 우리나라에 어찌 이런 두 여선(女仙)이 있어 시조로 되었던 것일까? 이는 반드시 전하는 말과는 같지 않을 것이다. 이 사실은 우리나라에 있어서는 이미 믿을 수 없는 허황한 말이 되었다"고 말하고 있다. 이러한 성호의 관점은 이조의 유교적 분위기에서는 일반화된 것이겠지

5) 이익(李瀷), 『성호사설(星湖僿說)』, 권지24 경사문(經史門), 「선도산신(仙桃山神)」. 三國史引北史云 句麗有神祠二所 一日扶餘神刻本作婦人像 二日高登神云 是始祖扶餘神之子 盖河伯女及朱蒙云 又日政和中 入宋詣佑神館 見一女仙像 館伴學士王黼日 此貴國之神知之乎 古有帝室之女 不夫而孕 爲人所疑 乃泛海抵辰韓 生子 爲海東始主 帝女爲地仙在仙桃山 此其像也 又見大宋信使王襄 祭東海聖母文有娠賢肇邦之句 乃知東神則仙桃山神聖者也 兩說恰相類 東邦豈有二女仙爲始祖耶 此必傳說有不同也 此事在本國己是虛謊難信 傳至上國 亦費崇奉事之可笑如此.

만, 이미 고려 시대의 유교적 지식인에게도 일반화된 인식의 세계였을 것이다. 유교적 합리주의의 눈에는 여선이 시조로 관념되는 개국은 용납되지 않았을 것이다. 그러한 신화에 대한 인식 태도가 혁거세 신화와 수로 신화에서 신모의 신이적 신동 출산의 이야기를 배제했다고 볼 수도 있는 것이다. 그렇다면 주몽 신화에는 신모 유화와 천제자 해모수의 신성한 만남을 사지(私之)라는 폄하된 용어로 처리하면서 신모 유화가 성자 주몽을 출산하는 이야기가 남아 있고 혁거세 신화와 수로 신화에서는 신모의 이야기가 배제된 것은 어떤 원인에 말미암은 것인가. 고구려 건국신화인 주몽 신화는 민간전승의 힘에 더 많이 의존하고 있었고 신라와 가락의 건국신화는 관권의 통치 이념의 윤색을 더 많이 거쳤다는 말인가. 어쨌든 이 문제는 신화의 변이과정에 민간전승과 통치 이념의 통제가 어떻게 작용하는가를 말하는데 중요한 단서를 제공해 주는 사안으로 볼 수 있다.

「가락국기」에서는 수로의 출현에 따르는 신모의 모습이 기록되어 있지 않다. 신라 시조 혁거세의 기록에서도 혁거세의 출생에 따르는 신모의 이야기가 나타나지 않고 있다. 그러나 「가락국기」에서 배제되어 있는 신모의 모습과 신라 시조 혁거세의 기록에서 배제된 신모의 모습이 다른 기록을 통하여 남아 있다는 흥미로운 사실을 우리는 잘 알고 있는 것이다. 『동국여지승람』 고령군 연혁에는 수로왕의 모신격인 정견신모에 대한 기록이 전해지고, 『삼국유사』 「선도성모수희불사」의 이야기 속에 혁거세왕의 모신격인 사소신모의 이야기가 전해지고 있는 것이다. 최치원 찬 석리정의 비문을 인용하여 『동국여지승람』 고령군 연혁에서 전해주는 내용을 살펴보면,

> 정견천왕사(正見天王祠)는 해인사에 있다. 세상에 전하기를 대가야국 왕후 정견이 죽어서 산신(山神)이 되었다고 한다.[6)]
>
> 가야산신인 정견모주(正見母主)는 곧 천신(天神) 이비가(夷毗訶)에게 감응되어 대가야왕과 금관국왕 두 사람을 낳았다.[7)]

가야산의 산신이 된 정견신모(正見神母)는 천신 이비가에게 감응되어 금관국왕인 수로를 낳은 것이 되니 수로왕의 모성은 정견신모이고 부성은 천신 이비가(夷毗訶)이다.

정견신모는 수로왕의 모성이고 사소신모는 혁거세의 모성이다. 사소신모의 이야기는『삼국유사』권 제5, 감통 제7,「선도성모수희불사」에 기록되어 전한다.

> 선도산 신모는 본래 중국 황실의 딸이었다. 이름은 사소(娑蘇). 일찌기 신선술을 체득하여 이 해동에 와서 머무르고 오랫동안 돌아가지 않았다. 그 부황(父皇)은 소리개의 다리에다 '이 소리개가 머무르는 곳을 따라가 집을 삼으라'는 사연의 편지를 달아 보냈다. 사소는 편지를 받아 보고 소리개를 놓았더니 소리개는 날아서 이 선도산에 와서 머물렀다. 사소는 드디어 선도산으로 와서 살면서 지선(地仙)이 되었다.[8)]

사소는 선도산의 지선이 되었다. 본래 중국 제실(帝室)의 딸이었으므로 그가 해동에 와서 머무른 것은 중국에서 진한 땅으로 건너왔다는 것

---

6)『동국여지승람』, 권30, 합천, 사묘조.
正見天王祠 在海印寺中 俗傳大伽倻國王后正見 死爲山神.

7)『동국여지승람』, 권29, 고령현, 건치연혁조.
伽倻山神正見母主 乃爲天神夷毗訶之所感 生大伽倻王 …… 金官國王 …… 二人.

8)『삼국유사』, 권 제5, 감통 제7,「선도성모수희불사」.
神母本中國帝室之女, 名娑蘇, 早得神仙之術, 歸止海東, 久而不還, 父皇寄書繫足云, 隨鳶所止爲家, 蘇得書放鳶. 飛到此山而止, 遂來宅爲地仙.

을 말해주고 있는 것이다. 앞에서 인용한 바 있는 성호의 글에 선도산의 지선에 대해 말하기를 “옛날 제실(帝室)의 딸이 있었는데 남편이 없이 아이를 배자 남에게 의심을 받고 바다로 떠서 도망을 쳐서 얼마 후 진한(辰韓)에 이르러 아들을 낳았는데, 이가 해동(海東)의 시주(始主)가 되었다”고 하고 있다. 이 사실은 『삼국사기』에도 실려 있어[9] 성호가 이 기록을 자료로 이용했던 것으로 보이고, 『환단고기』에는 부연 각색된 듯한 느낌을 주면서 좀 더 자세한 내용을 전해주고 있다.

> 사로시왕(斯盧始王)은 선도산 성모의 아들이다. 옛날 부여 제실의 딸 바소(婆蘇)가 남편이 없이 아이를 배어 남들에게 의심을 받게 되어 눈수(嫩水)로부터 도망하여 동옥저에 이르렀다가 또 배로 물을 건너 남쪽으로 내려와 진한(辰韓)의 나을촌(奈乙村)에 이르렀다. 그 때에 소벌도리(蘇伐都利)가 그것을 듣고 가서 거두어 그의 집에서 길렀다. 나이 열세 살이 되니 뜻과 재능이 뛰어나게 숙성하여 성덕(聖德)이 있었다. 이에 진한 육부는 함께 받들어 거세간(居世干)을 삼고 서라벌에 도읍을 세우고 나라를 진한이라 일컫고 또한 사로라고 하였다.[10]

여기에서는 사소를 바소(婆蘇)로 기록하고 있으나 동일 신모의 지칭

---

9) 『삼국사기』, 권 제12, 신라본기, 「제12 경순왕」.
論曰, 新羅朴氏昔氏, 皆自卵生, 金氏從天入金櫃而降, 或云乘金車, 此尤詭怪, 不可信, 然世俗相傳, 爲之實事, 政和中, 我朝遣尙書李資諒, 人宋朝貢, 臣富軾, 以文翰之任輔行, 詣佑神館, 見一堂設女仙像, 館伴學士王黼曰, 此貴國之神, 公等知之乎, 遂言曰, 古有帝室之女, 不夫而孕, 爲人所疑乃泛海, 抵辰韓生子, 爲海東始主, 帝女爲地仙, 長在仙桃山, 此其像也, 臣又見大宋國信使王襄祭東神聖母文, 有娠賢肇邦之句, 乃知東神則仙桃山神聖者也, 然而不知其子王於何時.

10) 『환단고기』, 고구려국 본기 제6.
斯盧始王仙桃山聖母之子也昔有夫餘帝室之女婆蘇不夫而孕爲人所疑自嫩水逃至東沃沮又泛舟而南下抵至辰韓奈乙村時有蘇伐都利者聞之往收養於家而及年十三岐嶷夙成有聖德於是辰韓六部共尊爲居世干立都徐羅伐稱國辰韓亦曰斯盧.

일 것이고, 특히 이 기록에서 관심을 끄는 것은 사소신모가 도착한 곳이 나을촌(奈乙村)이라는 것이다. 나을(奈乙)은 신라 제22대 지증왕 때 신궁(神宮)을 처음 세웠다는 장소인 나을(奈乙)과 동일한 이름이고 탈해왕이 처음 도착했다는 내아(乃兒)와 같은 명칭의 지명이기 때문이다.[11)]

선도산 성모 즉 사소신모는 중국에서 남편이 없이 아이를 배어 남들에게 불의회임(不義懷妊)했다는 의심을 받아 물길로 달아나 진한에 와서 아들을 낳고 그 아들이 동국의 시조 임금이 되는 것이다. 「선도성모수희불사」에는 다음과 같은 이야기가 더 기록되어 있다.

> 당초 사소는 진한에 와서 성자를 낳으니 동국의 시조 임금이 되었다. 아마 혁거세(赫居世)와 알영(閼英)의 두 성인이 탄생되어 온 바일 것이다. 그래서 계룡(雞龍)이니 계림(雞林)이니 백마(白馬)니 하는 말이 나오게 된 것이다. 닭은 서방에 속하기 때문이다. 일찌기 여러 천선(天仙)을 시켜 깁을 짜서 붉은색(꼭두서니 빛)으로 물들이어 조의(朝衣)를 만들어선 그 남편에게 바쳤다. 나라 사람들은 이것으로 하여 비로소 사소가 신성한 증험을 나타내는 사람임을 알게 되었다.[12)]

사소신모는 여러 천선에게 깁을 짜게 할 수 있을 만치 직라(織羅)의 기술을 지니고 있을 뿐만 아니라 그 비단에 꼭두서니 빛 물을 들일 수 있는 기술을 가지고 있었다. 이것은 신성한 행위인 것이다. 꼭두서니

---

11) '乃兒'는 '나올'로 읽는다. '奈乙神宮'의 '奈乙'도 '나올'로 읽는다. '나올'은 일정일자(日精日子)와 통하는 말이다. 해의 정기를 받아 탄생한 신동이 '나올'이고 이때 '나올'은 시조신이 되고 '奈乙神宮'은 이런 의미를 지닌 일자(日子)를 모신 곳이고 奈乙, 奈兒은 이런 신동이 강림한 곳이다.

12) 『삼국유사』, 권 제5, 신주 제6, 「선도성모수희불사」.
其始到辰韓也, 生聖子爲東國始君, 盖赫居, 閼英二聖之所自也, 故稱鷄龍, 鷄林, 白馬等, 鷄屬西故也, 嘗使諸天仙織羅, 緋染作朝衣, 贈其夫, 國人因此始知神驗.

빛은 천제(天帝)의 신성함을 나타내는 빛깔이다. 또 비단은 그 자체가 신성물로써 신라 시대의 제천(祭天)에서 천신(天神)에게 바치는 제물로 사용되고 있었다. 이런 비단을 짜는 사소신모, 그것도 여러 천선을 거느리고 깁을 짜는(직라하는) 모습은 사소가 그대로 신성한 존재임을 말해주는 것이다. 사소신모가 천선을 거느리고 직라하는 모습은 유리왕대에 큰 마을 큰 마당에 모여서 신라 여인들이 연행(演行)하던 적마제의(績麻祭儀)를 가능하게 한 신성모형이 되기에 충분한 것이다.

일본이 그들의 시조신으로 받드는 신모(여신) 천조대신(天照大神)은 고천원(高天原)에 있을 때 주로 신상제를 올리는 일과 신의(神衣) 짜는 일을 하고 있다.

> 이로부터 뒤, 素戔嗚尊(스사노오노미코토)의 하는 짓은 대단히 난폭하였다. 왜냐하면 다음과 같은 일이 있었다. 天照大神(아마테라스오미카미)는 天狹田(아마노사나다)·長田을 자신의 밭으로 하고 있었다. 그런데, 素戔嗚尊은 봄이 되자 거기에 重播種子(이를 爾枳磨枳(이기미기)라 이른다.)(한번 播種한 위에 또 播種하는 것)를 한다든지 또 밭두덕(田畔)을 파괴한다든지(毁, 이를 波那豆(하나쓰)라 이른다), 가을에는 天斑駒(아메노후치고마)를 밭 가운데 방목하여 밭을 황폐시켜 경작과 수확을 방해하였다. 또 天照大神이 新嘗(니이나메, 신곡(新穀)을 신에 공(供)하는 제사)를 올릴 때를 맞추어, 몰래 신상(新嘗)의 궁전에 분뇨를 뿌리기도 하였다. 또 天照大神이 재복전(齋服殿)에서 신의(神衣)를 짜고 있는 그때에 천반구(天斑駒)를 벗겨서 그 궁전의 지붕에 구멍을 뚫고 던져 넣기도 하였다. 이 때문에 天照大神은 하늘을 쳐다보았다가 직기(織機)의 북(梭)으로 몸에 부상을 입었다. 이런 일이 있어 天照大神은 대단히 입복(立腹)하여 천석굴(天石窟, 아마노이와야)에 들어가 반호(磐戶, 돌문)를 잠그고 숨어 버렸다. 이 때문에

> 세상은 항상 어둠이 되고, 주야의 교대도 할 수 없게 되었다. 그래서 八十萬神(야소요로즈노가미)은 天安河(아마노야스가와)의 언덕에 모여서 그 비는 방법을 의논하였다.[13]

천조대신이 고천원을 다스리고 있었던 신화적 이야기는 일본열도로 이주해 간 한반도의 이주민들이 그들의 조상이 한반도에서 나라를 열고 신화를 창조하던 시기의 신들이 활동하던 모습에 대한 기억이며, 위의 글에서 보이는 천석굴(天石窟)은 사로국(斯盧國)의 동쪽 일상국(日上國)[14]을 진호하는 토함산에 있었던 석총(石塚)[15]에 비견될 수 있는 것이다.

천조대신이 고천원에서 짜던 신의는 비단일 것이다. 천조대신이 짜던 비단은 천조대신의 시조신으로서의 신성성을 증험하고 있는 것이다. 비단 신의를 짜는 천조대신의 모습이 이른 시기의 사로국에서 비단을 짜서 꼭두서니 물을 들여 조의(朝衣)를 만드는 사소신모의 모습과 겹치는 것은 이들의 신화적 위상이 동일하기 때문일 것이다.

비단이 신화적 신성성을 보여주는 이야기에는 또 「연오랑 세오녀」 설화가 있다.

---

13) 성은구(成殷九) 역주, 『일본서기(日本書紀)』, 정음사, 1987, 50쪽.
是後, 素戔鳴尊之爲行也, 甚無狀. 何則天照大神, 以天狹田·長田爲御田, 時素戔鳴尊, 春則重播種子, (重播種子, 此云璽枳磨枳). 且毀其畔. (毁, 此云波那豆.) 秋則放天斑駒, 使伏田中. 復見天照大神當新嘗時, 則陰放屎於新宮. 又見天照大神, 方織神衣, 居齋服殿, 則剝天斑駒, 穿殿甍而投納. 是時, 天照大神驚動, 以梭傷身. 由此, 發慍, 乃入于天石窟, 閉磐戶而幽居焉. 故六合之內常闇, 而不知晝夜之相代. 于時, 八十萬神, 會於天安河邊, 計其可禱之方.

14) 일상군(日上郡)은 『삼국사기』 지리지 '三國有名未詳地分'에 실려있는 지명이다. 또 악지에 '內知는 日上郡樂이라' 하여 日上郡이 사로국의 동쪽에 있음을 보여주고 있다.

15) 『삼국유사』 탈해왕 기사에 '登吐含山作石塚留七日'이 보인다.

이때 신라에선 까닭 모르게 해와 달이 빛을 잃었다. 나라 안이 법석이었다. 왕의 물음에 일관(日官)은 다음과 같이 아뢰어 왔다.

"우리나라에 내려와 있던 해와 달의 정기가 이제 일본으로 건너가 버렸기 때문에 이런 변괴가 생긴 것입니다."

왕은 일본으로 사신을 보내어 연오랑과 세오녀를 돌아오도록 타일렀다. 이미 그곳의 왕이 되어 있는 연오랑은 신라의 사신들에게 말했다.

"내가 이 나라에 오게 된 것은 하늘이 그렇게 하도록 시킨 것이다. 이제 어찌 돌아갈 수야 있겠는가. 그러나 나의 아내에겐 그가 짠 가는 새 명주가 있다. 이것을 가져가서 하늘에 제사를 올리면 해와 달의 빛이 다시 회복되리라."

신라의 사신들은 그 명주를 받아 돌아와 왕에게 사실을 아뢰었다. 왕은 곧 사신이 전하는 연오랑의 말대로 그 명주를 받쳐 들고 하늘에 제사를 올렸다. 그런 뒤, 해와 달의 빛은 옛대로 회복되었다.

왕은 그 명주를 대궐 안의 곳간에다 간수하고 국보로 삼았다. 그리고는 그 곳간의 이름을 '귀비고(貴妃庫)'라 짓고, 하늘에 제사드렸던 그곳은 '영일현(迎日縣)' 또는 '도기야(都祈野)'라 이름하였다.[16]

연오랑과 세오녀가 떠나버린 신라에는 해와 달이 빛을 잃었다. 일관의 말에 따라 연오랑과 세오녀를 데리러 간 사신은 연오랑과 세오녀가 돌아오는 대신 세오녀가 가는 실로 짠 명주를 가지고 돌아와 연오랑이 시키는 대로 신라의 왕은 그 명주를 받쳐 들고 하늘에 제사를 올리니 해와 달의 빛이 회복되었다. 이것은 연오랑과 세오녀가 표착한 일본의 어느 해변 나라에서는 도래한 신모의 성격을 지니고 있는 세오녀가 짠

---

16) 『삼국유사』, 권 제1, 기이 제1, 「연오랑 세오녀」.
是時新羅日月無光, 日者奏云, 日月之精, 降在我國, 今去日本, 故致斯怪, 王遣使求二人, 延烏曰, 我到此國, 天使然也, 今何歸乎, 雖然朕之妃有所織細綃. 以此祭天可矣. 仍賜其綃. 使人來奏. 依其言而祭之. 然後日月如舊. 藏其綃於御庫爲國寶. 名其庫爲貴妃庫. 祭天所名迎日縣. 又都祈野.

명주(비단)가 사소신모나 천조대신이 짠 비단과 동일한 신성성을 지니고 있는 것을 말해주고 있는 것이다.

비단이 신성성을 보여주는 신화소로는 가락국기의 허황옥 도래신화(許黃玉 渡來神話) 속에서도 찾을 수 있다. 아유타국을 떠나온 허황옥은 처음 가락국 지경에 들어와 망산도에 상륙하고 고교(高嶠)에 올라 비단 바지를 바쳐 산령에게 제를 올리고 있는 것이다.[17] 이때 허황옥이 산령에게 바치는 비단 바지는 도래신이 비단을 바치고 신성성을 획득하기 위하여 토착신에게 올리는 제의로 이해할 수 있다.

허왕후는 비단 바지를 폐백으로 삼아 산령에게 제를 올리는 것으로 자신이 신성혼인의 여신의 자격을 획득하고 있음을 보여주고 있다. 연오랑은 자신의 왕비가 짠 가는 실 명주를 제물로 보내어 하늘에 제사하게 하여 해와 달의 빛을 도로 얻어 세오녀가 성모의 자격을 지니고 있다는 것과 세오녀가 짠 직물이 신성한 직물이라는 것을 증명해 보여주고 있는 것이다.

천조대신이 天眞名井(아마노마나이)라는 우물이 있고, 天石窟(아마노이와야)라는 석굴이 있고, 天安河(아마노야스가와)의 냇물이 흐르고, 天香山(아마노가구야마)이라는 우뚝 솟은 뫼부리가 있는 高天原(다가마노하라)의 소도(蘇塗)[18]에서 새로 거두어들이는 새 곡식을 신에게 바치는 신상제(新嘗祭)를 올리고 비단으로 신의를 짜는 행위는 그가 소도를 지키는 사제자이며 천제손(天帝孫)을 낳을 신모임을 보여주고 있는 것이다. 천조대신의 신성한 행위 속에 비단 신의를 짜는 일은 가장 중요한 명목인

---

17) 王后於山外別浦津頭, 維舟登陸, 憩於高嶠, 解所著綾袴爲贄遺于山靈地.

18) 이러한 소도(蘇塗)는 한반도 곳곳에 있었을 것이다. 토함산도 그와 같은 소도 가운데 하나이겠는데, 토함산에는 요내정(遙乃井)이 있고 석총(石塚)이 있었다. 토함산을 향령(香嶺)이라 하기도 했다. 같은 소도라는 견지에서 우물과 석굴이 비견될 수 있다.

것이다.

사소신모는 여러 천선(天仙)들을 거느리고 비단을 짜서 그가 신성하다는 것을 드러내 보여주었다. 이와 같이 사소신모가 직라하는 신성한 행위는 유리왕대 추수를 맞이한 가을 8월에 신성한 니사금의 큰 마당에서 벌리는 여성 입사식의 통과제의로 베풀어 지는 적마(績麻)의 신성모형이 되기에 충분한 것이다. 이러한 의미의 적마는 그것이 그대로 '희락사모지사(戱樂思慕之事)'라 할 수 있다. 사로국 온 나라 사람이 모여 그들의 성모를 사모하여 국중 대회를 열어 그들의 성년이 된 기쁨을 환호하는 희락사모지사임에 틀림없는 것이다.

3. 사로국(斯盧國)의 가악(歌樂)

수로왕과 허왕후의 신성 결혼을 기리기 위하여 가락국의 백성들은 희락사모지사를 행했던 것이다. "이곳 지방민과 이속들은 승점(乘岾)에 올라가 장막을 쳐 놓고 먹고 마시고 그리고 환호해대면서 이쪽저쪽으로 눈길을 던져 바라보는 한편 건장한 청장년들이 두 편으로 갈라져 망산도(望山島)에서부터 세차게 말을 몰아 뭍으로 달리고 물에선 미끄러지듯 배를 밀어 나와 북쪽으로 고포(古浦)를 목표로 하여 다투어 내닫는다"[19]고 한 것이 그것인데, 여기 환호하는 소리는 두 성인의 혼인하는 그날의 그것을 재현하는 것일 것이다. 이 환호하는 놀이 속에 가악이 함께 행해졌는지는 알 수 없지마는 이 사모지사의 "장막을 쳐 놓고 먹

19) 『삼국유사』, 권 제2, 기이 제2, 「가락국기」.
此中更有戱樂思慕之事, 每以七月二十九日, 土人吏卒陟乘岾, 設帷幕, 酒食歎呼, 而東西送目, 壯健人夫, 分類以左右之, 自望山島, 駮蹄駸駸而競湊於陸, 鷁首泛泛而相推於水. 北指古浦而爭趨, 盖此昔留天神鬼等望后之來, 急促告君之遺跡也.

고 마시고 그리고 환호해댔다(設帷幕 酒食歡呼)"는 것은 "진 편이 주식을 장만하여 이긴 편에 사례하고 …… 외치기를 아소아소했다(負者置酒食以謝勝者 …… 歎曰會蘇會蘇)"는 것과 상통하는 점이 있다. 이것은 가락국 토민들이 무리지어 환호해대던 것이 수로왕과 허왕후의 신혼에 대한 희락사모지사의 절정이었다고 한다면, 사로 육부의 온 나라가 모여 가무백희하는 가운데 '아소 아소'하고 외치던 한 여인의 애아한 소리는 사소를 사모하는 '戲樂思慕之事'의 분위기를 절정으로 끌어 올리는 것이었을 것이다. 사로국의 가악은 희락에 연유되어 만들어진 것으로 여겨지는데, 〈회소곡〉도 사로국의 국중대회와 밀접한 관계가 있는 '戲樂之具'에 연유되는 것으로 이해할 수 있다.

유리왕 때의 가악으로 〈도솔가(兜率歌)〉, 〈회소곡(會蘇曲)〉, 〈회악(會樂)〉, 〈신열악(辛熱樂)〉이 있었고 탈해왕 때 〈돌아악(突阿樂)〉, 바사왕 때 〈지아악(枝兒樂)〉이 있었다. 이것들은 사로국의 가악이라 할 수 있다. 사로국에 점차 병합된 사로국 주변의 여러 소국의 가악으로는 〈내지(內知)〉, 〈백실(白實)〉, 〈덕사내(德思內)〉, 〈석남사내(石南思內)〉, 〈사중(祀中)〉 등의 가악이 있었다. 이들 가악은 신라가 형성되던 초기 부족국가의 가악으로 사로국을 중심으로 생각할 때 사방에 둘러 서 있는 형편을 보여주고 있다.

사로국은 2대 남해왕 3년(A.D. 6) 봄 정월에 시조묘(始祖廟)를 세우고, 3대 유리왕 2년(A.D. 25) 봄 2월에 왕이 시조묘에 친사(親祀)하고, 5년(A.D. 28)에 왕이 국내를 순행하고 민속이 환강하여 비로소 〈도솔가〉를 만드니 이것이 가악의 시초가 되었다. 이 가악은 시조묘에 제사를 올리는 제의에 쓰인 것으로 여겨지고 있다. 〈도솔가〉는 여러 학자가 '두리노래'로 읽고 있으니, '도솔(兜率)'은 '두리'가 틀림없는 듯하고, 이 '두리'는 곧 조령(祖靈)을 가리키는 말로 볼 수 있다. 이런 경우 〈도솔가〉는 조상신에게 올리는 제사의 제의에서 사용된 가악으로 인식되는 것이다. 〈회소곡〉은 유리왕 9년(A.D.32)에 가배놀이에 연유되어 만들어진 가악이고, 시조 혁거세왕의 신모인 사소신모의 신덕을 송도하는 제의에 연유되어 만들어진 가악이라 할 수 있는 것이다. 『삼국사기』 악지에 실려 있는 군악(郡樂)을 보면, 〈내지〉는 일상군악(日上郡樂)이고, 〈백실〉은 압량군악(押梁郡樂)이고, 〈덕사내〉는 하서군악(河西郡樂)이고, 〈석남사내〉는 도동벌군악(道同伐郡樂)이고, 〈사중〉은 북외군악(北隈郡樂)이다.

'白實'은 '붉실'로 읽을 수 있다. '白'은 광명을 뜻하는 '붉'의 음차자(音借字)라 할 수 있다. '붉실'은 '붉둘'·'백악(白岳)'과도 관계가 있는 일신(日神)의 광명한 빛이 강림하는 마을이다. 이런 마을은 압량소국이 나라를 연 좋은 터전이었을 것이며, 그곳으로 압량국의 시조 조령이 강림했을 것이다. 압량소국은 신라의 6대 지마왕(A.D. 112~133) 때에 사로국에 병합되어 압량군이 되었는데, 압독(押督)이라고도 했으며, 지금의 경북 경산(慶山)에 자리 잡았던 소국이었다.

〈덕사내(德思內)〉의 고장인 하서군은 바사왕(A.D. 80~112) 때에 굴아화촌(屈阿火村)을 취하여 현을 둔 곳이다. 하서현(河曲縣)이라고도 했고, 지금의 울산이다. 이 굴아화촌은 비교적 이른 시기에 사로국에 병합되었는데, 이곳은 사로국의 남쪽으로 하서지촌(下西知村, 동쪽), 근오지(斤烏支, 북쪽)와 함께 동해에서 사로국으로 통하는 동해변의 하구를 형성하는 주요한 포구가 있던 곳이다. 울산의 개운포 하서지촌의 율포(栗浦) 하서지촌, 내아(乃兒)의 아진포와 근오지(斤烏支, 영일만)의 임곡포(林谷浦)가 그것이다. 이 굴아화촌에도 굴아화소국이 형성되었을 것이고, 그들의 신화의 고장이 이곳에 펼쳐져 있었을 것이다. 처용암이 있는 외황강(外煌江) 하구와 외황강의 발원에 위치하는 망해사가 자리잡은 영취산의 산정에 있는 굿바위, 이것들이 굴아화소국의 신화의 현장이었을 것으로 보고 싶다. 헌강왕 때의 저 유명한 처용설화는 이 굴아화촌의 시조신화를 원형으로 삼고 그 위에 굴절 변용된 모습으로 지금 남아 있는 것으로 보고 싶다. 사실 탈해신화는 하서지촌(下西知村) 내아(乃兒)의 시조신화와 깊이 맺어지고 있는 것이며, 운제신모(雲梯神母)는 근오지의 오천(烏川)의 하구와 운제산 정상의 대왕암과 이어지는 신화의 통로와 깊이 맺어지고 있는 것이다. 근오지(영일)의 오천 하구에 있는 일월지(日月池)도 이곳 도래신화의 통로와 맺어지는 성지이며, 연오랑 세오녀의 설화도 이곳 도래신화를 그들의 조상신의 이야기로 간직하고 살다가 이곳에서 일본의 어느 해안으로 떠나지 않으면 안 되었던 어느 집단의 슬픈, 그러면서도 힘찬 신화의 반영이라고 이해하고 싶은 것이다. 울산에 자리잡았던 굴아화촌은 사로국의 남쪽 통로였다. 바사왕 때 굴아화촌을 취하여 현을 둔 하서현(河西縣)은 처용설화의 현장이기도 한 것이다. 〈덕사내(德思內)〉의 '德'은 산(山)을 뜻하는 말이 아닌가 여겨지는데, 산령(山靈)이 내려주는 은덕을 빌어 산령에게 망제(望祭)하는 제의에 사용되었던 기원의 노래가 아니었나 생각해 보는 것이다.

〈석남사내(石南思內)〉의 고장인 도동현(道同縣)은 임천현(臨川縣)과 이웃하고 있는데, 도동화(刀冬火) 즉 도동벌(道同伐)은 언제 사로국에 병합되었는지 확실치 않으나, 도동벌과 이웃하고 있는 임천현이 조분왕(助賁王, A.D. 230~246) 때에 골화소국(骨火小國)을 벌득(伐得)하여 치현한 곳이니, 그 무렵이 아닐까 여겨진다. 도동벌은 지금의 영천이고, 그곳에는 지금도 도동이라는 지명이 남아 있다. 이곳 군악인 〈석남사내〉는 사자(死者)의 부활을 주원(呪願)하는 제의에서 부르는 노래인 듯하다.[20]

---

20) 윤철중, 「석남사내의 성격에 대한 시고」, 『상명여자대학 논문집』 제13집, 1984, 227-250쪽.

사로소국을 중앙으로 잡을 때, 〈백실〉의 고장인 압량군(경산)은 서쪽이고, 〈덕사내〉의 고장인 하서군(울산)은 남쪽이고, 〈석남사내〉의 고장인 도동벌군(영천)은 서북쪽인데, 〈내지〉의 고장인 일상군은 '日上'이 뜻하는 것으로 보아 사로국의 동쪽에 위치하고, 〈사중〉의 고장인 북외군은 '北隈'가 보여주는 것처럼 사로국의 북쪽에 위치하는 것으로 보고 싶다. 〈내지〉는 '知'를 '알'로 훈차(訓借)할 수 있다면 '내알' 내지 '나올'로 읽을 수 있을 것이나,[21] 향가 해독에서 '知'는 '지·다'로 음차(音借)되는 것이 일반적이어서, '知'를 '알'로 훈차하는 것은 설득력이 약하다.

〈내지(內知)〉, 〈백실(白實)〉, 〈덕사내(德思內)〉, 〈석남사내(石南思內)〉, 〈사중(祀中)〉 이것들은 모두 그곳 향인의 희락에 연유되어서 만들어진 것이다(此皆鄕人喜樂之所由作也). 여기서 희락(喜樂)이라 한 것은 희락(戱樂)과 같은 말일 것이다. 희락을 조령에게 올리는 풍요와 다산을 기원하는 제의에 유래하는 것이라고 한다면, 이것들도 〈도솔가〉나 〈회소곡〉이 지니는 조상신(조령)에게 올리는 제의에 쓰이는 제의가의 가악으로 이해할 수 있을 것이다.

4. 회소(會蘇)·사소(娑蘇)·바소(婆蘇)·아소

무애(无涯)는 〈회소곡〉에 대하여,

> 이른바 '負家一女子 起舞歎日 會蘇會蘇, 其音哀雅'라 한 '會蘇會蘇'는 '아소·아소'의 차자(借字)이니, 이 애원(哀怨)·처절(凄切)한 음

21) '內知'를 '나올'로 읽을 수 있다면 유리왕의 국구(國舅)인 일지갈문왕(日知葛文王)의 명호 '일지(日知)'도 '나올'이어서 동의어가 될 가능성이 있다.

조를 가진 '아소'란 말은 후세 가요에도 연면히 잉용(仍用)된 역일전통적(亦一傳統的) 감탄용어이다. 그런데 우리는 이 〈회소곡〉이 내용은 서정적이면서도 그 형식은 의연히 집단적·행사적 구형(舊型)이었음을 추측할 수 있다.

고 말하고, '회소(會蘇)'에 주를 달아,

'회소(會蘇)'의 '會'는 '집단'의 의(義)가 아니오 '지회(知會)·이회(理會)'의 의훈(義訓) '알'을 차(借)한 것이니 '회소'는 곧 '아소'('소' 우에 'ㄹ'음 탈락)이다. '知' 자(字)는 음차 '지·치'에 관용됨으로 불전주소류(佛典注疏類)에 흔히 쓰인 '알'의 의(義)의 '會'를 훈차(訓借)한 것이다.

라 하고, 이어서 '아소'의 어의에 대하여,

'아소'는 후세 가요에 관용된 바, 그 원의(原義)는 '탈(奪)·취(取)'의 훈과 동어인 '법(去)·거(袪)'의 의(義)의 '앗'의 명령형 '아소', 곧 금지(禁止)의 사(辭)(마오·그만두오)이다.[22]

라 말하였다. 그리고 〈정과정곡〉의 "아소 님하 도람드르샤 괴오쇼셔"와 〈이상곡〉의 "아소 님하 혼디 녀졋 期約이이다"와 〈사모곡〉의 "아소 님하 어마님 ᄀᆞ티 괴시리 업세라"를 예문으로 들어, 이들 노래에 쓰인 '아소'가 〈회소곡〉의 '會蘇' 즉 '아소'를 이어받고 있는 것으로 보았다. 이러한 무애의 말에서 "'회소회소'는 '아소·아소'의 차자이고 후세 가요에 잉용된 감탄용어이고 '아소'는 '거(去)·거(袪)'의 의(義)의 '앗'의 명령형

22) 양주동, 증정『고가연구』, 일조각, 1965, 19-20쪽.

'아소' 곧 금지의 사(辭)(마오·그만두오)이다"를 뽑아낼 수 있다. 그렇다면 과연 '아소'는 '마오·그만두오'라고 할 수 있는지 의문이다. 최동원(崔東元)은 〈정과정곡〉, 〈만전춘별사〉, 〈사모곡〉, 〈이상곡〉의 전대절(前大節)과 후소절(後小節)의 음악적 악보상의 분단을 말하면서,

> 〈정과정곡〉, 〈만전춘(별사)〉, 〈사모곡〉, 〈이상곡〉 등은 '아소 님하' 이하를 후소절로 보겠는데, 그렇게 볼 때, '아소 님하'는 감탄사의 성격을 지닌 것으로 파악하지 않을 수 없다. 그 위치(후소절의 앞머리에 붙는다는)로 보나 어휘로 보아 그렇게 볼 수 밖에 없는 것이다. '아소'가 '금지사', '님하'가 '님의 존칭호격'으로 풀이되더라도 문학상의 가의(歌意)와 꼭 연결된다고는 할 수 없다. 더구나 '아소'를 동일한 것으로 보지 않고 〈정과정곡〉, 〈이상곡〉에는 금지사로 쓰이고, 〈만전춘〉, 〈사모곡〉에서는 '알소, 알으시오'의 뜻으로 쓰였다고 할 때, 과연 그런 의미 분화를 인정할 수 있을 것인가 의문이다.[23]

라고 하여 '아소 님하'는 감탄사의 성격을 지닌 것으로 파악하고, 그것이 어의를 지니는 유의어라 하더라도 문학상의 가의(歌意), 즉 가의의 문맥이 잘 연결되지 않는다고 지적하였다.

〈정과정곡〉의,

> 니미 나를 ᄒᆞ마 니ᄌᆞ 시니잇가
> 아소 님하 도람 드르샤 괴오쇼셔

에서는 '아소'를 금지사 '그리마오'로 읽어서 그런대로 문의가 연결되고

---

23) 최동원, 『고시시론(古時詩論)』, 삼영사, 서울, 1980, 162쪽.

있으나, '니미'의 '님'과 '님하'의 '님'이 동일인을 지칭한다고 할 때 그러하지, 앞뒤의 님의 지칭이 다르다고 한다면 '아소'를 '그리마오'로 풀이하는 것은 어색한 점이 드러나 보인다.

〈이상곡〉의,

> 이러쳐 뎌러쳐 기약(期約)이잇가
> 아소 님하 흔딕 녀졋 기약이이다

에서도 '아소'를 '그리마오'로 읽는 것은 문맥이 어색하게 느껴진다.

〈사모곡〉의,

> 아바님도 어이어신마르는
> 어마님ᄀ티 괴시리 업세라
> 아소 님하 어마님ᄀ티 괴시리 업세라

에서도 '아소 님하'를 '그만두오(마십시오) 님이시여'로 풀이한다면, '아소 님하'가 문맥 문의와는 독립된 감탄사라는 느낌을 강하게 받게 된다. 〈만전춘별사〉의 '아소 님하 원대평생(遠代平生)애 여힐술 모ᄅ ᄋᆸ새'에서도 '그리마오 님아'와 '원대평생에 이별을 모릅시다'는 의미 연결이 부드럽지 않은 반면, 영탄의 감을 담고 있는 관용되는 감탄용어로 보는 것이 좋을 것 같다.

결국 '아소 님하'는 문맥의 의미에는 걸리지 않는 독립된 성분인 감탄사로 이해해야 할 것 같다. 무애의 말대로 감탄용어일 뿐으로 그가 인정한 의미 부분을 빼버리고 다른 문장성분에 걸리지 않는 독립어로 보는 것이 좋을 것 같다. 또 '아소'의 원형을 '앖다'로 보려 했고 그 어간 '앖'의 명령형 '아소'로 잡으려 했으나 '아소'는 기본형도 잡히지 않고 활용형도 찾아볼 수 없는 감탄사일 수밖에 없는 것이다. 다시 말해 '아소'는 영탄의 뜻을 품고 있는 감탄사일 수밖에 없는 것이다. '아소'의 '그리마오·마십시오'의 뜻을 갖는 말이라고 하기 어렵고 영탄의 감을 나타내는 말이라는 점을 전제로 과감한 추단을 해본다면 '아소'는 신성한 존재에 대한 경외심과 생사화복을 주재하는 신령에 대한 기구하는 심성과 그러한 신격이 상주하는 신당에 대한 무서움이 한데 녹아 나온 영탄의 감이 함축되어 있는 여음이라 할 수 있다. '嘆曰會蘇會蘇' 그대로 영탄의 소리인 것이다. 화석화(化石化)된 단어, 이제는 어의를 잃어버린 화석이 된 여음인 것이다. 고려속요에 사용된 '아소'는 이 화석화된 여음이었으나 본래 그 말이 지니고 있던 경외심과 기도하는 마음과 무서워하는 심성이 한데 어우러져 잠재의식 속에 되살아난 '그만두오' 하는 금지의 뜻을 느끼게 한 것일까. '嘆曰會蘇會蘇 其音哀雅'는 다시 한번 음미해 보고 싶다.

여성 성년식인 입사식으로 치루어지는 적마는 분명히 사소신모를 사모하는 제의임에 틀림없다. 그러한 통과제의 뒤에 베풀어지는 가배 놀이의 가무백희가 벌어지는 마당에서 '아소 아소'하고 외치는 소리는 사소신모를 사모하여 부르는 소리로 추상하기에 모자랄 것이 없는 것이다. 그러니 그 소리는 애아하게 들릴 수 밖에 없다고 해야 한다. 그 소리는 사소신모를 사모하는 것이므로 애절하지만 또 그것은 신모를 송도하는 것이므로 아정(雅正)한 것이 되는 가악이었다고 해야 할 것이다.

후세 고려시대의 악곡인 〈정과정곡〉, 〈이상곡〉, 〈사모곡〉, 〈만전춘(별사)〉 등에 사용된 '아소 님하'는 이 애절하고 아정한 소리의 감을 담고 있는 것이며 숭앙·경외하며 간절히 기구하며 무서워 하는 존재인 임의 이름이 지니는 의미가 이제는 화석화되어 언중의 잠재의식 속에서 금지의 명령형으로 느끼게 된 것이 아닐까.

회소(會蘇)의 '會'를 훈차하여 '아소'로 읽는 것처럼 사소를 음차하여 '아소'로 읽을 수 있다. '사소↔ㅿ소↔아소'의 변화를 상정할 수 있기 때문이다. '사소'가 '아소'로 읽힐 수 있다는 것은 일본 구주(九州)의 아소산(阿蘇山)도 한반도에서 건너간 이주족이 경외하는 화산에 바친 이름이라고 볼 수 있기 때문이다. '사소'는 '아소'로 바뀔 수 있고 '사소'와 같은 단어로 사용되었던 '바소(婆蘇)'도 '아소(阿蘇)'로 바뀔 수 있는 것이다.

〈석남사내〉의 성격에 대한 시고

1. 서언

향가에는 가명(歌名)만 전하는 노래가 있다. 이 가운데 몇 편은 현재까지 노래의 내용이 알려진 향가보다 시대적으로 오래된 것들이다. 이러한 노래는 초기에 나온 향가의 성격을 규명하고, 향가의 원류를 탐색하고, 나아가 현전하는 향가의 성격을 확실하게 하는 작업에 중요한 자료가 된다. 그러나 이 노래들은 가명만 남아 있고, 그에 대해 설명된 자료도 영성(零星)해서 그 성격을 파악하는 데는 많은 어려움이 따른다. 본 고찰은 그러한 노래 중의 하나인 〈석남사내(石南思內)〉의 성격을 추정해 보려는 것이다. '石'이 '돌'로 읽힐 가능성과 '石南'을 꽃의 이름으로 볼 수 있는 가능성을 출발점으로 해서 이 노래의 제의가(祭儀歌)적 성격을 추적해 보려고 한다.

2. 〈석남사내(石南思內)〉와 군악(郡樂)

〈석남사내〉는 도동벌군악(道同伐郡樂)이다. '도동벌'은 지금의 경상북도 영천(永川)인 임고군(臨皐郡)의 속현(屬縣)으로, 본래는 도동화현(刀冬火縣)이던 것이 경덕왕(景德王) 때에 도동현으로 개명되었다. '군악(郡

樂)'은 그 고장의 풍격(風格)을 지니고 있는 악곡을 이르는 말일 것인데, '도동화(刀冬火)'가 '長邑'의 뜻을 지니고 있는 말이라면,[1] 도동벌은 그 고장의 중심이 되는 곳이고, 도동벌군악인 〈석남사내〉는 그 고장의 풍격(風格)을 잘 지니고 있는 악곡이 될 것이다. 〈석남사내〉가 도동벌군악이라는 것과 같이, 어느 군의 군악이라고 소개되어 있는 악곡은 〈석남사내〉 이외에도 〈내지(內知)〉, 〈백실(白實)〉, 〈덕사내(德思內)〉, 〈사중(祀中)〉 등이 있다. 〈내지〉는 일상군악(日上郡樂)이고, 〈백실〉은 압량군악(押梁郡樂)이고, 〈덕사내(德思內)〉는 하서군악(河西郡樂)이고, 〈사중(祀中)〉은 북외군악(北隈郡樂)인데, 일상군과 북외군에 대해서는 『삼국사기』 지리지에도 '삼국유명미상지분(三國有名未祥地分)'에 수록되어 있어서 『삼국사기』 편찬 당시에도 어느 곳인지 자세히 알 수 없는 곳이었지만, 압량군은 지금의 경산에 해당하고, 하서군(하곡현이라고도 함)은 지금의 울산에 있던 고장이고, 도동벌군은 영천을 가리키는 것이어서 이 고장들이 모두 경주를 중심으로 해서 사방으로 주변에 인접해 있는 것으로 보아, 일상군과 북외군도 경주에 인접해 있던 군현이었을 것으로 보인다.[2] 경주를 중심으로 해서 일상군[동?], 압량군[서], 하서군[남], 도동벌군[서북], 북외군[북?]이 사방으로 벌려선 고장이 되겠는데, 〈내지〉, 〈백실〉, 〈덕사내〉, 〈석남사내〉, 〈사중〉 등의 가악(악곡)은

---

1) 이병선(李炳銑), 『한국고대국명지명연구』, 형설출판사, 61-126쪽. '刀冬火'는 '長邑'을 뜻하는 말이다. '刀冬'은 '가라(kara)'의 표기이고 '火'는 '버러(pərə)'의 표기로, 'kara'는 '城·邑'또는 '長'의 뜻이고 'pərə'는 '城·邑'의 뜻을 가지고 있는 말로 '刀同火'는 여기에서 '長邑'을 뜻하는 말이 된다. '武冬彌知'의 '武'를 '刀(갈)'의 차의(借義)에 의한 표기로 보고 있는데 「刀冬火」의 「刀冬」은 「武冬」과 함께 'kara'로 읽는 것이 마땅하다.

2) 북외군(北隈郡)은 '莫耶停 本官阿良支停 一云北阿良 景德王改名 今合屬慶州'(『삼국사기』, 지리1)에 의거하여 막야정(莫耶停, 官阿良支停·北阿良)에 비정될 가능성이 있다.

사로국을 중심으로 해서 벌려서 있는 주변의 소국 가운데 유력했던 소국들의 풍격을 유지하고 있는 것이라고 여겨진다. 이들 가악은 경주 일원에서 유포되던 가악과는 구별해서 기술된 것으로 보이는데, 이들 가악은 사로소국의 영역이었던 지역이나 삼국 초기에 일찍이 사로소국에 흡수된 주변 지역을 포함한 경주 일원에서 불리던 가악과는 구별해서 당시 사람들에게 인식되었던 것 같다.

> 會樂及辛熱樂 儒理王時作也. 突阿樂 脫解王時作也. 技兒樂 婆娑王時作也. 思內(一作詩惱)樂 奈解王時作也. 笳舞 奈密王時作也. 憂息樂 訥祇王時作也. 碓樂 慈悲王時人百結先生作也. 竿引 智大路王時人川上郁皆子作也. 美知樂 法興王時作也. 徒領歌 眞興王時作也. 捺絃引 眞平王時人淡水作也. 思內奇物樂 原郎徒作也. 內知 日上郡樂也. 白實 押梁郡樂也. 德思內 河西郡樂也. 石南思內 道同伐郡樂也. 祀中北隈郡樂也. 此皆鄕人喜樂之所由作也.[3)]

이 인용문에서 〈회악(會樂)〉 이하 〈사내기물악(思內奇物樂)〉까지를 〈내지(內知)〉 이하의 작품들과 구별을 둔 기술은 〈내지〉, 〈백실〉, 〈덕사내〉, 〈석남사내〉, 〈사중〉 등의 제작 연대가 확실치 않다는 데에도 이유가 있겠지만, 그보다는 경주 일원에 유포된 신라 중심 지역의 풍격을 지닌 가악과 압독소국(押督小國)·굴아화(屈阿火)·도동화(刀冬火) 등의 풍격을 지닌 가악을 구별해서 인식한 데서 온 소치일 것이다. 〈회악(會樂)〉·〈우식악(憂息樂)〉·〈대악(碓樂)〉·〈날현인(捺絃引)〉·〈사내기물악(思內奇物樂)〉은 노래가 성립된 환경이나 작자의 성분으로 보아 경주를 중심한 가악임을 쉽게 알 수 있다.

---

3) 『삼국사기』, 권 제32, 잡지 제1, 「신라악」.

〈회악〉은 유리왕 때 부내(部內)의 여자가 두 패로 나뉘어 길쌈 내기를 끝내는 8월 15일에 행하던 가배(嘉俳) 놀이의 가무백희(歌舞百戲) 연출시에 불렀다는 〈회소곡(會蘇曲)〉 바로 그것일 것이고, 〈신열악(辛熱樂)〉은 정명왕(政明王, 神文王) 9년에 왕이 신촌(新村)에 거동하여 잔치를 베풀고 주악(奏樂)할 때에 연주되었다는 〈하신열무(下辛熱舞)〉, 〈상신열무(上辛熱舞)〉와 관련이 있을 것이다.

정명왕 9년에 신촌에서 주악한 내용은 다음과 같다.

가무(笳舞)	監六人 笳尺二人 舞尺一人.
하신열무(下辛熱舞)	監四人 琴尺一人 舞尺二人 歌尺三人.
사내무(思內舞)	監三人 琴尺一人 舞尺二人 歌尺二人.
한기무(韓岐舞)	監三人 琴尺一人 舞尺二人.
상신열무(上辛熱舞)	監三人 琴尺一人 舞尺二人 歌尺二人.
소경무(小京舞)	監三人 琴尺一人 舞尺一人 歌尺三人.
미지무(美知舞)	監四人 琴尺一人 舞尺二人.

또, 애장왕(哀莊王) 8년에 주악한 내용은,

사내금(思內琴)	舞尺四人靑衣 琴尺一人赤衣 舞尺五人彩衣 繡扇竝鏤帶.
대금무(碓琴舞)	舞尺赤衣 琴尺靑衣

와 같이 기록되어 있다.[4)]

4) 『삼국사기』, 앞과 같음.

〈하신열무〉, 〈상신열무〉는 〈한기무(韓岐舞)〉와 함께 지명과 직결되는 명칭으로 여겨지는데 상·하로 나뉘어 기록에 나타나는 지명으로는 이 밖에 하서지촌(下西知村)·상서지촌(上西知村)과, 하가라도(下加羅都)·상가라도(上加羅都)와, 하기물(下奇物)·상기물(上奇物)의 예가 더 보인다. 하서지촌은 석탈해가 처음 신라에 도래한 곳이고, 하가라도·상가라도와 하기물·상기물은 우륵(于勒)이 만든 12곡의 곡명이 된 지명이다. 〈신열악〉이 어느 특정한 장소와 유관한 명칭이라면, 그 장소는 유리왕의 통치구역을 벗어나는 곳은 아닐 것이다.

〈신열무〉의 연출에는 금척(琴尺), 무척(舞尺), 가척(歌尺)이 등장하고 있어서, 〈신열무〉가 〈신열악〉에 의하여 연주된다면 〈신열악〉은 가사가 딸려 노래 불리는 무악(舞樂)임을 알 수 있다. 〈사내무〉와 〈소경무〉도 무척이 등장하는 무악이고, 〈한기무〉와 〈미지무〉는 금척과 무척만이 등장하여 가사가 따르지 아니하는 무악임을 제시하고 있다. 특히 〈가무〉는 다른 무악과는 달리 금척 대신에 가척(笳尺)이 등장하고 있어, 〈가무〉는 관악기의 반주로 연주되는 무악으로 나타나 있다. 또한 〈대금무(碓琴舞)〉가 〈대악(碓樂)〉에 맞추어 연출되는 것이라면, 〈대악〉도 가사가 따르지 않는 무악임을 알 수 있다. 주지하는 바와 같이 〈대악〉은 가세가 극빈한 백결선생(百結先生)이 이웃의 방앗소리를 듣고 과세(過歲)를 걱정하는 아내에게 가난을 위로하기 위하여 고금(鼓琴)하여 저성(杵聲)을 지었다는 것이니, 백결선생이 낭산(狼山) 아래 살던 사람이므로 이 악곡은 경주 일원의 것으로 보인다.

〈가무〉는 가적(笳笛, 胡笳)에 맞추어 연출한 무악이다. '가적'은 젓대와는 같지 않은 것이지만, 그것이 취관악(吹管樂)이라는 점에서는 〈가무〉가 관악기를 이용한 악곡으로는 처음 나타나는 이름이다. 〈가무〉가 만들어진 내물왕 때는 4세기 후반에 해당이 되는데, 〈가무〉의 가적은 신문왕대의 만파식적과 월명항(月明巷)에서 취적(吹笛)하여 달님이 그 소리에 수레를 멈추었다는 월명사의 일을 연상하게 한다. 만파식적의 출현 자체의 설화가 재생주지(再生主旨)를 담고 있는 것이지만, '吹此笛則兵退病癒 旱雨雨晴 風定波平'한다는 주술적인 능력을 지니고 있는 사실이나, 월명사가 발휘한 주술적인 능력이 취적과 밀착되어 있는 것은 〈가무〉의 가적에도 연결되어야 하는 것이 아닐까 생각하게 된다. 이러한 취적의 주술이 〈가무〉의 가적을 거쳐서 유전되었다고 생각할 수 있을 것 같다. 가적의 소리는 만파식적이나 월명항의 취적성의 원형이 될 수 있기 때문이다.

〈청산별곡〉은 원점으로 회귀한다는 본원적인 명제를 근저에 깔고 있다. '청산'과 '바롤'은 생명의 본원이라는 의미를 담고 있다. "靑山애 살어리랏다"는 현실적인 좌절에서 오는 가라앉은 절규이지만, 한편으로는 생명의 본원으로 회귀하려는 주원(呪願)의 표출인 것이기도 한 것이다. "살어리 살어리랏다 靑山에 살어리랏다"는 생명의 시원에서 다시 생명을 새롭게 하려는 주원을 바탕에 깔고있는 것이다. 이러한 주원을 뒷받침하는 여음이 "얄랑셩 얄라리 얄라"인 것이다. 이 소리는 만파식적의 주력과 월명사의 취적과 〈가무〉의 가적을 기억하고 있으리라고 여겨진다.[5)]

〈간인〉과 〈날현인〉은 현악곡이겠으나, 특히 〈간인〉은 "사ᄉᆞ미 짒대예 올아셔 奚琴을 혀거를 드로라"의 〈청산별곡〉 제7연을 연상하게 한다. '간(竿)'은 연희에 사용되는 장대·짒대일 것이고, '인(引)'은 해금(奚琴)의 악곡일 수 있기 때문이다. 〈청산별곡〉의 제7연이 사슴으로 분장

5) 〈청산별곡〉의 여음이 돌궐어의 한 문장이라는 견해가 있다. 이 말이 〈청산별곡〉의 여음으로 쓰일 때는 말의 뜻은 잃어버렸으면서 주술 능력만을 유지하고 있는 화석으로서 존재하고 있었을 것이다.

된 연희자가 장대 끝에 올라서 해금을 연주하는 '놀이'를 담고 있다는 것을 인정할 수 있다면[6] 〈간인〉은 장대 위에서 사슴이 주악하는 '놀이'에서 연주되는 금곡(琴曲)으로 볼 수 있을 것이다. 하늘을 향해 치솟은 장대, 그 위에는 간단한 연주석이 장치되고 사슴으로 분장한 연주자가 해금을 연주하는 모습은 세상을 조소하는 것이 아니라, 기울어 가는 세상의 기운을 돌이켜 세우려는 염원이 담겨 있는 것이다.[7]

〈돌아악〉, 〈지아악〉, 〈사내악〉은 제의와 연관지어 생각해야 한다. 이 노래들은 토속신앙의 원초 사유와 밀착되어 있는 가악이다. 〈돌아악〉과 〈지아악〉은 〈정석가〉의 "딩아 돌하"에 이어지고 있는데, 〈정석가〉 기구(起句)가 지니고 있는 부활제의의 사유는 이미 이들 노래의 제의가적인 성격에서 유래하는 것으로 보아야 할 것이다. 〈돌아악〉의 '돌아(突阿)'는 고대 신성왕권의 부활제의 핵인 '천신·왕'을 뜻하는 말과 관계가 깊은 것으로 보인다.[8] 제정일치의 고대사회에서 'ㅂㆍㄹ(pɔrɔ)'는 신의 뜻으로, 'ㄷㆍㄹ(tɔrɔ)'는 존자(尊者)의 뜻으로 보고 있다.[9] 또 '도라(道羅)'가 존자로 나타나는 것으로 다음과 같은 기록이 보인다.

> 檀君乃出巡至南海 登甲比古次之山 設壇祭天 還至海上 赤龍呈祥神女奉榼 有一童子 衣緋衣 縱榼中出謁 檀君愛之 因姓日緋名日天生 遂爲南海上長 及還至平壤 有三異人 自東方渡浿水而至 首日仙羅 次日道羅 又其次日東武 於是 因二龍之祥 改虎加日龍加使仙羅主之 道羅爲鶴加 東武爲拘加.[10]

---

6) 김완진(金完鎭), 「청산별곡의 '사슴'에 대하여」, 『문학과 언어』, 탑출판사, 29-37쪽.

7) 동명왕(東明王)은 송양국(松讓國)과의 싸움에서 흰 사슴을 잡아 하늘을 향해 울게 하여 비를 내리게 했다. 남미의 인디오 어느 종족의 신년 축제에는 장대 위에서 춤을 추는 연희가 있다.

8) 윤철중, 「정석가 연구」, 『논문집』 10집, 상명여자대학출판부, 67 72쪽.

9) 이병선(李炳銑), 앞의 책, 59-60쪽.

단군이 출순(出巡)에서 평양(平壤)에 돌아오니, 이인(異人) 3인이 동방으로부터 패수(浿水)를 건너왔는데, 우두머리는 선라(仙羅), 다음은 도라(道羅), 그 다음은 동무(東武)였다. 선라로 하여금 용가(龍加)를 주관하게 하고, 도라는 학가(鶴加)를 삼고, 동무는 구가(狗加)를 삼았다는 것이다. '加'는 고대 공동체의 족장·대관(大官)의 칭호이고, '도라(道羅)'는 '돌아(突阿)'·'ᄃᆞᄅᆞ'에 비견될 만한 말이다.

'미지(美知)'는 '彌知'에 비견될 만한 말이다. 사기 지리지에 '彌知'에 대해 다음과 같은 기록이 보이는데,

單密縣 本武冬彌知 一云曷冬彌知
化昌縣 本知乃彌知縣
西幾停 本豆良彌知停[11]

여기에서 보이는 '彌知'는 '邑'을 뜻하는 말이고, 이 말은 용(龍)을 뜻하는 고대어 'midi'에서 온 것으로 보인다.

> 그리고 진국(辰國)의 '辰'은 '龍'과 같은 뜻으로, 훈(訓)이 '미르' 또는 '미리'이다. 그런데 이 '미르'의 고대어가 midi로, 모음 간의 d가 r로 변이한 것으로 보인다. 그리하여 이 midi는 '邑'을 뜻하는 '미지'와 동음이의어로서 동방(東方, 辰方)인임을 자처하는 고대인이 이 '辰'자(字)로써 'miti(邑)'를 차훈 표기한 것으로 생각된다. 그리하여 진국의 '辰'이나 진국이 도읍한 '목지(目支)'는 '城邑'을 뜻하는 miti[彌知]에 유래한 것으로 생각된다.[12]

10) 북애노인(北崖老人), 『규원사화(揆園史話)』, 아세아출판사, 50쪽.
11) 『삼국사기』, 권 제34, 잡지 제3, 「지리」1.
12) 이병선, 앞의 책, 93쪽.

위의 인용문을 다시 써 본다면 용(龍)의 훈은 '미르' 또는 '미리'이고, 용의 고대어 midi는 '邑'을 뜻하는 '미지(彌知)'와 음이 같아서 용을 뜻하는 midi와 '邑'을 뜻하는 '미지'는 동음이의어로 쓰이게 된다는 말이 된다.

〈미지악〉의 '미지'가 '邑'의 뜻이라면 〈미지악〉은 '城邑의 노래'라 할 만하겠는데, 이것이 '龍의 노래' 즉 「미리 노래」라고 한다면, 〈미지악〉은 〈이견대가(利見臺歌)〉의 원형이 될 만하지 않을까 의문을 남겨 보는 것이다. 〈이견대가〉는 신문왕대의 것이어서 1세기 반의 간극을 두고 있다.

〈우식악〉은 실성왕 원년에 내물왕자 미사흔(未斯欣)이 일본에 인질되어 가고, 또 11년에 미사흔의 형이 고구려에 인질이 되었다. 눌지왕이 즉위하여 두 아우를 보고자 하여, 박제상(朴堤上)을 보내어 환국시키고, 왕이 대희(大喜)하여 6부의 백성을 모아 대연을 베풀고, 왕이 스스로 이 노래를 지어 기쁜 뜻을 표했다 하니, 이로 보아 이 노래는 경주 지역의 노래임이 분명하고, 〈날현인〉의 작자 담수(淡水)는 내물왕 7세손 대세(大世)와 친교가 있던 승려로 경사와 인연을 가지고 활동한 사람임을 알 수 있다. 〈사내기물악〉의 작자 원낭도(原郎徒)는 진평왕대 제1세 국선인 설원랑(薛原郎)과 관련지어 생각할 수 있다.

〈내지〉, 〈백실〉, 〈덕사내〉, 〈석남사내〉, 〈사중〉은 같은 곳에 기록된 경주 지방에 유포된 시가로 볼 수 있는 여타의 노래와는 구별해서 기술되었다. '此皆鄕人喜樂之所由作也'라는 기술도 여타의 가악에 적용될 수 없는 것은 아니겠으나, 군악이 지니는 그 고장의 특수한 풍격을 두드러지게 인식한 데서 온 것으로 보아야 할 것이다. 〈백실〉의 고장인 압량군은 지마왕(A.D. 112~133) 때에 사로에 병합되었고, 〈덕사내〉의 고장인 하서군은 파사왕(A.D. 80~112) 때에 사로에 병합되었다. 도동벌군은 언제 병합되었는지 자세히 알 수 없지만, 그 이웃의 임천현은 조분왕(A.D. 230~246) 때에 골화소국을 벌득(伐得)하여 치현(置縣)한 곳이다. 이 시기는 신라가 아직도 고대공동체의 유산을 많이 보유하고 있는 시기이다. 탈해왕(A.D. 57~80)시작인 〈돌아악〉과 파사왕시작인 〈지아악〉과 내해왕(A.D. 196~230)시작인 〈사내악〉은 모두 이 시기의 소산들이다. 〈백실〉을 장산군악이라고 기록하지 않고 압량군악이라고 한 것이나, 〈석남사내〉를 도동현악이라고 하지 않고 도동벌(도동화)군악이라 기록한 것은, 이들 노래에 대해서 압량(독)소국이나 도동화의 풍격을 더 강하게 인식한 데서 오는 소치로 보인다. 일상군이나 북외군이 『삼국사기』에서 미상지명분(未祥地名分)으로 처리되고 있는 것도 이것들이 경덕왕이 지명을 고치기 이전에 바뀌었거나, 〈내지〉나 〈사중〉의 전거가 된 사료가 상대에 속하는 것일 가능성을 생각할 수 있다.

이들 노래는 향인(鄕人)이 희락(喜樂)하는 것에 연유해서 지은 것이다. 희락은 기뻐하고 즐거워하는 것이겠는데, '喜樂'을 '戱樂'과 같은 표기로 본다면, '놀이'로 이해할 수 있다. 이들 노래는 '놀이' 즉 '祭儀'에서 불린 노래이다. 〈석남사내〉는 '도동화(刀冬火)'에서 행하던 '놀이(戱樂之事)'에 연유해서 지어진 노래라 할 수 있다.

〈석남사내〉는 '도동화'의 조상신을 사모하는 제의(제례)에서 불리던 가악일 것이다.

3. '석남(石南)'과 지명(地名)

앞에서 다루어 온 노래 가운데 '돌아(突阿)', '지아(枝兒)', '사내(思內)', '미지(美知)'의 가명은 고유어를 음차 표기한 것으로 보이고, '가

(笳)', '우식(憂息)', '대(碓)', '간(竿)', '날현(捺絃)' 등의 가명은 음독 내지 훈독해야 할 것으로 보인다. '석남(石南)'을 '돌 앞'과 같은 방식으로 읽는다면 훈독하는 것이 되고, '석남화(石南花)'의 '석남'으로 보면 음독하는 것이 된다. 석남을 훈독하는 경우에 있어서 '남(南)'을 '전(前)'의 뜻으로 읽는 근거가 되는 실제 예는 다음과 같은 것이 있다.

> 南 앒남 (光州千字文)
> 南 앒남 (新增類合, 天文)
> 南 앒남 (訓蒙字會, 中, 人類)
> 南征吉 [注] 南征 前進也 (周易升卦)

'南'을 '前'의 뜻으로 보게 되면, 〈석남사내〉는 '돌 앞에서 비는 노래'라고 해석될 지도 모르겠다. 이렇게 본다면 돌은 다름 아닌 매석(禖石)[13] 바로 그것이 되어야 할 것이다.

> 夫婁老無子 一日祭山川求嗣 所乘馬至鯤淵 見大石相對淚流 王怪之使人轉其石 有小兒金色蛙形 王喜曰 此乃天賚我令胤乎 乃收而養之名曰金蛙[14]

동부여의 해부루(解夫婁)가 산천에 제를 올리고 금와왕(金蛙王)을 얻게 되는 '大石'은 왕을 탄생시킨 생생력을 상징한다.

> 閼川楊山村 南今曇嚴寺 長曰謁平 初降于瓢嵓峰 是爲及梁部李氏祖[15]

---

13) 김열규(金烈圭), 『한국민속과 문학연구』, 일조각, 231쪽.
14) 『삼국유사』, 권 제1, 기이 제1, 「동부여」.
15) 『삼국유사』, 권 제1, 기이 제1, 「신라시조 혁거세왕」.

경주 이씨조의 강탄지인 표암(瓢嵓)이 또한 매석이다. 이것은 조상의 탄생과 관련되어 있어서 그대로 조상석(祖上石)이기도 하다.

> 경산군(慶山郡) 진량면(珍良面) 금박산정(金珀山頂)에 있다는 천신(남)과 지신(여)의 교구암(交媾岩)도 일종의 조상석이다. 천신이 거기 강림하여 지신과 맺어진 결연의 신좌(神坐)이기 때문이다. 천·지 두 신의 교구(交媾)에 힘입어 그 바위 자체도 두 신의 교구가 지닌 생생력을 지니게 되는 것이다. 부부암이 생생력 상징으로 간주되는 것과 동일한 의미를 갖고 있다. 이런 면에서 보아 교구암은 매석을 겸하기도 한다.
>
> 그 바위는 생생력의 원천이고 진량면 일대 구(舊) 압독국(押督國) 일원의 주민들에게 있어서 가장 성스러운 신성암이었음직 하다. 세계 모든 것의 생생은 곧 조령(조령)의 생생력에서 가능해지는 것이기에 압독국의 일체의 생생은 바로 그 교구암 속에 간직되어 있어야 하는 것이다.
>
> 이같은 조상석과 매석은 암석 숭배의 대상 가운데서 가장 원초적이고도 중요한 형태의 것이다.[16]

인용한 글은 경산군 진량면 금박산정에 있는 교구암이 조상석임을 지적하고 있다. 이 바위는 생생력 상징으로 간주될 수 있으며 매석이기도 한 것이다. 이 바위가 압독국 일원의 주민들에게 있어선 가장 성스러운 신성암이었을 가능성을 지니고 있는 것이다.

이러한 암석은 조령의 생생력과 직결되고 이와 같이 조령의 생생력을 상징하는 조상석·매석 앞에서 풍요를 주원하는 것은 고대인에게 있어서는 생활 그 자체이었던 것이다. 조상석과 매석이 암석 숭배의 대상

16) 김열규, 앞의 책, 234쪽.

이 되고 조령의 신성함을 간직하고 있는 바위 앞에서 제의가 이루어지고 그 제의에 알맞은 노래가 불리게 된다. 〈석남사내〉가 도동벌의 그러한 노래였으리라는 추측은 그것이 군악이라는 점만으로도 쉽게 이루어질 수 있는 것이다.

'돌'은 '石'의 훈이기도 하지만 '靈'의 훈으로도 쓰인다. 그러므로 '돌'은 조령(祖靈)의 의미일 수도 있다. '돌'은 암석이면서 조령의 생생력을 간직하고 있다는 이중적 의미를 동시에 지닐 수 있다. 그렇게 보면 〈석남사내〉는 '돌 앞에서 비는 노래'이면서 '조령 앞에서 풍요를 주원하는 노래'로 해석할 수도 있는 것이다.

'석남(石南)'이라는 말은 문헌에 여러 사례가 보이면서도, 그 뜻에 대해서는 명확한 설명이 보이지 않는다. 『잡저기설류기사색인(雜著記說類記事索引)』에는 지명별 색인에 '석남'이라는 지명과 관계되는 기사가,

石南記 李炳壽 謙山遺稿
石南記 高光善 弦窩遺稿 (7 : 10a)
石南記 高光善 弦窩遺稿 (7 : 14b)
石南記 高在鵬 翼齋集
石南記 奇宇萬 松沙文集
石南齋記 沈相福 恥堂集
石南齋記 李祥奎 惠山集
石南亭記 宋奎憲 史謂遺稿
石南亭記 李玄圭 玄山集

와 같이 기재되어 있고 『잡저기설류기사색인』에,

石南說贈崔其元 高光善 弦窩遺稿

石南聞見錄 高濟琳 晦雲遺稿
石南日誌 鄭樂圭 景山齋遺稿

가 기재되어 있다.

여기 나와 있는 '石南'은 모두 지명인데 『사위유고(史謂遺稿)』의 〈석남정기〉에는,

有亭翼然於石統之南而扁之日石南者完山李君台宰之所築也

라고 되어 있어서, 석남정(石南亭)의 이름이 석통(石統)의 남쪽에 있기 때문에 성립된 것으로 되어 있고, 『겸산유고(謙山遺稿)』의 〈석남기〉에는,

錦城之北三十里有石門山勢中拆雙巖左右對峙其狀如門故謂之石門殆天造地設似非偶然者存焉其南日有道也村卽鄭君然喆攸盧也 …… 以石南自號盖取所居在石門之南 ……

이라는 말이 적혀 있어, 쌍암(雙巖)이 좌우로 대치해 있는 석문이 있고, 그 남쪽에 유도야촌(有道也村)이 있는데, 석남이라고 자호(自號)한 것은 석문의 남쪽에 살고 있어서 그렇게 했다는 것을 알 수 있다.

이 기록으로는 쌍암석문이 어떤 의미를 지니고 있는 것인지는 알 수 없으나, 석남이라는 말이 '石門之南'에서 연유함을 알 수 있기에 충분하다. 『회운유고(晦雲遺稿)』의 〈석남문견록(石南聞見錄)〉에는 "四月望後始抵石南入碧樹樓"라 했고, 『경산제유고(景山齊遺稿)』의 〈석남일지(石南日誌)〉에는 "丁亥四月二十日初見淵齊先生于石南"이라 하여, 석남은 그 글의 작자가 찾아간 고장의 지명으로만 나타나 있을 뿐이어서, '石南'은 지명임을 보여 줄뿐, 그 어의를 짐작할 만한 말은 보이지 않는다.

『동국여지승람』에는 경기도 음죽현(陰竹縣)의 백족산(白足山)과 안성군 서운산(瑞雲山)과 경상도 장발현(長髮縣) 묘봉산(妙峰山)에 석남사(石南寺)가 나온다. 백족산의 것은 석남사라고도 하는데, 이것은 이 절 이름이 석남화라는 꽃나무 이름과 연관되어 있는 것이 아닌가 여겨진다. 또 언양현(彦陽縣)에는 석남산이 있고, 그 아래에 석남원(石南院)이 있으며, 경남 울산 가지산에도 석남사가 있다.

석남이라고 명명된 지명이나 산명이나 사찰명은 이 밖에도 더 많이 있으리라 여겨지는데, 그 명칭에 대한 자세한 설명은 쉽게 찾아보기 어렵고, 『삼국유사』의 「자장정률(慈藏定律)」조에 석남과 관련이 있는 설화가 실려 있다.

> 暮年謝辭京輦 於江陵郡 (今冥州也) 創水多寺居焉 復夢異僧 狀北臺所見 來告曰 明日見汝於大松汀 驚悸而起 早行至松汀 果感文殊來格 諮詢法要 乃曰 重期於太伯葛蟠地 遂隱不現 (松汀至今不生荊刺 亦不棲鷹鸇之類云) 藏往太伯山尋之 見巨蟒蟠結樹下 謂侍者曰 此所謂葛蟠地 乃創石南院 (今淨岩寺) 以候聖降 粵有老居士 方袍糸監縷 荷葛簀盛死狗兒 來謂侍者曰 欲見慈藏來爾 門者曰 自奉巾箒 未見忤犯吾師諱者 汝何人斯 爾狂言乎 居士曰 但告汝師 遂入告 藏不之覺曰 殆狂者耶 門人出詬逐之 居士曰 歸歟歸歟 有我相者 焉得見我 乃倒簀拂之 狗變爲師子寶座 陞坐放光而去 藏聞之 方具威儀 尋光而趨登南嶺 已杳然不及 遂殞身而卒 茶毗安骨於石穴中.

나이 많아 경도(京都)를 하직하고, 강릉군(지금 명주다)에 수다사(水多寺)를 창건하고 거하더니, 다시 북대에서 본 바와 같은 형상을 한 이승(異僧)이 꿈에 나타나 고하되, “명일에 너를 대송정에서 보겠다” 하였다. 놀라 깨어 일찍이 송정에 이르니, 과연 문수가 감응하여 왔다. 법요를 물으매 가로되, “태백산 갈반지에서 다시 만나자”하고

> 숨어 보이지 아니하였다. (송정에 지금까지 가시덤불이 나지 않고 또 응전류(鷹鸇類)가 깃들지 않는다고 한다.) 자장이 태백산에 가서 찾을 새, 큰 구렁이가 나무 밑에서 서리고 있는 것을 시자(侍者)에게 이르되, "이곳이 말하는 갈반지라"하고, 이어 석남원(石南院)을 세우고 (지금 정암사) 성인이 강림하기를 기다리었다. 이에 (한) 늙은 거사가 남루한 옷을 입고, 칡(葛) 삼태기에 죽은 강아지를 넣어 가지고 와서 시자에게 이르되, "자장을 보고자 왔다"고 하였다. 문인이 "건추(巾箒)를 받든 이래 우리 스승의 이름을 부르는 자를 아직 보지 못하였다. 너는 어떠한 사람인데 미치광이 말을 하느냐". 거사가 "다만 너의 스승에게 고하기만 하라"하였다. 들어가 고하니 자장이 깨닫지 못하고 광인(狂人)이 아닌가 하였다. 문인이 나가 꾸짖어 쫓으니, 거사가 "돌아가겠다 돌아가겠다. 아상(我相)을 가진 자가 어찌 나를 보리요"하고, 삼태기를 거꾸로 터니, 개가 변하여 사자보좌(獅子寶座)가 되며, 거기 올라앉아 방광(放光)하고 가버렸다. 자장이 듣고 그제야 위의를 갖추고 빛(光)을 찾아 남령(南嶺)에 올라갔으나, 이미 향연(杳然)하여 만나지 못하고, 마침내 쓰러져 돌아가니, 화장하고 그 뼈를 석혈 가운데 안치하였다.[17)]

이 이야기는 자장율사의 만년의 행적과 졸거에 관한 이야기로서 불교가 신라에 정착하는 과정을 보여주는 설화로 보인다. 이 설화에서 주목되는 곳은 설화의 주인공이 태백산 갈반지(葛蟠地)에 석남원(石南院)을 세웠고, 졸거(卒去)하여서는 석혈(石穴)에 안치되었다는 대목이다.

석남원(뒤에 정암사가 됨)을 세운 곳은 갈반지라고 판단되는 곳이다. 자장은 꿈속에 나타난 이승(異僧)의 지시대로 대송정에 나가 문수를 만나, 태백산 갈반지에 갈 것을 지시받고, 그곳에 가서 석남원을 세운다.

---

17) 이병도(李丙燾), 『원문병역주(原文竝譯註) 삼국유사』, 동국문화사, 400쪽.

그런데 자장이 갈반지라고 판단한 곳은 큰 구렁이가 서려 있는 나무 밑이었다. 즉 석남원은 갈반지에 세웠고, 갈반지는 큰 구렁이가 서려 있는 나무 밑이 된다.

갈반지(葛蟠地)는 글자 그대로라면, '칡넝쿨이 서려 있는 땅'이다. 이 경우 자장이 찾아야 할 곳은 칡넝쿨이 서려 있는 곳이었을 것이고, 그런 곳이라면 쉽게 찾아낼 수 있었을 것이다. 그런데, 자장이 찾은 곳은 칡넝쿨이 서려 있는 곳이 아니라 큰 구렁이가 서려 있는 나무 밑이었다. '갈(葛)'은 '葛藟纏束之物 爲困所 纏束而居最高危之地 困于葛藟與臲卼(程傳)'이라는 해석에 따르면, 곤란과 위태로움이 있는 것을 말한다. 이로써 갈반지는 '곤란과 위태로움이 기다리는 곳'이라고 이해할 수 있겠는데, 구체적으로 제시된 곤위(困危)의 실상은 '巨蟒蟠結樹下'로 나타나고 있다. 즉 '거망(巨蟒)'으로 나타나고 있다. '망(蟒)'은 '蛇最大者故曰王蛇(爾雅註)'로, '뱀 가운데 가장 큰 놈'을 가리키는 것이다. 문수의 응신이 법요를 구하는 자장에게 갈반지에서 만나기를 제시한 것은 이 거망을 물리치고 공덕을 닦은 연후에 기다리고 있기를 요구한 것으로 해석된다. 자장이 갈반지에 석남원을 세웠다는 것은 일단 거망 즉 대사(大蛇)를 물리치는 고난과 위험을 겪은 뒤에 가능했던 결과라고 여겨져서, 문수가 제시한 공덕을 쌓은 연후에 기다린 것으로 간주된다.

자장이 태백산에 찾아 가서 갈반지로 인식한 곳에 도사리고 있던 거망은 다름 아닌 용(龍)으로 이해할 수 있다. 이 설화에서는 그 용이 자장이 석남원을 세우는데 어떻게 방해했는가에 대해서는 말하고 있지 않지만, 그 대상을 구렁이로 표현한 것은 용을 내 편으로 인식하지 아니했던 소치로 이해할 수 있다. 거망이 서리고 있던 자리에 절을 세웠다면, 그 뱀의 세력을 제거한 연후에 가능했을 것인데, 이 뱀은 자장의 석남원 건립에 순순히 그 자리를 내어주지는 않았을 것이다. 방해하고 항거했을 것이다. 자장의 입장에서는 이 뱀은 부정적으로 인식되는 독룡(毒龍)인 것이고, 그러므로 그 뱀은 '거망'으로 표현되었다. 자장이 문수의 계시를 받고 태백산에 들어가 석남원을 세울 때 독룡의 저항을 받게 된 것은 당시의 현실로 보아 당연한 것으로 인식된다. 대적하는 세력이 있었고, 그 대적하는 세력과 싸우면서 그곳에 절을 세우게 된 것이다. 갈반처[18] 또는 갈반지로 표기된 이 말은 '대적(對敵)하다'의 뜻을 가진 중세어 'ᄀᆞᆯ외다'의 어원이 되는 'ᄀᆞᆲ다'와 관련지어 생각할 수 있을 것이다. '갈반처'를 중세 국어로 표기한다면 'ᄀᆞᆯ븐ᄃᆡ'가 될 수 있기 때문이다.

이 설화도 석남원의 사찰 연기설화로 인정할 수 있을 것인데, 이 설화는 대적하는 무리가 있는 곳에 가서 그 저항을 받으면서 사찰을 건립한 이야기를 보여주고 있는 것이다. 'ᄀᆞᆯ븐ᄃᆡ'는 '대적하는 곳', '대적하는 무리가 자리잡고 있는 곳'이 된다. 당시 불교의 입장에서 보면 태백산은 토속신앙의 커다란 성지로서 불교에 크게 대항하는 고장이었을 것이다. 토속신앙은 불사의 건립에 저항하였고 불교는 토속신앙의 저항을 받아 가면서 뿌리를 내려가고 있었다. 석남원은 토속신앙의 성지에 세워진 사찰이다. 그곳에 사찰을 세우면서도 토속신앙을 완전히 제압해 버릴 수는 없었을 것이다.

'거망반결수하(巨蟒蟠結樹下)'의 나무는 토속신앙의 입장에서 보면, 성지에 자리하고 있는 성수(聖樹)일 수 있다. 다시 말하면 그 나무는 신단수(神壇樹)이다. 그와 아울러 자장이 돌아간 뒤 화장하여 그 뼈를 안치했다는 석혈은 토속신앙의 성지에 자리 잡았던 매석·매혈이 될 수 있다. 이 석혈은 천신의 하강처였을 것이다. 갈반처에는 뱀이 서리고

---

18) 『삼국유사』, 권 제3, 탑상 제4, 「오대산 5만진신」에는 '갈반처(葛蟠處)'로 되어 있다.

있던 나무만 있었던 것이 아니라 용의 주처로서 용혈이 있을 수 있다. 갈반지에 서리고 있던 거망은 실로 토속신앙의 실체를 지칭하는 말이었을 것이다. 그런 석혈이 있는 곳에 석남원은 세워진 것이다. 이런 경우 석남원의 '石南'은 석혈이 있는 입암(立岩, 선돌) 앞에 세워진 절을 이르는 것이 된다.

'石南'이 '돌 앞' 또는 '조령의 생생력을 지닌 바위 앞' 또는 '신령스러운 힘을 지닌 매석의 앞'이라는 뜻을 지니는 말이라는 가설을 완전히 배제할 수는 없을 것이다. 〈석남사내〉의 고대가요로서의 성격을 이런 테두리 안에서 생각해 볼 수 있을 것이다.

4. 〈석남사내(石南思內)〉와 〈수삽석남(首揷石枏)〉

〈석남사내〉를 〈수삽석남〉과 연관지어 생각해 보려 한다. 연관지어 본다기보다는 〈수삽석남〉을 통하여 〈석남사내〉의 성격을 모색하려 한다고 하는 것이 옳을 것이다. 〈수삽석남〉은 죽었던 사람이 소생하는 설화인데, 사자(死者)의 소생에 꽃이 중요한 역할을 감당하고 있는 흥미 있는 설화이다. 〈석남사내〉가 희락지구(戱樂之具)라는 성격을 감안한다면, 사자의 재생을 다루고 있는 설화와 관련이 있을 법한 일이다.

꽃나무 이름으로 볼 때 '석남'은 '石枏'과 같은 말이다. 장삼식(張三植) 편 『대한한사전(大漢韓辭典)』에는,

> 石楠花 : 철쭉과에 딸린 상록 관목의 꽃. 관상용으로 정원에 옮겨 심기도 함. 石南花.

라고 적혀 있어, '石南花'는 '石楠花'라고도 하며, 철쭉과에 속하는 꽃나

무인 것을 알 수 있다. 이희승 편『국어대사전』에는,

> 石南 : ① 석남과에 속하는 상록 활엽 관목. 잎은 호생하고 線狀 타원형이며, 뒷면에 白粉이 덮혀 있음. 5월에 백색 또는 담홍색 꽃이 房狀 화서로 피고 직경 3mm 가량의 둥근 蒴果가 가을에 익음. 높은 지대의 습지에 나는데, 한국 북부·중국 북부·북해도·사할린에 분포함. 高山식물로서의 관상용임.
> ②「철쭉나무」를 잘못 이르는 말.
> ③ 萬病草.

라고 하여, 앞에서는 철쭉과에 속한다고 한 것을 여기에서는 석남과라 했고, 철쭉나무를 잘못 이르는 말이라고 지적하여, 석남화와 철쭉나무는 비슷한 것이기는 하나, 같은 것은 아님을 알 수 있다. 또 만병초(萬病草)를 가리키는 말이기도 하다. 같은 사전에 만병초에 대하여,

> 萬病草 : 철쭉과에 속하는 상록 활엽 관목. 잎은 타원형으로 톱니가 없으며 거의 바깥쪽으로 말리고 革質인데 잎 뒤에 星狀毛가 밀생함. 7월에 흰 꽃이 繖房 화서로 정생하고 蒴果는 9월에 익음. 고산의 숲속에 나는데 한국 및 일본에 분포함. 잎은 '萬病葉'이라고 하여 약재임.

이라고 적혀 있는데, 석남과 비슷한 꽃나무로 잎이 약재로 쓰이는 것을 알 수 있다. 모로하시 데쓰지(諸橋轍次) 저『대한화사전(大漢和辭典)』에는,

> 石枏 : 石南과 같다. 琅琊代醉編, 卷四十에 보인다. [酉陽雜俎續集, 支植上] 三色石机花, 衡山石枏花, 有紫碧白三色, 花大如牡丹,

亦有無花者.

라 하여, '石枏'과 '石南'은 같은 꽃나무의 이름이고, 이러한 사실은 명나라 때 사람 장정사(張鼎思)가 찬(撰)한 『랑야대취편(琅琊代醉編)』에 보이는 것임을 밝혀 놓고 있다. 또 당나라 때 사람 단성식(段成式)이 찬한 『유양잡조속집(酉陽雜俎續集)』에 의하면, 석남화는 자색, 벽색, 백색의 세 가지 꽃이 있다는 것을 알 수 있다.

사전 인용이 좀 장황해진 느낌이 있으나, 필요한 설명을 추려 정리하면, ①石南과 石枏은 같은 꽃의 이름이다. ②石南花는 철쭉꽃과에 속한다. ③石南花는 자(紫)·벽(碧)·백(白) 3색화가 있다. ④약재로 쓰인다는 점이다.

石南과 石枏이 같은 꽃의 이름이라는 점이 〈석남사내〉와 〈수삽석남〉을 연관지어 생각하게 되는 일차적인 이유이다. 〈석남사내〉가 도동벌 사람들의 '놀이·굿'에서 불리던 노래이고, 〈수삽석남〉이 사자의 소생을 다룬 설화라는 점이, 〈수삽석남〉을 통하여 〈석남사내〉의 성격을 탐색해 보려는 이차적인 이유이다.

〈수삽석남〉 설화는 『대동운옥(大東韻玉)』에 전재되어 전해지고 있다. 원문을 소개하면 다음과 같다.

> 新羅崔伉字石南 有愛妾 父母禁之不得見 數月伉暴死 經八日 夜中伉往妾家 妾不知其死也 顚喜迎接 伉首揷石枏枝 分與妾曰 父母許與汝同居 故來耳 遂與妾還到其家 伉踰垣而入 夜將曉 久無消息 家人出見之 問來由 妾具說 家人曰 伉死八日 今日欲葬 何說怪事 妾曰 良人與我分揷石枏枝 可以此爲驗 於是開棺視之 屍首揷石枏 露濕衣裳 履己穿矣 妾知其死 痛哭欲絶 抗乃還蘇 偕老三十年而終.
>
> (『대동운옥』 권8 「수삽석남」).

이야기의 진전에 따라 다음과 같이 정리해 볼 수 있다.

1. 최항(崔伉)은 애첩(愛妾)이 있었다.
2. 부모가 막아서 최항은 폭사(暴死)했다.
3. 죽은 지 8일이 되는 밤중에 최항은 첩을 찾아와 머리에 석남화 가지를 나누어 꽂으면서 부모가 동거를 허락했다고 말했다.
4. 최항은 첩과 함께 집에 돌아와 담을 넘어 들어간 뒤 날이 새도록 소식이 없었다.
5. 그 집 사람이 나와 첩을 보고 온 연유를 물으니 첩은 있었던 일을 모두 말했다.
6. 그 집 사람은 최항이 죽은 지 8일이 되어 오늘 장사를 치르려 하는데 무슨 괴이한 말을 하느냐고 힐문했다.
7. 첩은 최항이 자기에게 석남 가지를 나누어 꽂아 주었으니 이것이 증거가 될 수 있다고 하였다.
8. 관을 열어 보니 최항의 머리에는 석남화가 꽂혀 있고, 옷은 이슬에 젖어 있고, 신발이 헤어져 있었다.
9. 첩은 최항이 죽은 것을 알고 통곡하며 막 기절하려 하는데 항이 소생했다.
10. 30년 동안 해로했다.

장덕순(張德順) 교수는 〈수삽석남〉을 시애설화(屍愛說話)의 범주 속에 넣었다. 시애설화의 범주 속에는, 첫째, 생존시 지극히 사랑하던 연인이 죽었을 때, 그 비통을 참지 못하여 묘를 파헤치고, 혹은 관을 열고, 시신을 애무하는 등속의 설화, 둘째, 이미 죽은 연인의 혼백이 나타나서 산 사람과 동거, 혹은 동침하는 설화, 셋째, 서로 사랑하는 사이가 아니더라도 우연한 기회에 망인의 혼영과 동유하였다가 그의 유물을 신물(信物)로 받는 설화, 넷째, 변태적인 인간들이 묘를 파헤치고, 시신을 꺼내서 농락하는 설화 등이 들어갈 수가 있다.[19]

〈수삽석남〉은 첫째 유형에 속하는 설화인데, 설화 속에 신물이 나오는 점에서는 셋째 유형의 요소가 가미된 것으로 보인다. 〈수삽석남〉이 설화로 성립되는 데는 중국의 시애설화의 영향을 받은 것으로 보인다.

『수신기(搜神記)』는 진(晋) 간보(干寶)의 저작으로, 육조 시대에 유행한 지괴류(志怪類)로, 우리나라에 언제 들어왔는지 정확히 알 수는 없지만, 〈首揷石枏〉과 함께 『수이전(殊異傳)』에 들어 있던 '쌍녀분설화(雙女墳說話)'에 『수신기』에 있는 노충설화(盧充說話)의 내용이 들어 있는 것으로 보아, 『수이전』의 저작에 『수신기』의 영향을 직접 받은 것은 분명한 사실로 보여진다.[20]

〈수삽석남〉에 영향을 주었으리라 보여지는 중국의 시애설화를 보면 다음과 같은 설화가 있다.[21]

① 담생설화(談生說話)

담생(談生)이란 자가, 40이 될 때까지 처가 없었다. 매양 시경(詩經)을 읽는 것으로 낙을 삼는데, 어느 날 밤중에 15, 6세의 자안복식(姿顔服飾)이 천하에 무쌍한 여자가 나타나서 담생과 부부가 되기를 청하면서 말하기를 자기는 보통 인간과 다르니 3년 동안만 불을 켜지 말라고 부탁했다. 이 부부는 어린애까지 낳고 2년이나 살았다. 그런데, 어느 날 밤 담생은 여인이 잠든 후 참지 못하여 몰래 불을 켜 보았더니, 그 여인이 허리 위는 산 사람과 같이 살이 생생한데, 허리 아래는 고골

---

19) 장덕순, 『한국설화문학연구』, 서울대학교출판부, 224쪽.

20) 차용주(車溶柱), 「수삽석남설화의 비교연구」, 『민속어문논총』, 계명대학교출판부, 314쪽.

21) 인용한 설화는 장덕순 교수의 「시애설화와 소설」과 차용주 교수의 「수삽석남설화의 비교연구」에서 전재한 것이다.

(枯骨)만이 있었던 것이다. 마침내 처가 깨어나서 하는 말이, 그대를 힘입어 내가 다시 살아날까 하였는데 1년을 못 참고 불을 켰느냐고 하였다. 담생이 울면서 사죄하였으나 아내는 이제 그대와의 대의는 영이별하게 되었고, 아직 어린 자식의 후일을 걱정하여 물건을 줄 터이니 자기를 잠깐 따라오라고 했다. 묘총 속에서 여인은 주금(珠衿) 하나를 주고 사라져 버렸다. 담생은 그 주포를 대양왕가(碓陽王家)에 천만 전을 받고 팔았다. 왕이 그 물건을 보니 그것은 틀림없는 자기 딸의 것이었다. 그래서 이것은 도굴에 틀림없다고 단정하고 부하를 시켜 담생을 잡아다가 문초하고 곧 딸의 묘를 파 보았다. 그러나 모든 것이 담생의 이야기와 부합되므로 왕은 담생에게 포를 도로 하사하고 정식으로 왕의 사위를 삼아서 낭중(郎中) 벼슬까지 주었다.

② 부마설화(駙馬說話) (신도탁설화, 辛道度說話)

隴西辛道度者 遊學至雍州城四五里 比見一大宅 有靑衣女子在門 度詣門下求飧女子 入告秦女 女命召入 度趨入閣中 秦女于西榻而坐 度稱姓名叙起居旣畢命東榻而坐 卽治飮饌食訖 女謂度曰 我秦閔王女 出聘曹國 不幸無夫而亡 亡來己二十三年 獨居此宅今日君來願爲夫婦 經三宿 三日後 女郎自言曰 君是生人我鬼也 共君宿 此會可三宵 不可久居 當有禍矣 然玆信宿未悉 綢繆旣己分飛將何表信于郎 卽命取床後盒子 開之取金枕一枚 與度爲信乃分袂泣別 卽遣靑衣送出門外 未逾數步 不見舍宇 惟有一塚 度當時荒忙出走 視其金枕在懷 乃無異變 尋至秦國 以枕于市貨之 恰遇秦妃 親見度賣金枕疑 而索看結度 何處得來 度具以告 妃聞悲泣 不能自勝 然尙疑耳 乃遣人發塚啓柩視之 原葬悉在 唯不見枕 解體看之 交情宛若 秦妃始信之歎日 我女大聖 死經二十三年 猶能與生人交往 此是我眞女婿也 遂封度爲駙馬都尉 賜金帛車馬 令還本國 因此以來 後人名女婿爲駙馬 今之國婿 亦爲駙馬矣

③ 장자장설화(張子長說話)

진(晋)나라 때 무도의 태수 이중문(李仲文)이 재직중(객지)에 18세의 딸이 죽어서 가매장했다. 그 후 중문이 관직을 그만두고, 장세지(張世之)가 대체되었다. 그의 아들 자장(子長)이 나이 20세였었는데 아버지와 임소에 함께 있었다. 그런데 5, 6일 저녁 계속해서 매일 꼭 같은 꿈을 꾸었다. 그것은 17, 8세의 자색이 비범한 여인이 나타나서 하는 말이 나는 전태수 이중문의 딸로 요절하였는데 이제 그대와 서로 사랑하며 즐기기 위해 들어왔다고 했다. 이로부터 하루가 지난 한낮에, 그 여인은 향기 높은 옷을 입고 나타나서 마침내 자장과 부부가 되었다. 동침할 때에 옷에 땀이 배는 것이, 전혀 처녀의 몸과 같았다.

한편 딸의 아버지 이중문은 여비를 시켜서 딸의 묘를 참배케 했다. 여비는 참배하는 도중 장세지가 있는 집에 들렀다가 중문의 딸의 신발 한 짝이 자장의 침상 밑에 있는 것을 발견하고 이 사람은 우리 주인의 딸의 묘를 파헤쳤다고 외치며 신발을 가지고 그 주인에게 보였다. 이중문은 곧 장세지를 책하였고, 세지는 자기 아들을 불러 그 시종의 얘기를 들었다. 이에 이·장은 함께 그 묘를 파고 관을 열어서 본즉 과연 딸의 몸에는 살이 생기고, 안자(顔姿)는 생시와 같았고, 왼쪽 발에만 신발이 없었다.

④ 왕지녀설화(王志女說話)

당(唐)나라의 왕지(王志)란 자가 익주 현령으로 있다가 만기가 되어 귀향하는 도중 금주에서 미혼인 딸이 죽었다. 부득기 왕지는 그 관을 어떤 절에 맡기고 몇 달을 머물렀다. 그런데 이 절에는 미리부터 머물고 있는 남자 학생이 있었는데, 그 방에 죽은 왕지의 딸이 성장(盛裝)을 하고 나타나서 구애를 호소하였다. 그리하여 두 남녀는 서로 교유하기를 달포가 지났다. 뒤에 여인은 동경(銅鏡) 하나와, 건즐(巾櫛) 하나를 학생에게 신물로 주고 이별하였다. 마침내 출발에 제(際)하여 왕지의 부하들이 딸의 유물 분실에 놀라서 사원 내외를 색사(索査)하다가, 그 학생의 방에서 거울과 빗을 발견하고, 그를 범인으로 묶었던 것이다. 학생은 이실직고하면서, 옷 두 벌을 더 기념으로 받았다고까지 말했다. 이에 부하들은 관을 열고 본즉, 과연 옷 두 벌이 없었고, 여인의 시신을 검사해 보니 정교의 흔적이 있으므로, 학생을 풀어 놓았다. 왕지도 그를 정식 사위로 맞이했다.

⑤ 하간남녀설화(河間男女說話)

晋武帝世 河間郡有男女私悅 許相配適 尋而男從軍 積年不歸 女家更欲適之 女不願行 父母逼之 不得己而去 尋病死 其男戌還 問女所在 其家具說之 乃至冢欲哭之叙哀 而不勝具情 遂發冢開棺 女卽蘇活 因負還家 將養數日 平復如初 後夫聞 乃往求之 其人不還曰 卿婦己死 天下豈聞死人可復活耶 天賜我 非卿婦也 於是相訟 群縣不能決 以讞廷尉 秘書郎王導奏 以精誠之至 感於天地 故死而更生 此非常事 不得以常禮斷之 請開冢者 朝廷從其議

⑥ 자옥설화(紫玉說話)

– 오왕(吳王) 부차(夫差)의 딸 자옥(紫玉)은 한중(韓重)을 사모하여 부모의 승인 없이 결혼하기를 허락하였음.

– 한중이 국외로 유학하면서 그의 부모에게 청혼하게 하였던 바, 오왕이 화를 내며 거절하자 자옥은 울화로써 죽었음.

– 한중이 돌아와 그 사실을 알고 자옥의 묘전에 나아가 제사를 지냈던 바, 자옥의 영혼이 나타나 3일 동안 지내게 되었는데, 헤어질 때 자옥으로부터 명주(明珠) 하나를 얻어 왔음.

– 한중이 명주를 가지고 오왕을 찾아 그간의 사실을 말했더니, 오왕은 발총(發塚)으로 단정하고 구속하고자 하므로 한중은 도주하여 자옥의 묘에 가서 호소함.

– 자옥이 부왕 앞에 놓여 있는 거울 속에 나타나 한중이 발총하여 얻은 것이 아님을 해명하였는데, 그때 그의 어머니가 안으려 하자 연기

처럼 사라졌다고 함.

〈담생설화〉, 〈부마설화〉, 〈하간남녀설화〉, 〈자옥설화〉는 『수신기(搜神記)』에 나오는 설화이고, 〈장자장설화〉, 〈왕지녀설화〉는 『법원주림(法苑珠林)』에 실려 있는 설화이다.

장덕순 교수는 시애설화의 사실적인 근간은 묘총의 도굴에 있다고 지적하고, 〈왕지녀설화〉에서 절에 있던 학생과 왕지의 딸과의 교유를 학생의 시간(屍姦)으로 판단하고 있다. "빈례(殯禮)를 위해 관을 사중(寺中)에 안치한 것을 안 학생은 몰래 관을 열고 마음대로 시신을 농락하였고, 혹시 이것이 발견되었을 경우에 변명하기 위해서 유물을 절취하여 망령과 교유한 것처럼 그 어버이를 속이는 것이다"라고 말하고 있다. 또 〈장자장설화〉에 대해서도 장세지의 아들 자장이 가매장한 이중문의 딸의 묘를 도굴하여 시간한 것으로 보고 있으며, 〈장자장설화〉와 〈왕지녀설화〉는 변태적인 인간들이 묘를 파헤치고 시신을 꺼내서 농락하는 설화로 보고 있다.

신도탁(辛道度)의 이야기도 산사람과 사자의 망령 사이에 중개하는 여인이 등장하여 정중한 인사를 교환하고 동거하게 되고 여인의 신분이 공주이고 종국에 가서는 남자도 부마도위(駙馬都尉)가 된다는 미화된 이야기이지만, "이 설화의 근원을 차지하고 있는 사실은 시체와 함께 매장되어 있는 보화의 도취인 것이다. 도굴하여 유물을 훔쳐내고 또 그것이 발각될 것을 합리화시키기 위해 시신을 범하여 정교의 흔적을 남기고, 망인의 부모를 위로, 또는 속이는 일종 엽기적 수법이 아닐 수 없다"고 지적하고 있다.[22)]

22) 장덕순, 앞의 책, 234쪽.

시애설화의 중요한 요건이 되는 생자(生者)와 사자(死者)의 교유와 신물의 수수(授受)가 이루어지고 있다는 점에서는 〈수삽석남〉이 위의 설화들과 같으면서도 〈수삽석남〉에는 도굴이나 시간의 행위는 보이지 않는다. 이 점이 〈수삽석남〉이 시애설화의 요건을 지니면서도 중국의 시애설화와 근원을 달리하고 있는 것으로 보인다.

담생, 신도탁, 장자장, 왕지녀의 설화는 남녀가 생시에 애정으로 맺어진 사이가 아니었다. 〈하간남녀설화〉에서는 남녀가 서로 사랑해서 배적(配適)을 허락하게 되고, 남자의 종군(從軍)으로 인하여 헤어지게 되고, 여자 부모가 핍박하여 개가(改嫁)해서 병사하게 되는 것은 〈수삽석남〉에서 보여 주고 있는 남녀의 애정으로 발단하여 부모의 반대에 부딪혀 애첩을 보지 못하여 폭사한다는 것과 일치한다. 또 개관(開棺)하여 통곡하니 사자가 소생하게 되는 것도 두 설화가 일치하고 있다. 이런 점은 〈수삽석남〉이 〈하간남녀설화〉의 영향을 받은 것으로 보이는데, 〈하간남녀설화〉에는 생자와 사자의 교유와 신물의 수수가 보이지 않는다. 〈수삽석남〉에서는 교유가 약하게 나타나고 신물이 도굴과는 관계없이 꽃으로 나타나고 있어서, 〈수삽석남〉이 중국의 설화에서 영향을 받은 것은 여러 설화에서 부분적으로 이루어지는 것으로 보인다. 즉 설화의 구성에 있어서 〈수삽석남〉은 중국의 시애설화의 영향을 받지마는 설화를 구성하는 이야기의 근원은 달랐던 것으로 보인다. 적어도 〈수삽석남〉은 이야기의 소재가 도굴범의 소행이나 변태성욕자의 소행은 아닌 것으로 보인다. 신물도 그런 의미에서 성격을 달리한다. 도굴품을 합리화하기 위한 신물이 아니라 설화의 소재가 되었던 이야기 소재 속에서 특이한 기능을 하던 '꽃'이 시애설화의 한 요건에 부합하여 신물로 나타난 것으로 보인다. 차용주 교수는 〈수삽석남〉 설화를 중국의 시애설화와 비교·검토한 뒤 서로 다른 점이 있음을 지적하고 있다.

> 이와 같이 부분적인 영향을 받게 된 것은 〈수삽석남〉 설화가 특정한 작품의 영향을 받고 저작된 것이 아니고 『수신기』 소재의 여러 시애설화의 영향을 받았기 때문일 것이며, 또 수용태도가 맹목적인 모방만을 하고자 한 것이 아니었음을 알 수 있다. 즉, 중국의 시애설화에서는 신물이 값진 기물이 대부분이었으나, 본 설화에서는 꽃인 석남이었고, 〈하간남녀설화〉를 제외한 다른 설화들은 사자가 소생하지 않고 그 영혼만이 나타날 뿐만 아니라, 죽은 지 수년 또는 긴 세월이 지난 영혼이며, 그 영혼은 여성임이 대부분이다. 그러나 본 설화에서는 최항이 죽은 지 8일밖에 되지 않았고, 여성이 아닌 남성임이 특이하다. 이러한 차이는 창작기교상의 문제도 되겠지마는, 비교문학적인 측면에서는 수용과정에 나타난 토착화의 양상으로도 볼 수 있을 것이다.[23]

〈수삽석남〉은 중국의 시애설화의 영향을 받으면서도 중국의 시애설화와 내용을 달리하는 점을 많이 지니고 있다. 중국의 시애설화의 사자가 거의 여자라는데 반하여 〈수삽석남〉의 사자는 남자이다. 이 점은 〈수삽석남〉의 설화의 근원이 시간(屍姦)과 결부되지 않는다는 것이다. 일반적으로 시애설화에 있어서는 남자가 생자의 입장에서 사자의 묘에 들어가거나 그와 유사한 장소에서 한때의 사랑을 하는 것으로 나타나고 있으나, 〈수삽석남〉의 생자로서의 여자는 사자의 소생에 관하여 중요한 역할을 담당하고 있다.

〈수삽석남〉이 시애설화로서 특이한 또 다른 점은 신물이 꽃이라는 점에 있다. 일반의 시애설화에서는 신물은 사자의 묘에 부장된 귀중품이거나 사자의 일상의 소지품이었다. 그러나 〈수삽석남〉에서는 일반적으로 부장품으로 생각하기 어려운 꽃이 신물처럼 사용되고 있다. 이 설

---

23) 차용주, 앞의 책, 316쪽.

화는 애당초 도굴과는 아무런 상관이 없다. 매장하여 묘가 만들어진 것이 아니니 도굴이 있을 수 없는 것이지만, 신물이 꽃이라면 설사 그것이 부장품이라 하더라도 그것에 욕심을 내어 도굴할 사람은 없을 것이다. 〈수삽석남〉은 시애설화이면서도 도굴과는 무관한 설화라고 보여진다. 그것은 설화의 소재가 중국의 일반적인 시애설화와 색다른 근원에서 오는 것이라고 생각할 수 있다.

〈수삽석남〉은 작품의 이야기 속에서 꽃의 수수의 절차가 명확하지 않다. 물론 수수 관계는 명확하게 최항이 애첩에게 주었다. 최항은 죽은 지 8일이 되는 날 밤에 애첩의 집에 찾아와서 머리에 꽂은 석남화를 애첩에게 나누어 준다. 그러나 설화에 있어서 개관을 하고 보니 최항의 머리에 꽃이 꽂혀 있었다는 것은 애첩이 최항의 가인(家人)에 말한 교유를 증명하는 것이 되겠지만, 더 확고한 사실은 관 속에 안치된 시신의 머리에 석남화가 꽂혀 있었다는 사실 자체인 것이다. 이것은 최항이 움직여 밖으로 나와서 꽃을 구하여 머리에 꽂고 다시 관 속으로 들어간 것이 되겠지만, 현실적으로 보아서 가족이 시신을 입관하면서 꽃을 넣어 준 것으로 보아야 할 것이다. 그런데 설화에서는 첩과 만났다는 사실을 확인하려고 개관하는 것으로 되어 있는데, 개관하여 비로소 가족이 최항의 머리에 꽂힌 꽃을 보는 것으로 되어 있다.

일반적으로 시애설화에서는 신물로 사용하는 물건은 가족이 넣어 준 부장품이다. 그래서 신물은 사자가 생자에게 주는 것으로 되어 있다. 〈수삽석남〉 설화에서는 신물의 처리가 불명확한 것, 즉 가족이 부장품을 부장하게 되고 그것을 사자가 교유한 생자에게 신물로 주게 되고, 그것이 가족에게 발견되어 수난을 겪게 되고, 그것이 가족과 좋은 관계로 결말이 난다는 일반적인 시애설화의 신물 순환구조를 벗어난 것은 〈수삽석남〉의 근원적인 본래의 이야기의 설화로 구성되고 있으면서도 시애설화의 일반형태로 분식하려는 데서 온 차질로 보여진다. 설화의 본래 이야기는 생자가 사자에게 석남화를 주는 것으로 보아야 옳을 것이다.

〈수삽석남〉이 중국의 일반적인 시애설화와 다른 점은 사자가 무덤에 가기 전에 소생했다는 점에 있다. 일반적으로 시애설화에 있어서는 사자는 생자와의 교유가 있은 뒤 그대로 사자인 채로 머물러 있는 것이다. 그러나 〈수삽석남〉에서는 사자가 현실 세계로 다시 살아 돌아오고 있다. 이런 점으로 본다면, 〈수삽석남〉 설화의 근원이 되는 이야기는 사자를 소생시키는 이야기였을 것이다. 꽃을 매개물로 하는 재생설화를 근원(원형)으로 하고 있는 것이 아닐까 여겨진다.

〈수삽석남〉은 꽃이 관여되어 있는 설화이면서 재생으로 결말이 해결되는 설화이다. 다시 말하면, 〈수삽석남〉 설화는 꽃이 사자를 재생·부활시키는 설화라는데 유의할 필요가 있는 것이다.

꽃이 사자를 부활시키는 이야기는 오구굿의 〈바리데기〉에서 나온다. "오색동화 다부사리 사람 살리는 다부사리 꽃이가 있는데 그 꽃만을 꺾게 되면은 사람을 살릴 수가 있다 하는구나"[24] 오색동화는 다부사리 꽃이다. 즉 사자를 부활시키는 꽃이다.

> 오색동화 꽃이 피어서루 그 꽃을 꺾어 주되 흰 꽃은 어네 씨오. 흰 꽃을 씨담게 되면 사람이 죽어 뼈도 없고 살도 없으며는 뼈두 생겨나구 붉은 꽃을 씨담게 되면 피가 생겨나고 푸른 꽃을 씨담게 되면(이때 정전이 되어 잠시 중단된다)[25]

---

24) 최정여(崔正如)·서대석(徐大錫), 『동해안무가(東海岸巫歌)』, 형설출판사, 382쪽.
25) 위의 책, 383쪽. "푸른 꽃을 씨담게 되면" 다음이 나와 있지 않으나, 서대석의 「바리공주 연구」에서 "뼈 생기는 꽃, 살 내리는 꽃, 말하는 꽃"으로 나와 있다.

사자(死者)를 부활시키는 오색동화는 세 가지 색깔의 꽃이 있는데 흰 꽃은 뼈와 살을 살리고, 붉은 꽃은 피가 생기고, 푸른 꽃은 말을 하게 하는 것이다. 바리데기 공주는 이 삼색의 오색동화 다부사리 꽃으로 오구대왕을 살려내게 된다.

> 그 즉시는 아무리 생각해도 아버지가 돌아가셔 가지구 이 오색동화 꽃을 아무래도 가지고 아버질 살릴 도리밖에 없다 싶어서루 오색동화 꽃을 가슴에다 여었든 가슴에 꽃을 내여 밖을 내다보니 눈에 안개가 자욱하야 여러 수천 명이 잠이 들어 자는구나
> 아부지요 뼈 생겨나소 아부지요 살 생겨나소
> 아부지요 심줄 생겨고 아부지요 일신이 생기소
> 삼혼은 칠백으나 칠백은 흩어지고 삼혼은아 모아주소
> 이리 씨담구 저리 씨 담고
> 아부지 만 일신이 생겨 나는구나
> 오색동화 꽃을 놔 놓게 되면 죽은 사람이 아버지도 살리고 가장도 살리고 자식도 살리고 형제간도 살리고
> 불쌍코 가련하네 애초에 초목같은 사람 다 살릴까 싶어 가지고 서천 서역국에 팔금강 지장보살님네가 굽어 보시고 그 꽃을 놔 놓게 되면 사람마다 살리게 되면 인간 추밀어 못 살까 싶어 가지고 꽃은 다 시들어지고 꽃뿌리만 남도록 마련한다.
> 이리하여 오귀대왕님 한 분밖에 못 살리는가 부드라[26]

오색동화 다부사리 꽃의 힘으로 오구대왕이 부활하게 된다. 석남화는 사자의 머리에 꽂히어 관 속에 들어갔다. 이때 석남화는 오색동화 다부사리 꽃의 주력(呪力)을 유지하고 있는 것이 아닐까?

---

26) 위의 책, 392쪽.

석남화는 철쭉으로도 혼동된다. 수로부인(水路夫人)이 요구했던 석장(石嶂) 위의 척촉화(躑躅花)는 부활이나 치유하는 힘을 상징하는 것일 수 있다. 〈도솔가(兜率歌)〉의 산화(散花)는 일괴(日怪)를 즉멸(卽滅)케 하는 주력을 나타냈던 것이다. 이런 경우 꽃은 재생을 불러일으키는 주력을 지니고 있다.

일반적인 시애설화라면 걸맞지 않게 신물로 사용된 석남화는 사실은 부활을 매개하는 주술물로서의 기능을 지니고 있는 것이다. 〈석남사내〉의 석남화도 이러한 성격을 지니는 것이라고 여겨진다.

5. 결어

본 고찰은 〈석남사내(石南思內)〉가 도동벌(道同伐)의 군악(郡樂)이라는 점에서 출발하였다. 군악은 그 고장의 풍격(風格)을 잘 나타내고 있는 노래이고, 그 고장 백성들에 의해서 즐겨 불리는 노래이다. 〈석남사내〉는 도동벌 백성의 희락지구(戱樂之具)였다는 점으로 보아, 그 고장 '놀이'에서 사용된 제의가로 보인다.

이 노래가 제의가라면 어떤 성격의 제의에서 사용되었을까 하는 의문을 가질 수 있다. 그 문제에 접근하는데 있어서 우선 '석남(石南)'이 어떤 뜻을 지니는 말인가를 살펴보았다. 결과 '石南'을 '돌 앞'과 '석남화'로 보는 두 가지 가능성을 상정해 보았다.

'石'을 '돌'로 읽고 암석과 조령(祖靈)의 이중적 의미를 지닐 수 있다는 가능성을 추적해 보았다. '돌'은 고대어에서 '조령'을 뜻하는 말이기도 하다. '南'은 '앒'으로 훈(訓)하기도 하므로 '앒'이라는 뜻이 있다. '돌'은 '조령의 생생력을 지닌 매석(禖石)'으로 볼 수 있다.

'石南'을 석남화(石枏花)로 본다면, 시애설화(屍愛說話)로 알려진 〈수삽석남(首揷石枏)〉에서 다른 의미를 찾아내어 새로운 해석을 유도할 수 있는 가능성이 있다. 〈수삽석남〉 설화는 재생설화(再生說話)를 원형으로 성립된 설화로서, 석남화는 사자(死者)를 부활하게 하는 주력(呪力)을 발휘하는 것으로 간주된다. 오구굿에서 바리데기 공주는 다부사리 꽃으로 부왕을 부활시킨다. 사자(死者)를 보내는 제의(굿)에서 꽃이 사용된다는 것은 매우 자연스러운 일이다. '石南'을 사자를 보내는 굿에 사용된 꽃으로 간주하면, 〈석남사내〉는 사자의 부활을 주원(呪願)하는 제의(굿)에서 부르는 노래로 간주할 수 있다.

〈신공사뇌가〉 삽의

1. 서(序)

〈신공사뇌가〉는 가사가 부전하는 향가 중의 하나이다. 이 노래에 대한 관심은 이 노래의 성격이 향가의 변천 과정 속에 어떤 위치에 있는 것이며, 이 노래의 재구는 가능할까 하는 흥미에서 출발하였다. 그러나 이 노래에 대한 직접적인 문헌의 기록은 찾아보기 힘들고 이 노래의 이름이 소개되는 『삼국유사』 소재의 원성왕 설화와 이 설화와 관계되는 최치원이 찬한 숭복사 비명을 통하여 이 노래의 성격의 일단을 엿볼 수 있었다. 이 고찰에서는 원성왕 설화와 숭복사 비명의 재해석을 통하여 〈신공사뇌가〉의 성격의 일단을 추정해 보려 한다.

2. 원성왕(元聖王) 설화의 해석

(1) 여삼(餘三)의 해몽(解夢)에 대하여

원성왕(元聖王) 설화의 꿈과 관계되는 대목은 다음과 같다.

> 이찬 김주원(金周元)이 처음에 재상이 되었고 왕은 각간으로서 부재상이었다. 꿈에 사모를 벗고 갓을 쓰고 12줄의 거문고를 안고 천관

사 우물로 들어갔다. 꿈이 깬 뒤 사람을 시켜 점쳐 보라 하니 사모를 벗은 것은 실직할 징조이고 거문고를 안은 것은 형을 받을 징조요 우물에 든 것은 옥에 갇힐 징조라 한다. 왕이 몹시 조심하여 문을 닫고 출입을 않았더니, 그때 아찬 여삼(餘三-어떤 책에는 餘山이라고도 함)이 뵙고자 청하나 왕은 병칭하고 나가지 않았다. 다시 청하여 한 번 뵙기를 원한다 하여 왕이 허락하였다. 아찬이 "지금 공이 꺼리는 것은 무엇 때문입니까?" 하매 꿈을 꾸고 점친 이야기를 자세히 하였다. 이에 아찬이 일어나 절을 하며 "이것은 상서로운 꿈이니, 공이 만일 큰 자리에 오르거든 나를 버리지 않으신다면 공을 위하여 해몽하겠습니다." 한다. 왕이 옆 사람을 내보내고 해몽을 청하니, 아찬이 "사모를 벗은 것은 더 높은 사람이 없는 것이요, 갓을 쓴 것은 면류관을 쓸 징조이고, 12줄 거문고를 안은 것은 12대손까지 대를 전할 징조이고, 천관사 우물로 들어간 것은 대궐로 들어갈 징조입니다." 한다. 왕은 "위로 주원이 있는데, 내가 어떻게 윗자리에 앉을 수 있느냐?" 하니 아찬이 "몰래 북천(北川)의 신에게 제사하면 가하리이다." 한다. 왕은 그대로 하였다.

얼마 후 선덕왕이 죽으니 국민들이 주원을 받들어 왕을 삼으려 하여 장차 궁으로 모셔 들이려 하였다. 그런데 주원의 집이 북천의 북쪽에 있는데 갑자기 물이 불어서 건너지 못하게 되니 왕이 먼저 들어가 즉위하였다. 주원의 무리들도 모두 따라 합세하여 등극한 왕에게 절하여 하례하니 이가 곧 원성대왕이다. 이름은 경신(敬信)이요 성은 김씨이니, 좋은 꿈이 맞은 것이다.

주원은 명주로 물러나 살았고, 왕이 등극할 때에 아찬은 이미 죽었으므로 그의 자손을 불러서 벼슬을 주었다. 왕의 손이 다섯이 있으니, 혜충태자(惠忠太子), 헌평태자(憲平太子), 예영잡간(禮英匝干), 대룡부인(大龍夫人), 소룡부인(小龍夫人) 등이었다. 대왕이 세상이 변하는 이치를 잘 알아 신공사뇌가(身空詞腦歌)를 지었다(노래는 유실되어 알 수 없다).[1)]

伊飡金周元. 初爲上宰. 王爲角干·居二宰. 夢脫幞頭·著素笠·把十二絃琴. 入於天官寺井中. 覺而使人占之. 曰脫幞頭者失職之兆. 把琴者著枷之兆. 入井入獄之兆. 王聞之甚患. 杜門不出. 于時阿飡餘三「或本餘山」來通謁. 王辭以疾不出. 再通曰. 願得一見. 王諾之. 阿飡曰. 公所忌何事. 王具說占夢之由. 阿飡興拜曰. 此乃吉祥之夢. 公若登大位而不遺我. 則爲公解之. 王乃辟禁左右而請解之. 曰 脫幞頭者. 人無居上也. 著素笠·冕旒之兆也. 把十二絃琴者·十二孫傳世之兆也. 入天官井·入宮禁之瑞也. 王曰. 上有周元. 何居上位. 阿飡曰. 請密祀北川神可矣. 從之. 未幾宣德王崩. 國人欲奉周元爲王. 將迎入宮. 家在川北. 忽川漲不得渡. 王先入宮卽位. 上宰之徒衆·皆來附之. 拜賀新登之主. 是爲元聖大王諱敬信. 金武. 盖厚夢之應也. 周元退居溟州. 王旣登極. 時餘山已卒矣. 召其子孫賜爵. 王之孫有五人. 惠忠太子·憲平太子·禮英匝干·大龍夫人·小龍夫人等也. 大王誠知窮達之變. 故有身空詞腦歌(歌亡未詳).

이 설화에서 상자(相者)의 해몽과 여삼(餘三)의 해몽이 상반되게 나타나는데, 여기서는 여삼의 해몽 가운데 '저소립(著素笠)'과 '입어천관사정중(入於天官寺井中)'에 대해서 논의해 보겠다.

○ **著素笠**

앞에서 인용한 『삼국유사』 제2권에 실려 있는 원성왕의 설화에 의하면 원성왕은 왕이 되기 이전 어느 날 이상한 꿈을 꾼 것으로 되어있다. 복두(幞頭)를 벗고 소립(素笠)을 썼으며, 12현금(十二絃琴)을 안고 천관사(天官寺)의 우물 속에 들어간 꿈이었다. 왕(金敬信)은 꿈에서 깨어난 뒤 사람을 시켜서 점을 치게 하였더니 해몽은 흉조로 나왔다. 즉 복두

1) 일연, 권상로(權相老) 역해, 『삼국유사』, 권 제2, 기이 제2, 「원성대왕」.

를 벗은 것은 실직(失職)할 조짐이고, 12현금을 안은 것은 칼을 쓸 징조이고, 우물 속에 들어간 것은 옥에 갇힐 조짐이라고 하였다. 이 해몽을 전해 들은 김경신은 심히 걱정을 하고 드디어는 두문불출하게 되었다. 이때 아찬(阿飡)인 여삼(餘三)이 찾아와 뵙기를 청하고 상서로운 길한 꿈이라고 풀어 주었다. 즉 복두를 벗은 것은 윗자리에 있을 다른 사람이 없는 것이며, 소립을 쓴 것은 면류관을 쓸 징조요, 12현금을 안은 것은 12세손에 전세(傳世)할 조짐이고, 천관사 정중(井中)에 들어간 것은 대궐로 들어갈 징조라고 하였다. 여삼은 상자(相者)가 빠뜨린 '著素笠'에 대한 해몽을 면류관을 쓸 징조라고 하였는데 이 해몽은 왕위에 오르겠다는 길조를 예시하는 것이다. 김양상(선덕왕)과 함께 혜공왕을 몰아내고 상대등의 자리에 있던 경신으로서는 정치적인 반대 세력인 김주원을 의식하게 하는 말이었다.

소립(素笠)은 백색의 관(冠)이다. 이 백색의 관을 면류관으로 풀이한 여삼의 해몽은 타당한 것으로 여겨진다. 꿈속에 나타난 소립(백관)을 머리에 올려놓는다는 것은 백설(白雪)을 이고 있는 산, 즉 백산(白山)을 원형으로 하는 집단 무의식의 표출이기 때문이다. 소립을 쓰는 꿈이 가능한 것은 만년설(萬年雪)을 이고 있는 백산(천산)에 대한 기억이 있기 때문이다. 적어도 신라의 왕족은 그러한 유전인자를 지니고 있는 종족으로, 그들의 무덤 속에 천마(天馬)를 간직하고 있는 것이다.

> 저 높은 天山엔 1년 내내 눈이 녹지 않고 덮여 있어 흰 산이라고도 부른다. 하지만 흉노족은 저 산들을 하늘과 같은 산이라고 하여 천산이라 부르고 그 밑을 지날 땐 말에서 내려 머리 숙여 절을 한다.

흉노족, 오손족, 돌궐족이 살던 천산의 기슭에는 널따란 목초지 고원이 펼쳐져 있고, 그들은 이 목초지를 옮겨 다니며 유목 생활을 하던 기마민족이었다. 천산은 그들에게 있어서 생명의 원천이었던 것이고 그 위에 덮여 있는 하얀 눈은 그들을 먹여 주는 무한한 젖줄이었던 것이다. 천산은 축복으로 가득 차 있을 뿐이다. 축복으로 가득한 그 실체가 바로 하늘인 것이다. 하늘이 축복으로 넘친다는 생각은 그들의 일상의 눈앞에 펼쳐져 있는 이 하얀 산(白山)이 간직하고 있는 무한한 생명력의 실체에서 비롯된 것이다. 무한한 생명력의 원천 그것은 그대로 신성성의 원천이기도 한 것이다. 천산은 바로 신성인 것이다. 눈 덮인 백산 그 눈 녹은 물이 목초지를 푸르게 하고 계곡과 강줄기를 넘쳐 흐르게 할 때 만년설이 덮인 하얀 산은 그대로 신성일 수밖에 없는 것이다. 천산은 신성이므로 숭앙의 대상이 되고 거기에서 왕권을 상징적으로 받아 오는 것은 자연스러운 일일 것이다.

김경신이 몽중(夢中)에 썼던 소립의 원형은 백산이다. 돌궐어에서 만년설이 덮인 하얀 산은 'Aq Tag(아크 닥)'이다. 이것을 한자로 의역하면 '白山'이다. 하늘에 닿아 있는 듯한 이 신성한 산이 'Tangri Tag(탱리 닥)'이다. 이것이 한자로 써서 '天山'이다. 김경신의 해몽을 자청하고 나선 여삼은 소립이 천산(백산)으로 통하는 통로임을 알고 있었고, 천산의 신성성으로 해서 왕권을 상징할 수 있다는 것을 알고 있었다.

단군은 태백산(太伯山)에서 환인(桓因)으로부터 환웅(桓雄)을 통해 신성왕권을 받아 1천 5백년 동안 나라를 다스리다 아사달(阿斯達)의 산신이 되었다.

> 昔有桓因庶子桓雄 數意天下 …… 雄率徒三千降於太伯山頂神壇樹下 …… 熊女者無與爲婚 故每於壇樹下 呪願有孕 雄乃假化而婚之 孕生子 號曰壇君王倹 …… 都平壤城始稱朝鮮 又移都於白岳山阿斯達 …… 御

國一千五百年 …… 壇君乃移於藏唐京 後還隱於阿斯達爲山神 壽一千九百八歲[2)]

환웅이 내려온 태백산이나 단군이 도읍을 옮긴 백악산은 백산(白山)을 원형으로 하는 신성한 산이며 단군이 신단수 아래에서 탄생한 것은 신성왕권의 부활제를 통한 조령(祖靈)의 탄생을 의미하는 것이다. 단군왕검이 일천 오백 년 동안 나라를 다스렸다는 이야기도 그 사실은 신성왕권의 부활제의 비의(秘儀)를 통한 거듭되는 조령의 부활–단군의 부활–을 의미하는 것이고, 이것으로 인하여 일천 오백 년의 어국(御國)이 가능해지는 것이다. 후에 단군이 백악산 아사달에 돌아와 산신이 되는 것도 백산을 원형으로 하는 성산(聖山)의 조령의 존재로서 가능해지는 것이다. 아사달의 산신은 조령의 현실적인 존재인 것이다. 그래서 수(壽)가 일천구백팔 세인 것이다.

수로왕(首露王)은 구지봉(龜旨峰)에서 신성왕으로 탄강한다. 가락국기에 나타나 있는 수로왕의 등극식은 이것을 신성왕권의 부활제의로 볼 때 여타의 신화의 기록보다 그 시나리오의 골격이 가장 잘 전해지는 것으로 보인다. 계욕성수(禊浴聖水), 산정영신(山頂迎神), 하산봉안(下山奉安), 조령부활(祖靈復活), 신군등극(神君登極)의 5장으로 나누어 볼 수 있는 수로왕신화는 산정영신의 부분이 가장 많이 기술되어 있는 셈이다. 사로 6국(斯盧六國)의 조상은 각각 표암봉(瓢嵓峰), 형산(兄山), 이산(伊山), 화산(花山), 명활산(明活山), 금강산(金剛山) 등의 산상(山上)에서 처음 내려왔는데, 이들도 모두 하늘에서 내려온 것 같다. 사로 6국의 조상의 산상강림도 수로왕 신화나 혁거세왕 신화의 경우처럼 신성왕권

2) 『삼국유사』, 권 제1, 기이 제1, 「고조선」.

의 부활제가 수반되었을 것으로 짐작된다. 특히 산상강림의 사실만 전해지고 있는 것은 수로왕의 경우에 있어서 산정영신의 부분이 중점 기록된 것과 일치한다고 볼 수 있다. 탈해왕 신화도 탈해가 토함산에 올라가 돌무덤을 쌓고 7일 동안 머물렀던 기록을 전하고 있는데, 이것이 탈해왕의 등극과 밀접한 관계가 있는 것으로 보이며 탈해왕의 사후에 쇄골(碎骨)하여 소상(塑像)을 만들어 토함산에 안치하여 토함산의 산신(동악신)이 된다.

이와 같이 산을 배경으로 발달한 부족집단이 그들의 조령을 받드는 부활제를 통하여 자연스럽게 산신이 형성될 수 있었을 것으로 생각되는데, 『삼국유사』 제4권에 나오는 「심지계조(心地繼祖)」 조의 공산(公山)의 악신(岳神)도 이와 같은 성격을 지닌 공산의 수호신으로 존재했을 것이다. 헌강왕(憲康王) 때 왕 앞에 나타나서 춤을 추었다는 남산신(南山神)이나 금강령(金剛嶺)의 북악신(北岳神)도 이러한 유래를 지닌 산신임이 틀림없을 것이다.

단군신화에서 신단수 아래로 환웅이 내려온 것이나, 웅녀가 신단수 아래에서 환웅과 혼인하여 단군을 낳는 것은 신성왕권의 부활제의 주지를 담고 있다. 신성왕권의 부활제의 모습을 가장 잘 전해 주고 있는 신화는 「가락국기」의 수로왕의 등극 이야기이다. 혁거세 신화에서도 이 점에 있어서는 비교적 자세하게 기록되어 있다. 사로 6국의 조상의 강림이나 탈해왕과 토함산의 관계에서도 신성왕권의 부활제적인 등극식의 일단이 엿보인다. 이런 경우의 부활제의 핵은 조령이다. 이 조령의 존재가 산신으로 변모한 모습을 단군이 아사달 산신으로 화한 경우와 탈해가 토함산의 동악신이 된 경우에서 볼 수 있다. 공산의 산신은 그 형성 과정은 볼 수가 없는데 오히려 「심지계조」 설화에서는 산신의 성지를 불교에게 넘겨 주는 이야기를 보여 주고 있다.

중 심지(心地)는 진한(辰韓-신라)의 제41대 왕 헌덕대왕(憲德大王) 김씨의 아들이다. 나면서 효제(孝悌)롭고 천성이 슬기로웠다. 학문에 뜻을 둘 나이에 출가하여 스승을 따라 도 닦는 데에 부지런하였다. 중악(中岳-지금 公山)에 있다가 마침 속리산(俗離山)의 영심(永深) 공이 진표율사의 불골간자를 전하여 과증법회(果證法會)를 연다는 말을 듣고 뜻을 정하여 찾아갔다. 시기가 늦어 참례에 허락하지 않으므로 땅에 자리를 깔고 뜰에 엎드려 대중을 따라 예참했다. 7일을 지나 큰 눈이 내리는데 그가 섰던 땅 10척쯤은 눈이 날리고 내리지 않으니 대중이 이러한 신기한 일을 보고 당(堂)에 오르기를 청하나 겸손하여 사양하고 병이 났다고 핑계하고 방으로 물러났다. 당을 향해 조용히 예배하니 팔굽과 이마에 피가 흘러 마치 진표율사가 선계산(仙溪山)에서 정진할 때와 같았다.

지장보살이 날마다 와서 위문하더니, 법석(法席)을 마치고 본산으로 가게 되매 도중에 옷주름에 간자(簡子-점치는 대쪽) 두 개가 붙어 있는 것을 보았다. 가지고 돌아와 영심에게 알리니, 영심이 이르되 "간자가 함 속에 있는데 어찌 이렇게 되었을까?"하고 찾아보니 봉함과 기축은 여전한데 열어 보니 과연 두 개가 없었다. 영심은 매우 이상히 여겨 거듭 싸서 두었다. 심지가 돌아가다 다시 보니 여전히 간자가 옷에 붙어 있다. 돌아와 아뢰니 영심이 이르되 "부처님의 뜻이 자네에게 있으니 자네가 모시고 가라" 하였다. 이미 간자를 받아가지고 심지가 예배하고 공산으로 돌아오니 산악의 신이 두 신선을 거느리고 영접하여 산기슭에 이르러서는 심지를 끌어 바위에 앉히고 바위 아래에 엎드려 삼가 정계(淨戒)를 받았다.

심지가 가로되 "지금 땅을 가려 이 신성한 간자를 봉안하겠으나 우리로서는 정할 수가 없으니 청컨대 세 분과 함께 높은 곳에 가서 간자를 던져 정하자" 하고 신들과 함께 봉우리에 올라가 서쪽을 향해 간자를 던지니 바람에 불려 날아갔다. 그때 신이 노래 짓기를,

바위는 물러가고 평지가 되어라
낙엽은 날아가고 밝은 기운 내거라
불지골(佛指骨)의 간자 찾아 얻었으니
조촐한 데 모셔 정성을 드리겠다

하였다. 노래를 부르고 간자를 임천(林泉) 속에서 얻어 그 자리에 법당을 짓고 봉안하니 지금 동화사 첨당(籤堂) 북쪽에 있는 작은 우물이 그것이다.[3)]

釋心地. 辰韓第四十一主憲德大王金氏之子也. 生而孝悌. 天性冲睿. 志學之年. 落采從師. 拳懃于道. 寓止中岳. (今公山.) 適聞俗離山深公傳表律師佛骨簡子. 設果訂法會. 決意披尋. 旣至後期. 不許參例. 乃席地扣庭. 隨衆禮懺. 經七日. 天大雨雪. 所立地方十尺許. 雪飄不下. 衆見其神異. 許引入堂地. 撝謙稱恙. 退處房中. 向堂潛禮. 肘顙俱血. 類表公之仙溪山也. 地藏菩薩日來問慰. 洎席罷還山. 途中見二簡子貼在衣褶間. 持廻告於深. 深曰. 簡在函中. 那得至此. 檢之封題依舊. 開視亡矣. 深深異之. 重襲而藏之. 又行如初. 再廻告之. 深曰. 佛意在子. 子其奉行. 乃授簡子. 地頂戴歸山. 岳神率二仙子. 迎至山椒. 引地坐於嵒上. 歸伏嵒下. 謹受正戒. 地曰. 今將擇衣奉安聖簡. 非吾輩所能指定. 請與三君·憑高擲簡以卜之. 乃與神等陟峯巓·向西擲之. 簡乃風颺而飛. 時神作歌曰. 礙嵒遠退砥平兮. 落葉飛散生命兮. 覓得佛骨簡子兮. 邀於淨處投誠兮. 旣唱而得簡於林泉中. 卽其地構堂安之. 今桐華寺籤堂北有小井是也.

심지가 속리산 법회에 갔다가 불골간자(佛骨簡子)를 가지고 공산(公山)에 돌아오게 되니 공산의 악신(岳神)이 이선자(二仙子)를 거느리고 심

---

3) 『삼국유사』, 권 제4, 의해 제5, 「심지계조」.

지를 맞이하여 암상(岩上)에 앉히고 정계를 받고 임천(林泉)에 법당을 짓게 되는 일이다. 여기 등장하는 암석과 임천은 공산의 악신이 지키던 성역(聖域)이었을 것이고, 그 암석 위에 심지를 앉히고 귀복(歸伏)한 것은 임천에 법당을 지은 일과 함께 악신의 오랜 주처(住處)를 불교에 내어 준 것이 된다. 악신이 그때 작가(作歌)한 노래는 4구체 주가(呪歌)의 흔적을 보여 주고 있다.

백산(白山)은 우리의 건국신화·시조신화의 성산(聖山)의 원형이며, 백산을 원형으로 하는 조령이 강림하던 산정에서 조령을 핵으로 하는 신성부활제는 시작되었고, 조령의 부활제의 퇴조를 따라 조령은 그 산의 산악신(山岳神)으로 자리잡게 되었다. 원성왕이 꿈속에서 썼던 소립(素笠)은 백산의 신성에 대한 집단 잠재의식의 표상이었다.

○ **入於天官寺井中**

소립을 쓴 꿈이 면류관을 쓰게 될 징조라고 해몽한 것이 타당했던 것처럼, 천관사(天官寺)의 정중(井中)에 들어간 꿈을 대궐에 들어갈 조짐으로 보았던 여삼의 해몽도 타당한 것으로 보인다. 우물에 들어갔다는 것은 용(龍)이 된다는 것을 말하고 있기 때문이다. 입정(入井)은 성룡(成龍)을 뜻한다는 것이다.

> 왕이 즉위한 지 11년 을해에 당나라 사신이 와서 한 달을 머무르다가 돌아갔는데 하루 뒤에 두 여자가 내전에 나와서, "첩등은 동지(東池) 청지(青池-청지는 동천사의 샘이다. 사기(寺記)에 이 샘은 동해 용이 왕래하며 경을 듣는 곳이고, 절은 진평왕이 지은 것이다. 5백의 성중(聖衆)과 5층탑에 모든 백성을 바쳤다) 두 용의 아내입니다. 이번 당의 사신이 하서국(河西國) 두 사람을 데리고 와서 저의 가장인 두 용과 분황사 우물용까지 세 용을 주문으로써 작은 고기로 만들어 통에 넣어

가지고 돌아갔으니, 폐하께서는 두 사람에게 타일러 호국룡인 우리 가장들을 두고 가게 하소서" 한다. 왕이 하양관(河陽館)까지 쫓아가서 친히 향연을 베풀고 하서 사람들에게 이르되, "너희가 어째서 우리나라 세 용을 잡아가지고 여기까지 왔느냐, 만일 사실대로 고백하지 않으면 극형에 처하겠다" 하니 이에 고기 세 마리를 내어 바치었다. 사람을 시켜 세 곳에 갖다 넣으니 각각 길길이 뛰면서 즐거워하며 사라졌다. 당나라 사람들은 왕의 현명함에 탄복하였다.[4)]

王卽位十一年乙亥, 唐使來京. 留一朔而還. 後一日, 有二女, 進內庭, 奏曰. 妾等乃東池靑池(靑池卽東泉寺之泉也. 寺記云. 泉乃東海龍往來聽法之地. 寺乃眞平王所造. 五百聖衆·五層塔. 並納田民焉.) 二龍之妻也. 唐使將河西國二人而來呪我夫二龍及芬皇寺井等三龍, 變爲小魚. 筒貯而歸. 願陛下勅二人, 留我夫等護國龍也. 王追至河陽館. 親賜享宴. 勅河西人曰. 爾輩何得取我三龍至此. 若不以實告. 必加極刑. 於是出三魚獻之. 使放於三處. 各湧水丈餘. 喜躍而逝. 唐人服王之明聖.

위에 인용한 이야기는 원성왕 설화의 일부로, 당나라 사신이 동지(東池), 청지(靑池), 분황사정(芬皇寺井)의 세 호국룡을 소어(小魚)로 바꾸어 통에 넣어 가지고 가는 것을 원성왕이 추격하여 도로 찾아다가 각기 세 우물에 넣으니 물길을 일으키며 즐거워했다는 것이다.

여기 세 우물의 용이 호국의 용으로 나타나 있는 것은 앞에서 살펴본 산신이 호국신의 성격을 지니고 있다는 것과 좋은 짝을 이루고 있다. 이것은 산이 건국신화와 밀접한 관계를 유지하고 있는 것처럼, 우물 또한 건국신화와 밀접히 맺어지고 있는 것을 주목하지 않을 수 없는 것이

4) 『삼국유사』, 권 제2, 기이 제2, 「원성대왕」.

다. 혁거세왕이 알의 모습으로 처음 나타났던 나을림(奈乙林)의 나정(蘿井), 알영부인(閼英夫人)이 탄강한 사량리(沙梁里) 아리영정(娥利英井, 閼英井)은 우물이 성지(聖地)임을 보여 주고 있다.

> 國號徐羅伐又徐伐 或云斯羅又斯盧 初王生於鷄井 故或云鷄林國 以其鷄龍現瑞也[5)]

'처음에 왕이 계정(鷄井)에서 낳았기 때문에 계림국(鷄林國)이라고도 했는데, 그것은 계룡(鷄龍)이 상서로움을 나타냈기 때문인 것'이라는 것인데, 계룡이 상서로움을 보인 것은 왕이 아니라 왕후이므로 '初王生於鷄井'은 '初后生於鷄井'의 잘못이고, 그렇게 보아 계정(鷄井)이 아리영정(娥利英井)과 같은 것이라면 아리영정은 계림, 즉 'tag sup(혹은 tag su)'에 있는 우물일 수도 있다.[6)] 본래 알영부인과 김알지(金閼智)는 동족(同族)으로 보는 견해가 통설화 되어있으므로 김알지가 출현하는 계림과 알영부인이 출현하는 아리영정은 동일신화소로 묶어도 좋을 것이다. 계룡과 알영과 아리영정, 계림과 계정과 알지, 계정과 계림과 계룡은 연상작용 이상의 동일신화소를 공유하고 있는 것이다. 계룡은 'tag miri'로 읽어지는 것인지도 모른다.

혁거세왕은 나정(蘿井)에서 출현하지만 '浴於東泉(東泉寺在詞腦野北)身生光彩'하게 된다. 동천(東泉)도 역시 성지임에 틀림없다. 동천은 청지(青池)라고도 하는데 '青池卽東泉寺之泉也'가 그것이다. 동천사(東泉寺)

---

5) 『삼국유사』, 권 제1, 기이 제1, 「혁거세왕」.

6) 『동국여지승람』 경주부(慶州府) 고적(古跡)에 '閼英井在府南五里', '始林在府南四里'로 되어있다. '鷄林'을 'tag sup'으로 읽는 것과 같은 방식으로, '鷄龍'을 'tag miri'로 읽을 수 있다. '白山'이 'aq tag'이고 '天山'이 'tangri tag'인 점을 감안하면 'tag miri'는 '山龍'일 가능성이 크다. '德思內'는 '山思內'로 보아야 할 것으로 생각하고 있다.

의 정천(井泉)은 동해용이 왕래하던 청법지지(聽法之地)이기도 한 것이다. 우리들은 동해용이라고 하면 문무왕의 대왕암, 수중릉을 거론하게 되는데, 문무왕은 동해용이 되어 일본의 침입을 막기 위하여 대왕암에 장사지낼 것을 유언하게 된다.[7] 이렇게 해서 문무왕이 동해용이 되는데, 그보다 이전에도 동천사의 동천에 동해용이 왕래한 것으로 되어있다. 이 동해용의 개념은 시조의 등극식과 밀접한 관계를 가지고 있는 우물, 거기에서 형성된 토속신앙의 성지로서의 신성성을 유지하고 있는 우물에 연원을 두고 있는 것이다. 우물에 들어가는 것은 성룡(成龍)을 의미하며, 우물 안에 든 용은 호국의지로서의 왕을 상징하는 것이다.

> 金城井 在府內 新羅始祖時 龍見是井
> 鶵羅井 在府南七里 新羅炤智王時 龍見是井[8]

나정이나 알영정 이외에도 경주에는 금성정(金城井)과 추라정(鶵羅井)이 있어 용의 주처로 되어있다. 우물에 들어가는 것이 성룡(成龍)을 의미하고 있다. 그런데 또 한편으로는 우물에 들어 용이 된다는 것은 용궁에 들어갈 수 있다는 것을 의미하기도 하는 것이다.

동천사의 청지(靑池)가 동해용이 왕래하던 곳이니 동해 용궁에 통하는 길일 것이고, 개성(開城)에 있는 광명사정(廣明寺井)이 작제건(作帝建)이 취했던 용녀(龍女)가 서해용궁을 왕래하던 우물이다.[9] 금광정(金光

7) 第三十一 神文大王 …… 爲聖考文武大王創感恩寺於東海邊(寺中記云 文武王欲鎭倭兵故始創此寺未畢而崩爲海龍其子神文立 開耀二年畢排金堂砌下東向開一穴乃龍之入寺旋繞之備 蓋遺詔之葬骨處名大王岩 寺名感恩寺 後見龍現形處 名利見臺). (『삼국유사』, 권 제2, 기이 제2, 「만파식적」.)
8) 『동국여지승람』, 권21, 경주부, 고적조.
9) 『동국여지승람』, 권4, 개성부상, 산천조.

井)은 신라의 궁정인데 경덕왕 12년 여름에 크게 가물어 유가종(瑜伽宗)의 대덕(大德) 대현(大賢)에게 하교하여 궐내에 들어와 금광경(金光經)을 강(講)하여 단비를 빌도록 하였는데 이때 고갈되었던 궁정을 솟아나게 하여 얻은 이름이다.

> 왕이 하루는 황룡사(어떤 책에는 화엄사 또는 금강사라 하였으니 대개 절 이름과 경의 이름을 혼돈한 것이다)의 승려 지해(智海)를 불러들여 50일 동안 화엄경을 강하게 하였더니 사미승 묘정(妙正)이 발우(鉢盂)를 금광정(金光井-대현법사 때문에 지은 이름)에서 항상 씻더니 자라 한 마리가 우물에서 노는 고로 사미가 남은 밥을 먹이며 놀았다. 법회가 끝나려 할 때 사미가 자라에게 "내가 너에게 덕을 입힌 지 여러 날인데 무엇으로 갚으려느냐?" 하니, 며칠이 지나 자라가 조그만 구슬을 뱉어내는 것이 마치 사미에게 주려는 듯하였다. 사미가 그 구슬을 허리띠 끝에 달았더니 그 후로 대왕이 사미를 지극히 사랑하여 내전에 데려다 떠나지 못하게 하였다.
>
> 그때 잡간(匝干) 한 사람이 사신으로서 당나라로 가게 되었는데 역시 이 사미를 사랑하여 함께 가기를 청하니 왕이 허락했다. 당나라에 가니 당나라 임금이 역시 사미를 보고 사랑하여 승상이나 옆에 있는 모든 사람들도 존경하지 않는 이가 없었다. 어느 관상쟁이가 보고 이르기를 "사미를 보건대 길한 상이라고는 하나도 없는데 사람들이 믿고 존경하니 반드시 이상한 물건을 가진 듯합니다" 하므로, 몸을 수색하게 하였더니 띠 끝에서 작은 구슬을 찾았다. 황제가 "짐이 여의주 네 개가 있었는데 전년에 한 개를 잃었다. 지금 이 구슬은 내가 잃은 것이다" 하고 사미에게 물어보니 사미가 사실대로 아뢰었다. 황제는 "짐이 구슬을 잃은 곳과 사미가 구슬을 얻던 날이 꼭 같다" 하고 구슬을 두고 사미만 내보내니 그 뒤로는 아무도 사미를 믿거나 사랑하지 않았다.[10]

---

10) 『삼국유사』, 권 제2, 기이 제2, 「원성대왕」.

王一日請皇龍寺[注. 或本云. 華嚴寺又金剛寺□. 蓋以寺名經名·□混之也] 釋智海入內. 稱華嚴經五旬. 沙彌妙正·每洗鉢於金光井(因大賢法師得名.)邊. 有一黿浮沈井中. 沙彌每以殘食·餽而爲戲. 席將罷. 沙彌謂黿曰. 吾德汝日久. 何以報之. 隔數日. 黿吐一小珠. 如欲贈遺. 沙彌得其珠. 繫於帶端. 自後大王見沙彌愛重. 邀致內殿. 不離左右. 時有一匝干. 奉使於唐. 亦愛沙彌. 請與俱行. 王許之. 同入於唐. 唐帝亦見沙彌而寵愛. 承相左右莫不尊信. 有一相士奏曰. 審此沙彌. 無一吉相·得人信敬. 必有所將異物. 使人檢看. 得帶端小珠. 帝曰. 朕有如意珠四枚. 前年失一个. 今見此珠. 乃吾所失也. 帝問沙彌. 沙彌具陳其事. 帝內失珠之日. 與沙彌得珠同日. 帝留其珠而遣之. 後人無愛信此沙彌者.

사미승 묘정이 금광정의 자라에게 먹이를 준 보답으로 구슬을 얻었더니 그 구슬이 사람들의 사랑을 받는 신기한 물건이 되었다. 이로 인하여 당나라 천자의 사랑을 얻게 되었으나 그 구슬이 천자가 잃었던 여의주임이 밝혀져서 구슬도 잃고 사람들의 신망도 잃게 되었다는 것이다.

결국 금광정의 자라가 당나라 궁중에 가서 천자의 여의주를 가져온 것으로 이해되는데, 여기 자라는 금광정의 용으로 해석된다. 금광정(신라 궁정)의 용은 당나라 궁중을 왕래할 수 있는 것이다.

천관사 정중에 들어간 원성왕의 꿈을 궁금(宮禁)에 들어갈 징조로 풀이한 여삼의 해몽은 타당한 것이었다. 원성왕 설화의 전체적인 분위기는 불교적인 요소가 들어있음에도 불구하고 토속신앙적인 색채가 강하게 작용하고 있으며, 상대의 부족연합에 향수를 느끼는 복고적 성향이 엿보인다.

(2) 곡사(鵠寺), 숭복사(崇福寺), 괘릉(掛陵)

『삼국사기』의 본기 「원성왕」 14년 12월 29일 조에,

王薨 諡曰元聖 以遺命擧柩燒於奉德寺南[11]

이라 기록되어 있는데, 왕이 돌아가니 유명(遺命)에 의하여 봉덕사 남쪽에서 화장한 것으로 되어있다. 삼국유사의 원성왕 조에는 원성왕의 능침에 대하여 다음과 같이 기록되어 있다.

王之陵在吐含岳西洞鵠寺(今崇福寺) 有崔致遠撰碑 又刱報恩寺 又望德樓[12]

토함산의 서동(西洞)에 있는 곡사(鵠寺)에 원성왕의 능침이 있다는 것이다. 그런데 최치원이 찬한 숭복사(崇福寺) 비명(碑銘)에는 곡사라는 절을 옮기고, 그 자리에 원성왕을 장사지낸 것으로 되어있다. 원릉(園陵) 자리가 곡사라는 점은 숭복사 비명과 『삼국유사』의 내용이 일치하는 셈이다.

金城之禽(金城新羅都城名) 日觀之麓(日觀者泰山東南峰名而今新羅東亦有之) 有伽藍號崇福者 乃先朝(景文王) 嗣位之初載 奉爲烈祖元聖大王(冊號敬信卽景文王之九世祖) 園陵 追福之所修建也[13]

---

11) 『삼국사기』, 권 제10, 신라본기 제10, 「원성왕」.

12) 『삼국유사』, 앞과 같음.

13) 최준옥(崔濬玉) 편, 국역 『고운선생문집』 하, 신라국 초월산 대숭복사비명 병서, 고운선생문집편찬회, 200쪽.

신라의 도성인 금성(金城)의 남쪽 일관산(日觀山) 기슭에 숭복(崇福)이라고 하는 절이 있는데, 이 절이 신라 제48대 경문왕이 제38대 원성왕의 원릉을 받들고 명복을 빌기 위하여 수건한 것이라는 것이다. 그런데 이 숭복사는 본래 곡사이던 것을 그 자리에 원성왕의 원능을 세우기 위하여 절을 다른 곳으로 옮겼고, 세월이 흘러 퇴락해진 것을 경문왕이 중수하고 헌강왕이 대숭복(大崇福)이라 이름하게 된 것이다.

곡사가 세워진 경위에 대해서 숭복사 비명에는 다음과 같이 기록되어 있다.

> 昔波珍飡金元良者 昭文王后(元聖大王之母)之元舅 肅貞王后(元聖大王之后)之外祖也 身雖貴公子 心實眞古人 始則謝安縱賞於東山 儼作歌堂舞舘 終乃慧遠同期於西境 捨爲像殿經臺(晋謝安 携妓遊東山三十年 後與慧遠法師共對遺民 雷次宗周績之宗炳等 百二十人 結白蓮社發願往生西方) 當年之鳳管鵾絃 (崑山之竹 作管吹之 有龍鳳之音 以鵾之筋 作琴瑟之絃 用鐵撥彈則 其響如雷) 此日之金鍾玉磬 隨時變改 出世因緣 寺之所枕倚也[14)]

옛날 파진찬(波珍飡)인 김원량(金元良)은 원성대왕의 어머니 소문왕후(昭文王后)의 외삼촌이고, 원성대왕의 왕후 숙정왕후(肅貞王后)의 외조부이다. 몸은 비록 귀공자이나 마음은 진실로 참 옛사람이어서 처음에는 진(晋)나라의 사안석(謝安石)이 동산(東山)에서 노닐던 것처럼 가당(歌堂)과 무관(舞舘)을 의젓하게 짓더니 나중에는 사안석이 혜원법사(慧遠法師)와 함께 서방정토에 뜻을 두듯이 가무를 버리고 불전(佛殿)과 경대(經臺)를 만들었다는 것이다. 즉 처음에는 가무를 숭상하더니 뒤에

14) 최준옥 편, 위의 책.

는 절을 짓고 불사(佛事)를 행했다는 것이다. 이렇게 지어진 절이 곡사인 것이다. 그러니까 김원량이 진고인(眞古人)으로서 경영하던 가당과 무관 자리에 곡사를 지은 셈이다. 그것도 수시변개(隨時變改), 즉 시대의 추이에 따라 변개한 것이었는데 그 시기는 선덕왕 이전 일로 보인다. 그렇게 세워진 절을 얼마 지나지 않은 세월 뒤에 딴 곳으로 옮기고 그 자리에 원성왕의 능침을 세운 것은 특이한 일이라 할 수 있다. 원성왕대가 중대의 전제왕권에서 하대로 옮겨가는 시기라는 데서 더욱 그러하다.

김원량이 가당과 무관을 불사로 변개한 것은 시대의 흐름에 따른 것이지만 절을 옮기고 그 자리에 능묘를 쓰는 것은 어찌된 것인지 의문이 간다. 물론 풍수설에 따른 것이다. 곡사에 원성왕의 원능을 세우려 하자 절에 능묘를 쓰려는 일에 반대하는 의견이 나왔고 그 의견에 대해서 당시의 집정자는 의논하기를,

> 범묘(梵廟, 절)란 있는 곳마다 반드시 교화되며 가는 곳마다 꼭 적응하나니 그러므로 능히 재앙의 터를 변화시켜 복된 장소로 만들어서 백억 겁 동안 그 험난한 세속을 제도하는 것이오, 영수(靈隧, 묘)란 아래로는 땅의 맥을 재고 위로는 하늘의 마음에 맞추어 반드시 사상(四象)을 구원(九原)에 포괄하여 천백 대 동안 그 끼친 복을 보전하는 것이다. 법은 머무르는 모양이 없고 예는 이루는 시기가 있나니 땅을 바꾸어 모심이 하늘의 이치에 순응함이다.[15]

라 하여 풍수설에서 말하는 지력을 강조하고 원성왕의 인산(因山)에 있어서 풍수설을 우선으로 말하고 있는 것이다.

15) 최준옥 편, 앞의 책, 214쪽.

김원량이 처음 가당, 무관을 세운 것은 풍류한정(風流閑情)을 위한 것은 아닌 듯싶다. 오히려 유오산수(遊娛山水)의 실수(實修)하는 현장이 아니었을까 싶은 것이다. 김원량을 진고인(眞古人)이라 한 것은 불교에 호국개념을 도입하고 율령제를 실시하여 한화정책을 강행하던 왕권의 전제주의적 경향에 대한 반동적(귀족연합적) 인물상을 이르는 것이 아닌가 싶기 때문이다. 김원량의 곡사 건립은 경덕왕대를 지나오면서 겪어야 했던 정치의 한 추세였고 원성왕의 원능 조성은 그것을 환원하려는 명분이 아니었을까 여겨진다. 원성왕의 원능을 곡사에 두어야 한다고 주장한 집정자들은 하대의 신라가 귀족연립적 경향으로 이끌어 가는 정치세력이었을 것으로 보인다.

宜聞龜筮協從 可見龍神歡喜 遂遷精舍 爰創玄宮 兩役庀徒 百工藏事

'으레 거북과 시초(蓍草)에 물어서[옛날 점칠 때 거북과 시초를 사용했음], 맞아 따르게 되면 용과 귀신의 기뻐함도 보게 되리라' 하여 이에 정사를 옮기고 현궁(玄宮, 능을 가리킴)을 창립하는 두 일이 진행되고 온갖 기술진이 일을 마쳤다.[16]

곡사를 옮기고 그 자리에 원성왕의 능을 영조하는 것은 용신이 환희하는 것을 볼 수 있으리라는 것이다. 용신환희(龍神歡喜)는 정천(井泉)과 관계되는 것이고 절을 옮기고 능을 쓰는데 일어나는 일인 것이다.

경북 월성군 외동면 괘릉리에 원성왕릉으로 알려진 괘릉(掛陵)이 있다. 기록대로라면 이곳이 곡사 자리일 것이고, 여기에서 남쪽으로 2km 미만의 거리에 외동면 말방리에 자리 잡은 숭복사지가 있다. 이곳이 원

16) 최준옥 편, 앞과 같음.

성왕릉을 쓰면서 옮겨 지은 절터일 것이다.

전설에 의하면 괘릉은 우물 위에 걸쳐서 능을 영조했다는 것인데 지금도 괘능의 좌전방 수십 보 되는 거리에 우물이 마르지 않고 솟고 있는데 이 물이 바로 능침 아래에 있는 우물에서 흘러내리는 것이라고 한다. 전설대로 우물 위에 시신을 걸쳐 놓고 장사지낸 것이라면 그 장사법은 매장되는 주인공이 우물의 용으로 화하기를 기대하는 것으로 풀이된다.

원성왕은 하대의 왕계를 새로이 여는 왕이다. 중대의 무열왕계의 전제왕권의 세력을 견제하면서 많은 제약을 받은 것이겠지만, 당나라에 의존하는 정책을 둔화시키고 외래문화의 강압에서 주체적인 자신을 찾으려는 의지가 정천 위에 스스로 장사지내고 성룡함으로써 상대적 신념을 확인하고 그러한 문화요소로 복귀하려는 구체적인 행위를 보여준 것이라 할 수 있다.

3. 밀사(密祀)와 서정(抒情)

여삼의 해몽을 들은 경신은 자신이 왕위에 오른다는 것은 어려운 일이라고 생각했다. 그래서 경신은 여삼에게 "위로 주원이 있는데 내가 어떻게 윗자리에 앉을 수 있느냐?"고 말하게 된다. 이에 대해서 여삼은 북천신(北川神)에게 밀사(密祀)할 것을 권하게 되고, 경신은 그에 따르게 된다. 얼마 후 선덕왕이 죽었는데 북천이 갑자기 불어 북천 북쪽에 집이 있던 주원은 건너오지 못하고 경신이 궁으로 들어가 등극하게 된다.

여기서 특히 주목되는 것은 밀사를 행했다는 사실이다. 밀사를 올려서 왕위에 나가게 된 것은 아니겠지만 밀사는 이야기 전개에 중요한 구실을 한다. 현실적으로 왕위 계승권의 서열이 아래였던 경신이 주원을 제치고 왕위에 오르게 된 것은 밀사를 올린 결과 북천신이 감응하여 북천이 넘쳐 경신에게 유리한 결과를 가져다 준 인상을 준다. 또 '大王誠知窮達之變 故有身空詞腦歌'라는 표현이 '대왕이 곤궁해지고 현달하는 변화를 참으로 잘 알기 때문에 신공사뇌가를 가지고 있었다'라고 볼 때, 밀사에 쓰였을 가능성이 높은 것이다.

원성왕의 설화는 몇 개의 분리될 수 있는 이야기로 구성되어 있다. 즉 '①후몽(厚夢)에 힘입어 등극하게 되는 것, ②조종(祖宗)으로부터 만파식적을 전해 받아 천은(天恩)을 후히 입는 일, ③당나라로 잡혀가는 동지·청지·분황사정의 세 용을 구출해 오는 일, ④금광정의 자라에게 먹이를 주고 여의주를 얻었던 사미승 묘정의 이야기, ⑤곡사에 장사지낸 이야기'로 이루어져 있다. 그런데 '신공사뇌가'의 기술은 ①의 후몽을 얻고 북천신에 밀사를 올린 뒤 등극하는 이야기 끝에 잇달아 나오고 있다. 여러 도막의 설화를 이야기하면서 노래 이름을 제시했을 때 그것은 연결되어 있는 설화와 관계가 있을 가능성이 크다. 그리고 설화 전체 가운데 노래와 직접 관계가 있을 사건은 밀사 이외에 적절한 일이 보이지 않는다. 당시 제사를 올렸다면 반드시 노래가 불리었을 것이니 '故有身空詞腦歌'의 표현이 '故作身空詞腦歌'가 아니어서 원성왕이 지은 것이 의심스럽다 하더라도, 적어도 이 노래가 원성왕의 이름으로 밀사에 사용되었다는 것은 믿어도 좋을 것으로 여겨진다.

이렇게 보는 것이 허락된다면 〈신공사뇌가(身空詞腦歌)〉는 경신이 북천신에 밀사를 행할 때 사용된 제의가라 할 수 있다.

북천(北川)은 알천(閼川) 혹은 동천(東川)이라고도 하는데, 알천은 6부조(六部祖)가 모여 혁거세왕의 영립을 의논한 장소이다.

前漢地節元年壬子三月朔 六部祖各率子弟 俱會於閼川岸上 議曰 我輩上無君主臨理蒸民 民皆放逸 自從所欲 盍覓有德人 爲之君主 立邦設都乎[17)]

6부조가 자제를 거느리고 모인 것은 3월 초하루로 되어있다. 신군영립(神君迎立)의 신화인 「가락국기」에서도 수로왕을 맞이하던 날이 3월의 '계욕지일(禊浴之日)'이었다.

6부조가 자제를 거느리고 알천안상에 모여 의논한 일도 그 실상은 계욕과 유관할 것으로 보인다. 실상 알천에 모여 의논한 내용은 유덕인(有德人)을 맞아 군주로 삼고 입방설도(立邦設都)하는 일이었다. 즉 6부의 무리가 모여서 발아와 소생을 가져오는 봄의 계절에 군주를 영립하는 제의를 행하는 것이었다. 그것은 북천신에게 군주영립을 고축하는 것이었다. 그 뒤를 이어 벌어지는 일은 신성왕권의 부활제를 통한 등극식의 절차를 보여 주고 있는데, 북천신에게 고축하는 하원제의(河原祭儀)를 포함해서 이러한 등극식 절차에는 그 절차에 따른 제의가가 의당 수반되었을 것이나 혁거세왕 신화에는 그 노래의 모습이 기록상 나타나지 않고 있다. 북천신에게 등극 부활제를 고축하는 하원제의의 제의가는 원성왕의 밀사에서 쓰인 제의가의 원형이 될 만하다. 그런데 이 두 노래는 어느 쪽도 남아 있지 않다. 그러나 이 두 노래에 있어서 확실한 사실 중의 하나는 전자가 집단서정성을 더 많이 유지하고 있는 제의가라면 후자는 개성서정으로 변모한 서정성을 지닌 제의가라는 점이다.

〈구지가〉는 신군영립을 위한 제의 절차 속에 삽입되어 있는 제의가이다. 가락국기에 나오는 수로왕 등극식 절차를 신군 영입의 시나리오로 본다면 수로왕의 등극식 절차는 다섯 장면으로 나누어지게 되는데, 〈구

---

17) 『삼국유사』, 권 제1, 기이 제1, 「신라시조혁거세왕」.

지가〉는 둘째 장면에서 구간과 함께 중서이삼백(衆庶二三百)이 모여서 신군의 출현을 고대하면서 부르던 노래이다. 〈해가사(海歌詞)〉는 해룡(海龍)에게 수로부인(水路夫人)이 바다 속으로 잡혀갔을 때 '宜進界內民作歌唱之 以杖打岸'한 것으로 보아 집단서정을 지니고 있는 노래이다. 그러나 〈해가사〉는 〈구지가〉를 원형으로 하는 노래라고 볼 때 많은 변질을 가져오고 있다. 〈해가사〉의 주술원리가 구지가의 그것을 유지하고 있다 하더라도 이미 제의에 참여하고 있는 집단이 제의에 걸고 있는 신념의 차이는 큰 것이다. 구지가는 신군을 맞이하는 것이고, 해가사의 주술 대상은 개인에 불과한 것이다. 〈해가사〉가 불리던 성덕왕대에는 신성왕권의 부활제, 그 부활제에 대한 제의적 신념은 많이 무너져 가고 있었을 것이다. 북천신에게 조령부활의 부활제적인 등극식을 고축하던 하원제의를 원형으로 생각할 때 원성왕의 '밀사북천신(密祀北川神)'은 그것이 하원제의의 인자를 유산으로 지니고 있다 하더라도 혁거세 신화의 제의적인 신념은 그 강도가 매우 약화된 처지에 있었을 것이다. 원성왕의 밀사는 이미 충천하는 제의적 신념을 지니지 못했을 것이다.

4. 결(結)

〈신공사뇌가(身空詞腦歌)〉는 원성왕(元聖王) 설화를 떠나서 논의될 수 없다. 원성왕 설화 가운데에서도 등극 이야기의 밀사(密祀)와 직결하여 생각하는 것이 좋을 듯하다. 그렇다면 〈신공사뇌가〉는 밀사에서 불린 제의가(祭儀歌)일 것이다.

원성왕 설화의 꿈의 이야기는 원초 사유와 직결되어 있다. 즉 토속신앙의 원류를 이루는 북방계 문화에 직결되어 있다. 소립(素笠)은 백산

(白山)을 원형으로 하는 왕권(王權)의 상징이고, 입정(入井)은 성룡(成龍)을 의미하며, 용의 용궁 내왕으로 하여 입정은 입궁금(入宮禁)을 상징하는 행위이다.

〈신공사뇌가〉는 이러한 원초 사유를 배경으로 하는 제의가로 보아야 한다.

숭복사(崇福寺) 비명(碑銘)의 관계되는 부분의 해석을 통하여서도 원성왕의 기본 입장이 원초 사유에 입각하고 있으며, 중대(中代)의 전제왕권에 대립되고 한문화(漢文化)의 고압적인 압박에 저항하는 면이 확인된다. 상대(上代)의 귀족 연합적인 사유를 동경하는 복고적인 경향도 확인된다. 그러나 이 시기는 이미 불교를 포함하는 한문화의 영향으로 부활제의의 사유가 해체된 사회인 것이다. 〈신공사뇌가〉는 그런 정도의 제의적 신념이 반영된 주술원리를 지니고 있는 개성(개인)이 감지되는 제의가일 것이다.

본 고찰을 시도한 동기는 〈신공사뇌가〉의 재구 가능성의 타진에 있었다. 그렇다면 응당 그 시형에 대한 논의와 사뇌가에 대한 재론이 있어야 했을 것이다. 이점에 대한 논의는 다음 기회로 미루기로 한다.

〈혜성가〉 연구

1. 해독 노래 일람(一覽)

『삼국유사』 권 제5, 감통(感通) 제7에 실려 있는 〈혜성가(彗星歌)〉 원전의 분구(分句) 표기는 '倭理軍置來叱多烽燒隱邊也藪耶'가 한 구로 처리되어 있지만, 〈혜성가〉를 10구체로 분류하는 학계에서는 일반적으로 두 구로 처리해서 다음과 같이 분구 표기하고 있다.

① 舊理東尸汀叱
② 乾達婆矣游烏隱城叱肹良望良古
③ 倭理軍置來叱多
④ 烽燒隱邊也藪耶
⑤ 三花矣岳音見賜烏尸聞古
⑥ 月置八切爾數於將來尸波衣
⑦ 道尸埽尸星利望良古
⑧ 彗星也白反也人是有叱多
⑨ 後句 達阿羅浮去伊叱等邪
⑩ 此也友物北所音叱彗叱只有叱古

小倉進平(오구라 신페이)은 『삼국유사』 원전의 분구 표기 그대로 '倭理軍置來叱多烽燒隱邊也藪耶'를 한 구로 처리했고, 양주동(梁柱東)은 '倭

理軍置來叱多'와 '烽燒隱邊也藪耶'로 나누어 두 구로 처리하면서, '乾達婆矣'를 앞의 구에 올려붙여서 '舊理東尸汀叱乾達婆矣'로 하고 있다. 서재극(徐在克)·김승찬(金承璨)은 小倉進平의 분구를 따르고 있고, 지헌영(池憲英)·김선기(金善琪)는 양주동의 분구를 따르고 있다. 많은 경우 대체적으로 앞에 제시한 것처럼 10구로 나누고, ①②③④를 첫째 단락으로, ⑤⑥⑦⑧을 둘째 단락으로 하고, ⑨⑩을 셋째 단락으로 하여, 노래 전체를 세 단락으로 나누고 있다.

小倉進平은,

녜로 東ㅅ믈ᄀᆞㅅ
乾達婆의 노온 잣올난 바라고
예내ㅅ 軍도 왓다(고)
烽 살은 ᄀᆞ애 고자
三花의 오름 보샤올 듣고
ᄃᆞᆯ도 발써 숼 바애
길올 ᄡᅳᆯ 별을 바라고
彗星(이)라 ᄉᆞᆲ욀 사롬이 잇다
後句
ᄃᆞᆯ(이) ᄠᅥ갓더라
이에 밧갓듸 밤ㅅ 비질악(이)잇고

라 해독하여, 해독의 기반을 제시했다. 양주동은 小倉進平의 해독에 15세기의 국어표기 체계에 맞게 고어표기(古語表記)를 적용하여 수정하고, 노래의 전체 뜻이 하나의 시(詩)로서 의미가 잘 소통되도록 시어를 다듬는데 힘을 기울여,

녜 ᄉᆡㅅ믌ᄀᆞᇫ 乾達婆ᄋᆡ
노론 잣ᄒᆞᆯ란 ᄇᆞ라고
예ㅅ 軍두 옷다
燧ᄉᆞᆯ얀 ᄀᆞᇫ 이슈라
三花ᄋᆡ 오롬보샤올 듣고
ᄃᆞᆯ두 ᄇᆞ즈리 혀렬바애
길ᄡᅳᆯ 별 ᄇᆞ라고
彗星여 ᄉᆞᆯᄫᅳᆫ여 사ᄅᆞ미 잇다
아으 ᄃᆞᆯ 아래 ᄣᅥ갯더라
이 어우 므슴ㅅ 彗ㅅ기 이실꼬

라고 해독했는데, 첫째 단락에서는 ①②③이 후학의 수정이 조금 가해지기는 했지만 거의 사의(詞意)의 표준이 되었고, 둘째 단락에서는 ⑤⑦⑧이 지금까지도 후학들이 크게 수정 없이 전거로 삼아 이어져 오고 있다.

그 후의 제가의 해독 노래만을 제시해 보면 다음과 같다.

지헌영(池憲永)
구ᄉᆞᆳᄂᆞㅅ 乾達婆(디돌이) (ᄉᆞᆺ(금)·ᄃᆞᆯ·ᄫᅩᆯ)ᄋᆡ / 노론잣ᄒᆞᆯ란 ᄇᆞ라고 / 예ㅅᄃᆞᆯ두 왓다 / 烽(블)ᄉᆞᆯ얀 ᄀᆞᇫ어드ᄅᆞ / 三花(ᄉᆞᄂᆞ)ᄋᆡ ᄃᆞ리(오름) 보샤올 듣고 / ᄃᆞᆯ두 ᄇᆞ즈리 셔(혀) 올바애 / 길 ᄡᅮ 벼리 ᄇᆞᄅᆞ고 / 彗星여 ᄉᆞᆯᄫᅳᆫ여 사ᄅᆞ미 잇다 아으 / ᄃᆞᄅᆞᄅᆞ ᄡᅵᆯ드라 / 이에 번ᄃᆞᆯㅅ 소리ㅅ ᄉᆞᆯ(혜)ㅅ아 잇고

이탁(李鐸)
멀이 ᄉᆡ므ᄀᆞᇫ/ 乾達婆ᄋᆡ 흔들 성을 바라고 / 재라릿(倭)軍도 왔다 수ᄉᆞᆯ ᄋᆞᆫ ᄀᆞᇫ잇우라 / 세 곧ᄋᆡ 오ᄅᆞ 보ᄉᆞ올 듣고 ᄃᆞᆯ도 블긋ᄋᆡ 잣ᅀᅡ옷 비ᄋᆡ

/ 길슬 별 ᄇᆞ라고 / 살별여 술온이 잇다 / 아라 돌아 볼아 잇ᄃᆞ라 / 이 ᄇᆞᆮ돈 므슴 살아 잇ᄃᆞᄅᆞ

김선기(金善琪)

나리 샐 믇갇 깐딸빠이 / 놀온 잣깔란 바라고 / 아나릳 군도 왼다 / 퐁사란 갇애고지라 / 삼화이 올옴 보샤올 듣고 / 딸도 바즈리 잦을 바이 / 길쁠볼이 바라고 / 쒸셩이야 살바란 사람읻다 / 딸 아라이 쁘갠 따라 / 이야 받몬 다뵈솝ㄷ 쐰끼 읻고

서재극(徐在克)

녜누리 샐 믈ᄌᆞᆺ / 乾達婆ᄋᆡ 노론 짓하 ᄇᆞ라고 / 여릿軍두 옷다 烽ᄉᆞ란 모히야 슈라 / 三花ᄋᆡ 오롬 보시올 듣고 / 둘두 바치 혀바돌 바의 / 길 ᄡᅳᆯ 벼리 ᄇᆞ라고 / 彗星이야 술븐 녀니 잇다 / 아으 / 달아라 ᄣᅧ가 잇더라 / 이야 번믈 배솜ㅅ 뷧즈락 잇고

김준영(金俊榮)

녜 샌 믌ᄌᆞᆺ / 乾達婆의 놀온 잣홀아 바라고 / 옛 군두 옷다 / 烽술안 ᄀᆞ여슈라 / 三花의 오름 보샤올 듣고 / 둘두 ᄇᆞ즐이 혀어 올 바의 / 길 ᄡᅳᆯ 벼리 ᄇᆞ라고 / 彗星여 술븐여 사롬이 잇다 / 아야 달ᄋᆡ라 ᄣᅧ갯더라 / 이여우 믓솜 쉿잇고

홍기문(洪起文)

녜 동ㅅ ᄂᆞᄅᆞ / 乾達婆의 놀온 잣ᄒᆞ란 ᄇᆞ라고 / 예ㅅ 군도 옷다 / 봉술얀 ᄀᆞᅀᅢ고야 / 세 고ᄌᆡ 오롬 보샤오리 듣고 / 돌도 브지리 혜렬 바에 / 길 ᄡᅳᆯ 벼리 ᄇᆞ라고 / 혜셩야 술ᄫᅡ야 사ᄅᆞ미 잇다 / 아야 / ᄃᆞᄅᆞᄅᆞ ᄣᅧ가잇다라 / 이 버다 [illegible]봇솜 혜ㅅ기 이실고

정열모(鄭烈模)

ᄒᆞ리 싈 ᄂᆞ리ㅅ / 건달바ᄋᆡ 놀아 / 가ᄆᆞᆫ 잣홀랑 ᄇᆞ라고 / 서리ㅅ 군두 왓다 / 발블 술안 ᄀᆞ시라 수ᄫᅴ / 삼화의 오롬 보리 ᄀᆞᄆᆞᆯ 듣고 / ᄃᆞᆯ두 ᄇᆞᆯ기리 혀어 ᄇᆞ랠 믈애 / 길 ᄡᆞᆯ 벼리 ᄇᆞ라고 / 혜셩이라 ᄉᆞᆯ벼리라 / 사ᄅᆞ미 이싫다 / 아으 / ᄃᆞᆯ 아벌라 빼가 잇ᄃᆞ야 / 이도 다믈 비슴ㅅ / 슈ㅅ기 이싫고

이러한 성과를 검토한 김완진(金完鎭)은 다음과 같은 해독을 내놓았다.

녀리 싈 믌ᄌᆞ
乾達婆ᄋᆡ 노론 자ᄉᆞᆯ랑 ᄇᆞ라고
여릿 군도 왯다
홰티얀 어여 수프리야
三花ᄋᆡ 오롬 보시올 듣고
ᄃᆞ라라도 ᄀᆞᄅᆞ그ᅀᅵ 자자렬 바애
길 ᄡᆞᆯ 벼리 ᄇᆞ라고
彗星이여 ᄉᆞᆯᄫᅡ녀 사ᄅᆞ미 잇다.
아야 ᄃᆞ라라 뻐갯ᄃᆞ야
이예 버믈 ᄆᆞᄉᆞᆷㅅ 彗ㅅ 다ᄆᆞ닛고

이 해독의 특기할 점은 '邊也藪耶'를 '어여 수프리야'로 읽고, '八切爾'를 'ᄀᆞᄅᆞ그ᅀᅵ', '數於將來尸'를 '자자렬'로 읽고, '友物'을 '버믈', '只有叱故'를 '다ᄆᆞ닛고'로 읽은데 있는데, '藪'를 '숲'으로 읽은 것이 특히 돋보인다. 최학선(崔鶴璇)은 대체로 양주동의 해독을 따르면서도, '烽燒隱邊藪耶'를 '봉 술안 ᄌᆞ이라 수피라'라 하여 '藪'를 '숲'이라고 읽고 있다. 양주동이 '봉화를 사른 변방이 있어라'의 뜻으로 해독한 것을 최학선에서는 '봉화 사른 요새 있다네, 숲이라.'로 해석해서 '藪'를 분명히

'수풀'로 해독하려는 생각이 반영되어 있다.

김승찬은 '達阿羅浮去伊叱等耶'를 '山 밑에 떴더라'로 해석하여, '達'을 '月'이 아닌 '山'의 '돌'로 읽어, 〈혜성가〉가 산(山)과 밀접한 관계를 지니고 있다는 것을 깨닫게 해 주었고, '乾達婆의 노론 城'이 산에 있는 것이라는 것을 강하게 암시해 주고 있다.

이렇게 제가의 해독을 살펴보니 논의의 논리성이나 증명의 합리성에 대한 논란은 미루어 두고, 전자(轉字)에는 차이를 보이면서도 구의(句意)에는 대체로 합의를 도출할 수 있는 것이 ①②③⑤⑦⑧의 6개 구가 된다. 제가의 견해가 각양각색이어서 구의 뜻을 종잡기 어려운 것이 ④⑥⑨⑩ 4개 句인데, '烽燒隱邊藪耶'와 '月置八切爾數於將來尸波衣'와 '達阿羅浮去伊叱等耶'와 '此也友物北所音叱彗叱只有叱故'가 그것이다.

'烽燒隱'은 '烽 술얀'과 '烽 ᄉᆞ른'과 '홰 ᄐᆡ얀'이 같은 의미를 지니면서도 각기 다른 표기를 취하고 있는데, 어느 것이나 가의(歌意)가 통하는데 손상을 주지는 않는다.

'邊也藪耶'는 양주동의 'ᄀᆞᆺ 이슈라'로 대표되어 오다가, 김완진의 '어여 수프리야'가 나와 우리를 놀라게 했다. '邊' 자는 대체로 양주동을 따라 변방(邊方), 변새(邊塞), 국경지대(國境地帶)로 읽고 있으나, '藪'의 해독에 난맥을 이루어 왔다. '也藪耶'를 '이슈라'(있어라)로 읽는 것은 같은 노래 안에 '有叱多'가 '잇다'(있다)로 해독되어, '있다'를 '有' 자를 사용한 용례가 있는데도, '邊方에 있어라'의 표기를 '有' 자를 쓰지 않고 '邊也藪耶'라 한 것은 아무래도 어색하다는 지적을 누누이 받아 왔다. '옛날 샐 믈갓(東海邊), 건달바가 놀던 성(城)을 바라보고 왜군(倭軍)도 왔다고 횃불을 사른 변방(邊方)이 있다'라고 할 때, 이곳 변방은 동해변에 있는 어느 구체적인 장소인 것이다. 옛날에 왜군이 왔다고 봉화를 올린 이 구체적인 장소는 지금 화랑들이 모여 〈혜성가〉를 부르며 혜성을 물리치는 제의를 올리고 있는 장소인 것이다. 이 장소가 수풀인 것이다. 그래서 '邊也藪耶'는 '변방의 수풀이여'일 수도 있다. 그러나 '邊也'를 'ᄀᆞᆺ이'(변방의)로 읽어 '也' 자가 '이'로 읽히기에는 껄끄러운 점이 있고, '이'를 표기한 것이라면 오히려 '矣'가 사용되어야 했을 것이다. 그래서 이곳에 있는 수풀이 동해변에 있는 고유한 장소인 점을 들어서 '邊也'를 '수풀' 앞에 놓이는 고유명사로 보려한 김완진의 견해는 요체를 얻은 것이라 볼 수 있다.

> '藪'자는 찬기파랑가(讚耆婆郎歌)의 경우에나 우적가(遇賊歌)의 경우에나 훈독(訓讀)하여 '수플'(또는 '숲')이라 읽을 것이지 결코 음독(音讀)될 자가 아니라는 것이 저자(著者)의 견해(見解)이거니와, '邊也'는 '어여'로서 '수플'에 붙는 고유명사가 아닐까 하는 것이다.[1)]

어학적인 측면에서는 그 타당성이 좀 더 검토되어야 하는 것인지 몰라도, 노래가 생성되던 당시의 시대 상황이나 현장 분위기를 감안한다면, 이 해독은 향가 해석에 새로운 지평을 열어 놓은 것이라 할 수 있다.

'月置八切爾數於將來尸波衣'는 '乾達婆矣游烏隱城'과 '達阿羅浮去伊叱等耶'와 연결시켜 생각해야 한다. '乾達婆'는 小倉進平이 천악신(天樂神)으로 본 것을 양주동이 '乾達婆ᄋᆡ 놀온 城'을 신기루(蜃氣樓)로 고친 이래로 답습되어 오다가, 김승찬에 의해 천악신으로 되돌아 가게 되었다.

김승찬은,

> 필자의 견해로 수미산(須彌山)의 남쪽 금강굴(金剛窟) 속에 사는 제석의 천악신(天樂神)이며 팔부중(八部衆)의 하나인 건달바로 해석함

1) 김완진, 『향가해독법연구』, 서울대학교 출판부, 1980, 131쪽.

이 옳지 않을까 한다.[2)]

라고 하였는데, 양주동의 신기루에서 벗어나 실체를 볼 수 있는 시력을 회복하는데 결정적인 역할을 한 셈이 되었다. 거기에 김승찬은 '달 아래'로 해독되던 '達阿羅'를 '산(山) 아래'라고 해석하여, '達'을 '月'이 아닌 '山'으로 해석하는 길을 열어 놓았다. 여기에 힘입어 필자는 '乾達婆矣游烏隱城'을 '천악신(天樂神)이 놀던 소도(蘇塗)'로 보고, '達阿羅'를 'ᄃᆞᄅᆞᄅᆞ'로 읽어, '돌'을 '山'의 의미로 보고, 'ᄋᆞᄅᆞ'를 '으로'로 보아, '達阿羅'를 '산(山)으로'라고 해석하는 것을 전제로 하여 '數於將來尸波衣'를 해석해 보려 한다.

'月置'의 해독은 '돌두'이다. '八切爾'는 이탁의 '불긋ᄋᆞ'나 정열모의 '불기릐'에 따라 '불그시'로 읽을 수 있는데, 양주동의 'ᄇᆞ즈릐'와 김완진의 'ᄀᆞᄅᆞ그시'보다 얼마나 나은 결과인지는 미지수이다.

'數於將來尸波衣'의 문제는 '波衣'에서 출발한다. '波衣'는 정열모의 '믈에'를 제외하고는 모두 '바에'로 읽고 있는데, '波'를 '바'로 읽는 것은 몹시 불편한 해독이라 할 수 있다. 불완전명사 '바'를 표기했다면 '所'자로 족했을 것이고, 이런 경우 '바ᄋᆡ'라면 '所矣'라야 했을 것인데, '波衣'라는 표기는 아무래도 불편하고 어색한 표기인 것이다. 또 시어로서도 '달도 부지런히 켜려 할 바에'라고 한다거나, '달도 갈라그어 잦아들려 하는 바에'라고 한다면, '~하는 바에'라는 표현은 시작(詩作) 표현상의 묘(妙)를 얻었다고 볼 수는 없는 것이다. 그래서 '波衣'는 훈독하여 '물결옷'이 어떨까 하는 것이다. 다만 '옷'이 '무늬'의 뜻을 지녀 '연광(練光)'이나 '연금(練錦)'에 접근하는 '물결 무늬'의 뜻으로 해석될 수 있는

2) 김승찬, 『향가문학론』, 새문사, 1986, 202쪽.

지는 미지수이지만, '옷'을 강세사 '곳'의 묵음화된 모양으로 보고, '물결'의 어세를 강화하는 접사로 쓰인 것으로 이해해 보고 싶다.

'數於將來尸'의 경우는 '將來'를 '-려'로 읽은 양주동의 해독 이래 답습해 오고 있다. 그러나 '-려'의 의미가 반드시 '將' 자와 '來' 자를 한데 묶어야만 나오리라는 생각은 잘못된 것이다. 그런 의미라면 '將' 자 하나로도 충분하리라 여겨진다. 그래서 '將' 자와 '來' 자를 떼어서 읽는 것이다. '數於將'은 '헤어려' 혹은 '헤느려'이고, '來尸'는 '올'이 되는 것이다. '於'를 음차(音借)하면 '헤어려'가 되고, 훈차(訓借)하면 '헤느려'가 되겠는데, '헤어려'로 하든지, '헤느려'로 하든지, 그 뜻은 '밝히려'가 아닌 '數' 자의 훈을 그대로 써서 '헤아리다'인 것이다. '藪於將來尸'는 '헤느려 올'로 읽는 것이고, '헤아려 오는'으로 해석되는 것이다. 그래서 '藪於將來尸波衣'는 '헤느려 올 물결옷'으로 읽을 수 있고, '헤아리려 오는 물결인데'로 해석된다.[3] '헤아리려 오는 물결'은 동쪽에 떠오르는 달에 대한 묘사인데, 더 정확히 말한다면, 떠오르는 달이 바다의 수면에 뿌려놓은 달빛 물결이 되는 것이다.[4]

'達阿羅浮去伊叱等阿'의 '達阿羅'는 'ᄃᆞᄅᆞᄅᆞ'로 읽는 것이다. 이때 'ᄃᆞᆯ'은 '달(月)'이 아니라 '산(山)'이다. '阿羅'는 'ᄋᆞᄅᆞ'로 읽는데, 'ᄋᆞᄅᆞ〉ᄋᆞ로'를 상정하는 것이다. 이렇게 되면 'ᄃᆞᄅᆞᄅᆞ'는 '산으로'로 해석된다. 김승찬은 '達'을 '산(山)'으로 읽는 길을 열어 놓았다. 그런데 하나 아쉬운 것은 여기에서 '達'은 동해변에서 가시적으로 바라볼 수 있는 산이어야 하는데, 김승찬은 토함산 너머 경주 시내의 낭산(狼山)으로 잡고 있는 것이다. 〈혜성가〉의 문맥은 동해변에서 이 산이 바라보여야 순하게 통

3) '헤느려'는 '헤느려고'·'헤아리려고'로, '헤느려 올'은 '헤느려고 오는'·'헤아리려고 오는'의 뜻으로 풀이한다.

4) 달빛이 뿌려놓은 길을 따라 신이 내리는 것이 아닐까.

하고 앞뒤가 맞아 돌아가게 된다.

'浮去伊叱等邪'의 '等邪'는 'ᄠᅥ갯ᄃᆞ라'의 'ᄃᆞ야'나 'ᄃᆞ라' 이외에도 'ᄃᆞ냐'로 읽을 수 있다. '等邪'를 'ᄃᆞ냐'로 읽는 것은 '等'을 음차하여 'ᄃᆞᆫ'으로 하고 '邪' 자를 음차하여 '야'로 하는 것이지만, '邪' 자를 '야'로 읽는 것은 '邪' 자가 어조의사(語助疑辭)로는 음이 '야'이기 때문이다. 이렇게 보면 '達阿羅浮去伊叱等邪'는 'ᄃᆞᄅᆞᄅᆞ ᄠᅥ갯ᄃᆞ냐'로 읽어지는데, 이것은 '산으로 떠갔드냐?'로 해석된다. 수풀로 이루어진 신화적 성지(聖地)가 있는 동해변에서, 세 화랑의 무리가 유오(遊娛)하러 떠나는 전도에 복경(福慶)이 있기를 비는 자리에 달빛 물결을 뿌리며 솟아오르는 달이, 천악신이 놀던 소도가 자리잡고 있는 산으로 떠올라가고 있는 것이다. 이러한 해석에는 꼭 'ᄠᅥ개ᄃᆞ냐'만 되는 것은 아니다. 'ᄠᅥ갯ᄃᆞ냐'나 'ᄠᅥ갯ᄃᆞ라'도 좋은 것이다. 'ᄃᆞ야'로 하면 '等'의 'ㄹ'이나 'ㄴ'의 행방을 찾기 어렵고, 'ᄃᆞ라'로 하면 '邪'가 '야'가 아닌 '아'가 된다.

〈혜성가〉는 주가(呪歌)이다. 제10구가 주가로서의 기능을 결집하고 있는데, 양주동의 해독에 따라 '이 어우 므슴ㅅ 彗ㅅ기 이실꼬'로 하거나 김완진의 해독에 따라 '이에 버믈 므슴ㅅ彗ㅅ 다ᄆᆞ닛고'로 하거나, 김승찬의 해석에 따라 '어렵슈! 무슨 彗氣 있을까?'로 하거나, 이 노래의 주술적인 기능에는 아무 지장이 없다. '音' 자를 '므슴'의 말음으로 간주할 때 그 뒤에 이어 나오는 '叱' 자의 처리가 불편하다. 나열형 어미 '고'의 표기가 '古'인 것과는 달리 의문형 어미에 '故'를 쓰고 있는 것은 변별력 있는 표기 의식을 짐작하게 해주는 것이다.

선배 제가의 해독에 필자의 견해를 보태어 해독 노래를 정리해 보면 다음과 같다.

녀리 ᄉᆡᆯ 믌ᄀᆞᆺ
乾達婆ᄋᆡ 노론 잣ᄒᆞᆯ란 ᄇᆞ라고
여릿 軍두 왯다
홰 ᄉᆞᆯ얀 어여 수프리야
三花ᄋᆡ 오ᄅᆞᆷ 보시올 듣고
ᄃᆞᆯ도 ᄇᆞᆯ그시 헤느려 올 믈결옷
길 ᄡᅳᆯ 벼리 ᄇᆞ라고
彗星이여 ᄉᆞᆯ바녀 사ᄅᆞ미 잇다
아야 ᄃᆞᄅᆞᄅᆞ 떠갯ᄃᆞ라
이예 버믈 ᄆᆞᄉᆞᆷㅅ 彗ㅅ기 이실꼬

2. 부대설화(附帶說話) 해석의 부연

「융천사(融天師) 혜성가(彗星歌) 진평왕대(眞平王代)」의 설화는 다음과 같다.

> 제오 거열랑 제육 실처랑 제칠 보동랑 등 세 화랑의 무리가 풍악에 유오하려 가려 하는데 혜성이 심대성을 범했다. 낭도들은 그것을 의아하게 여겨서 그 유오의 길을 그만두려 했다. 그러는 때에 융천사가 노래를 지어 그것을 노래 불렀다. 성괴는 즉시 사라지고 일본병은 제 나라로 돌아가 버리니 도리어 복된 경사가 되었다. 진평대왕은 환희하면서 낭도들을 보내어 풍악에 유오하게 했다.[5]

종래에 이 설화의 해석에 관심을 보여온 부분은 화랑의 성격 규명과

---

5)『삼국유사』, 권 제5, 감통 제7. 第五居烈郎 第六實處郎(一作 突處郎) 第七寶同郎等三花之徒 欲遊楓岳 有彗星 犯心大星 郎徒疑之 欲罷其行 時大師作歌歌之 星怪卽滅 日本兵還國 反成福慶 大王歡喜 遣郎遊岳焉.

화랑의 욕유풍악의 실상, 혜성이 심대성을 범한 일과 융천사의 존재, 일본병 환국에 따르는 일본병의 출현여부였다. 이들 문제에 대해서는 많은 논의가 이루어져 왔는데, 특히 윤영옥(尹榮玉)[6], 김승찬[7], 박노준(朴魯埈)[8]에 의해 면밀한 연구가 진행되었다. 여기서는 화랑의 성격과 욕유풍악에 대하여 약간의 의견을 첨가해 보려고 한다.

1) 화랑(花郎)

화랑에 대한 첫 기록은 진흥왕 37년에 시작된다. 이 시점을 화랑의 제도화된 시기로 잡아도 무방할 것이다.

> 진흥왕 37년 봄. 애초에 원화(源花)를 받들게 했었다. 처음에 군신이 인재를 알아낼 수 없는 것을 근심하여, 사람들을 끼리끼리 모여 떼지어 놀게 하여, 그 행의(行義)를 보아 가리어 뽑아서 등용하려 했다. 드디어 미녀 2인을 가리어 뽑았다. 하나는 남모(南毛)라 하고 하나는 준정(俊貞)이라 했는데 도중(徒衆) 삼백 여인이 모였다. 두 여인은 서로 아리따움을 다투어 질투하게 되어, 준정은 남모를 자기 집으로 데리고 가서 억지로 술을 권하여 취하게 하고, 끌어다 하수에 던져 그를 죽여 버렸다. 준정은 복주되고 도중은 화목을 잃어 흩어지게 되었다. 그 후 다시 미모의 남자를 뽑아 단장을 하여 이름을 화랑이라 하고 받들게 하니 도중이 운집했다. 혹은 서로 도의(道義)를 닦고, 서로 가악(歌樂)으로 즐겁게 하여, 유오산수(遊娛山水) 하기를 먼 데까지 다니지 아니한 곳이 없었다. 이로 인하여 사람이 그릇되고 바른 것을 알아, 그 가운데 착한 자를 가리어 조정에 추천했다.[9]

---

6) 윤영옥, 『신라시가의 연구』, 형설출판사, 1980, 19-34쪽.
7) 김승찬, 앞의 책, 191-201쪽.
8) 박노준, 『신라가요의 연구』, 열화당, 1990, 83-96쪽.

화랑제도는 원화(源花)의 유풍(遺風)에서 비롯된다. 사회 변동에 따른 의식의 변이와 함께 원화(源花)의 풍미(風味)가 흔들리면서 문제점이 제기되어, 이것을 바로잡는 과정에서 화랑제도는 성립되었을 것이다. 원화의 유풍은 진흥왕 이전부터 있어 왔고, 진흥왕 37년 봄에 받들게 된 남모와 준정은 초대 원화라기보다는 이때 새로 간택된 원화로 인식하는 것이 좋을 것이다. 부족 사회의 제의공동체적인 집단적 사유가 지배하던 원화의 유풍은, 이웃 부족의 정벌 병합 과정을 통한 사회의 변동, 불교의 사변성과 유교의 논리성의 작용, 공동체에서 유리되는 개인적 정서의 촉발, 이에 따르는 사유 체계의 변동으로 말미암아 개혁의 운명을 맞이해야 되었을 것이다. 그 개혁의 필연성이 만들어낸 것이 화랑제도이지만, 화랑제도는 원화의 유풍을 근본적으로 부정하는 것은 아니었다. 그 유풍을 계승하고 전래해 오는 사유를 보전 발전시켜, 변질되어 흩어져 있는 힘을 결속하려는 데에 화랑제도 성립의 당위성이 있었을 것이다.

'상마이도의(相磨以道義)'는 보전해야 할 사유를 수습하려는 행동에 대한 표현이고, '상열이가악(相悅以歌樂)'은 그들의 집단무의식 속으로 여행하여 정서적 결속을 이끌어 내는 행동양식인 희락(戱樂)이었을 것이다. 그 희락의 생리는 가악을 수반하는 것이고, 이때 가악은 최대공약수의 희열을 생산하고, 결속된 집단의 역량을 고양하고 있었을 것이다. 이러한 사회적 요청은 가악이 공동체 집단으로 승화되기를 희망하는 부족 연맹체 집단에게 제의가로 계속해서 존재하기를 요구했을 것

9) 『삼국사기』, 권 제4, 신라본기 제4, 「진흥왕」. 眞興王 …… 三十七年春 始奉源花 初君臣病無以知人 欲使類聚群遊 以觀其行義 然後擧而用之 遂簡美女二人 一日南毛 一日俊貞 徒三百餘人 二女爭娟相妬 俊貞引南毛於私第 强勸酒至醉 曳而投河水以殺之 俊貞伏誅 徒人失和罷散 其後更取美貌男子 粧飾之 名花郎以奉之 徒衆雲集 或相磨以道義 或相悅以歌樂 遊娛山水 無遠不至 因比 知其人邪正 擇其善者 薦之於朝.

이다. '유오산수 무원부지(遊娛山水 無遠不至)'는 산천제(山川祭)의 전개와 연결되는 것이지만, 산천제 형성의 시동은 종족집단의 공동체적 집단의식에 바탕을 두는 것으로, 산천제의 핵은 지역을 바탕으로 하는 혈연공동체의 조상신에 귀결되는 것으로 보아야 한다.

이웃 부족을 향한 끊임없는 정벌과 병합은 많은 혈연공동체의 신앙체계에 손상을 주었을 것이다. 부족마다 각기 다른 단위로 존재하던 자연신앙적 조상숭배를 하나의 원리로 묶어보려는 노력이 일어났을 것이다. 이러한 노력이 산천제라는 제도를 만나게 되었을 것이고, 이러한 노력이 추구하던 의식이 행동 양식으로 나타난 것이 '유오산수 무원부지'하는 제의 형식으로 자리잡게 되었을 것이다. 이러한 의식 변화는 어느 곳에 있건 어느 부족의 것이었건, 그것이 확대된 국토 안에 있는 것이면 모두 다 공동의 성지로서 순례의 대상으로 삼았을 것이다. 그래서 아무리 먼 곳이라 하더라도 신명(神明)이 깃들어 사는 곳이면 찾아 나서는 것이며, 신명의 주처를 찾아 신명을 즐겁게 하는 것으로 민물(民物)의 편안함을 얻게 되었을 것이다. 이러한 화랑의 행동 양식이 선풍(仙風)의 내용을 이루고 있는 것이었을 것이다.

> 선풍(仙風)을 받들어 숭상하라. 옛날 신라에서는 선풍이 크게 수행되었으니 이로 말미암아 용천(龍天)이 탄열(歎悅)하여 민물(民物)이 안녕(安寧)하였다. 그러므로 조종(祖宗)이래로 그 선풍을 숭상한 지가 오래되었다.[10]

라 하여, 신라에서는 선풍을 숭상했고, 선풍을 크게 수행함으로서 용천

10) 『고려사』, 권19, 세가 제18, 「의종」2. 遵尙仙風 昔新羅 仙風大行 由是龍天歡悅 民物安寧 故祖宗以來 崇尙其風久矣.

을 즐겁게 하여 민물의 안녕을 도모했던 것이다. 이러한 선풍은 고려 시대에 와서도 이어받아, 그것을 팔관회(八關會)에서 수행하게 되었다.

> 태조 원년(太祖元年) 11월에 유사(有司)가 말씀드렸다. "전주(前主)는 해마다 중동(仲冬)에 팔관회를 크게 베풀어 그로써 복을 빌었으니 그 제도를 받들어 수행하기를 바랍니다"라고 했다. 왕은 그에 따라 시행했다.
>
> 드디어 격구장에 윤등일좌(輪燈一座)를 설치하고, 향로(香爐)를 네 구석에 배열했고, 또 두 개의 채붕(綵棚)을 엮어 세웠는데, 각각 그 높이가 다섯 길이 넘었다. 앞에서 백희가무(百戲歌舞)를 연희(演戲)해 올렸는데, 거기에서 연주되는 사선악부(四仙樂部)와 용(龍), 봉(鳳), 상(象), 마(馬), 차(車), 선(船)의 행렬을 꾸민 것은 다 신라의 고사에 의한 것이다. 백관은 관복 차림으로 예식을 거행했고, 구경하는 사람들은 온 도성을 기울여 나왔으며, 왕은 위봉루(威鳳樓)에 납시어 관람하였는데, 해마다 그렇게 수행하는 것으로 규정을 삼았다.[11]

이라고 하였다. 이 팔관회의 행사장에서 연주되는 사선악부나 용과 봉황과 코끼리와 말과 수레와 배의 연희는 모두 다 신라의 고사에 의거하는 것이라고 했는데, 여기의 고사란 신라 건국신화와 깊이 연관되어 있는 것으로 여겨지며, 여기 놀이에 형상화된 것은 대체로 신라 왕족 3성(三姓)의 시조신화에 등장하는 물상과 동일한 것이 많다.[12] 이런 것들

---

11) 『고려사』, 권69, 지 제23, 「예」11. 太祖元年十一月 有司言 前主每歲仲冬大設八關會以祈福 乞遵其制 王從之 遂於毬庭 置輪燈一座 列香爐於四旁 又結綵棚 各高五丈餘 呈百戲歌舞於前 其四仙樂部 龍鳳象馬車船 皆新羅故事 百官袍笏行 觀者傾都 王御威鳳樓觀之 歲以爲常.

12) 용(龍)이 출현하는 예는 탈해가 타고 온 배가 아진포에 다다랐을 때 적룡(赤龍)이 호위하고 있었으며, 봉(鳳)은 닭을 위시한 조류의 상징인데, 알영은 계룡(雞龍)의 좌협(左脇)에서 출현하였고, 김알지의 출생에는 백계(白雞)가 울고 있었다. 혁거세의 등극제

이 팔관회 연회의 주제였다 하니, 선풍의 내용이 신라 건국신화와 깊이 맺어져 있다는 것은 자명한 이야기가 된다. 이러한 측면은 선풍이 초기 사로국의 부족연맹적 제의공동체의 원초사유를 배경으로 하고 있으며, 선풍을 실수(實修)하는 화랑이 중요한 행사로 수행하는 유오산수의 일환으로 거행하던 '욕유풍악'은, 적어도 그러한 사유를 담고 있는 희락이어야 할 것이다. 신라의 시조신화와 선풍과 팔관회의 관계는 매우 흥미있는 문제이다.

2) 욕유풍악(欲遊楓岳)

『동국여지승람』 유양도호부(惟陽都護府) 산천조에는 "금강산(金剛山)은 장양현(長楊縣) 동쪽 30리에 있다. 부와의 거리는 1백 67리이다. 산 이름이 다섯 있는데 첫째 금강(金剛), 둘째 개골(皆骨), 셋째 열반(涅槃), 넷째 풍악(楓嶽), 다섯째 황달(怳怛)이니, 백두산의 남쪽 가지다. 회령부(會寧府)의 우나한현(亏羅漢峴)으로부터 갑산(甲山)에 이르러 동쪽은 두리산(頭里山)이 되고 영흥(永興)의 서북쪽에서 검산(劍山)이 되었으며 부(府)의 서남쪽에서 분수령이 된다. 서북쪽으로는 철령(鐵嶺)이 되매 통천(通川)의 서남쪽에서 추지령(楸池嶺)이 되고 장양(長楊)의 동쪽 고성(高城)의 서쪽에서 이 산이 된다."라고 적혀 있어 금강산의 한 이름이 풍악이고 통천의 서남쪽 고성의 서쪽에 있는 산임을 알 수 있다. 고성군(高城郡) 산천조에는 "금강산은 고을 서쪽 50리에 있는데 …… 통천에서 고성까지 백 50리 길은 풍악의 등(背)으로서 그 위가 높고 험한데 사람들

의에는 나정방(蘿井傍) 자란(紫卵) 앞에 무릎 꿇어 절하는 백마가 있었고, 탈해왕은 시림(始林)에서 얻은 알지를 수레에 싣고 환궁하고 있다. 사소신모와 탈해는 배를 타고 진한 땅의 해변에 있는 강의 하구에 찾아왔다. 이런 예는 이보다 훨씬 더 많이 찾아볼 수 있을 것이다.

이 모두 외산(外山)이라고 한다. 대개 내산(內山)과 더불어 기괴(奇怪)한 것을 다툰다"고 적어 놓았다. 이에 따르면 통천과 고성 사이 1백 50리 안에 외금강이 있음을 알 수 있다. 이 외금강 또한 풍악일 것이다.

고성군 산천조에는 포구산(浦口山), 단혈(丹穴), 삼일포(三日浦)의 항목이 들어 있는데, 이것들은 화랑의 유오와 관련이 깊은 지명인 것이다. 먼저 고성포(高城浦)의 남강(南江)과 유점사(楡岾寺), 유수(楡樹), 고허(古墟)가 화랑의 유오와 어떤 관계가 있는지 살펴보겠다.

> 포구산(浦口山)은 고을 동쪽 9리 고성포에 있다. 바위가 우뚝 일어서고 층층 첩첩하기 계단 같으며 그 위에는 100여 명이 앉을 만하고 바위 북쪽에 또한 봉우리가 있는데 모두 돌이다. 동쪽으로 바다 가운데를 바라보면 5리쯤 되는 곳에 돌 봉우리가 병풍 둘린 것 같고, 봉 아래에 돌이 있는데 용이 끌어당기고 범이 움켜잡는 것 같아서 기이하고 이상하다. 또 돌 두 개가 서로 마주 서서 사람이 함께 말하는 것 같은데 돌은 모두 흰빛이며 푸른 바다에 광채가 비쳐 바라보면 그림 같다.

> 바다는 고을 동쪽 8리에 있다.

> 남강(南江)은 고을 남쪽 3리에 있다. 금강산 수점(水岾)에서 나와 동쪽으로 흘러서 구룡연(九龍淵)이 된다. 민간에서 전해오는 말에 "옛날 9룡이 숨어 있는 못을 메우고 유점사를 세우니 용이 여기로 옮았기 때문에 그렇게 이름하였다." 한다. 동남쪽으로 흘러서는 주연(舟淵)이 되고, 또 남쪽으로 흘러서는 흑연(黑淵)이 되며, 돌아서 북쪽으로 흘러서는 전탄(箭灘)이 되고, 고을 성 남쪽에 이르러서는 남강(南江)이 된다. 그리고 동쪽으로 흘러가서 고성포가 되고 바다로 들어간다.[13]

이곳 고성은 본래 고구려 때는 달홀(達忽)이라 했는데, 위의 기록에서 다음과 같은 사실을 읽어낼 수 있다. 이곳의 지형이 한국도래신화(韓國渡來神話)의 지형적 유형을 보여주는 것으로 여겨진다. 유점사를 세운 용연(龍淵)의 옛터와 남강(南江)과 고성포(高城浦)의 포구산(浦口山) 앞바다에 있는 석도(石島)가 이어지는 지형이 바로 그것이라 할 수 있다. 유점사 유수 고허(楡樹 古墟)의 용연에 살고 있던 용은 못을 메우고 유점사를 세울 때 그곳을 쫓겨나고 있다. 용의 주처를 메우고 절을 짓는 것을 토속신앙의 성지를 불교가 조복(調伏) 압승(壓勝)하는 것으로 해석하고 있으므로[14], 이 경우도 토속신앙의 선풍성지(仙風聖地)에 대한 불교의 조복(調伏)으로 해석할 수 있다.

> 유점사는 금강산 동쪽에 있는데 고을과의 거리는 60여 리이다. 절의 대전(大殿)을 능인(能仁, 譯迦)이라 한다. 민지(閔漬)의 기문(記文)에 "53불(佛)이 월저국(月氏國)으로부터 종(鍾)을 타고 바다에 떠와서 안창현(安昌縣) 포구에 대었다. 현재(縣宰) 노준(盧偆)이 관속을 거느리고 가보니, 다만 여러 작은 발자국이 진흙 위에 있는 것이 보이며, 나뭇가지가 모두 산 서쪽으로 쓰러지고, 또 종을 달고 쉰 곳이 있었다. 산 아래 와서 부처가 쉬인 곳을 게방(憩房)이라 하고 또 소방(消房)이라 하기도 하는데 곧 지금의 경고(京庫)이며, 문수보살이 비구니의 몸

---

13) 『신증동국여지승람』, 권15, 고성군(高城郡), 산천조.
浦口山 在郡東九里高城浦 有岩斗起層疊如階 其上可座百餘人 岩北又有一峯皆石 東望海中五里許 有石峯如列屏 峯下有石 龍拏虎攫奇怪異常 又有二石相對 如人偶語 石皆白色輝映 碧海望之如畵.
海 在郡東八里.
南江 在郡南三里 出金剛山水岾 東流爲九龍淵 諺傳 昔塡九龍所蟄之澤建楡岾寺 龍移于此 故名 東南流爲舟淵 又南流爲黑淵 轉而北流爲箭灘 至郡城南爲南江 又東流爲高城浦 入于海.

14) 최진원(崔珍源), 「사찰연기설화와 선풍」, 『국문학과 자연』, 119-133쪽.

> 으로 나타나니 그곳이 지금의 문수촌이다. 수리를 못가서 바라보니 한 여승이 돌에 걸터앉아 있으므로 부처가 있는 곳을 물었는데 지금의 이유암(尼遊岩) 혹은 이대(尼臺)라고 하는 곳이다. 또다시 앞으로 가니 백구(白狗)가 꼬리를 흔들며 앞으로 인도하였는데 지금의 구령(狗嶺)이 그곳이다. 고개를 지나가서는 목이 말라서 땅을 파서 샘물을 얻었는데 지금의 노춘정(盧偆井)이 그 자리이다. 거기서 수백 보를 가니 개가 없어지고 노루가 나왔으며, 또 수십 보를 가서는 노루도 보이지 않고 문득 종소리가 들리므로 기뻐서 나갔기 때문에, 노루를 본 곳을 장항(獐項)이라 하고, 종소리를 들은 곳을 환희령(歡喜嶺)이라고 한다. 종소리를 듣고는 그 소리를 따라 동문(洞門)으로 들어가니 큰 못이 있고, 못 위에 느릅나무가 있는데 종을 나뭇가지에 걸고 여러 부처들이 못 언덕에 벌려 있으며 이상한 향기가 풍겼다. 노준이 관속들과 함께 나아가서 예하고 돌아와서 왕께 아뢴 다음 절을 창건하고 모시며 그 절을 유점사라 하였다." 한다.[15]

이 이야기는 월저국(月氐國)에서 종(鍾)을 타고 바다를 건너온 53불(佛)이 안창현[16] 포구에 올라와 게방(문수촌)을 지나 이유암 구령을 넘어 노준정 장항을 거쳐 환희령을 넘어 유점사의 유수 고허에 이르는 경로를 현재(縣宰) 노준(盧偆)의 추적하는 이야기를 입혀서 구성하고 있는

---

15)『신증동국여지승람』, 권45, 고성군, 불우조. 楡岾寺 在金剛山東 距郡六十餘里 寺大殿日能仁 閔漬記 五十三佛 自月氏國鐵鍾泛海而泊安昌縣浦口 縣宰盧偆率官屬而往 但見小小衷迹印泥中 樹枝皆向山西靡 又有縣鍾게息之處 至山下 佛所憩之處日憩房或云消房 卽今京庫也 文殊現比丘身 卽今文殊村也 未及數里望見 一尼踞石而坐 問佛所在今之尼遊岩或云尼臺是也 又復前行 白狗搖尾而前導 今之狗嶺是也 過嶺而渴撥地得泉今之盧偆井是也 行數百步 狗逸而獐出 又行數十步 獐亦不見 忽聞鍾聲 喜躍而進 故見獐之地日獐項 聽鍾之地日歡喜嶺也 旣尋鍾聲 綠入洞門有大池 池上有楡樹 鍾掛于枝諸佛羅列池岸異香馥 偆與官屬膽禮歸奏于王 創寺以安之 因名日楡岾寺云云.

16) '安昌發縣 在君南二十七里 本莫伊縣 (勝覽 高城君 古跡)'이라 했으니, 안창현 포구도 지금 고성의 어느 포구이다.

데, 월저국에서 도래한 종과 부처가 대지(大池) 가에 서 있는 유수 옆에 머물러 유점사를 세우게 되었다는 것은 매우 흥미 있는 설화라고 아니 할 수 없다.

안창현은 고성군에 편입된 폐현이므로 안창현 포구는 고성 해변의 어느 포구이다. 이 포구로 월저국을 떠나온 배는 상륙했다는 주지를 이 설화는 담고 있다. 월저국은 지금 중동에 있는 나라이고, 이것은 우리 동해안의 많은 포구가 중동과 교류하고 있었다는 역사적 사실의 설화 속의 반영이라 할 것이다.

유점사를 세우면서 못을 메우게 되어 거기 살다가 쫓겨났다는 용도 그곳에 찾아왔을 때는 종과 53불과 비슷한 경로를 따라 들어갔을 것이다. 아마도 고성포구로 상륙해서 남강의 여러 구비를 거슬러 유점사 유수 고허에 들어갔으리라고 추상할 수 있다. 대지(大池)가 있고 그 옆에 유수가 서 있고 언덕이 있어 금강산 동쪽에 자리잡고 있는 유점사 유수 고허인 유점 즉 느릅나무 고개는 이른바 소도(蘇塗)의 자격을 갖추고 있는 성지일 것이다. 유점사를 지으면서 메워버린 못에서 쫓겨난 용은 소도별읍(蘇塗別邑)을 지키던 천군(天君), 즉 토속신앙의 신명(神明)을 수호하던 사제자(司祭者)가 불력(佛力)에 조복되어 그곳을 내주고 떠나는 일대사건을 상징적으로 표현한 인격신의 모습이 아닐까.[17] 어쨌든 이

---

17) 최남선(崔南善), 「금강예찬, 53불」, 『육당최남선전집』 6, 현암사, 213쪽. "楡岾寺의 五三佛 緣起로 말하면 본디부터 역사적 가치를 云爲할 성질의 것은 아니니까, 우리는 그것이 설화로서 무슨 의미를 나타내려 한 것인지를 살피면 그만입니다. 五三佛 緣起의 설화적 의의는 요컨대 第一, 金剛山의 불교적 개발이 羅代의 楡岾寺로부터 비롯하였음, 第二, 金剛山은 楡岾寺부터가 古神道의 靈場이던 것을 오랜 갈등의 끝에 불교의 승리로 돌아갔음을 나타냄으로 볼 것입니다. 이리로부터 九龍沼로 나갔다가 九龍淵으로 쫓겨갔다는 龍은, 실상 古神道의 상징적 표현이며, 개재 밖에 위한 盧偆夫人이란 것은 실상 古神道의 聖母를 이쯤 모셔낸 것이 뒤에 설화적으로 변환을 遂한 것입니다. 붙여서 적거니와, 五三佛이 羅代의 작품인 것은 전문가의 증언도 있는 바입니다."

것은 의상조사(義湘祖師)가 부석사(浮石寺)를 세우면서 조복된 석룡(石龍), 김대성이 토함산에 석불사(石佛寺)를 지으면서 그곳을 떠난 천신(天神), 이런 것들과 그 궤를 같이 하고 있는 것이다.

진평왕대에 거열랑(居烈郎), 실처랑(實處郎), 보동랑(寶同郎)의 무리가 풍악에 유오했을 때 그 중요한 순례지(巡禮地)가 여기 고성포구를 거쳐 올라간 유점 소도였을 것이다. 이곳은 선풍성지(仙風聖地)의 성격을 지니고 있는 것이다. 오늘에 와서 유점사 유수 고허의 소도에 화랑이 유오했다는 기록은 남겨지지 않았지만, 같은 고성과 이웃한 통천(通川)과 간성(杆城)에는 화랑이 유람했던 자취를 남기고 있다.

역시 『동국여지승람』 고성 산천조에,

> 단혈(丹穴)은 고을 남쪽 11리에 있다. 민간에선 전하여 오는 말이 "4선(四仙)이 놀던 곳이라" 한다.[18]

라 하였으니, 단혈은 화랑의 무리가 유오한 전설이 있는 곳이다.

> 삼일포가 고성 북쪽 7·8리에 있는데, 밖으로는 중첩한 봉우리들이 둘러쌌으며 그 안에 36봉이 있다. 동학(洞壑)이 맑고 그윽하며 소나무와 돌이 기이하고 옛되다. 물 가운데 작은 섬이 있고 푸른 돌이 평평하니, 옛날 4선이 여기서 놀며 3일간이나 돌아가지 않았다고 하여 이렇게 이름한 것이다. 물 남쪽에 또 작은 봉우리가 있고 봉우리 위에 석감(石龕)이 있으며 봉우리의 북쪽 벼랑 벽에 단서 여섯 자가 있으니, '永郎徒南石行'이라 하였다. 작은 섬에 옛날에는 정자가 없었는데 존무사(存撫使) 박공(朴公)이 그 위에 지으니 곧 사선정(四仙亭)이다.[19]

---

18) 『신증동국여지승람』, 권45, 고성군, 산천조. 丹穴 在郡南十一里 俗傳 四仙所遊處.
19) 『신증동국여지승람』, 앞과 같음. 三日浦 在高城北七八里 外有重峯疊嶂合包而內有三

고성 북쪽 7·8리에 삼일포가 있는데, 이곳에 4선이 노닐었고, 여기 머물렀던 화랑들은 석벽에 '永郎徒南石行'이라고 쓴 단서를 남기어 거기 유오한 화랑이 영랑(永郎)의 무리였음을 알게 되었다. 이곳에 화랑의 유오 사실이 집중적으로 남아 있다.

『동국여지승람』 통천군 누정(樓亭) 조에는,

> 총석정(叢石亭)은 고을 북쪽 19리에 있다. 수십 개의 돌기둥이 바다 가운데 모여 섰는데, 모두가 6면이며 형상이 옥을 깎은 것 같은 것이 무릇 네 곳이다. 정자가 바닷가에 있어 총석(叢石)에 임하였기 때문에 그렇게 이름한 것이다. 민간에서 전하기를 "신라 때의 술랑(述郎), 남랑(南郎), 영랑(영랑), 안상(安祥)의 4선이 이곳에서 놀며 구경하였기 때문에 이름하여 사선봉(四仙峯)이라 한다"하였다.[20]

라 하여, 술랑, 남랑, 영랑, 안상 등 신라의 네 화랑이 통천의 총석정에 유상(遊賞)했음을 보여주고 있다. 간성(杆城)에도 '永郎仙徒遊賞之地'라 한 영랑호(花郎湖)가 있다.

3. 동해변(東海邊)

〈혜성가〉의 첫째 단락은 〈혜성가〉가 불린 장소가 동해변에 자리잡고

十六峯 洞壑淸幽 松石奇古 水中有小島 蒼石盤陀 昔四仙遊此而三日不返 故得是名 水南又有小峯 峯上有石龕 峯之北崖石面 有丹書六字 曰永郎徒南石行 小島古無亭 存撫使朴公構之於其上 卽四仙亭也.

20) 『신증동국여지승람』, 권45, 통천군, 누정조. 통천군 산천. 叢石亭 在郡北十八里 有數十石柱叢立海中 皆六面如削玉者凡四處 亭在海涯臨叢石 故因名焉 諺傳 新羅述郎南郎永郎安祥遊賞于此 號稱四仙峯.

있는 수풀임을 보여주고 있다. 〈혜성가〉의 첫째 단락의 해석은 '옛날 동해변, 건달바가 놀던 성을 바라보고, 왜군이 왔다고 봉화를 올린 어여 수풀이여'가 된다. 이 단락의 시간은 지금이 아니라, 지금 이 자리에서서 회상하고 있는 과거이다. 그 과거의 시간 속에서 왜군이 왔다고 봉화를 올린 사람들이 있었는데, 그 사람들이 모여 봉화를 올린 장소가 동해변이고 '어여 수풀'이라는 것이다. 그 동해변 어여 수풀에서 일어났던 옛날 일을 감동적으로 추상하면서, 그 일이 일어났던 장소를 불러세우고 있는 것이다. 그 옛날 베풀어진 신성한 제장(祭場)을 추상하며 환기하는 그것이 '왜군도 왔다고 봉화를 올린 어여 수풀이여'라고 외친 것이다. 이렇게 되면, 현재의 시간과 과거의 시간은 구별되지 않고 지금 이 자리는 옛날 그 자리와 같은 장소가 된다. 이 장소가 동해변 어여 수풀이다. 동해변 안에 '어여 수풀'이 자리잡고 있는 것이다. '어여'는 동해변에 있는 수풀에 매겨진 고유명사이다. 이렇게 되면 동해변도 이 경우 거의 고유명사의 의미를 지닌다. 그 특정한 장소에서 〈혜성가〉는 불리고 있는 것이다.

'乾達婆이 노론 자술랑 ㅂ라고'의 해석은 '건달바가 놀던 성을 바라보고'가 된다. 이런 경우, '건달바'는 천악신이고, '건달바가 놀던 성'은 소도이다. 그렇게 본다면, '乾達婆이 노론 자술랑 ㅂ라고'는 '천악신이 놀던 소도를 바라보고'라고 해석이 되겠는데, 천악신이 놀던 소도를 바라보는 장소가 동해변에 있는 '어여 수풀'이 되는 것이다. 동해변은 〈혜성가〉를 부른 장소이며, 동시에 바라보는 장소가 된다.

이 장소에서 바라보는 방향에 대한 종래의 견해는 양주동 이래로 신기루(蜃氣樓)였다. 동해 위에 나타난 신기루, '건달바가 놀던 성'은 바로 그 신기루로 해석되었다. 바다 위에 떠 있는 허상을 보고 왜군으로 착각했다는 것이다. 그러던 것이 김승찬에 의해 신기루의 허구성이 지적되었다.

김승찬에 의하면 "시인묵객의 붓끝으로 나타내고 있는 신기루는 동해변의 조망에서 느낀 아름다움을 표현하고 있음에 불과하다"고 말하고, 건달바는 "수미산(須彌山) 남쪽 금강굴(金剛窟) 속에 사는 제석의 천악신(天樂神)이며 …… 신라의 불연국토사상에 의해 신라에 정착하게 되었고, 본지수적설(本地垂跡說)의 한 변이형태로서 낭산(狼山)이 건달바가 살고 있는 수미산으로 비의되었던 것이다"라는 것이다.[21] 건달바가 놀던 성을 경주 시내에 있는 낭산에 잡은 문제점을 남기기는 했으나, 건달바를 신기루에서 벗어나게 하는 새로운 경지를 열어 놓은 것이다.

동해변에 서서 바라보는 시각이 바다 위의 신기루에서 육지 쪽의 산으로 바뀐 것이다. 그렇다면 옛날 여기 서서 횃불을 올렸고, 지금은 여기 서서 노래 부르고 있는 동해변은 구체적으로 어느 곳인가. 옛날에 왜군이 왔다고 육지 안쪽 산을 바라보며 봉화를 올렸던 사람들도 동해변의 수풀에 서 있었고, 지금 혜성이 나타났다고 아뢰는 사람과 혜성의 변괴를 물리치려 노래 부르는 사람들이 모여 있는 곳도 이 동해변의 수풀인 것이다.

『삼국유사』에서 찾아보아도 동해변에 비정될 만한 곳이 몇 군데 있다.

먼저 신라 제4대 탈해왕(57~79)이 도래한 해변을 들 수 있다. 진한 땅 계림의 동쪽 하서지촌(下西知村)의 아진포(阿珍浦) 포구가 그것이다. 또 신라 제8대 아달라왕(阿達羅王, 154~183) 때, 한 바위를 타고 연오랑과 세오녀가 일본으로 건너간 동해빈(東海濱)이 있다. 또 제17대 내물왕(356~401) 때, 박제상(朴堤上)이 일본으로 떠난 율포지빈(栗浦之濱)도 있다. 그리고 또 우리에게 가장 인상 깊은 설화와 함께 떠오르는 「만파식

---

21) 김승찬, 앞의 책, 202-203쪽.

적」 설화의 현장인 동해변이 있다. 그것은 제31대 신문왕(681~691)이 용으로부터 흑옥대와 만파식적을 얻어 온 장소인데, 대왕암과 이견대(利見臺)와 감은사(感恩寺)가 있는 동해변이다. 제49대 헌강왕(875~885) 때 처용이 출현할 개운포(開雲浦) 앞바다인 동해(東海)가 있는데, 이들 가운데 가장 그럴싸한 곳이 〈만파식적(萬波息笛)〉 설화의 현장인 동해변(東海邊)이다.

탈해왕이 도래한 아진포는 경주군 양남면 나아리의 나아천(羅兒川) 하구에 있다. 연오랑이 떠난 동해빈은 영일군 오천면의 오천 하구 근처의 도구(都邱) 일대일 것이다. 박제상이 떠난 율포지빈은 울산군의 어느 해변이거나 경주군 양남면 하서천 하구의 율리(津里) 일대일 것이다. 대왕암, 이견대, 감은사가 있는 「만파식적」 설화의 동해변은 경주군 양북면 봉길리(奉吉里), 대본리(臺本里), 용당리(龍堂里)가 있는 대종천(大鍾川, 옛날 東海川) 하구에 있다. 처용설화의 개운포는 울산의 외황강(外煌江) 하구에 있다. 앞에 적은 다섯 곳 가운데 지리적으로 경주와 가장 가까운 곳이 대종천 하구이다. 지리적으로 가까울 뿐만 아니라 역사적으로도 초기 신라의 사로국과 가장 밀접한 관계를 지니고 있는 곳이 나아천 하구를 포함하는 이 지역이다. 그뿐만 아니라 왜적 진압의 의지가 가장 확실하게 표출되어 있는 설화가 이 지역의 것이어서, 왜군의 출현과 밀접한 관계가 있는 〈혜성가〉와 연계해서 생각하기에는 이곳 대종천 하구의 동해변이 적절하리라 여겨진다.

〈혜성가〉의 가사 속에 나타난 동해변이 문무왕이 왜병을 진압하려는 발원으로 해중암(海中岩)에 장골한 곳이고, 문무왕의 아들 신문왕은 그 동해변의 이견대에 나아가 흑옥대와 만파식적을 얻은 곳이다. 그렇다면 이 동해변은 어떤 곳인가? 『삼국유사』에 실려 있는 「만파식적」 설화에는 다음과 같은 이야기가 전해지고 있다.

> 제31대 신문왕의 이름은 정명(政明), 성은 김씨였다. 개요원년 7월 7일 즉위하였다. 부왕인 문무대왕을 위하여 동해변에 감은사를 지었다.
>
> 감은사에 전해오는 기록에 의하면 문무왕이 왜병을 진압하려고 이 절을 짓다가 끝내지 못하고 붕어하여 해룡이 되고, 그 아들 신문왕이 즉위하여 개요 2년(A.D. 682)에 낙성했는데 금당(金堂) 섬돌 아래 동향으로 한 구멍이 뚫려 있으니, 그것은 용이 들어와 서리고 있게 하기 위한 것이다. 이것은 왕의 유조(遺詔)에 의해 그 유골을 간수한 곳으로 이름을 대왕암이라 하고 절 이름도 감은사라 했던 것이다. 나중에 용의 현형(現形)을 본 곳은 이견대라 이름했다.[22]

문무왕이 짓다가 신문왕이 완성한 감은사는 이 동해변에 세워진 절이다. 문무왕은 왜병의 침입으로부터 국토를 수호하려고 여기에 감은사를 짓기 시작했고, 죽어서는 해룡이 되어 왜적을 진압하기 위하여 해중암에 세골하기를 유언하였다. 이곳에 감은사를 지으려는 문무왕의 뜻은 불연국토설(佛緣國土說)과 호국불교의 이념으로 재창출된 신라불교의 이상을 실현하려는 것이었고, 문무왕 자신이 이곳 바다 바위에 장골하려 한 것은 초기 신라의 부족연맹적 신화 사유를 담고 있는 토속신앙과 결합함으로써 이 고장의 신성한 힘을 새롭게 하고 왕권의 힘을 강화하여 나라의 기틀을 튼튼히 하려는데 있는 것이다. 여기 동해변의 성격을 좀더 살펴보기로 하겠다.

> 감은사의 영조(營造)는 낙성(落成) 뒤에도 계속되고 있었겠지만, 일단 낙성을 본 것은 신문왕 2년 5월 이전의 일이 된다. 신문왕 2년 5월

22) 『삼국유사』, 권 제2, 기이 제2, 「만파식적」. 第三十一神文王 諱政明 金氏 開耀元年辛巳七月七日卽位 爲聖考文武大王創感恩寺於東海邊 寺中記云 文武王欲鎭倭兵 故始創此寺 未畢而崩 爲海龍 其子神文立 開耀二年畢 排金堂砌下東向開一穴 乃龍之入寺施繞之備 蓋遺詔之歲骨處 名大王岩 寺名感恩寺 後見龍現形處 名利見臺.

1일에 해관(海官) 박숙청(朴夙淸)은 부래(浮來)하는 소산(小山)의 일을 왕에게 아뢰고 있는 것으로 보아, 그때는 이미 감은사나 이견대에 해관이 주재하고 있었을 것이다. 감은사는 성전(成典)[23]이 설치되어 있는 사원이므로 성전의 관원이 주재하고 있었을 것이지만 감은사에 성전이 설치된 것을 신문왕 4년경으로 추정하고[24] 있으니, 이 추정대로라면 신문왕이 이견대에 행행한 것은 감은사 성전이 설치되기 이전부터 주재하고 있었던, 성전의 관원과는 성격이 다른 관원으로 보인다. 어느 때인가 한때 감은사에는 해관의 관원과 성전의 관원과 승려가 함께 주재하고 있었던 것으로 보아야 한다. 적어도 감은사 안에 함께 주재하지 않았다 하더라도 이 동해변에 이들이 함께 있었을 것은 분명하다. 『삼국사기』 직관지(職官志)의 규정에 의하면 성전의 장관인 금하신(衿荷臣)은 각간에서 대아찬까지의 진골만이 할 수 있게 되어 있어서 파진찬인 박숙청이 맡고 있는 해관은 성전의 장관과 맞먹는 귀족으로 배치하고 있는 것을 알 수 있다. 이런 점으로 미루어 보면 성전이 설치되기 이전부터 해관이 주재하고 있던 관청은 그 격이 높았던 것으로 이해할 수 있다. 이곳은 진골이 장관으로 있는 관청이 설치되어 있던 매우 중요한 곳이라는 것을 알 수 있다. 이 해관이 장관인 관청은 어느 곳에 있었을까. 동해변에 감은사가 창건되기 이전부터 해관이 주재하고 있었다면 해관이 주재하고 있던 관청은 어떤 성격의 기구였는지 의문을 갖게 된다. 감은사가 창건되기 이전부터 있었을 이 관청은 초기 신라 사로국의 건국신화가 지니고 있는 부족연맹적 신화사유를 수호하기 위하여 설치되었던 기구라고 여겨진다. 그렇다면 동해변은 감은사가 창건되기 이전에는 빈터였다고 보기는 어렵다. 적어도 그곳은 왜관(倭冠)을 막아내는 중요한 요충지로 인식되고 있었다.[25]

---

23) 성전(成典)이 설치된 절은 사천왕사(四天王寺), 봉성사(奉聖寺), 감은사(感恩寺), 봉덕사(奉德寺), 영조사(靈廟寺) 등인데, 이 가운데 감은사만 경주에서 멀리 떨어진 동해변에 위치하고 있다.

24) 이영호(李泳鎬), 「신라중대 왕실사원의 관사적 기능」, 『한국사연구』 43, 1983.

「만파식적」 설화에서 조명되고 있는 이곳은 통일 전쟁을 끝내고 있는 문무왕(661~680)과 신문왕(681~691) 시대인 것이다. 이러한 인식은 이 시대에 비롯된 것은 아니다. 「융천사 혜성가」의 설화 내용으로 미루어 보면, 이미 150년 전의 진평왕(579~631) 때에 왜군을 물리치기 위한 제단이 만들어졌고, 그 제단에서 융천사의 〈혜성가〉가 불리고 있는 것이다. 융천사는 그 〈혜성가〉의 주력(呪力)의 원천을 이곳 동해변의 신성성에 의지하려고 여기 동해변의 수풀을 불러 세우고 있는 것이다. 그 옛날 이 신성한 수풀에서 신인이 제천하던 소도를 향해 횃불을 올리던 일을 추상하고 있는 것이다. 들추어내 추상한다고 하기보다는 높이 들어 올려 지금 불안에 빠져 있는 사람들에게 신념의 원천을 제시하고 있는 것이다. 여기 동해변의 수풀과 저기 신인이 제천하는 소도는 하나의 짝을 이루는 성지이고, 거기에는 언제나 신성한 영력이 넘쳐 살아 움직이고 있는 것이다.

그렇다면 이러한 동해변은 어떠한 곳인가 관심이 가게 된다. 아마도 동해의 용신을 모시던 용당(龍堂)이 있던 곳이었을 것이다. 지금 이곳엔 용당리(龍堂里)라는 마을 이름이 남아 있다. 동해변은 대왕암이 있고 이견대가 있고 감은사가 있는 옛날의 동해천, 즉 지금의 경북 경주군 양북면 용당리, 대본리, 봉길리가 있는 대종천 하구가 있는 바로 그곳을 지칭하는 말이다. 거의 고유명사적 의미를 지니는 지명이다. 신라 초기 동해에서 사로국으로 통하는 통로가 나 있던 곳이니, 울산의 외황강 하구나 영일의 형산강 혹은 오천의 하구와 함께 사로국 동해안 쪽에 자리 잡은 중요한 지형적 지점이었던 것이다. 외황강 하구는 우시산국(于尸山國)이나 굴아화국(屈阿火國)이 가까웠고, 형산강 하구는 음즙벌국(音汁

25) 윤철중, 「만파식적설화연구」, 『대동문화연구』 26, 성균관대학교 대동문화연구원, 1991, 24쪽.

伐國)이나 실직곡국(悉直谷國)에 가까이 있어 사로국과의 통로로서는 장애가 되었을 것이나, 이곳 동해변은 그 인접 지역인 하서지촌 내아의 아진포와 함께 일찍이 사로국의 영역으로 인식되고 있는 곳이다. 제4대 탈해왕은 이곳 내아에서 사로국으로 진출하고 있으며, 「만파식적」 설화의 부래도(浮來島)의 주지는 탈해신화의 도래신화적인 성격과 그 궤를 같이하고 있는 것이다. 동해변과 함께 하서지촌 지역은 사로국에 정복된 사실이 없이, 탈해왕의 근거지로 초기 신라 육촌의 하나인 금산가리촌(金山加利村)의 속촌으로 존재하고 있었다.

> 그 이듬해 5월 초하룻날에 해관인 파진찬 박숙청이 "동해 가운데에 감은사를 향해 부래하는 소산이 파도를 따라 왕래하고 있습니다"라고 아뢰었다.[26]

떠오고 있는 작은 산은 현실적으로는 작은 섬이다. 그 섬은 돌섬이다. 돌섬 즉 석도(石島)는 바다 위에 떠 있는 돌섬이지만, 거기에 도래신(渡來神)이 타고 오면 움직이는 산이 된다. 움직이는 산, 움직여 이쪽으로 떠 오고 있는 돌섬, 그 석도는 도래신이 타고 오던 배를 상징한다. 태양의 아들로서 이 땅에 와서 이 땅에 신성한 나라를 열던 도래신이 타고 온 배이다.

신문왕이 즉위한 그 이듬해 5월 1일에 해관인 파진찬 박숙청이 왕에게 아뢰어 왔다. 동해 중에 감은사를 향하여 떠 오는 작은 산이 있는데, 물결을 따라 왕래한다는 것이다. 이 '東海中有小山 浮來向感恩寺'는 「만파식적」 설화가 도래신화를 원형으로 하고 있다는 관점의 근거가 되는

---

26) 『삼국유사』, 권 제2, 기이 제2, 「민파식적」. 明年 工午五月朔 海官 波珍湌 朴夙清奏日 東海中有小山 浮來向感恩寺 隨波往來.

부분이다. 부래하는 소산은 도래신이 타고 오는 배를 설화적으로 표현한 신화상징이기 때문이다. 해관은 동해변에 주재하고 있었다. 그러나 감은사를 지킨 승려나 성전의 관원으로 보이지는 않는다. 감은사를 지키는 사람이라면 승려이거나 성전에 소속되어 있는 관원이어야 하기 때문이다. 해관은 동해변의 수풀에 자리잡고 동해구를 수호하던 토속신앙의 신화적인 성격을 띠고 있었을 것이다. 이곳에 감은사가 세워지기 이전부터 해관의 관원은 이곳을 지키고 있었을 것이며, 승려는 감은사의 불사를 맡고, 성전의 관원은 감은사의 영조 영선을 관리했을 것이며, 해관의 관원은 사로국의 신화적 성지를 지키는 토속신앙의 담당자가 되었을 것이다. 다시 말하면 사로국이 형성되던 시기의 부족연맹적 공동체의 원초사유를 계승하고 수호하는 존재였을 것이다. 화랑이 토속신앙적 사유를 계승 담당한다는 면에서 해관과 상통하는 점이 있는 것이다. 화랑이 원화를 원형으로 한다는 것과 해관이 혁거세왕의 해척지모(海尺之母)인 아진의선(阿珍義先)을 원형으로 한다는 것은 기묘한 상대를 이루고 있다. 여기 동해변에 해관만이 주재하고 있었을 진평왕 시절에 화랑들이 이곳에 모여 고성과 통천의 신화적 성지에 유오하는 길을 떠나기에 앞서 전도(前途)를 예비하는 행사를 가졌다는 것은 편안한 시각으로 이해할 수 있을 것이다.

「만파식적」 설화는 도래신화의 주지를 담고 있다. 도래신화의 현장은 도래신화의 지형적 유형을 형성하고 있는데,

> 도래인(渡來人)은 죽도(竹島)와 망산도(望山島)를 통하여 원주민(原住民) 사회에 상륙(上陸)하고, 그 해변 가까운 곳에 그들의 신당(神堂)을 남겼고, 원주민의 영산(靈山)에 올라 제의를 통하여 천신(天神)에 동화되고, 천제손의 자격으로 그곳의 시조왕(始祖王)이 된다. 죽도와

> 영산은 강(江)으로 이어지고, 죽도는 그 강의 하구에 자리잡은 석도(石島)이다. '영산(靈山)-강(江)-죽도(竹島)'는 도래신화(渡來神話)의 지형적(地形的)인 유형(類型)이 된다.[27)]

도래신화의 지형적인 유형을 '영산-강-죽도'라고 했는데, 이런 지형적인 유형은 우리나라 동해안과 남해안 여러 곳에서 발견할 수가 있다. 그런 곳은 신화나 전설의 현장인 곳이 많다. 이 동해변이 그런 지형적 유형을 보이고 있다. 영산에 해당하는 산은 토함산(吐含山)이고 죽도에 해당하는 돌섬은 대왕암(大王岩)이다. 그 사이를 연결하는 강은 대종천(大鍾川, 東海川)이다.

> 토함산의 입암(立岩) 앞의 석굴암(石窟庵)은 해 돋는 쪽으로 자리잡고 앉아 있다. 그 방위는 천신이 강림하기에 알맞은 각도이다. 이 자리는 아침 햇살이 곧바로 꽂히는 방향이기 때문이다. 천신은 '천제자(天帝子)'요 '천왕(天王)'이다. 탈해가 천신과 만나는 제의를 실수하던 석총(石塚)은 바로 이 입암 앞의 석굴암 자리이다. 이 석굴암은 동지(冬至)일에 해 돋는 방위인 동남 30°의 방향으로 놓여 있다. 토함산 석굴암에서 대왕암의 방위는 대략 27°의 방향이다. 이 방위는 동지일에 해돋는 방향과 대체로 일치하는 각도이다. '토함산-대종천-대왕암'으로 짝을 이루는, 이른바 영산의 입암과 하구의 석도는 동지일 무렵 일출시의 햇살을 일직선상으로 받는다.[28)]

토함산의 입암과 대종천 하구의 대왕암은 도래신화의 지형적 유형에서는 짝을 이룬다. 토함산의 입암과 석총(석굴암 자리)과 요내정(遙乃井)

27) 윤철중, 「한국 도래신화의 유형」, 『도남학보』 10, 1987, 41쪽.
28) 윤철중, 앞의 책, 42쪽.

이 있는 소도와 대종천(동해천) 하구의 대왕암과 이견대와 감은사가 있는 동해변의 숲은 신화적 제의적 제장으로서 짝을 이룬다. 이것이 동해변 숲속의 제장에서 〈혜성가〉를 부르던 융천사의 노래 속에 반영되어 있는 시각의 방향인 것이다. 노래의 문맥 속에서 확인되는 '바라보고' 서 있는 장소는 동해변이고, 바라보는 시선이 향하고 있는 곳은 토함산의 소도인 것이다.

4. 건달바(乾達婆)

양주동은 『고가연구』에서 건달바(乾達婆)를 풀이하면서,

> '乾達婆'는 범(梵) '간달바', 그 원의(原義)는 '취향(臭香)', 팔부중(八部衆)의 1인 천악신(天樂神)의 명호(名號)이나, '심향(尋香)'의 의(義)로 서역에서 '배우(俳優)'의 칭(稱)이 되었다. 대개 서역속(西域俗)에 배우가 흔히 남의 집 음식 냄새를 맡아가며 작악(作樂) 구걸(求乞)하기 때문이다. 현행어(現行語)의 '건달' 역시 '不作生業 只尋飮食之氣' 하는 류의 사람의 범칭(汎稱)이다.[29]

라고 설명하여, '乾達婆'가 천악신, 배우, 건달의 뜻이 있음을 말하고 있다. 또 '乾達婆의 놀온 잣'에 대하여는,

> 본구(本句) '乾達婆의 놀온 잣'은 무엇을 뜻하는가, '乾達婆城'은 역왈(譯曰) '심향성(尋香城)', 서역의 배우들이 흔히 환술(幻術)로 성을 작(作)하고 그 안에서 유희함으로 전하여 '신기루(蜃氣樓)'를 '乾達婆

29) 양주동, 『증정 고가연구』, 일조각, 1965, 567쪽.

> 의 놀온 城'이라 칭한다. 곧 본가 제1·2구의 '녜 싀ㅅ 믌ᄀᆞᆺ 乾達婆의 놀온 잣' 운운은 '동해변의 신기루를 바라보고' 운운의 의(義)에 불외(不外)하다.[30]

라 하여, '건달바'는 '천악신'이지만 '乾達婆의 놀온 잣'은 '신기루'를 바라보고 하는 말이므로 '녜 싀ㅅ 믌ᄀᆞᆺ 乾達婆의 놀온 자ᄉᆞᆯ랑 ᄇᆞ라고'는 '동해변의 바다 위에 생긴 신기루를 바라보고'라 해석하여 '녜 싀ㅅ 믌ᄀᆞᆺ'은 동해변이고, '乾達婆의 놀온 잣'은 신기루의 뜻을 지니고 있다는 것이다. 결과적으로 양주동의 해석은 실체가 있는 천악신이라고 보는 해석과 환상인 신기루로 파악하는 양면적 논란의 길을 열어 놓은 셈이 되었다.

양주동의 해석에 앞서 小倉進平은 '건달바'를 음악의 신이라 했으나 해석에 활용하지는 않고, 다만 '녜로 東ㅅ 믈ᄀᆞᆺㅅ 乾達婆의 노온 잣올난 바라고 예내ㅅ軍도 왓다(고) 봉살은 ᄀᆞ애고자'라고 해독하고, 이것을 '동해변 일찍이 건달바의 놀던 성을 앗으려 왜군이 쳐왔다고 봉화를 올려 경보하는데'라고 해석하고 있다. '바라고'를 '앗으려고'라고 해석하고 있는 것이다. 小倉進平의 생각은 '동해변 음악의 신이 놀던 성을 앗으려고 왜군이 침범해 왔다'고 하는 것이고, 이 해석을 수정해서 양주동은 왜군이 온 것이 아니라 신기루를 보고 왜군으로 착각하여 왜군이 왔다고 했으니 사실은 왜군이 온 적도 없다고 한 것이다.

윤영옥은 건달바를 왜군으로 착각했다고 보는 양주동의 견해가 모순을 지니고 있다는 것을 인정하고 있으면서, 동해안에 신기루가 실제로 존재하지 않았다는 데까지 확대하지는 않았지만, 신기루를 보고 왜군이라고 호들갑을 떠는 것은 사람들의 우매의 소치라고 인정하고 있다.

---

30) 양주동, 위의 책, 574쪽.

그러면서도 그러한 우매한 판단은 과거지사이고 지금은 그런 일이 일어날 까닭이 없으니 그런 염려조차 없다는 것을 말한 것으로 이해하고 있다.[31]

김승찬은 '건달바이 노론 잣'이 신기루로 해석된 데 대해 의문을 제기했다. 그래서 '동해에서 일어난다는 건달바성(신기루)'을 옳게 파악하기 위해 시인묵객이 동해변에서 읊은 한시문 가운데서 신기루가 등장되는 시구를 검토하고,

> 시인 묵객이 붓끝으로 나타내고 있는 신기루(海市)는 불경에서 풀이하고 있는 신기루와는 자못 다르다. 동해의 신기루는 건달바(樂人)의 환각술에 의한 것도 아니고, 해가 돋을 때에 보인 것도 아니다.[32]

라고 하여, 양주동의 해석을 비판하고,

> 동해변의 조망에서 느낀 아름다움(海中에 屹立한 기암의 장관이나 햇빛이 비친 층층한 구름의 아름다운 경관)을 신기루로 표현하고 있음에 불과하다.[33]

라고 단정하여, 동해의 신기루의 존재를 부인했다. 이것은 '乾達婆이 노론 잣'을 신기루로 보는 것이 부당할 뿐만 아니라, 건달바를 왜군으로 볼 수 없다는 것을 강조하고 있는 것이다. 그렇다면 어떻게 봐야 할 것인가? 김승찬은 小倉進平의 '음악의 신'보다는 불전 용어인 양주동의 '천악신(天樂神)'을 취하고 있는 것이다. 김승찬의 말을 들어보면,

---

31) 윤영옥, 앞의 책, 37쪽.
32) 김승찬, 앞의 책, 202쪽.
33) 김승찬, 앞과 같음.

> 그렇다면, 〈혜성가〉의 가사에 나오는 건달바는 무엇으로 해석함이 옳겠는가? 필자의 견해로는 수미산(須彌山)의 남쪽 금강굴(金剛窟) 속에 사는 제석의 천악신이며 팔부중의 하나인 건달바로 해석함이 옳지 않을까 한다.[34]

고 하여, 수미산의 남쪽 금강굴 속에 사는 제석의 천악신으로 보고 있는 것이다. 이 불전에 나오는 천악신이 신라의 호국사상과 불연국토사상(佛緣國土思想)에 연유되어 신라에 정착하게 되었는데, 본지수적설(本地垂跡說)의 한 변이형태로서 낭산(狼山)이 건달바가 살고 있는 수미산으로 비의되었다는 것이다.[35] 그러니까 '乾達婆의 노론 잣'은 경주(慶州)부의 동쪽 9리에 있는 낭산이어야 한다는 것이다. 그리고 계속해서,

> 이상과 같이 건달바를 수미산의 악신으로 보았을 때 〈혜성가〉의 제2구의 '乾達婆矣遊烏隱城叱肹良望良古'와 제9구의 '達阿羅浮去伊叱等邪'는 쉽게 풀이될 수 있을 듯하다. 즉 앞의 귀절은 '건달바의 놀고 있는 성을 바라보고(건달바가 기악을 잡히며 놀고 있는 동주 수호의 성을 바라보고)'로, 뒤의 귀절은 '낭산 아래에 떴더라(혜성이 건달바가 놀고 있는 낭산 아래에 떴더라)'로 해석될 것이다.[36]

라고 첫째 단락을 해석했다. 이에 따르면, 수미산의 남쪽 금강굴에 사는 천악신이 신라의 불연국토사상에 의해 낭산에 옮겨 살게 된 것이고, 혜성이 그 천악신이 살고 있는 낭산 아래에 떠 있다고 해석하게 된 것이다.

김승찬은 신기루의 허구성을 극복하고 '건달바가 놀던 성'을 산으로

---

34) 김승찬, 앞과 같음.

35) 김승찬, 앞의 책, 203쪽.

36) 김승찬, 앞의 책, 204쪽.

보았으며, 건달바 자체는 그 산에서 노닐고 있는 천악신으로 해석해서 〈혜성가〉 해석에 새로운 국면을 마련하게 되었다. 그럼에도 아쉬움을 남긴 점은, 그 산이 동해변에서 바라볼 수 있는 시야 안에 있어야 한다는 것을 간과했다는 것이다. 그 결과 동해변에서는 바라볼 수 없는 토함산 너머 경주 분지 깊숙한 곳에 있는 낭산에 비정하고 말았다.

앞서 동해변을 감은사, 이견대, 대왕암이 있는 대종천 하구 일대에 비정한 바 있다. 이 동해변에서 바라보이는 산을 토함산으로 잡을 수 있는데, '악신이 놀던 성'으로 잡을 만한 곳은 석굴암 일대를 꼽을 수 있다. 석굴암 일대는 옛 소도의 여건을 갖추고 있는 곳이기 때문이다.

탈해는 토함산과 깊은 관계를 맺고 있다. 탈해는 계림의 동쪽 아진포에 도착한 후 아진의선에게 7일간 공급을 받고 토함산에 올라가 석총(石塚) 속에서 7일 동안 머물고 월성(月城)으로 진출한다. 호공(瓠公)의 집을 위계로 빼앗는 기지를 보여, 지혜를 인정받아 남해왕의 장공주(長公主)에게 장가든 뒤, 백의(白衣)와 함께 동악(東岳)에 올라 요내정(遙乃井)에 서약차 다녀오고 있다. 왕이 된 후에는 2년 2월에 시조묘에 친사(親祀)한 뒤를 이어 3년 3월에 토함산에 올랐고, 그때 덮개 같은 현운(玄雲)이 왕의 머리 위에 떠 있어 이적을 보이더니 한참 만에 사라졌다. 사후에는 쇄골(碎骨)하여 소상(塑像)을 만들어 월성에 두었다가 동악에 안치했고, 국사(國祀)가 끊이지 않아 동악신(東岳神)이 되었다. 가히 토함산은 신격을 지닌 탈해가 활동한 무대라 말할 수 있다.

토함산에는 옛적부터 석총이 있었다. 탈해가 아진포에 올라와 아진의선에게 수양되어 7일간 공급을 받고, 도래지에서 새로운 생활을 시작하면서 처음 한 일로 토함산에 올라가 7일 동안 머문 곳이 바로 이 석총이다.

> 탈해 임금은 남해왕 때에 가락국 바다에 배를 대었다가…… 계림국 동쪽 하서지촌 아진포에 이르렀다. 그때 갯가의 아진의선이라 하는 한 할미가…… 그 배를 끌어다 한 수림 아래 놓아두고, …… 하늘에 빌고는, 조금 있다 열어보니 단정한 남자아이가 있어서…… 7일 동안 공급을 했더니, 이에 말을 하기를, '나는 본래 용성국(龍城國) 사람입니다…….' 말을 마치자, 그 동자는 장대를 끌고 두 사람의 종을 거느리고 토함산 위에 올라가 석총을 만들고 7일 동안 머물렀다.[37]

가락국을 거쳐 사로국의 동해변의 한 곳인 아진포구에 상륙한 탈해는 토함산상에 올라가 석총을 만들고 7일 동안 머물고 있는데, 김열규(金烈圭)는 이 '登吐含山上作石塚 留七日'을 재생제의(再生祭儀)로 풀이한 바 있다.

> 돌무덤에 일주일 머무는 일로 죽음은 현실로 엄연히 존재하게 되었던 것이다. 그러므로 '作石塚 留七日'은 적어도 탈해 본인에게 있어선 죽음과 재생을 상징적으로 시현해 보인 것이 아니다. 석총에 들어감으로써 그 이전의 생명은 실지로 죽었고, 석총에서 나오면서 새 생명은 현실적으로 시작된 것이다.[38]

여기 석총은 영산(靈山)이 갖추고 있는 혈(穴)이라고 여겨지는데, 단군신화에서 곰이 들어 가서 여자의 몸이 되어 나온 혈과 같은 것으로 볼 수 있는 것이다. 곰은 성혈(聖穴)에 듦으로써 곰으로의 생명은 죽고

37) 『삼국유사』, 권 제1, 기이 제2, 「제4 탈해왕」. 解齒叱今 南解王時 駕洛國海中有船來泊…… 至於鷄林東下西知村阿珍浦 時浦邊有一嫗 名阿珍義先…… 曳其船 置於一樹林下…… 向天而誓爾 俄而乃開見 有端正男子…… 供給七日 迺言曰 我本龍城國人…… 言訖 其童子 曳杖率二奴 登吐含山上作石塚 留七日.

38) 김열규, 『한국민속과 문학연구』, 일조각, 1975, 284쪽.

그 혈에서 나옴으로써 단군을 낳을 신모(神母)로 재생하고 있는 것처럼, 탈해는 혈에 들어가는 것으로써 도래인으로서의 탈해의 생명은 죽고 혈에서 나옴으로써 씨족의 시조왕이 될 신동(神童)으로서의 새 생명을 지니고 새로운 삶을 시작하는 것이다. 더욱이 그 석총은 천신(천왕)의 주처라고 여겨지는데, 구체적으로는 탈해는 이 천신의 아들로 재생되는 제의를 실수한 것으로 볼 수 있는 것이다. 이 석총 자리는 뒤에 석굴암이 세워진 곳으로, 『삼국유사』의 「대성효이세부모(大城孝二世父母) 신문대(神文代)」에 이 이야기가 담겨 있다.

> 그리하여 대성은 현세의 양친을 위해 불국사를 창건하고 전세의 부모를 위해 石佛寺를 세워 神琳 表訓 두 聖師를 청해다 각각 주지케 했다. …… 대성은 石佛을 조각하려 했다. 한 개의 큰 돌을 다듬어 감실(龕室) 덮개를 만들려 하는데 돌이 갑자기 세 개로 쪼개져 버렸다. 대성은 분통해 욕을 하다가 어렴풋이 선잠이 들었다. 밤중에 天神이 내려와서 다 만들어 놓고 돌아갔다. 대성은 곧장 일어나 南嶺으로 달려 올라가 향나무를 태워서 天神에게 공양을 했다. 그래서 그곳을 '香嶺'이라고 이름하게 되었다.[39]

김대성은 불국사와 석불사 두 절을 창건했는데, 석불사를 짓다가 감실(龕室) 덮개의 돌이 세 도막으로 부러졌다. 대성이 분통해 하며 졸고 있는데, 천신이 내려와 석감을 다 만들어 놓고 남령(南嶺) 쪽으로 떠나갔다. 대성은 잠에서 깨어 따라가 남령에서 향목(香木)을 불살라 천신에

39) 『삼국유사』, 권 제5, 효선 제9, 「대성효이세부모 신문대」. 乃爲現生二親 創佛國寺 爲前世爺孃 創石佛寺 請神琳表訓二聖師各住焉 …… 將彫石佛也 欲鍊一大石爲龕室 石忽三裂 憤恚而假寢 夜中天神來降 畢造而還 城方枕起 走跋南嶺爇木 以供天神 故名其地爲香嶺.

게 공양을 했다. 그로 말미암아 그곳을 향령(香嶺)이라고 한다는 것이다. 석불사는 석굴암의 옛 이름이고, 석굴암 자리는 석총의 옛터에 세워진 것으로 보이며, 석굴암 즉 석불사의 옛터인 석총은 천신의 주처임을 알 수 있다. 이곳에 살고 있던 천신은 석총 자리에 석불사를 짓게 되니 이곳을 떠나가게 되는데, 처음은 감실 덮개를 부러뜨려 절 짓는 것을 방해하는 듯했으나, 절 짓는 것을 도와, 다시 만들어 주고 이곳을 떠나는 것이다.[40]

이 설화를 통해서 토함산에는 석총이 있고, 이 석총에는 천신이 살고 있었고, 이곳에는 향령이라 이름 붙은 고개가 있다는 것을 알 수 있다.

토함산에는 석총과 향령 이외에도 요내정(遙乃井)이 있다.

> 그 때에 남해왕이 탈해가 지혜로운 사람임을 알고 장공주(長公主)로 아내 삼아 주었다. 이가 아니부인(阿尼夫人)이다. 어느날 토해(吐解)는 동악에 올라갔다. 돌아오는 길에 백의(白衣)에게 명하여 마실 물을 구해 오게 했다. 백의는 물을 길어오다 도중에서 먼저 맛보고 올리려 했더니 그 각배(角盃)가 입에 붙어 떨어지지 아니했다. 그 잘못을 들어 그를 책망했다. 백의는 "이후에는 근(近)이건 요(遙)이건 감히 먼저 맛보지 아니하겠습니다"라고 서약했다. 그런 후에 각배는 입에서 떨어졌다. 이로부터 백의는 두려워해 복종하여 감히 속이지를 아니했다. 지금 동악에 한 우물이 있으니 민간에서 요내정이라 하는 것이 이것이다.[41]

탈해는 남해왕의 사위가 되었다. 이것은 왕권에 가까이 다가선 것이

40) 윤철중, 「탈해전승의 석총에 대한 고찰」, 『상명여대논문집』 18, 1986, 21쪽.
41) 『삼국유사』, 권 제1, 기이 제1, 「제4 탈해왕」. 時南解王知脫解是智人 以長公主妻之 是阿尼夫人 一日脫解登東岳 廻程次 令白衣索水飮之 白衣汲水 中路先嘗而進 其角盃貼於口不解 因而責之 白衣誓曰 爾後若近遙不敢先嘗 然後乃解 自比白衣讋服 不敢欺罔 令東岳中有一井 俗云遙乃井是也.

된다. 왕자와 동등하게 왕위 계승권을 가지고 있기 때문이다. 이런 경우, '登東岳'은 특별한 의미를 지니게 된다. 말하자면 석총에 상주하는 천신에게 신탁을 묻기 위해서 올라간 것이 될 것이다. 이곳에는 성혈로서의 석총이 자리 잡은 입암 앞에 신수(神樹)가 서 있고, 그 신수 아래 마련된 신단인 누석단(累石壇)이 자리 잡고 있는 모습을 그려볼 수 있을 것이다. 이 신단 앞에서 탈해는 천신에게 신탁을 묻는 서고(誓告)를 올리고 있는 것이리라. 탈해의 '登東岳'은 이러한 이야기를 함축하고 있는 것이다. 이 서약에 동행한 백의는 탈해와 특수한 관계에 있는 것이다. 운명공동체라 할까. 천신 앞에서 함께 서약한 심복으로서의 주종 관계를 확실하게 한 처지일 것이다. 어쨌든 천신에게 밀사를 함께 올린 운명공동체일 것이다. 천신에게 올리는 고사를 통하여 천신은 그들의 편에 서게 되고, 이 서약은 요내정의 성수를 두고 이루어졌을 것이다.

후세에 동악정(東岳頂)에 석탈해사(昔脫解祠)가 있었던 것으로 보면 토함산(동악)에는 탈해 신앙이 형성된 곳이라 하겠으니, 석총이나 향령이나 요내정 등은 탈해 신앙을 형성하는 중요한 자연상징이 될 것이다. 이런 것들은 이 고장이 탈해 신앙의 성지였고, 이 성지가 태양숭배를 기초로 하는 원시 내지 고대의 자연신앙으로 이어지고 있으며, 또 이런 자연물들은 태양신 숭배를 탄생 원리로 하는, 천강신화의 신앙 체계를 보유하고 있는, 소도의 구성 요건이 된다 할 것이다. 토함산은 이런 소도가 있던 곳이었다.

토함산에는 혈이 있고 정(井)이 있다. 이 혈과 정의 주변에서 신들이 활동한 흔적도 남아 있다. 기록으로 남겨진 것은 풍부하다 할 수는 없다. 그러나 한반도 남단에서 일본으로 건너가 활동한 신화시대의 사람들의 기억 속에 남아 있던 이야기가 일본 쪽 신화에는 기록으로 남아 있다. 일본의 건국신화에는 한반도에서 건너간 사람들이 그들의 고향에 남겨 놓고 온 조상신에 대한 추억이 그들이 살던 고장에 대한 기억과 어울려 잘 반영되어 있다는 것은 잘 알려진 사실이다. 일본의 건국신화에는 신의 이름이나 신이 활동한 장소의 이름에 '天' 자를 관(冠)한 명사가 많이 나온다. 이들 단어가 지니고 있는 이 '天' 자의 어떤 것들은 그들의 고향인 한반도의 일정한 장소를 지칭하고 있는 경우가 많은 것이다.[42] 일본의 건국신화의 시조신인 천조대신(天照大神)이 활동한 무대인 고천원(高天原)에는 이러한 이름을 지니는 많은 자연물이 있다. 천석굴(天石窟, 아마노이와야), 천진명정(天眞名井, 아마노마나이), 천향산(天香山, 아마노가꾸야마), 천안하(天安河, 아마노야스가와) 등이 그것인데, 이 단어들에 관한 '天' 자를 한반도의 동남부 해안에 위치하는 어떤 지역, 즉 한반도에서 일본열도로 건너간 신인들이 남겨놓고 간 고향에 붙인 관형어로 이해한다면, 이 단어의 본래 명사는 석굴(이와야), 진명정(마나이), 향산(가꾸야마), 안하(야스가와)가 된다.

이렇게 보면 일본의 건국신화의 시조신이 활동한 고천원의 혈, 정, 산, 하의 명사가 신라왕족의 하나인 석씨의 시조신이 활동한 토함산에 있는 혈, 정, 산, 하의 이름과 일치하리만치 흡사한 점을 지니고 있는 것이다.

천석굴(天石窟)은 석굴암이 세워진 고허인 석총과 대응된다. 천진명정(天眞名井)이 '아마노마나이'의 표기이고, '마나이'는 요내정의 '遙乃'를 '머나이'의 표기[43]로 보면, '遙乃'는 '머나이'의 신라 쪽의 표기이고, 그 일치점을 찾을 수 있어서 '眞名井(마나이)'은 '머나이'의 일본 쪽 표기라고 할 수 있다. 천향산(天香山)은 향령에 대응되는데, 향령은 토함산

42) 김석형, 『고대한일관계사』, 한마당, 1988, 132-133쪽.

43) '遙'는 '멀다'의 뜻으로 훈을 취하여 '머'이고 '乃'는 음을 취하는데, 이중모음으로 읽으면 '나이'이다.

석굴암 남쪽에 있는 재의 이름이므로 고천원의 혈인 천석굴의 가까이에 있는 천향산과 같이 토함산의 향령도 토함산의 혈인 석총 옆에 있는 것이다. 天香山(아마노가꾸야마)의 '香'이 '가꾸'로 읽히고 있는데, 이때 '가꾸'는 사향노루의 옛 이름인 '국놀'의 '국'과 같은 말로 여겨진다. '국'은 사향노루의 '香'을 의미하는 말일 것이다. '국'은 일본에 건너가 개음절화하여 '가꾸'가 되었을 것이다. 사향노루의 다른 이름이 '궁노루'인데, '궁노루'의 '궁'은 '국노루(국놀)'의 '국'의 변이형태이다.[44] 그렇다면 향령의 본이름이 그대로 일본에 건너가 쓰이고 있었던 셈이 된다. 토함산에서 흘러내리는 물이 함월산(含月山)의 기림사(祇林寺) 쪽에서 흘러내리는 물과 합치는 곳에 안동(安洞)이라는 지명이 있는데, 이곳이 '쉬우내' 류의 이름이 남아 있는지는 더 조사해 볼 숙제이지만, 천안하(天安河)와 안동(安洞)의 연관성을 점치고 싶은 것이다. 이곳은 동해변에서 석굴암(석총)이 있는 토함산의 동산령으로 오르는 중요한 길목인 것이다.

토함산의 소도에는 신들이 활동하던 모습이 적게 전해지지만, 고천원의 소도에는 신들의 활동이 풍부하게 전해지고 있다.

누이 天照大神(아마데라스오오미가미)은 고천원에 올라온 남동생 素戔嗚尊(스사노오노미고도)이 나라를 빼앗으려 온 것으로 여겨 불쾌하게 생각한다. 素戔嗚尊은 누이와 함께 신의(神意)를 묻기로 하고 서약(誓約)하는 중에 아들을 낳으면 사심이 없는 것으로 정한다. 天照大神은 素戔嗚尊의 십악검(十握劍)을 세 도막으로 잘라서 천진명정(天眞名井)에 씻어 그것을 씹어 뱉어 삼주(三柱)의 여신을 낳고, 素戔嗚尊은 天照大神의

44) 김대식(金大植), 「'궁노루'의 어원에 대하여」, 『새국어교육』 41, 한국국어교육학회, 1985 참조. 김대식은 이 논문에서 한국어 {KUK}은 '청색'이라는 의미를 지닌 형태소이므로 '궁노루', '국노루'는 '청노루'에 해당한다고 하였다.

구슬 꾸러미를 받아 천진명정에 씻어 그것을 씹어 뱉어 오주(五柱)의 남신을 얻는다.[45] 나라를 세우는 시기를 두 남매 신은 정통성 싸움에서 신의를 묻는 서약을 천진명정에서 벌리고 있는 것이다. 이때 이 우물은 신인들이 신에게 서약하는 자리인 것이다.

또 고천원에서 다투던 두 신의 싸움에는 이런 일도 있었다.

> 이로부터 뒤, 素戔鳴尊의 하는 짓은 대단히 난폭하였다. 왜냐하면 다음과 같은 일이 있었다. 天照大神은 天狹田[아마노사나다]·長田을 자신의 밭으로 하고 있었다. 그런데, 素戔鳴尊은 봄이 되자 거기에 중파종자(重播種子)를 한다든지, 또 밭두덕을 파괴한다든지, 가을에 天班驅[아마노후치고마]를 밭 가운데 방목하여 밭을 황패시켜, 경작과 수확을 방해하였다. 또 天照大神이 新嘗[니이나메]의 제사를 올릴 때를 맞추어, 몰래 신상의 궁전에 분뇨를 뿌리기도 하였다. 또 天照大神이 재복전(齋服殿)에서 신의(神衣)를 짜고 있는 그때에 천반구(天班驅)를 벗겨서, 그 궁전의 지붕에 구멍을 뚫고 던져 넣기도 하였다. 이 때문에 天照大神은 하늘을 쳐다보았다가 직기(織機)의 북으로 몸에 부상을 입었다. 이런 일이 있어 天照大神은 대단히 입복(立服)하여 天石窟[아마노이와야]에 들어가 반호(磐戶)를 잠그고 숨어 버렸다. 이 때문에 세상은 항상 어둠이 되고, 주야의 교대도 할 수 없게 되었다.[46]

이 이야기는 고천원(소도로 본다)의 주신이 활동한 모습을 보여주고 있다. 특히 우리의 시선을 끌고 있는 것이 재복전(齋服殿)에서 신의(神衣)를 짜고 있는 일인데, 이것은 혁거세왕의 모성인 사소신모의 직라(織羅)를 방불케 하는 것이다. 사소신모도 비단을 짜서 남신의 조의를 짓는

---

45) 성은구(成殷九), 『역주 일본서기』, 정음사, 1987, 43 44쪽.

46) 성은구, 위의 책, 49쪽.

것으로 그의 신성성을 보여주고 있는 것이다.[47] 천조대신이 신의를 짜는 일은 재복전에서 하고 있지만 태양신으로서의 그의 주처는 천석굴인 것이다. 태양신이 곧 천신일 때 석굴은 곧 태양신인 천신의 주처이겠는데, 제신(諸神)의 불손 불경한 행동은 태양신을 굴속에 숨어들어 문을 굳게 닫아버리게 하고 만 것이다.

> 그래서 八十萬神[야소요로즈노가미]은 天安河[아마노야스가와]의 언덕에 모여서 그 비는 방법을 논의하였다. 이때, 思兼神[오모이가네노가미]은 면밀한 계획을 짜고 있었다. 그 결과 드디어 常世[도꼬요]의 장명조(長鳴鳥)를 모아다가 일제히 한번에 장명(長鳴)케 하였다. 또 手力雄神[다치가라오노가미]을 미리 반호(磐戸)의 곁에 보이지 않게 세워 두었다. 中臣連[나가도미노무라지]의 원조인 天兒屋命[아메노고야네노미고도]과 忌部[이무베] 원조인 太玉命[후도다마노미고도]이 천향산의 眞坂樹[마사가기] 오백 개의 御統[미스마루]을 걸고, 가운데 가지에는 八咫鏡[야다노가가미]을 걸고, 밑가지에는 靑和幣[아오니기데]와 백화폐(白和幣)를 걸고 일제히 기도하였다. 또 授女君[사루메노기미]의 원조인 天鈿女命[아메노우즈메노미고도]은 손에 띠[茅]를 감고 창[矛]을 가지고 천석굴의 문 앞에 서서 교묘하게, 모인 여러 사람들을 웃게 하는 仕鍾[시구사](배우)을 하였다. 또 천향산의 진판수(眞坂樹)로 鬘[가즈라](가발)로 하고, 蘿[히가게](덩굴이)를 手强[다스기](띠)으로 하고, 불을 피우며 覆槽[우게]를 뒤집어 놓고 그 위에 올라가서 발로 밟으며 장단 맞추고, 顯神明之憑談[가무가가리]하며 춤추고 노래 불렀다.[48]

---

47) 『삼국유사』, 권 제5, 감통 제7, 「선도성모수희불사」.

48) 성은구, 앞의 책, 49쪽.

이것은 태양신의 힘을 새롭게 하려는 부활제의로 여겨지는데, 제의의 진행 절차와 제장의 꾸밈이 매우 자세하게 설명되어 있다. 가히 천악신의 한바탕 흐드러진 놀이라고 할 수 있다.

신들이 활발히 활동하던 시기의 토함산의 소도에서도 이만한 활동은 있었으리라 여겨진다. 이것은 말할 것도 없이 태양신을 맞이하는 제의의 한 모습이라 여겨지는데, 이러한 제의를 통하여 세상에 빛을 가져오고, 이러한 제의의 결과는 신인을 환열하게 하고 민물(民物)이 안녕을 누리는 복을 받아오게 하였다. 신들이 활동하던 이런 모습의 소도는 힘과 복의 원천이었던 것이다.

'건달바(乾達婆)'는 차용된 말이다. 원래 불전에 나오는 '천악신(天樂神)'을 뜻하는 말이나, 〈혜성가〉에서는 불전어의 의미 그대로 사용된 것이 아니라, 유사성의 뉘앙스를 지니면서 토함산의 소도에서 올리는 제의에서 활동하는 신인(樂神)을 가리키는 말이 되었다. '乾達婆ᄋᆡ 노론 잣'은 '악신이 놀던 소도'가 되는 것이다.

5. 세 단락 구성의 주가(呪歌)

〈혜성가〉는 세 단락으로 구성되어 있다. 첫째 단락은 과거의 시간 속에 살아 있는 성신(聖神)의 영력(靈力)에 대한 신앙이고, 둘째 단락은 제단(祭壇)을 마련한 현재의 상황에 대한 설명이고, 셋째 단락은 자연신앙을 바탕으로 한 주술의 성취를 기대하는 의지의 표출이다.

첫째 단락의 종래의 해석은 '邊也藪耶'의 무리한 해독에서 혼선이 비롯되었다. 小倉進平이 'ᄀᇫ애 고자'라고 해독한 것은, 그것을 '봉화를 올려 경보하는데'라고 해석하기나 '봉화를 올린 그곳에 이르러'라고 해석하더라도, 노래의 문맥이 합리적으로 납득되기도 어렵고, 해독 자체도 순리적으로 이해하기에 매우 어렵다. 양주동의 'ᄀᆞᆺ 이슈라'는 향가 연구가가 가장 많이 따르고 있는 해독이지만, '也藪耶'를 '有'의 뜻으로 잡아 '이슈라'라고 해독한 데는 아무래도 작가자(作歌者)의 의도에 접근하지 못한 것으로 지적되고 있다. 그래서 '邊也藪耶'의 훈독 가능한 글자를 '邊' 자와 '藪' 자로 잡고, '邊' 자는 전통적으로 'ᄀᆞᆺ'으로 읽고, '藪' 자는 '수풀'로 읽는 새로운 방법을 생각해 내고 있다. '邊' 자는 'ᄀᆞᆺ'으로 읽혀 '변방(邊方)·변새(邊塞)'의 뜻으로 받아들여지고 있었으나, 그대로 적용시켜 'ᄀᆞᆺ이 수피여'로 해독하여 '변방의 수풀이여'로 해석한다면 '邊也'의 '也' 자가 관형격의 '의'로 표기되기에는 '矣' 자의 사용이 배제된 부적절성이 지적되고 있다. 김완진은 '邊也'의 '也' 자를 그 글자 나름대로의 용도에 충실하여(음을 취하여) '여'로 읽고 '어여 수풀'이라는 고유명사를 생각해 냈는데, 이것이 고유명사라 하더라도 그 말이 지니고 있는 의미는 '변방 수풀' 즉 '동해변'에 있는 바로 이 특정한 수풀이라는데 연유될 것이다. '어여 수풀'이라 할 수도 있고 'ᄀᆞᆺ 수풀'이라 할 수도 있고 '변방 수풀'이라 할 수도 있다. 현재 경상도 동해안에서는 수풀을 '쑤'라고 하는 것이 일반적이니 '어여 수야'로 해독할 수도 있다.

'邊也藪耶'를 'ᄀᆞᆺ 이슈라'로 읽으면, 첫째 단락의 해석은 '옛날 동해변 바다 위에 생긴 신기루를 바라보고 왜군이라고 착각하여 왜군이 왔다고 봉화를 올린 변방이 있어라'가 된다. 이 해석의 특이한 점은 '건달바가 놀던 성'을 '신기루'로 파악한 데 있다. 그리고 바다 위에 생긴 신기루를 왜군으로 인식해서, 작가자가 '바라보고' 있는 시선이 바다 쪽으로 향하고 있는 것이다. 이것은 봉화를 올려서 알려주고, 그 봉화를 받아서 이러한 사실을 인지해야 할 장소, 봉화를 받아들일 주체를 망각하고 있는 데서 나온 해석이다. 봉화를 올리는 행위는, 침입해 온 왜군을 물리치게 해줄 신성한 힘의 소재를 향한 기원이 담긴, 제의를 올리는 것으로 파악되어야 하기 때문이다.

이 경우에 있어서 봉화를 올린 행위는 단순한 통신수단이라고 할 수는 없다. 통신수단의 기능은 이차적인 목적이어서, 일이 발생했다는 통고이기보다는 그 일을 해결해 주기를 기원하는 신앙적 행위가 선행되는 것으로 보아야 하기 때문이다. 신기루를 바라보고 왜군으로 착각해서 봉화를 올렸다든가, 건달바가 풍악을 잡히며 노는 성을 바라보고 왜적의 침입으로 착각하여 봉화를 올렸다는 것은, '바라보고'의 행위를 옳게 파악하지 못한 데 연유하는 착각이라 볼 수 있는 것이다. 동해변에서 〈혜성가〉를 부르면서 바라본 곳은, 왜적의 침입을 불러올 혜성의 출현을 저지해 줄 힘의 근원이 되는, 신성한 장소여야 하는 것이다. 건달바가 풍악을 잡히며 노는 성을 바라보고 왜적의 침입으로 착각을 했다면 착각하기 이전의 건달바가 풍악을 잡히고 놀던 성의 실체는 아직 남아 있을 가능성이 있다. 이 가능성이 남겨 놓고 있는 실체, 이것이 이 노래의 힘의 근원인 것이다.

혜성이나 왜군이 물러나기를 기원하는 주술은 무슨 힘으로 이루어지는가. 그것은 동해변도 신성한 곳이니까 그 신성한 힘으로 족할 수도 있다. 그러나 동해변의 신성한 힘과 건달바가 풍악을 잡히고 놀던 곳의 신성한 힘이 더해진다면 주술의 효과는 금상첨화 격으로 상승될 것이다.

'乾達婆이 노론 자술랑 ᄇ라고' 왜군이 왔다고 횃불을 올린 것은 '건달바가 놀던 성을 향하여' 왜군이 왔다고 봉화를 올린 것으로 보아야 할 것이다. 'ᄇ라고'는 '앗으려고'로 해석될 것도 아니고, '바라보고'라고 해석된다 하더라도 그것이 무엇을 '발견했다'가 아니라 어느 쪽으로 '향하여'로 해석되어야 할 것이다.

'동해변'과 '어여 수풀'은 같은 장소에 있다. 억지로 구별한다면 '어여 수풀'은 '동해변'에 포함되어 자리잡고 있는 어느 수풀이다. '옛날 동해변 신인들이 풍악을 잡히고 놀던 성(城)재(소도)를 향하여 왜군이 왔다고 봉화를 올려 제의를 벌이던 어여 수풀이여'라고 해석할 때, 어여 수풀(변방 수풀)은 동해변에 있는 성지의 하나가 된다. 〈혜성가〉의 주술적인 능력은 하나의 짝을 이루는 토함산의 성(城)재(蘇塗)와 동해변의 邊藪(어여수풀)을 환기함으로써 가능해지는 것이다. 그것이 '횃불을 올린 어여 수풀이여'라고 외치는 소이연인 것이다. 이것이 〈혜성가〉의 주가로서의 배경이고, 동해변이 아득한 옛날부터 오랜 세월 이 땅에 사는 사람들의 성지로 남아 있게 되는 당위성인 것이다.

둘째 단락은 '月置八切爾數於將來尸波衣'에 관심이 집중된다. 우선 해독인데, '月置'는 '둘두'의 해독으로 더이상 문제삼을 일은 없다. '八切爾'는 'ᄇᆞ즐이'이던 'ᄀᆞᄅᆞ그ᅀᅵ'이건 '불그시'이건 '數於將來尸'을 한정하는 말이 될 것이고, 가장 문제가 되는 것은 '波衣'로 볼 수 있다. '波' 자를 불완전명사로 간주해서 '바'로 읽고 '衣' 자를 처소격조사로 처리하여 '애'로 해독한다면, 우선 처소격에 쓰인 '衣' 자는 정상적인 표기라면 '矣' 자이어야 하므로, 너무나 불편한 표기인 것이다. 더구나 '波' 자로 불완전명사 '바'를 표기했다면, 굳이 '所' 자를 피해간 것이 되어, 이는 너무 의외의 용례가 될 것이다. 그리고 시어로서도 '밝히려 하는 바에'라든가 '자자들려 하는 바에'라는 투의 불완전명사 '바'를 사용한 시적 표현은 표현의 묘를 얻었다고 할 수 없을 뿐만 아니라, 표현의 상도라고 할 수는 없는 것이다. 이렇게 보면 '波' 자는 아무래도 훈(訓)을 끌어다가 '물결'로 읽혀야 하겠는데, 그렇게 하면 뒤따르는 '衣' 자를 어떻게 읽어야 할 것인가가 문제로 따라오게 된다. '믈결에'로 해독을 해서 '衣' 자를 '이·애'로 사용한 것으로 본다면, 이런 표기는 '矣' 자를 쓰는 것이 보편적이어서 '波矣'였어야 한다. 그러한데도 굳이 '波衣'로 표기하고 있는 것은 '衣' 자가 '옷'을 표기하기 위해서 사용한 것으로 보아야 할 것이다. 이렇게 본다면, '波衣'를 '믈결옷'으로 해독해야 되겠는데, '衣' 자를 '옷'으로 읽었을 경우 훈독(訓讀)을 취하여 그 주변에서 의미를 찾아야 할 것인지, 훈차(訓借)를 취하여 '강세사'로 처리할 것인지의 문제가 남는다.

여기서는 강세사로 취하여 '믈결'의 의미를 강화하는 역할을 겸하여 조사의 격에 좀 더 개방적인 의미를 부여하는 보조사적 기능을 인정하기로 한다. '믈결옷'을 현대어로 옮길 때는 '물결이기에' 혹은 '물결인데'로 해석하려 한다.

다음은 '數於將來尸'의 해독인데, '將來'를 하나의 형태소 '-려'를 표기한 것으로 보는 종래의 견해를 수정하여 '數於將'과 '來尸'로 분리해서 해독하려 한다. '-려'라고 표기하기 위해서 반드시 '將來'가 함께 쓰여야만 될 것으로 생각하지 않기 때문이다. '-려'의 표기라면 '將' 자 하나로도 충분하리라고 보는 것이다. 그래서 '數於將'을 '혜어려'나 '헤느려'로 읽고, '來尸'를 '올'로 읽는 것이다. 이럴 경우 '於' 자는 음을 취하면 '어'가 되고 훈을 취하면 '늘'이 될 것이다. 결국 '數於將 來尸'은 '於'를 '늘'로 취하면 '헤느려 올'로 해독될 것이고, 그 뜻은 '數' 자의 보편적인 의미인 '헤아리다'로 잡아 '헤아리려 오는'이 되고, '數於將 來尸 波衣'를 함께 해석하면 '헤아리려 오는 물결인데'로 해석되는 것이다.

〈혜성가〉의 둘째 단락은 현재의 상황이다. 현재 동해변에서 벌어지고 있는 몇 가지 일을 복합적으로 묘사한 글이라 할 수 있다. 첫째 단락에서 제시한 권능 앞에 현재의 사건들은 한데 얽혀 유기적으로 문제를 해결해 나가고 있는 것이다. '세 화랑의 무리가 오름 보신다는 말을 듣고, 달도 밝게 헤아리려 오는 물결인데, 길 쓸 별을 바라보고 혜성이 나타났다고 아뢴 사람이 있다'라고 해석된다. 둘째 단락에서 지적되는 사건은 먼저 화랑의 무리가 치루고 있는 '오름 보시는 일'을 들 수 있다. 화랑의 무리가 '오름 보시는 일'은 정례적인 행사로 여겨진다. 조상숭배, 시조신 숭배신앙이 뿌리 깊었던 신라인에게 조상신이 강림한 영산에 대한 순례, 즉 영산에 올리는 망제(望祭)는 확대된 신라 사회의 제도화된 삼산오악제로 발전해 갔을 것이다. '오름 보시다'는 말은 이 조상신의 하강처인 영산에 올리는 망제라고 이해할 수 있는데, '오름 보신다'는 말은 이 제의에 붙여진 숙어일 것이다. '오름 보신다'는 말은 그대로 한자어로는 '望山'일 것이기 때문이다. 지금 〈혜성가〉에 나타난 '오름 보기'는 풍악(楓岳)에서만 이루어질 일은 아니다. 금강산 입구인 고성군의 고성포구에서 유점사의 유수 고허를 향한 망제를 생각해 볼 수 있는 것이지만, 고성의 풍악에 가기에 앞서, 동해변에서 석불사(석굴암)의 석총 고허를 향해 올렸을 망제를 부인해야 할 아무런 근거도 없는 것이다. '오름 보기(망산제)'는 그 수가 많았다는 것을 우리는 잘 알고 있는 것이다.[49] 화랑의 무리가 정례적으로 치루는 망산(望山)하는 유오(遊娛)는 동해변을 기점으로 유오의 행렬이 시작되었을지도 모른다. 이것은 추상이겠지만 지금 융천사가 〈혜성가〉를 지어 부르는 이 자리는 그런 망제가 올려지는 거룩한 장소, 바로 동해변이라고 보아야 한다.

〈혜성가〉의 분위기는 달밤이다. 달밤이라면 마땅히 보름밤이면 더욱 제격일 것이다. 이 달빛은 이 제의의 복경(福慶)을 제고하는데 상승하는 효과를 거두리라는 것은 분명한 사실이다. 제의를 준비하고 있는 저녁 동해변의 숲이 있는 바다에서는 달이 떠오고 있는 것이다. '달도 붙그

---

49) 『삼국유사』, 권 제5, 감통 제7, 「선도성모수희불사」에는 "群望之上"이라는 말이 나온다.

시 헤느려 올 물결옷' 이것은 이 제의장을 밝히며 떠오르는 달의 모습이다. 달빛이 길을 열어 놓은 물결을 따라 여기에 강림해야할 조상의 성령은 달려오고 있는 것이다. 어느 때였던가 처음 이 땅에 내려와 이 땅에 사는 사람들에게 복된 빛을 뿌려주던 그 성스러운 신령은 지금 이곳에 강림하고 있는 것이다.

동해변의 제의는 본래 첫째 단락에서 보여준 왜군이 왔다고 봉화를 올려 물리치려 한 것처럼 왜적의 내침을 막아내려는 제의였을 것이다. 혜성의 출현은 왜적의 내침을 예고하는 징조라고 믿어왔던 신라인의 관념은 혜성 출현의 재앙을 불양(祓禳)하는 데에, 일본군 퇴치의 전력(前歷)을 가지고 있는 동해변에서 있었던 옛날의 제의를 상기하고 있는 것이다. 어쩌면 동해변 숲 속에서 왜군의 내습을 예방하려는 제의를 겸한 영산을 망하는 유오를 준비하고 있을 때, 이때 마침 나타난 혜성은 신성한 기운으로 가득찬 이곳의 열기로 해서 이미 그 두려움이 약화된 것일 수도 있다. 길 쓸 별을 바라보고 혜성이라고 외친 것은 무의미한 것이 된다. 누구의 길을 쓸어주는 것이든 그것은 불길한 일이라기보다는 달무리진 보름달이 지새우는 밤에 신들의 축복이 가득 내리고 있는 것이다.

셋째 단락은 예기되는 미래의 시간이다. 불길한 조짐은 사라지고 복경이 충만한 시간을 맞이하는 것이다. 혜성도 물론 사라져 버리고, 혜성이 몰고 올지 모를 불행도 말끔히 쓸어 없애 버렸다. 염려했던 왜병도 나타나지 않을 것이다. 떠오른 달은 이제 산 위로 높이 솟아 올랐고, 달빛이 환히 비쳐 내리는 성(城)재에서는 다시 내린 신들의 놀이가 한참 어우러질 것이다. 밤도 깊어 달도 이제 '산으로 떠갔더라' 융천사는 이렇게 자연과 신령과 여기 모인 사람들이 하나로 융융되었음을 알려주는 것이다. 이만한 밤이면 불길한 모든 일은 말끔히 씻겨 정화된 내일을 맞이하기에 넉넉한 것이다. 달은 이제 건달바가 풍악을 잡히고 놀던 옛날의 그 성(城)재 위로 높이 떠오른 것이다. 이에 무슨 불길한 일들이 있을 수 있겠습니까.

해독 노래를 현대어로 해석해 보면 다음과 같다.

옛날 동해변(東海邊)
악신(樂神)이 놀던 소도(蘇塗)를 바라보고
'왜군(倭軍)도 왔다'고
횃불을 올린 '어여수풀'이여
세 화랑의 산(山) 보신다는 말을 듣고,
달도 밝게 헤아리려 오는 물결인데,
길쓸 별을 바라보고,
'혜성(彗星)이여'하고 아뢴 사람이 있다.
아아, 산으로 떠가고 있더라.
이에 어울릴 무슨 혜성이 있을까.

6. 결론

이상의 논의를 요약하면 다음과 같다.

1. 〈혜성가〉를 '작가가지(作歌歌之)'한 장소를 분명하게 잡는 것이 〈혜성가〉를 이해하는 중요한 출발점이 된다는 관점에서, 〈혜성가〉가 노래 불린 곳이 감은사, 대왕암, 이견대가 있는 대종천 하구의 동해변이라고 잡았다.
2. 〈혜성가〉의 첫째 단락에서 바라보는 것은 무엇을 '발견하고' 착각하는 것이 아니라 어느 곳을 '향해서' 망제(望祭)를 올리는 것으로 이해하였다.

3. '乾達婆의 노론 잣'은 '신(神)들이 활동하던 소도(蘇塗)'로 보았다. 이 소도는 토함산의 석총(石塚) 고허(古墟) 주변에 있다.
4. '邊也藪耶'의 해독은 김완진의 '어여 수프리야'를 따랐다. 이 '어여수풀'은 동해변에 있는 수풀이다.
5. '達阿羅'의 '達'은 '달(月)'이 아닌 '산(山)'이라는 김승찬의 견해를 따랐다. '達阿羅'의 해독을 'ᄃᆞᄅᆞᄅᆞ'로 잡고, 'ᄃᆞᄅᆞᄅᆞ'는 '산 아래'가 아니라 '산으로'라고 해석했다. 이 경우의 산은 토함산이며 '신들이 활동하던 소도'가 있는 곳이다.
6. '月置八切爾數於將來尸波衣'의 해독은 '波衣'의 종래 해독 '바ᄋᆡ'에 의문을 제기하여, '月置 八切爾 數於將 來尸 波衣'로 끊어서 '돌두 블그시 혜느려 올 믈결옷'으로 읽었다.
7. 〈혜성가〉는 세 단락으로 구성되었다는 종래의 견해를 수용하고, 첫째 단락은 과거의 시간 속에 살아 있는 성신(聖神)의 영력(靈力)에 대한 신앙이고, 둘째 단락은 제단을 마련한 현재의 상황에 대한 설명이고, 셋째 단락은 자연신앙을 바탕으로 한 주술(呪術)의 성취를 기대하는 의지의 표출이라고 보았다.

세 단락의 구성의 원리는 다른 사뇌가에도 적용될 수 있으며, 더 정밀한 원리가 발견되리라 기대하고 있다.

〈서동요〉의 신고찰

'夘乙抱遣'에 대한 새로운 해석

1. 서(序)

『삼국유사』에서는 〈서동요〉를 3구로 나누고 있다. '善化公主主隱 / 他密只嫁良置古 / 薯童房乙夜矣夘乙抱遣去如'로 나눈 것이 그것이다.[1] 小倉進平(오구라 신페이)은 『삼국유사』의 3구를 그대로 따르고 있고,[2] 조윤제는 〈서동요〉를 4구체가에 분류하여 '善化公主主隱 / 他密只嫁良置古 / 薯童房乙夜矣 / 卯乙抱遣去如'로 분구하였고,[3] 양주동은 '善化公主主隱 / 他密只嫁良置古 / 薯童房乙 / 夜矣卯乙抱遣去如'로 나누어 〈서동요〉가 4구체 향가임을 보여 주고 있다.[4] 이후 3구를 택하기도 하지만,[5] 대체로 4구로 분구하는 것이 일반적인 경향이다.

4구로 나누는 경우, 제1구와 제2구는 '善化公主主隱 / 他密只嫁良置

---

1) 일연, 『삼국유사』, 서울대학교 중앙도서관소장 중종임신간본(中宗壬申刊本) 축소영인본(縮小影印本), 민족문화추진회, 1977(재판), 159쪽.

2) 小倉進平, 『향가 및 이두(吏讀)의 연구』, 경성제국대학, 1929, 189쪽.

3) 조윤제(趙潤濟), 『조선시가사강(朝鮮詩歌史綱)』, 동광당서점, 1937, 42쪽.

4) 양주동(梁柱東), 『조선고가연구(朝鮮古歌研究)』, 박문서관, 1942.
양주동, 『고가연구 증정판』, 일조각, 1965, 432쪽.

5) 서재극(徐在克), 『신라 향가의 어휘 연구』, 계명대학 한국학연구소, 1975, 24쪽.
윤영옥(尹榮玉), 『신라시가의 연구』, 형설출판사, 1980, 146쪽.

古'로 거의 고정되어 있으나, 제3구와 제4구의 분구(分句)에 있어서는 '薯童房乙 / 夜矣卯乙抱遣去如'의 분구를 따르기도 하고,[6] '薯童房乙夜矣 / 卯乙抱遣去如'로 나누어 '夜矣'를 제3구에 올려붙이기도 한다. 심지어 '薯童房乙'의 뒤에 'ᄎᆞ작(찾아)'이라는 어구(語句)를 첨가하여 한 구로 삼는 경우도 있다.[7] 노래의 구문을 감안한다면 '善化公主主隱 / 他密只嫁良置古 / 薯童房乙夜矣 / 夘乙抱遣去如'와 같은 분구가 타당하리라 여겨진다.

〈서동요〉를 어절(語節) 단위로 띄어 쓰면 제1구와 제2구는 대체로 '善化公主主隱 / 他 密只 嫁良 置古'와 같이 하나의 모형을 제시할 수 있으나, 제3구와 제4구는 해독과 해석의 차이에 따라 다음과 같이 세 가지 모형을 제시할 수 있다.

① 薯童房乙 夜矣 夘乙 抱遣 去如
② 薯童 房乙 夜矣 夘乙 抱遣 去如
③ 薯童房乙 夜矣 夘乙抱遣 去如

①모형은 '夘乙'이 '抱遣'을 한정하는 부사이고, '薯童房乙'은 '抱遣去如'의 목적어이다. 이 모형은 양주동에서 정착된 것으로 문맥이 평이하다. 그러나 '夘乙'을 '몰래'로 해독하는 것은 무리한 점이 많다고 지적되어 왔다.

②모형은 '夘乙'이 대격형(對格形)으로서 '抱遣'의 목적어가 되고, '房乙'은 '去如'의 행동 방향이 되는 장소로 보는 것이다. 지금도 해독과

6) 홍기문(洪起文), 『향가해석』, 과학원, 1956, 197쪽.; 김완진(金完鎭), 『향가해독법연구』, 서울대학교 출판부, 1980, 94쪽.; 김준영(金俊榮), 『향가문학』, 형설출판사, 1981, 126쪽.; 김선기(金善琪), 『옛적 노래의 새풀이』, 보성문화사, 1993, 393쪽.
7) 유창균(兪昌均), 『향가비해(批解)』, 형설출판사, 1994, 541쪽.

해석에 대한 여러 견해가 제시되고 있는 미완의 과제로 남아 있다.

③모형은 '夘乙抱遣'을 복합동사로 이해하려는 것이다. '薯童房乙'은 '夘乙抱遣'의 목적어이다. '夜矣'는 ①,②모형의 경우와 마찬가지로 부사어이다. 이 모형은 아직 제시된 적이 없으며, 이 논문에서 실험적으로 제안하려는 것이다.

특히 '夘乙'에 대한 해석은 지금까지 '夘乙'이 '抱遣'을 한정하는 부사라는 견해와 '夘乙'이 '抱遣'에 걸리는 목적어라는 견해가 주로 거론되어 왔다. 그러나 '夘乙抱遣'을 복합어로 보는 길이 있을 듯한데, 복합어의 가능성에 입각한 논의는 아직 시도되지 않은 것 같다. 이 분야에 무지한 필자는 '夘乙抱遣'을 복합어로 보는 것 자체가 무리여서 입론의 여지가 없다거나, 어떤 금기(禁忌)가 있어 아직까지 논의가 유보되어 온 것이 아닌가 하는 두려운 생각도 품고 있다. 너그러운 가르침을 기다린다.

2. 제씨(諸氏)의 '해독(解讀) 노래'에 대한 검토

〈서동요〉의 해독·해석은 '夘乙'에 집중되어 온 감이 있다. '夘乙'의 해독·해석에 따라 '薯童房乙'의 해석도 달라지고, 노래 전체의 통사상 문장 구조도 달라지게 된다. 합리적으로 설명하려는 욕구는 더러 동요의 시정(詩情)에 손상을 입히기도 한다.

아유가이 후사노신(鮎貝房之進)은 『조선사강좌(朝鮮史講座)』에서 〈서동요〉를 '善化公主主隱 / 他密只嫁良置古 / 薯童房乙 / 夜矣卯乙抱遣去如'와 같이 4구로 분구하여, '薯童房乙'을 한 구로 잡고, '夜矣'를 아래 구에 붙여 '夜矣卯乙抱遣去如'를 한 구로 잡았다. 나아가 문제의 초점이 되고 있는 '夘乙'은 '卯乙'로 처리하였고, '卯乙'의 해독에 있어서는 '卯'

자의 경우 음을 써서 '묘'로 읽고 '乙' 자의 경우 '을'의 종성을 써 '卯乙'은 '묠'로 읽을 수 있으며, '묠'은 '抱'의 부사로 쓰인 것을 알 수 있다고 하였으나, 그 의미 해석은 후고(後考)에 미룬다고 유보하였다.

> 선화 공쥬님은 / 나멀긔 멀여두고 / 셔동방을 / 밤의 □ 안견 간다.[8]
> (善花公主님은 / 他人에게 嫁入 아니하고 / 서동방을 / 밤에 □ 안겨 간다.)

위의 해독을 보면 우선 '他' 자를 '남', '密' 자를 '밀' 또는 '믈', '只' 자를 '기' 또는 '긔'로 보아 '他密只'를 '나믈긔' 또는 '나멀긔'라고 하고, '密只'를 조사로 처리하여 '타인에게'라고 풀이하였다. 그리고 '嫁' 자는 『훈몽자회(訓蒙字會)』에 훈의(訓義)가 '멀일'이니 '멀일'로 읽겠다고 하였다. 그러나 실제로 훈몽자회에서 '嫁' 자의 훈은 '멀일'이 아닌 '얼일'이니, 鮎貝房之進이 본 '멀일'은 '얼일'의 착오로 보이어서, '멀일'은 '얼일'로 바로잡아야 할 것이다. 小倉進平이나 양주동도 '嫁良'을 '얼어'로 해독하여 이후 그대로 지켜지고 있다.

또한 鮎貝房之進은 '嫁良置古'의 '置古'를 '그만두고'의 금지(禁止)의 뜻으로 처리하여 '嫁入 아니 하고'로 보고, '他密只嫁良置古'를 '타인(他人)에게 가입(嫁入) 아니 하고'라고 풀이하였다. 이렇게 되면, 선화공주가 서동방이 아닌 타인에게 시집을 갔어야 했을 것인데 그렇게 하지 아니 하고 서동방을 밤에 만나 안긴다는 것이 된다. "공주가 '서동을 밤에 안고 갈 수 있는' 사전 조건으로 '타인에게 진작 가입하여야 한다'는 것이 과연 옳은 견해일까"[9]라고 지적한 최학선의 견해와 같이, '남에게

---

8) 鮎貝房之進, 「국문(國文), 이토(吏吐), 속요(俗謠), 조자(造字), 속자(俗字), 차훈자(借訓字)」, 『조선사강좌(특별강의)』, 조선사학회, 1923, 211쪽.

진작 시집갔어야 할 몸으로 서동방과 부정을 저질렀다'라고 하는 것은 선화공주의 인품을 폄하하려는 해독자의 의도가 깔려 있는 것으로 볼 수 있다. 이러한 시각은 군동(群童)을 모아 동요를 퍼뜨린 서동의 진의(眞意)에 위배되는 것이라고 보아야 한다. 서동의 입장에서 퍼뜨린 동요라면 '서동과 짝지어 놓고 밤이면 밤마다 안고 뒹굴다가 간다'면 되는 것이지, 무슨 남에게 시집갔어야 했을 것이라는 전제 조건이 필요한 것은 아닐 것이기 때문이다. 남에게 시집갔어야 했을 것이라는 전제 조건은 동요의 문맥으로는 순조롭지 못한 것이다. '密只'는 小倉進平과 양주동에 와서 '그스기·그스지'로 해독되어 鮎貝房之進이 조사로 처리한 잘못을 바로잡고 있다.

鮎貝房之進은 〈서동요〉의 해독·해석에서 문제의 초점이 되고 있는 '夘乙'을 '卯乙'로 판독하고 '묠'로 해독하였으면서도, 의미 해석에 있어서는 빈칸으로 유보하여 논쟁의 소지가 있음을 예고하였다. 小倉進平과 양주동은 '卯乙'을 '몰래'로 풀이하여 '抱遣'을 한정하는 부사로 보았고, 지헌영(池憲英)은 '무엇을'로 읽어 대격으로 처리하였다. 홍기문은 '卵乙'을 '란' 음(音)으로 읽어 '夜' 자에 딸리는 조사로 처리하였고, 정열모는 '卵乙'을 '알을'로 읽어서 대격으로 처리하였다.

鮎貝房之進의 해독과 해석 가운데 뒤에 오면서 많은 수정이 가해진 곳은 '他密只'와 '嫁良置古'와 '夘乙'이다.

小倉進平은 『향가 및 이두의 연구』에서 鮎貝房之進의 해독을 수정하면서 다음과 같이 3구로 나누어 해독하고 있다.

> 善化公主님은 / 남(애) 그스기 얼여 두고 / 薯童房올 밤애 몰내 안고 가다[10]

9) 최학선(崔鶴璇), 『향가연구』, 도서출판 우주, 1985, 48쪽.

鮎貝房之進이 '나멀긔'라고 해독하여 '남에게'라고 풀이했던 '他密只'를 小倉進平은 '남 그스기'로 해독하여 '남(애) 몰내'라고 해석하였다. 또 鮎貝房之進이 '멀여두견'이라 해독하고 '嫁入 아니하고'라고 해석하였던 '嫁良置古'를 小倉進平은 '얼여두고'라고 해독하여, '멀여'에서 '얼여'로 철자를 바로 잡고 '가입(嫁入)하여두고'라고 해석하였다. 결국 小倉進平은 '他密只嫁良置古'를 '남(애) 몰내 얼여두고'라고 해독하고 '남 모르게 가입하여 두고도'라고 해석하여, '선화공주가 타인과 몰래 혼약을 했으면서도 서동방을 밤에 몰래 안고 간다.'라고 해석하였다. 이것은 鮎貝房之進이 시작한 선화공주에 대한 폄하하는 시선을 그대로 남겨 놓고 있는 것이 된다. 그러나 '他密只'에 있어서는 '密只'를 '그스기'로 해독하여, 이후 부분적인 수정을 가한 이도 있지만 대체로 이에 따르고 있다. '嫁良置古'의 '얼여두고'는 양주동의 '얼어두고'를 거쳐 '시집 가서', '교합해 두고', '짝맞추어 두고' 등의 뜻으로 이해하면서 해독을 그대로 지켜오고 있다.

鮎貝房之進이 '묠'로 읽으면서도 의미 해석을 유보해 두었던 '夘乙'은 小倉進平의 경우 '夘' 자를 '卯' 자로 판독한 점에 있어서는 鮎貝房之進의 견해에 따랐으나, '묘' 대신 '모' 음(音)으로 읽고 '몰내'로 풀이하기 시작하여 양주동에게 이어졌다. 양주동은 '卯乙'을 '몰'로 해독하고 '몰래'로 해석하였으나, 이후 반론이 거듭되어 〈서동요〉 연구의 중심 과제가 되어 왔다.

〈서동요〉에 대한 양주동의 '해독 노래'를 『고가연구』의 표기 그대로 적어 보면 다음과 같다.

10) 小倉進平, 앞의 책, 189쪽.

善化公主니믄
놈그스지 얼어두고
맛둥바올
바믜 몰 안고가다[11]

이 '해독 노래'를 양주동은 『고가연구』의 후미에 달아 놓은 부록의 석사(釋詞)에서,

善花 공주님은, / 남 그으기 얼어 두고, / 맛둥방을 / 밤에 몰래 안고 가다.[12]

라고 풀이하였다. 이 해석은 鮎貝房之進와 小倉進平이 잘못 만들었던 〈서동요〉의 문맥을 바로 세우는 출발점이 되었다. 즉 양주동은 鮎貝房之進, 小倉進平이 만들어 놓은 '이미 출가했어야 했거나 혼약한 여인이 저지른 부정'이라 왜곡하여 선화공주의 인품을 폄하하고 있는 문맥을 바로 잡았다. 제1구와 제2구의 해독과 해석은 대체로 여기에서 마무리 되게 된다.

양주동이 '善化公主님은 남 그으기 얼어 두고'라고 한 것은 '선화공주님이 남모르게 은밀히 서동방과 짝지어 두었다'는 것이고, '맛둥방을 밤에 몰래 안고 가다'라고 한 것은 선화공주가 남모르게 짝지어 둔 맛둥방을 '밤에 몰래 안고 간다'는 것이지, 鮎貝房之進 나 小倉進平이 말한 것처럼 '진작 정해진 사람이 있었는데도 엉뚱한 딴 남자인 서동방과 통정한다'는 말이 아닌 것이다.

11) 양주동, 앞의 책, 432쪽.
12) 양주동, 위의 책, 877쪽.

‘선화공주님은 남 그으기 얼어 두고 맛둥방을 밤에 몰래 안고 간다’는 이 문장 구조는 매우 평이하고 순하다. 이 문장은 한 개의 주어 ‘선화공주님은’과 한 개의 목적어 ‘서동방을’과 한 개의 서술어 ‘안고 간다’로 짜여 있다. 실제로 ‘선화공주님은’은 ‘얼어 두고’와 ‘안고 가다’의 두 개의 서술어에 대한 주어이지만, ‘선화공주님은 남 그으기 얼어 두고’라는 절은 ‘선화공주는 서동방을 밤에 몰래 안고 간다’라는 절에 딸려 있는 두 개의 절이 이어져 이루어진 하나의 문장인 것이다. 동요의 문맥은 이와 같이 평이하고 순하고 재미가 있는 것이라야 하는 것이지, 억지로 뜻을 돌려서 노래해 놓고는 아이들에게 새겨서 들어 달라고 강요할 겨를이 없는 것이다. 이런 점에서 鮎貝房之進와 小倉進平의 ‘해독 노래’에 대한 해석은 억지로 만든 노래라는 느낌을 주고 있으며, 그에 비해 양주동의 ‘해독 노래’는 동요의 순리에 맞는 문맥을 찾아 냈다고 말할 수 있는 것이다.

그러나 이와 같은 문맥은 지헌영(池憲英)에게서 새로운 국면을 맞이하게 된다.

> 善化公主니믄 / ᄂᆞᆷ모ᄅᆡ 어러두고 / 薯童房ᄋᆞᆯ / 바ᄆᆡ 몰 안고가다[13]

이 해독은 표기된 외형으로만 본다면 양주동의 해독과는 다만 ‘ᄂᆞᆷ그ᅀᅳ지’가 ‘ᄂᆞᆷ모ᄅᆡ’로 바뀐 정도이다. 그러나 ‘薯童房乙’을 ‘서동 방으로’라고 풀이하여 ‘去如’의 행동 방향으로 보았고, ‘몰’을 의문대명사의 대격형인 ‘무엇을’로 풀이하였다. 이에 대하여 남풍현은 다음과 같이 평하고 있다.

---

13) 지헌영(池憲英), 『향가여요신석(新釋)』, 정음사, 1947, 6쪽.

> '夘乙'을 대격형으로 파악한 것은 지헌영에서부터 시작된다. 그는 '乙'이 차자표기법에서 대격조사로 주로 쓰인 것을 중시한 것으로 믿어지는데, 이는 이 시가의 해독에 새로운 장을 연 것이다. 그는 '夘乙'을 '몰'로 읽고 이것을 의문대명사의 대격형인 '무엇을'로 해독하였다. 또 '薯童房乙'을 '去如'의 행동 방향으로 보아 이 구를 "밤에 무엇을 안고 그(서동) 방으로 가는가"라고 풀이하였다. 이로써 '房'을 무리하게 '童'의 뜻으로 보는 견해를 지양하였다. 그러나 '몰'은 중세 국어의 '므스' '므슴' '므슥'과 어형상 대응하기 힘들 뿐더러 가의(歌意)를 모호하게 표현한 것으로 본 흠이 있다. 이 동요는 그 배경설화와 긴밀하게 연결되어 있는 것인데 '夘乙'을 의문사로 풀이함으로써 이 유대가 이완된 결과를 낳게 하였다.[14]

이 평에서 남풍현은, 지헌영이 '夘乙'을 대격형으로 파악한 것은 이 노래의 해독에 새로운 장을 연 것이나, '몰'은 중세 국어의 '므스' '므슴' '므슥'과 어형상 대응하기 힘들 뿐더러 가의를 모호하게 표현한 것으로 본 흠이 있다고 하였다. '선화공주는 밤에 무엇을 안고 서동의 방으로 가는가'라는 말은 '선화공주는 서동방을 밤에 안고 간다'는 말보다 의표가 모호하다. '夘乙'을 목적어로 처리한다면 가지고 가는 물건이 서동과 직접적으로 연결되는 것이어야 했을 것인데 '무엇을'이라는 의문사로 해석하여 설화와의 연관성을 약하게 만든 것이라는 것이다.

양주동은 '夘' 자를 '卯' 자로 판독하여 '夘乙'을 '몰'로 읽었고, '몰'을 '몰래'로 풀이하여 小倉進平을 답습하였다. 이러한 해독은 이후 끈질기게 비판의 소리를 들어 왔다. 한 노래 속에 훈독하여 '몰래'라는 의미로 해독되는 '密只'의 '密' 자가 있는데도 불구하고, 굳이 자형마저 고쳐서

---

14) 남풍현(南豊鉉), 「서동요의 '夘乙'에 대하여」, 『백영정병욱선생환갑기념논총』, 신구문화사, 1982, 208쪽.

음차한 '卯' 자를 사용했겠느냐는 지적을 받아 왔다. 이러한 비판의 결과로 '夘乙'을 '무엇을'로 읽어 대격형으로 파악한 지헌영의 견해가 나왔고, 홍기문은 '夘' 자를 '卵' 자로 판독하고 음차자로 처리하여 '바므란'의 '란' 음을 표기한 것으로 보았다.

홍기문이 해독한 '노래의 역문' 곧 '해독 노래'는 다음과 같다.

(직역)
션화공쥬니믄 / 놈 그스기 얼어 두고 / 서동 집을 / 바므란 안고 가다

(의역)
선화공주님은 / 남 몰래 시집 가서 / 서동이를 / 밤이면 안고 가다.[15)]

'해독 노래'의 문맥에 있어서 홍기문은 양주동의 것을 크게 벗어나지 않는다. 홍기문의 '선화공주님은 남 몰래 시집 가서 서동이를 밤이면 안고 가다.'라고 한 것은 양주동의 '선화 공주님은 남 그으기 얼어 두고 맛둥방을 밤에 몰래 안고 가다.'라고 한 것에서 '夘乙'에 대한 수정 이외에 기본적으로 문맥이 바뀐 것은 없다. '그으기'는 '은밀히', '몰래'라는 말이고, '얼어 두고'는 '시집 가서'라고 해서 그 뜻이 바뀐 것이 아니니, 홍기문의 '해독 노래'에 있어서도 '선화공주님은' 주어이고 '서동이를'은 목적어이고 '안고 가다'는 서술어인 것이다.

홍기문은 '夘乙'을 '卯乙'로 보고 '몰래'로 읽는 것을 인정하지 아니하였다. 홍기문은 '夘乙'에 대한 小倉進平과 양주동의 견해를 다음과 같이 비판하였다.

15) 홍기문, 앞의 책, 197쪽.

『향가 및 이두 연구』나 『조선고가연구〉에서 '卯'자를 '卯'자로 인정한 다음 먼저 책에서는 '夜矣'를 '밤애', '卯乙'을 '몰내'라고 읽고, 나중 책에서는 '夜矣'를 '밤의', '卯乙'을 '몰'이라고 읽었다. 나중 책이 철자에 대한 약간의 수정을 가한 이외 '卯乙'의 두 글자를 현대어 '몰래'에 해당한 말로 해석하여 먼저 책 그대로 도습하고 있다. 그러나 '卯乙'에서는 '몰내'라는 '내'의 음을 찾아볼 수 없으며 그렇다고 '몰'이란 말로 해석한다는 것도 정확한 편이 못 된다. 첫째 '몰내'가 '남이 모르게'의 뜻으로 되는 데는 '내'의 뜻이 가담되어 있다는 것을 잊어서는 안 되니 '몬내', '끝내' 등에서 '내'를 떼여 버려서는 '몬내', '끝내'와 같은 말로 될 수 없다. 둘째 우의 '놈 그스기'란 말이 이미 '몰래'의 뜻이라는 것을 또한 잊어서는 안 되니 불과 몇 마디 되지 않는 노래에서 동일한 뜻의 말을 그렇게 중복했을 것 같지 않다. 셋째 근본적으로 파고들어 가서는 '몰래' 내지 '몰'을 '卯乙'의 두 자로 기사했다는 것부터 의문이 없을 수 없는 것이다.[16)]

홍기문은 처음부터 '夘' 자를 '卯' 자로 보고 있었다. 홍기문은 그러한 입장에 서서, '卯' 자를 '卯' 자로 인정하고 '卯乙'을 '몰내', '몰'로 읽는 小倉進平과 양주동의 견해를 세 가지 이유를 들어 비판하고 있는 것이다. 첫째 '몰'은 '래'가 없는 상태로는 '몰래'라는 말이 될 수 없다는 것이다. 이것은 '卯乙'을 '몰'로 읽은 양주동의 견해가 성립될 수 없음을 말하는 것이 된다. 둘째 '그스기'와 '몰래'는 같은 뜻의 말이니 몇 마디 되지 않는 짧은 노래 속에서 같은 뜻을 가진 말을 중복해서 쓰지 않았을 것이라는 것이다. 이것은 '夘乙'을 '몰래'로 읽는 문제를 근본적으로 재고해야 하는 이유가 되는 것이다. 셋째 '몰래'를 꼭 표기해야 되었다면 '몰래'를 표기하는데 굳이 '卯乙'로 기사하지 않았을 것이라는 것이다.

16) 홍기문, 앞의 책, 203쪽.

이것은 '夘' 자를 '卯' 자로 판독한 부적절성을 함께 지적하는 것으로서, 그대로 인정할 수 있다면 '夘乙'의 판독·해독·해석에 있어서 근본적으로 시각의 전환을 요구하고 있다고 말할 수 있는 것이 된다.

홍기문이 제시한 이러한 이유는 모두 타당한 것이었다. 鮎貝房之進이 유보해 두었던 '夘乙' 즉 '卯乙'의 해석을 '몰내'와 '몰'로 읽어 '몰래'로 해석한 小倉進平과 양주동의 견해로는 〈서동요〉의 해석에 있어서 시원한 결과를 기대하기 어렵다는 것이다.

이와 같이 小倉進平과 양주동을 비판한 홍기문은 '卯' 자를 '卵' 자로 판독하고, '卵' 자를 '夜矣'에 딸리는 조사의 일부분으로 처리하는 해독을 내놓았다.

> '卯'는 '卵'이요 '夜矣卵'은 '바므란'이란 말이다. '卵乙'은 '卵'의 뜻을 표시하던 이두어였을 것인 바 후인의 전사 내지 인각에서 그런 말이 통용되는 관계상 '乙'을 덧넣어서 드디여 '卵乙'로 되어 버린 것이다.[17)]

홍기문의 위의 주장은 '夘' 자를 '卯' 자가 아닌 '卵' 자로 잡고, '卵'을 음차자로 읽어 '바므란'의 조사의 일부분인 '란' 음을 표기한 것이라는 것이다. 鮎貝房之進, 小倉進平, 양주동이 '夘乙'을 '卯乙'로 판독한 부당성을 지적한 것은 타당도가 높은 견해이었으나, '夘' 자가 '卵' 자로 고쳐져야 할 정당한 이유와 '卵乙'이 '란' 음으로 읽혀져야 하는 까닭이 설명되어 있지 않은 것은 새로운 문제를 낳게 되는 결함으로 남게 되었다.

이탁(李鐸)은 '夘'의 판독을 '卯'의 입장에 따르면서 '卯乙'을 '믇을'로

17) 홍기문, 앞과 같음.

읽고 '무엇을'로 해석하였다.

> 善化公主님은 / 놈믈ᄋ 얼아 도고 / 마동방을 / 밤의 믈을 안고 가ᄃ

> 선화공주님은 / 남 몰래 얼러 두고 / 맏동방엘 / 밤에 무엇을 안고 가다[18]

'卯乙'에 대하여 지헌영이 '몰'로 읽었으나 이탁은 '믈을'로 읽어 해독을 달리하였다. 그러나 '믈을'을 '무엇을'로 해석하여 의문부사로 보는 것은 지헌영과 같이 하였다. 이리하여 이탁은 〈서동요〉 해석의 대의를 '선화공주님은 남 모르게 얼러 붙어 두고서 서동이 방에를 밤에 무엇을 안고 가더라'라고 하여, '薯童房乙'을 '서동이 방에를'로 해석하여 처소격의 입장을 취하였다. 이탁이 '몰=무엇을'이라는 지헌영의 입장을 취한 것과는 달리 김선기(金善琪)는 '몰=몰래'라는 양주동의 해석을 "길이 후학들로 하여금 혀를 내두르게 하리라고 믿는다"고 하여 '몰'로 읽는 입장에 찬동하였다.

> 썬꽈 공쥬님안 / 남기시기 얼일아 도고 / 쑈똥 빵알 / 밤애 몰안겨 가다[19]

김선기는 '房乙'을 '빵알'로 읽고 '房'을 '집'으로 새겼으나, 이 경우 '집'이 장소 개념을 지니는 말인지의 여부에는 언급하지 않았고, '薯童房乙'을 양주동의 견해에 따라 대격으로 처리한 듯하다.

---

18) 이탁, 「향가 신해독」, 『한글』 114호, 1956, 8쪽.
19) 김선기, 「쑈똥노래」, 현대문학 151호. 『옛적 노래의 새풀이』, 보성문화사, 1993, 393쪽.

김준영(金俊榮)은 양주동의 입장을 따르면서 홍기문의 견해에도 주의를 기울였다.

> 善花公主님은 / 놈 그슥 얼아 두고 / 마동방을 / 밤의 몰 안고 가다
>
> 善花公主님은 / 남 그윽이 교합해 두고 / 마동방을 / 밤에 몰래 안고 가다.[20]

김준영은 '卯乙'을 '몰'로 읽고 부사로 쓰인 것이라 했으나, 혹시 '卯' 자가 아니라 '夘' 자라면 '夘乙'은 조사 '랑은', '란은'의 방언(方言)으로 보아야 하겠다고 하였다. 이것은 원칙적으로 '卯乙'을 양주동의 견해처럼 '몰'로 읽는 것이나, '夘' 자로 판독되는 것이라면 '夘乙'을 '란을'로 읽고 '란을'을 '랑은', '란은'의 방언으로 처리한다는 듯이 보인다. 홍기문의 '바므란'의 '란'과 같은 관점으로 좋은 비교가 된다.

'夘' 자를 음차자로 해독하는 것이 합리적으로 설명하기 어려워지니, 관심이 '夘' 자의 훈독(訓讀)으로 돌아가게 되고, '夘乙'을 '알을'로 읽게 되었다. '夘乙'을 '알을'로 읽게 되니, 〈서동요〉의 문장에 목적어가 두 개 생기는 결과가 되었고, 이후 이것을 해결하려는 노력이 계속되어 이에 따르는 다양한 견해가 나타나게 되었다. 거기에 더하여 '薯童房'은 사람을 지칭하는 말에서 벗어나 '薯童'과 '房乙'을 분리하여 '머선의 방', '서동의 방' 등과 같이 선화공주의 행동이 지향하는 방향으로 해석하게 되었다. 이로 인하여 문장 구조와 문의는 점점 복잡해지고, 〈서동요〉의 해석은 미세적이고 국소적 의미 파악에 관심이 쏠리는 경향을 보이게 되었다. 그리하여 〈서동요〉의 해석은 동요의 문리(文理)에서 점점 멀어

---

20) 김준영, 『향가문학』, 형설출판사, 1981, 126쪽.

지는 듯이 보이게 되었다.

홍기문의 견해대로라면 '夘乙'을 '卯乙'로 고쳐서 '몰'로 읽는 것은 부적절하다는 것이다. 그렇다고 홍기문의 주장대로 '夘乙'을 '卵乙'로 고쳐서 '바므란'의 '란' 음을 표기한 것으로 보기도 어려운 것이다. 정렬모는 '卵乙'에서 '乙'을 무시하고 '란' 음을 읽어 낼 수는 없다[21]고 지적하였다.

정렬모(鄭烈模)는 〈서동요〉를 6구로 나누어 다음과 같이 해독하였다.

(직역)
선화 곰쥐 / 니믄 놈달기 / 어러두고 / 머선 방을 / 바미 아롤 / 품고 가요

(의역)
선화 생쥐년 / 님은 눈독에 / 정드려 놓고 / 머스매 청에 / 밤이라 알만 / 품고만 간다[22]

정렬모는 '薯童'을 '머선' 곧 '머섬'의 표기라고 추정하였다. '房'은 음독하여 글자 그대로 '房'으로 읽고, '乙'은 음차하여 '을'로 읽으면서 장소 상황어를 표현한다고 하였다. 결국 '薯童房乙'을 '머선 방을'이라고 직역하고 '머스매 청에'라고 의역하였다.[23] 이것은 '薯童房'의 '房'이 '薯童'이라는 人名에 붙는 접사가 아니라 방(청)이라는 공간 장소를 가리키는 말이며, 선화공주의 행동이 지향하는 방향을 표시하고 있는 것이라고 풀이하였다. 양주동의 해독에서는 '서동방을 몰래 안고 간다'이

21) 정렬모, 『향가연구』, 사회과학원 출판사, 1965, 117쪽.
22) 정렬모, 위의 책, 103쪽.
23) 정렬모, 위의 책, 112-115쪽.

던 것이 정렬모의 해독에서는 '서동 방에 밤알을 안고 간다'로 바뀌게 된 것이다. 이러한 구문 이해의 변화는 '卵乙'의 해독이 '알을'로 바뀌면서 두 개의 목적어가 등장하는 통사론적 불편을 해소하려는 노력에서 비롯된 것으로 볼 수 있다.

'薯童房乙'의 '乙'이 '서동 방으로'의 '으로'로 해석됨으로써 '乙'이 행동이 지향하는 방향을 표시한다는 생각은, 이후 '卵乙'을 '알을'로 해독하는 결과로 나타나는 두 개의 목적어를 해결하려는 노력에 이용되게 되었다.

정렬모는 '夜矣卵乙抱遣去如'를 '바믜 아롤 품고 가요'라고 직역하고, '밤이라 알만 품고만 간다'라고 의역하였다. '夜' 자는 훈차하여 '밤', '卵' 자도 훈차하여 '알', '夜矣卵'은 '밤익알'로 읽어서 율자(栗子) 곧 '밤알'이라고 하였다. 이때 '卵乙'의 '乙'은 대격이라고 하였다. 나아가 정렬모는 '薯童房乙 夜矣卵乙 抱遣去如'와 같이 띄어 읽고 '머슴애 방에 밤알을 품고 간다'로 해석하였다.[24]

小倉進平, 양주동, 홍기문이 '薯童房乙'을 목적어로 처리하였던 것이 지헌영의 '무엇을'을 거쳐 정렬모에 와서 '薯童房乙'의 '乙'은 처소격 내지 향진격으로 바뀌고, '夜矣卵乙'의 '乙'이 목적격의 자리에 놓이게 되었다. '夜矣卵'을 '밤알(栗子)'로 풀이한 것은 매우 신기한 착상이나, '밤(栗)'을 표기하기 위하여 '夜' 자에서 훈차했다는 것은 그대로는 납득하기 어려운 해독법이라 할 수 있다. '卯'를 '卵'으로 바꾸어 '卵'을 '알'로 읽고, '夘乙'을 '卯乙'이 아닌 '卵乙'로 고쳐 나가는 새로운 상황에서 합리적으로 대처하려는 고심의 결과가 '薯童房乙'을 목적격에서 처소격 내지 향진격으로 바꾼 것이라 해야 할 것이다. 그렇다면 이것은 문법에

24) 정렬모, 앞의 책, 115-116쪽.

맞는 해독일 수는 있어도 문장론적 문맥의 순리를 얻었다고 말할 수는 없을 것이다. 이후 '卯' 자냐 '夘' 자냐 하는 문제는 〈서동요〉의 문맥을 자의적으로 변조하는 실험적 시료로 삼게 되면서 해독과 해석에 대한 중심 과제가 되었다.

서재극(徐在克)의 해독은 다음과 같다.

〈해독〉

善化公主니믄 / 놈 그슥 어라 두고 / 마둥바올 바믜 알안겨거다

〈현대어 역〉

善化公主님은 / 남 몰래 교합해 두고 / 마퉁놈을 밤에 알안았다.[25]

서재극은 '薯童房乙 夜矣 夘乙抱遣去如'를 '마퉁바올 바믜 알안겨거다'라고 해독하고, '마퉁놈을 밤에 알안았다'라고 현대어 역하였다. '夘乙'을 '알'로 읽었고, '夘乙抱遣去如'를 '알안다, 알품다'로 이해하였다.

> 『양자방언(楊子方言)』의 '北燕朝鮮洌水之間 謂伏鷄曰抱'는 '알안다, 알품다'를 이름이다. '密只'이란 말이 앞에 있는데, 다시 '夘乙' 즉 '卯乙(몰, 不知)'(종래 해석들)로 썼을까? 「密只(그슥)」과 「卯乙(몰)」은 이음 동의어가 아닌가? 필자는 상기 논문에서 '去如'를 의문형 '간다'로 해독했기 때문에 이 「夘」 자를 '불(고환)'로 보았고, 다음 '乙'을 대격으로 처리하였으나, 여기서 '夘'의 말음첨기(末音添記)로서의 '을'로 수정하는 동시에, '거여'의 '去'를 완료상의 선어말 어미 '-거-'로 처리하는 바이다.[26]

25) 서재극, 앞의 책, 25쪽.
26) 서재극, 앞의 책, 24쪽.

서재극은 '薯童房乙 夜矣 夘乙抱遣去如'를 한 구로 처리하고, '去如'의 '去'를 완료상의 선어말 어미 '-거-'로 처리하였다. 이에 대하여 김완진(金完鎭)은 "서재극의 '알안겨거다'는 재미있는 착상이기는 하나, 얼마나 그 의견에 동조할 사람이 생길까 하는 느낌을 준다."[27]라고 하여 서재극의 '알안겨거다'에 찬동하지 아니 하였다. 그러나 이것은 '卵乙'을 '알'로 읽어 '乙'을 '알'의 말음첨기로 처리한 것을 포함하여 '去'를 완료상의 선어말 어미로 처리한 데 대한 비판일 수는 있어도, '卵'을 '알'로 읽은 것에 대한 불만의 표시는 아니었던 것 같다.

홍기문이 '夜矣卯乙'을 '바므란'으로 읽어 '卯' 자를 음차자로 읽고 조사로 처리하더니, 정렬모는 '夜矣卯乙'을 '밤익아롤'로 읽어 율자 곧 '밤알'이라 하여 '卵' 자를 훈차자로 보고 '卵乙'을 대격으로 이해하였다. 서재극도 '夘乙'을 '알'로 읽고 '불알'로 해석하여 '卵' 자를 훈차자로 처리하였다. 김완진은 '夘乙'을 '알홀'로 읽고 '夘' 자를 '卵' 자로 판독하면서 '알홀'을 정렬모처럼 대격으로 처리하였다.

김완진은 『향가해독법연구』에서 〈서동요〉를 다음과 같이 해독하였다.

[전사]
善化公主니리믄
눔 그슥 어러 두고
薯童 방올
바매 알홀 안고 가다.

[현대어 역]
善化公主님은 / 남 몰래 짝 맞추어 두고 / 薯童 방을 / 밤에 알을 안고

27) 김완진, 『향가해독법연구』, 서울대학교 출판부, 1980, 96쪽.

간다.[28]

이 해독의 요체는 '夘乙'을 '알홀'로 읽은 데 있다. 지헌영이 의문조사로 처리한 '무엇을'의 모호성에서 벗어났고, 정렬모가 '夜' 자를 '栗'로 이해하면서 제시한 '밤익알'이 안고 있는 부적절성을 개선하였으며, 서재극이 '夘乙'을 '알'로 읽었을 때 '乙'을 말음첨기로 처리한 과용성을 해소하였다. 그러나 이미 '薯童房乙'이 대격의 자리에 있음에도 불구하고 '알홀'을 또다시 대격으로 처리함으로써 한 문장에 두 개의 대격이 충돌하는 결과를 가져오게 한 전철을 그대로 답습하였다. 다시 말하면 한 문장에 두 개의 대격이 충돌하는 데서 일어나는 통사상 구문의 불합리를 해결해야 했던 선행자의 고심은 그대로 떠안게 되었다.

> '薯童'을 풀어 읽는 노력을 보류한다. '房'을 남자를 위한 접사로 본 것은 小倉進平에서 시작되어 모두가 이를 따라 왔지만, 저자는 이를 문자 그대로의 '방'으로 보고, 끝에 오는 '去如'의 행동 방향으로 잡는다.[29]

김완진은 '薯童房乙'의 '房'을 小倉進平, 양주동, 홍기문처럼 접사로 보지 않고 문자 그대로 '방'으로 보고 선화공주의 행동 방향으로 본다는 것이다. 이것은 '房'을 '薯童'이라는 인명에 붙는 접사로 처리하는 小倉進平, 양주동, 홍기문의 견해를 버리고, 공간 장소의 개념으로 이해하는 지헌영, 이탁, 정렬모의 견해에 따르는 것이 된다.

김완진은 '밤에 알을 안고 간다'의 풀이에 대하여 다음과 같이 말하였다.

---

28) 김완진, 앞의 책, 94-96쪽.

29) 김완진, 앞의 책, 95쪽.

'乙' 자는 원칙적으로 대격의 표시로 쓰이는 자이기에 '夘乙'을 '알홀'로 읽으며 이 구 전체를 '바매 알홀 안고 가다'로 읽는데, 해독의 순리에 맞고 문법에도 어긋남이 없으나, 구체적으로 그것이 무슨 내용을 뜻하는가까지는 말하기 어렵다. '알을 안고 간다'는 것이 당시의 어떤 은어 내지는 비유적 표현인 것 같이도 느껴지나, 지금으로선 후고를 기다린다 할 수밖에 없다.[30)]

이 인용문의 핵심은 '夘'을 '알'로 읽고 있다는 것이다. 즉, '夘'을 '卯'가 아닌 '卵'으로 보고, '乙'을 대격으로 처리하여, '卵乙'을 '抱遣'의 목적어로 삼았다. 김완진의 해독의 결과는 '선화공주님은 서동 방으로 밤에 알을 안고 간다'가 되는 것이다. 양주동의 '선화공주님은 맛둥방을 밤에 몰래 안고 간다'와는 매우 다른 결과를 가져오고 있다. 양주동의 해석은 '선화공주가 밤에 서동방을 안고 (뒹굴다가) 간다'로 이해되는 것인데, 김완진의 해석은 '선화공주가 서동의 방으로 알을 안고 간다'는 것이 되어, 선화공주는 알의 소유자 내지는 운반자가 되는 것이다. 정렬모의 '밤(栗)'과 서재극의 '불(睾丸)'이라는 해석이 있었지만, 단안을 피하여 당시의 은어이거나 비유적인 표현일 것이라고 하여 여운을 남겨 두었다.

홍재휴, 김문태, 유창균은 '알'의 해석에 계속 관심을 보였지만, 박갑수, 남풍현은 '卵' 자로 판독하는 견해에 동의하지 않았다. 그리하여 박갑수와 남풍현은 '卯' 자의 새로운 해독을 시도하였다.

박갑수(朴甲洙)는 '卯'를 '톳기'를 거쳐 '돗'으로 읽고 '자리(席)'로 해석하였다. '卯乙'은 대격으로 처리하여 "善化公主님은 남 모르게 (薯童을) 얼러두고 薯童에게 밤에 잠자리를 안고 간다"로 풀이하였다. 이에 대하

30) 김완진, 앞의 책, 96쪽.

여 남풍현(南豊鉉)은 "'ᄃᆞᇧ'을 표기하자면 '席' 자가 있다. 이것을 버리고 '토끼(兔)'의 뜻을 거쳐서 '席'의 뜻을 표기한다는 것은 차자표기법에 수의성이 있다 하더라도 지나친 표기법상의 희롱이다."[31]라고 하였다. '卯' 자에 대한 종전의 해독에 만족하지 못하고 새로운 해독을 시도했으나, 결과적으로는 '卯' 자에서 벗어나지 못하는 한계에 머무르게 되었다.

남풍현은 '夘' 자는 '卵'으로 읽힐 가능성보다는 '卯'로 읽힐 가능성이 높다고 말하고, '夘乙'은 '모롤'을 표기한 것이며 그 뜻은 '마(薯蕷)를'이라 하였다. 그리하여 〈서동요〉의 해독을,

> 善化公主님은 놈 그ᅀᅳ기 얼어 두고 薯童 房을 밤ᄋᆡ 모롤 안고 가다.

라 하고 그 뜻을,

> 善化公主님은 남 모르게 남자를 사귀어 두고 밤에 마(薯蕷)를 안고 薯童의 房으로 간다.[32]

라고 하였다. 마를 표기하면서 음차자로 '卯' 자를 이용하였다는 것은 한 노래 속에 '薯' 자가 쓰이고 있는데 굳이 '卯' 자를 썼겠느냐는 지적을 받을 수 있다. 또 마를 가지고 가는 것이 식량 공급의 뜻을 담고 있는 것인지는 몰라도 선화공주를 곤궁하게 하기에는 행위를 매개하는 물건이 너무 온건하다 할 것이다.

박갑수와 남풍현이 '夘'을 '卵(알)'으로 판독하는 데서 오는 가의의 모호성을 인지하고, 그러한 해독에서 벗어나려 한 것은 생산적인 의도였

---

31) 남풍현, 앞의 글, 209쪽.

32) 남풍현, 위의 글, 214쪽.

으나, '卯' 자에 머물러 '卯' 자의 해독에 집착한 결과 새로운 대안을 제시하지 못하고 말았다.

홍재휴(洪在烋)는 정렬모의 해석과 김완진의 견해를 받아들이고, 서재극이 풀이했던 고환(睾丸)이라는 견해와는 달리 음핵(陰核)으로 보아 "이 동요를 통석하면 '선화공주님은 남 모르게 밀약한 낭자(郎子) 서동의 방으로 밤이 되면 몰래 알(음핵)을 안고(가지고) 간다네'라는 뜻으로 풀이 될 듯하다."[33]라고 하였다.

'卯乙'을 '알을'로 해독하고, '卯乙抱遣去如'를 '음핵을 가지고 간다네'라고 해석하여, 음핵을 가지고 가는 방향을 서동의 방으로 잡고 있는 것이다. '薯童房乙'의 '을'이 경상도의 방언으로는 '에게', '으로' 등으로 혼용되고 있으니,[34] '서동의 방으로 음핵을 가지고 간다'는 문장은 문법에 어긋남이 없는 완벽한 구문을 이루고 있는 것이다. 그러나 이것이 아무리 선화공주의 음란성을 강조하기 위한 노래라 하더라도,[35] 문장이 지니는 시적 진실이나 문장이 발산하는 시정(詩情)의 향기 그것을 담고 있는 정상적인 문채(文彩)로 보기에는 아무래도 답답한 감을 털어버리기 어렵다. 이렇게 말하고 있는 것은 행위의 음란성을 지적하여 탓하려는 것이 아니라 문장의 논리성에 문제가 있다는 것을 짚어 보자는 것이다. 이러한 문장의 논리성 문제는 이미 지헌영의 '밤에 무엇을 안고 그 방으로 가는가'와 이탁의 '서동이 방에를 밤에 무엇을 안고 가더라'와 정렬모의 '머선 방을 바미아롤 품고 가요'에서 시작된 것이다.

김문태(金文泰)는 "결국 〈서동요〉에서 문제가 되어 온 '알을 안고 간다'(卯乙抱遣去如)는 어구는 '임신하여 부른 배를 안고 간다'는 것을 비유

---

33) 홍재휴, 『한국고시율격연구』, 태학사, 1983, 139쪽.

34) 홍재휴, 위의 글, 137쪽.

35) 홍재휴, 위와 같음.

적으로 표현한 것이라 할 것이다."[36]라고 하였다. '알'을 '임신하여 부른 배'를 비유적으로 표현한 것이라 한다면, 선화공주의 운신이 더욱 복잡하여 행동의 선후 관계가 모호해지고, '알을 안고 간다'가 지니고 있는 통사상의 문제는 여전히 그대로 남아 있게 된다.

유창균(俞昌均)은 '夘'을 '卵'으로 보고 '알'로 읽는 데 동의하고 있다. 그러면서도 '夘乙'을 '알을'로 읽을 때 두 개의 목적어가 나타나는 것을 해결하려는 종래의 방식에 대하여 회의적인 태도를 보이고 있다.

> 제4구와의 관계에서 볼 때 여기에 서술어가 추가되지 아니하면 하나의 '文'에 두개의 목적어가 내포되어 문맥의 흐름이 통사상의 일반적인 형식에서 벗어나게 된다. 그래서 제4구의 '夜矣卯乙抱遣去如'에 있어서 '卯乙'을 양주동은 '몰(돋내)'의 뜻으로 새기고 있으나, '乙'을 신라 후기에 주로 목적격의 표시에 쓰인 점으로 미루어 찬성하기 어렵다. 또 일부에서는 이것을 '알을'로 읽고 있는데 이 경우에는 '乙'이 목적격이 되는데, 제3구의 '薯童房乙'과의 관계가 과연 통사적으로 가당한지 문제가 된다.[37]

제3구의 '薯童房乙'과 제4구의 '卵乙'이 모두 목적어가 되어서 통사적으로 문제가 되므로 제3구에는 서술어가 추가되어야 통사적으로 순조로운 문맥을 이룰 수 있다는 것이다. 그리하여 유창균은 제3구에 서술어를 하나 더 추가 보충하는 해독을 만들어 내었다.

[해독]

善化公主 님은 / 눔 그스기 얼아두고 / 막동 집을 (ᄎᆞ작) / 밤의 알을

36) 김문태, 『삼국유사의 시가와 서사문맥 연구』, 태학사, 1995, 113쪽.
37) 유창균, 앞의 책, 569쪽.

안고가다

[의역]

善化公主 님은 / 남 몰래 정을 두고 / 막동의 집을 (찾아) / 밤에는 알을 품고 가는구나[38]

‘薯童房乙’을 ‘막동의 집을’로 해석하고 ‘房’을 거주 공간으로 간주하여 선화공주가 찾아가는 장소로 정하였으나, ‘집을’을 처소격이나 향진격으로 잡지 않고, ‘집을’ 다음에 ‘찾아’라는 서술어를 추가하여 목적격(대격)으로 그대로 남겨 두었다. 문제의 초점이 되는 ‘夘乙’은 김완진의 견해에 따라 ‘알을’로 읽어 목적어로 삼았고, 이에 따라 두 개의 목적어를 설정하였다. ‘抱遣’은 ‘알안다, 알품다’라고 한 서재극의 견해에 따라 ‘품고’로 읽었다.

‘薯童房乙’을 목적어로 남겨 두었음에도 불구하고, 구문의 기본적인 틀은 김완진을 따르면서, 제3구의 ‘막동의 집을’ 다음에 ‘찾아’를 보충한 것이다. 이것은 엄청난 변화이다. 지헌영에서 시작하여 김완진이 정돈한 해독의 기본 틀에 따르면서도 ‘薯童房乙’을 목적격으로 되돌려 보내려는 노력을 보여주고 있는 것이다.

유창균이 ‘薯童房乙’을 목적격으로 되돌려 보내려고 한 것은, 지헌영에서 시작하여 김완진에 이르기까지 줄기차게 시도한 ‘집을’의 격에 대한 해석 즉 처소격 내지 향진격이라는 인식에 대한 단호한 반성론이라 아니 할 수 없다. 그러나 이러한 반성은 또 하나의 서술어(‘찾아’)를 추가함으로써 노래의 원상을 크게 손상시킬 수도 있는 위험한 결과를 불러오고 말았다. ‘薯童房乙’을 향진격으로 전환하려는 선행자의 무리한 처

38) 유창균, 앞의 책, 541쪽.

사를 바로 잡으려는 생각은 대단히 높이 평가되어야 할 것이지만, '薯童房乙'이 목적어의 위치에서 이탈되도록 만들어 놓은 원인이 '알을'에 있다는 것을 간과한 것은 매우 아쉬운 일이 아닐 수 없다.

'夘乙'의 해독에만 초점을 맞추어 생각한다면, 김완진의 '알을 안고 간다'는 해독은 해독의 묘체(妙諦)를 얻은 것이라 말할 수 있다. 지헌영의 '卯乙'을 '무엇을'로 풀이한 것이 향가 해석에 새로운 장을 열었다고 지적한 남풍현의 말과 같이, 김완진의 '알을 안고 간다'는 신선한 충격이었음에 틀림 없다. 그러나 '薯童房乙'과 함께 놓고, 문장 전체의 구문과 의미와 시정의 균형을 염두에 두고 생각한다면, '무엇을'로 시작하여 '알을'까지 오게 된 '夘乙'에 대한 해석이 대격형으로 흘러간 것은 길고 긴 우회로를 거쳐온 느낌을 주는 것이다.

〈서동요〉와 같은 짧은 노래에 목적어가 두 개 들어 있는 것은 통사상으로 부드러운 문장이라 말할 수 없다. 그 중 한 개의 목적격(대격)을 향진격으로 바꾼다 하더라도 어형을 그대로 두고 노래 부른다면 청각상의 불편은 여전히 남아 있을 수밖에 없다. 이러한 통사상의 불편이 '夘乙'을 목적어로 풀이한 데에서 기인한 것이라면, 이제는 인식을 바꾸어 '夘乙'의 해독에 있어서 해독의 기본적인 시각을 과감히 전환할 필요가 있다. 지금까지 '夘乙'을 '抱遣'을 한정하는 부사나 '抱遣'에 걸리는 목적어로 생각해 왔다면, 이제는 '夘乙抱遣'을 복합동사로 처리하는 방법은 없을까 생각해 볼 수 있는 것이다.

3. '夘' 자의 자형(字形)에 대한 검토

주지하는 바와 같이 〈서동요〉의 해독·해석과 관련된 논의는 주로

'夘' 자를 '卯' 자로 보느냐 '卵' 자로 보느냐 하는 '夘' 자 판독 문제에서 시작되었다. 鮎貝房之進이 '卯' 자로 판독한 이래 小倉進平, 양주동, 지헌영, 이탁, 김선기, 김준영, 박갑수, 남풍현은 '卯' 자로 보았고, 홍기문, 정렬모, 서재극, 김완진, 홍재휴, 유창균은 '卵' 자로 보았다. 이처럼 '夘' 자의 판독에 대한 관심은 '卯' 자와 '卵' 자로 갈리어 있었다. 그러나 이 논문에서는 '卯' 자와 '卵' 자에 국한하지 않고 '夘' 자를 '夗' 자로 판독할 수 있다는 사실도 상기시키려고 한다. '夘' 자는 '夗' 자와 같은 글자이고, '夗' 자는 자전에 '누워딩굴 원'으로 되어 있다. 〈서동요〉 안의 표기인 '夘' 자를 '夗' 자와 동일한 글자로 보고, 이 글자의 뜻 '누워뒹굴다'를 활용하여 훈독자로 해독한다면 〈서동요〉의 새로운 해석이 가능해진다.

중종임신간본 『삼국유사』에는 '卵' 자가 사용된 경우가 24개소이고, '卯' 자가 사용된 경우가 33개소 나와 있다. 또 〈서동요〉 작품 속에 사용된 '夘' 자를 '夗' 자와 동일한 글자로 보아 별도로 취급한다면, '夗' 자가 사용된 경우는 1개소이다.[39]

『삼국유사』에서 사용된 '卵' 자는 모두 한문 문장 안에서 문맥을 이루는 한 글자로 사용되고 있다. 즉 '卵' 자는 '因而有孕 生一卵 大五升許'[40], '尋撿之 有一紫卵'[41], '解櫝脫卵而生 故因名脫解'[42]의 경우처럼 한문 문장 안에서 문장의 한 요소로 사용되고 있다. 또 『삼국유사』에서 '夘' 자로 필사된 '卯' 자는 모두 간지(干支) 표기의 경우에만 사용되고 있다. '을묘(乙卯)', '정묘(丁卯)', '기묘(己卯)' 등으로 사용된 것이 그 예

---

39) 여기에서 밝힌 수는 『삼국유사』를 직접 짚어가며 조사한 것이나, 누락된 곳을 더 찾게 되면 추가하여 정정하겠다.

40) 『삼국유사』, 권 제1, 기이 제1, 「고구려」.

41) 『삼국유사』, 권 제1, 기이 제1, 「신라시조 혁거세왕」.

42) 『삼국유사』, 권 제1, 기이 제1, 「제4 탈해왕」.

가 된다. 그런데 〈서동요〉 속의 표기에 사용된 '夘' 자는 한문 문장 속에서 한문 문장 성분의 한 요소로 사용된 것도 아니고, 간지 표기에 사용된 경우도 아니다. 〈서동요〉에서 사용된 '夘' 자는 향가 중 하나인 〈서동요〉의 차자표기에 사용된 글자이다. 따라서 〈서동요〉가 차자표기라는 이유 하나만으로도, 또 〈서동요〉에 사용된 '夘' 자를 '卯' 자나 '卵' 자로 판독할 수 있다고 하더라도, 다른 한문 문장에 사용된 '卯' 자나 '卵' 자와 동일한 자격으로 취급할 수는 없는 것이다. 만약 『삼국유사』에 사용된 '夘' 자가 '卯' 자 대신에 대용된 경우와 '卵' 자 대신에 대용된 경우로 양분되어 있다는 사실을 근거로 하여, 〈서동요〉 안에 표기된 '夘' 자가 '卯' 자나 '卵' 자 중 양자택일로만 판독되어야 한다고 주장한다면, 그러한 논리는 논거가 없는 독단이어서 성립될 수 없는 것이다. 그 뿐만 아니라 '夘' 자가 '卯' 자나 '卵' 자가 아닌 제삼의 글자로 판독된다 하더라도, 논리상 아무런 모순이 없는 것이다. 이러한 전제하에서, '卯' 자나 '卵' 자를 활용한 해독·해석이 합리적인 결론에 이르지 못한다면, 제삼의 글자로 판독될 가능성이 있는지 검토해야 하는 것은 당연한 일이 될 것이다.

그러나 이와는 시각을 달리하여, 『삼국유사』에서 필사하고 있는 '夘' 자의 자형들을 비교하여 '夘' 자가 어느 글자의 필사체가 될 확률이 높은지 논의할 수도 있고, 논의된 결과와 관련시켜 〈서동요〉의 '夘' 자가 어느 자의 표기인가를 논의할 수도 있을 것이다.

서재극은 『신라 향가의 어휘 연구』에서 "서재극(1973a)은 삼국유사에서 '夘' 자의 자형(字形)을 조사한 결과 '夘'을 '卵'으로 본다고 했다. 그 후 조사한 결과를 합하면 모두 '卵'으로 읽어야 하는 '夘' 자가 5개소가 된다."[43]라고 하여, '夘' 자를 '卵' 자로 보고 『삼국유사』에는 '卵' 자로 읽어야 할 '夘' 자가 5개소가 된다고 하였다. 이 조사보고는 『삼국유사』

에서 '卵' 자로 읽어야 할 글자 가운데에서, '卩' 안에 '丶'를 찍은 글자(卪)를 빼고 나면, '卩' 안에 '丶'를 찍지 않은 '夘' 자로 표기된 글자가 5개소가 된다는 것으로 보인다.[44]

홍재휴는 '夘' 자를 '卯' 자와 '卵' 자로 읽은 경우를 구별하여,

> 종래에는 대개 이 자를 「卯」 자로 변독하여 「卯乙」을 「몰내」 「몰」 「몯」으로 역독하여 왔다. 그러나 이미 이 자를 육당(六堂)은 「卵」 자로 변독하였고, 근자에는 「알」로 역독한 것을 볼 수 있다. 이와 같은 역독은 원문의 「卵」 자에 대한 자양상의 정독이라 생각된다. 경주간본 삼국유사에 사용된 이 글자는 「卵」 자로 되었으나 동경대간본과 조선사학회간본의 삼국유사(활자본)에서 「卯」 자로 옮긴 것을 육당의 계명구락부간본과 삼중당간본(활자본)에서 「卵」자로 바로잡아 놓았다. 그러나 小倉, 양주동, 지헌영…등이 「卯」 자로 역독하여 줄곧 통용된 실정이다.[45]

라고 지적하여, '夘' 자는 '卯' 자로 읽기보다는 '卵' 자로 읽는 것이 바로 읽는 것이라 하고, 원전의 표기도 경주간본에서는 '卵' 자로 되어 있고, 동경대간본과 조선사학회간본에서는 '卯' 자이던 것을 육당(六堂)의 계명구락부간본과 삼중당간본에서는 '卵' 자로 바로 잡아 놓았다는 것이다. 홍재휴는 육당이 바로 잡은 것을 좇아 '卵' 자로 읽어야 할 것을

---

43) 서재극, 앞의 책, 23쪽.

44) 민족문화추진회에서 영인한 중종임신간본에는 '卵'으로 읽어야 할 곳이 25개소가 되는데, '卩'안에 '丶'가 찍히지 않은 곳이 5개소라면 '卩'안에 '丶'가 찍힌 글자는 20개소가 된다. 〈서동요〉의 '夘乙'의 '夘'은 '卩'안에 '丶'가 찍혀 있지 아니하다. 20개소의 확률을 버리고 5개소의 경우를 취하여 이곳의 '夘' 자를 '卵' 자로 읽는 것은 설득력이 약하다.

45) 홍재휴, 앞의 책, 137쪽.

주장하여, 小倉進平과 양주동과 지헌영 등이 '卯' 자로 읽은 것은 잘못된 것이라고 지적하고 있다. 그러나 육당의 계명구락부간본과 삼중당간본에서 '卯' 자로 바로 잡아 놓았다는 것은 자의적인 판단이지 합리적으로 납득할 만한 논거가 제시되어 있는 것은 아니다. 또 小倉進平과 양주동과 지헌영이 '卯' 자로 읽은 것은 잘못된 것이라는 지적도 정당한 것이라고 단정할 근거는 없는 것이다.

홍재휴는 이어서 경주간본 『삼국유사』의 용자례를 근거로 하여 다음과 같이 용례를 뽑아 놓고 있다.

卵

△産一大夘	〈卷一 第四脫解王〉
△解櫝脫夘而生	〈 〃 〉
△傍有呵囉國昔天夘下于海邊	〈卷三 魚山佛影〉

卯

△乙夘生	〈卷一 金庾信〉
△己卯始造建	〈卷二 駕洛國記〉
△己夘三月	〈卷二 駕洛國記〉
△乙夘大開	〈卷三 阿道基羅〉
△乙夘歲	〈卷三 原宗興法〉
△己卯斯亦求法	〈卷四 勝詮髑髏〉
△二年辛夘	〈卷五 明朗神印〉
△天寶十年辛夘	〈卷五 大城孝二世父母〉[46]

이와 같이 '卵' 자로 쓰인 '夘' 자의 용례 3개소와 '卯' 자로 쓰인 '夘, 卯, 夘' 자의 용례 8개소를 제시하고, 그것을 근거로 하여 다음과 같은

---

46) 홍재휴, 앞의 책, 138쪽.

결론을 내리고 있다.

> 위에서 보는 바와 같이 자양상(字樣上)으로 보아 '夘, 卯, 夘'가 간지의 '卯' 자 표기에 있어서 혼용된 것은 사실이지만 '卵'자 표기가 '夘'으로 통일되어 있음은 또한 사실이다. 그러므로 '卯' 자는 '夘', '卯' 등으로 병용되었음을 알 수 있고, 아도기라(阿道基羅) 조(條)의 '乙夘'만이 '卵' 자로 오기(誤記)되었음을 볼뿐이니 이 대문(大文)의 '夘乙'의 '夘' 자가 '卵'(알) 자 표기일 것임은 더욱 명백하다 할 것이다.[47]

위의 논지를 정리해 보면, '① 간지의 '卯' 자 표기에는 '夘', '卯', '夘' 자가 혼용되어 있다. ② '卵' 자 표기는 '夘' 자로 통일되어 있다. ③ 〈서동요〉의 '夘乙'의 '夘' 자는 '卵'(알) 자 표기임이 명백하다.'라는 것이다.

그러나 이러한 주장은 논증이 불충분한 것 같다. 『삼국유사』에 있어서 간지의 '卯' 자 표기가 '夘', '卯', '夘' 자로 혼용되고 있어서 '夘' 자가 간지로 사용된 경우는 모두 간지의 '卯'로 읽어야 할 것이라는 주장은 찬동할 수 있지만, 위의 인용례에서 '卵' 자로 읽혔다고 제시한 탈해왕조와 어산불영조의 예만을 가지고 '夘' 자를 '卵' 자로 읽어야 한다는 주장에는 동의할 수가 없는 것이다. 왜냐하면 『삼국유사』에는 '卵' 자로 읽어야 하는 경우의 글자가 모두 24개소가 나와 있고,[48] 이 경우에 표기하고 있는 자형도 '卵' 자와 '夘' 자가 혼용되고 있을 뿐만 아니라, '卩' 안에 '丶'가 찍혀 있는 글자(卪)를 사용하고 있는 경우가 훨씬 많아서, 위에서 인용한 탈해왕조와 어산불영조의 용례만 제시한 것을 가지고는 예문을 자의적으로 선정하였을 뿐만 아니라, 증거로 선정한 수(3

47) 홍재휴, 위와 같음.

48) '卵' 자로 읽어야 할 곳이 24개소라고 한 것은 〈서동요〉의 '夘'의 경우를 제외한 수이다.

개)가 전체의 수(24개)에 비해 너무 적어서 이것만으로 결론을 내리기에는 불충분하기 때문이다.

남풍현은 이 점에 대하여 다음과 같이 말하고 있다.

> '夘' 자는 '卵' 자일 가능성도 있으나 '卯' 자일 가능성이 더 높다. 『삼국유사』에서 간지의 표기에 나타나는 '卯'의 자형은 모두 '夘' 자로 표기되었으나 '卵' 자는 '夘'로 된 경우와 '夘'안에 점을 첨가한 경우가 있어 자형상 '夘'로 일관하여 나타나지는 않는다. 이로 보면 '卵' 자를 '夘'로 쓴 것이 당시의 보편적인 자체(字體)라고 하기는 어려운 것이다.[49]

이러한 남풍현의 주장은 〈서동요〉에 쓰이고 있는 '夘' 자는 '卵' 자일 가능성보다는 '卯' 자일 가능성이 더 높다는 것이다. 이러한 판단은 『삼국유사』에서 '卵'으로 읽히는 글자의 자형과 '卯'로 읽히는 글자의 자형에 대한 정밀한 분석을 통해 얻은 결론으로 보인다. 『삼국유사』에서 간지의 표기에 나타나는 '卯' 자에 사용된 자형은 모두 '夘' 자로 표기되어 있고, '卵' 자에 사용된 자형에는 '夘' 자로 된 경우와 '夘' 자의 방(傍)인 '卩'부분 안에 점을 첨가한 경우가 있다는 것이다. 그러므로 '卵' 자를 '夘' 자로 표기했을 가능성은 희박하다는 것이다. 다시 말하면 사용빈도의 통계상의 확률로 보아 〈서동요〉에서 '卩' 자 안에 점을 찍지 않고 그대로 '夘'자로 필사한 글자를 '卯' 자로 판독하는 것이 순리이지, '卵'으로 판독하기는 어렵다는 것이다.

이것은 탁견으로 보인다. 실제로 『삼국유사』에서 간지의 '卯' 자 표기에 사용하고 있는 자형에는 '夘' 자와 '卯' 자와 '夗' 자 등이 쓰이고

---

49) 남풍현, 앞의 글, 211쪽.

있다. 이 자형들이 지니고 있는 공통점은 각 글자의 방으로 쓰이고 있는 글자가 '卩' 자이건 '阝' 자이건 어느 것이건 간에 '卩' 자와 '阝' 자 안에 '丶'를 찍지 않은 글자가 거의 전부라는 것이다. 이에 비해서 '卵' 자로 사용되고 있는 글자에는 '夘' 자와 '夘' 자의 자형이 쓰이고 있지만 대부분 '卩' 자 안에 '丶'를 찍은 글자가 쓰이고 있는 것이다.

민족문화추진회에서 축소 영인하여 간행한 서울대학교 중앙도서관 소장 중종임신간본 『삼국유사』와 민중서관에서 발행한 최남선 편 『증보삼국유사』를 대조하면서, 최남선이 교정한 '卵' 자와 '卯' 자가 중종임신간본에서는 어떻게 필사되어 있는지 살펴보기로 하겠다.

다음 도표의 좌단에 표시된 숫자는 용례에 붙인 일련번호이다. [A]는 『삼국유사』의 편명이고, [B]는 설화의 제목, 즉 『삼국유사』의 항목명이다. [C]는 최남선 편 『증보삼국유사』에서 '卵' 자와 '卯' 자로 교정한 예문을 그대로 적어 놓은 것이고, [D]는 최남선 편 『증보삼국유사』에서 '卵' 자와 '卯' 자로 교정한 글자가 중종임신간본에서는 어떻게 필사되어 있는가를 보여주는 중종임신간본의 자형을 적어 놓은 것이다. [E]는 용례가 나와 있는 중종임신간본의 민족문화추진회 영인본의 면수이다. [D]의 글자 옆에 ∨표를 한 글자는 판별이 어려운 글자를 표시한 것이다.

제1 예문에서 제25 예문까지는 '卵' 자로 교정된 용례이고, 제26 예문에서 제59 예문까지는 '卯' 자로 교정된 용례이다. 최남선 편 『증보삼국유사』에서 '卵' 자로 교정한 글자에 대한 중종임신간본의 필사체의 자형은 '卩' 안에 '丶'를 찍은 '夘' 자와 '卩' 안에 '丶'를 찍지 않은 '夘' 자가 있고, '卯' 자로 교정한 필사체의 자형에는 '卯'·'夘'·'夕阝' 자가 있다.

	[A]	[B]	[C]	[D]	[E]
1.	王曆	赫居世	姓朴 卵生	夘	1
2.	王曆	首露王	壬寅三月卵生	夘	3
3.	〃	〃	因金卵而生	夘	4
4.	紀異	叙曰	簡狄呑卵而生契	夘	31
5.	紀異	五伽耶	下六圓卵	夘	43
6.	紀異	高句麗	有孕生一卵大五升許	夘	46
7.	紀異	新羅始祖	有一紫卵	卯	54
8.	〃	〃	一云青大卵	夘	54
9.	〃	〃	剖其卵得童男	夘	54
10.	〃	〃	男以卵生	夘	55
11.	〃	〃	卵如瓠	夘	55
12.	紀異	第四脫解王	七年後産一大卵	夘∨	60
13.	〃	〃	人而生卵	夘∨	60
14.	〃	〃	解櫝脫卵而生	夘∨	61
15.	紀異	金傅大王	皆自卵生	夘	151
16.	紀異	武王	卵乙抱遣去如	卯	159
17.	紀異	駕洛國記	有黃金卵六	卯	179
18.	〃	〃	六卵化爲童子	∨卯	179
19.	〃	〃	彌月生卵	夘	181
20.	〃	〃	卵化爲人	夘	181
21.	〃	〃	天所降卵	夘	193
22.	〃	〃	山中降卵	夘	195
23.	〃	〃	下六圓卵	夘	196
24.	〃	〃	世祖從金卵而生	夘	197
25.	塔像	魚山佛影	昔天卵下于海邊	卯	286
26.	王曆	溫祚王	癸卯立	卯	2
27.	王曆	居登王	己卯立	卯	8

28.	王曆	理解尼叱今	丁卯立	夘	9
29.	王曆	痲品王	己卯立	夘	9
30.	王曆	基臨尼叱今	丁卯年定國號	夘	10
31.	王曆	國原王	辛卯立	夘	11
32.	王曆	毗有王	丁卯立	夘	14
33.	王曆	銍知王	辛卯立	夘	14
34.	王曆	文周王	乙卯立	夘	15
35.	王曆	平原王	己卯立	夘	18
36.	王曆	庚申國除	癸卯	夘	20
37.	王曆	昭聖王	己卯立	夘	25
38.	王曆	哀莊王	辛卯立	夘	25
39.	紀異	第四脫解王	建初四年己卯崩	夘	62
40.	紀異	金庾信	乙卯生	夘	84
41.	紀異	文虎王法敏	在封乾二年丁卯	卯	105
42.	紀異	文虎王法敏	在調露元年己卯	卯	108
43.	紀異	南扶餘前百濟	元徽三年乙卯	卯	156
44.	紀異	駕洛國記	立安四年己卯	卵	188
45.	〃	〃	卽位己卯年	卯	189
46.	〃	〃	建安四年己卯	(卯)卵	191
47.	〃	〃	元嘉二十八年辛卯	卯	199
48.	興法	阿道基羅	乙卯大開	夘	206
49.	〃	〃	文武王己卯開	夘	207
50.	興法	原宗興法	乙卯大伐天鏡林	夘	216
51.	〃	〃	初興役之乙卯歲	夘	218
52.	興法	寶藏奉老	乾封二年丁卯	夘	221
53.	塔像	皇龍寺九層塔	貞觀十七年癸卯	卯	237
54.	塔像	前後所將舍利	宣和元年己卯	夘	257
55.	塔像	洛山二大聖	會昌七年丁卯	夘	280

56. 義解	勝詮髑髏	時當貞元己卯	卯	268
57. 神呪	明朗神印	長興二年辛卯	夘	386
58. 避隱	信忠掛冠	二十二年癸卯	夘	419
59. 孝善	大城孝二世	天寶十年辛卯	夘	433

그림 1. 제16 예문

제16 예문은 〈서동요〉 안에서 쓰인 용례이다. 이를 살펴보면 최남선은 '卵' 자로 판독하고 있다. 유창균은 "삼국유사에서 이 글자 자체가 부분적으로 지워져 잘 알 수 없다. 민족문화추진회에서 간행한 영인본에서는 이 자의 왼편 조각이 지워져 있고, 이 책의 상단의 교정에서는 무엇을 근거로 한 것인지 알 수 없으나, '卵'자로 바로 잡고 있다."50)라고 말하고 있지만, 필자가 조사한 책에는 이 글자의 왼쪽 조각 즉 편(偏)의 중간 부분이 지워져 있는 것은 같았으나, 해당 면 상단에 '卵' 자가 아닌 '卯' 자로 교정하고 있었다.51)

〈서동요〉의 제16 예문을 빼면 '卵' 자의 용례는 24개소가 된다. '卵' 자로 쓰인 용례 24개소 가운데 '卩' 안에 'ヽ'가 찍히지 않은 경우는 제7 예문, 제18 예문, 제25 예문이고, 판독이 어려우나 필사한 필적으로 미루어 'ヽ'를 찍은 것으로 간주할 수 있는 것이 제12 예문, 제13 예문, 제14 예문이며, 여타의 예문은 모두 'ヽ'가 찍혀 있는 글자임이 확인된다. 'ヽ'가 찍히지 않은 '夘' 자로 필사된 곳이 3개소인데 비해서 '卩' 안에 'ヽ'가 찍힌 '夘' 자로 필사된 곳은 21개소인 것이다.

---

50) 유창균, 앞의 책, 571쪽.

51) 『삼국유사』(중종임신간본 영인본), 민족문화추진회, 1977, 159쪽.

'卯' 자로 쓰인 용례 33개소 가운데 '卵' 자로 오기된 곳이 제44 예문, 제46 예문의 2개소가 있고, 여타의 곳은 '卯' 자를 써서 정자(正字)로 필사된 제53 예문, 제56 예문의 2개소를 포함하여 모두 31개소가 '卩' 안에 '丶'를 찍지 않은 '夘', '卯', '夘' 자로 혼용되고 있다.

좀 더 세분하여 앞에서 제시한 예문을 살펴보기로 하겠다.

먼저 왕력(王曆)에 나와 있는 '卯' 자와 '卵' 자의 용례를 비교해 보겠다. 왕력에는 '卵' 자로 교정된 곳이 3개소가 있는데 3개소 모두 '卩' 안에 '丶'가 찍혀 있는 '夘'로 되어 있고, '卯'로 교정된 곳이 13개소가 있는데, 모두 '卩' 안에 '丶'가 없는 '夘'나 '夘'로 되어 있다.

1.	王曆	赫居世	姓朴 卵生	夘	1
2.	王曆	首露王	壬寅三月卵生	夘	3
3.	〃	〃	因金卵而生	夘	4
26.	王曆	溫祚王	癸卯立	夘	2
27.	王曆	居登王	己卯立	夘	8
28.	王曆	理解尼叱今	丁卯立	夘	9
29.	王曆	麻品王	己卯立	夘	9
30.	王曆	基臨尼叱今	丁卯年定國號	夘	10
31.	王曆	國原王	辛卯立	夘	11
32.	王曆	毗有王	丁卯立	夘	14
33.	王曆	銍知王	辛卯立	夘	14
34.	王曆	文周王	乙卯立	夘	15
35.	王曆	平原王	己卯立	夘	18
36.	王曆	庚申國除	癸卯	夘	20
37.	王曆	昭聖王	己卯立	夘	25
38.	王曆	哀莊王	辛卯立	夘	25

이와 같이 왕력의 경우를 보면 육당의 『증보삼국유사』에서 '卵' 자로 교정한 중종임신간본 『삼국유사』의 '夘'에는 '卩' 안에 '丶'를 찍었고, '卯' 자에는 '卩' 안에 '丶'를 찍지 않은 것을 알 수 있다. 이것은 중종임신간본 『삼국유사』의 필사에 있어서 '卵' 자와 '卯' 자를 구별하여 필사하고 있다는 것을 말해주는 것이고, 이것으로 미루어 보면 〈서동요〉의 '夘乙'의 '夘' 자는 '卩' 안에 '丶'가 없는 것으로 보아 '卵' 자로 읽힐 가능성보다는 '卯' 자로 읽힐 가능성이 높다고 말할 수 있는 것이다.

기이편에 나와 있는 '卯' 자와 '卵' 자를 비교해 보겠다. 기이편에는 서왈(叙曰)조에 1개소, 5가야조에 1개소, 고구려조에 1개소가 모두 '卩' 안에 '丶'가 찍힌 '夘' 자로 필사되어 있고,

4.	紀異	叙曰	簡狄呑卵而生契	夘	31
5.	紀異	五伽耶	下六圓卵	夘	43
6.	紀異	高句麗	有孕生一卵大五升許	夘	46

신라시조 혁거세왕조에 5개소가 나타나 있는데, 1개소만 '卩' 안에 '丶'가 없는 글자로 쓰여 있다.

7.	紀異	新羅始祖	有一紫卵	夘	54
8.	〃	〃	一云青大卵	夘	54
9.	〃	〃	剖其卵得童男	夘	54
10.	〃	〃	男以卵生	夘	55
11.	〃	〃	卵如瓠	夘	55

이 1개소의 예도 '有一紫夘 一云青大夘'에서 보는 바와 같이 본문에서는 '卩' 안에 '丶'가 없는 글자로 썼다가 협주에서는 '卩' 안에 '丶'가

찍힌 글자를 쓰고 있다. 이것은 필사 때의 착각이거나 실수로 보이는 경우이다.

기이편의 제4탈해왕조에는 '卵' 자가 3개소, '卯' 자가 1개소 표기되어 있는데, 필사된 자형의 구별이 매우 어려운 곳이다.

12.	紀異	第四脫解王	七年後産一大卵	夘∨	60
13.	〃	〃	人而生卵	夘∨	60
14.	〃	〃	解櫝脫卵而生	夘∨	61
39.	紀異	第四脫解王	建初四年己卯崩	夘	62

중종임신간본 제4탈해왕조의 자형을 검토해 보면, '卯' 자로 쓰인 제39 예문은 '卯' 자로 사용한 용례이다. 이 용례의 '建初四年己卯'의 예에서는 '夘' 자의 '卩'의 끝 획을 삐쳐 올린 것이 분명한 데다가, '卩' 안에 '丶'를 찍지 않아 '卯' 자로 읽어야 할 것이 분명하다.

이것도 자형을 서로 비교하면서 판단해 보면, 제12 예문의 '七年後産一大卵'과 제13 예문의 '人而生卵古今未有'의 예에서는 '夘' 자의 '卩' 안에 '丶'를 찍은 것이 분명하고, 제14 예문의 '解櫝脫卵而生'의 예에서도 앞의 것들에 비해서 애매하기는 하지만, 획의 끝을 삐쳐 올린 것이 아니라 '丶'점을 내려찍은 흔적을 인정해도 좋을 것으로 보아, 이 3개소의 경우는 '卩'안에 '丶'를 찍은 '夘'로 판독하여 '卵' 자로 읽어도 무방할 것 같다.

홍재휴가 경주간본의 실례를 들어 '卵' 자의 용례가 '夘' 자로 되어 있다고 제시한 다음 예문의 경우도,

△産一大夘	〈卷一 第四脫解王〉
△解櫝脫夘而生	〈 〃 〉
△傍有呵囉國昔天夘下于海邊	〈卷三 魚山佛影〉

민족문화추진회 영인간본에서는 어산불영조의 '傍有呵囉國昔天夘下于海邊'의 '夘' 자를 제외하면, 앞에서 지적한 것처럼 '夘' 자의 '卩' 안에 '丶'가 찍혀 있는 것으로 판독될 가능성이 높아, '卩'에 '丶'가 찍히지 않은 글자로 단정하기는 어렵다. 설사 '卩'에 '丶'가 없는 '夘' 자로 필사되어 있다 하더라도, 이것은 『삼국유사』에서 '卩' 안에 '丶'를 찍은 '夘' 자로 필사한 사용 빈도에 비하면 극히 사용 빈도가 적은 예외적인 오자라 할 수 있는 것이다. 이 예외적인 오자를 근거로 하여 〈서동요〉에 기사된 '夘乙'을 '卵乙'로 고치는 것은 필사자의 착각이거나 실수로 인하여 '卩' 안에 '丶' 찍기를 빠뜨린 것을 근거로 하여 결론을 내리는 결과가 되어 편견이 될 우려가 큰 것이다.

「가락국기(駕洛國記)」에는 '卵' 자의 경우가 8개소, '卯' 자의 경우가 4개소 보이고 있다.

17.	紀異	駕洛國記	有黃金卵六	夘	179
18.	〃	〃	六卵化爲童子	∨夘	179
19.	〃	〃	彌月生卵	夘	181
20.	〃	〃	卵化爲人	夘	181
21.	〃	〃	天所降卵	夘	193
22.	〃	〃	山中降卵	夘	195
23.	〃	〃	下六圓卵	夘	196
24.	〃	〃	世祖從金卵而生	夘	197
44.	紀異	駕洛國記	立安四年己卯	夘	188
45.	〃	〃	卽位己卯年	卯	189
46.	〃	〃	建安四年己卯	(卯)夘	191
47.	〃	〃	元嘉二十八年辛卯	卯	199

제17 예문 '有黃金卵六'과 제18 예문 '六卵化爲童子'의 경우에만 '卩' 에 '丶'를 찍지 않았고, 나머지 6개소의 경우는 모두 '卩' 안에 '丶'를 찍어 놓고 있다. 오히려 '卯' 자의 경우에 있어서 제46 예문 '建安四年己卯'의 경우는 '卵' 자로 읽힐 가능성이 높은 필사체이며, 제44 예문 '立安四年己卯'의 경우는 정자인 '卵' 자로 필사되어 있다. 이것은 오자이다.

이밖에도 '卵' 자의 표기는 기이편 김부대왕조의 제15 예문 '皆自卵生'의 경우와, 탑상편 어산불영조의 제25 예문 '昔天卵下于海邊'의 예가 있다.

15.	紀異	金傅大王	皆自卵生	夘	151
25.	塔像	魚山佛影	昔天卵下于海邊	夘	286

'皆自卵生'의 경우는 '丶'를 찍은 필사이고, '昔天卵下于海邊'의 예는 '丶'가 찍혀 있지 않은 필사체이다.

이상에서 살펴본 바와 같이 예외로 보아야 하는 것이 '卵'의 경우 제7 예문, 제18 예문, 제25 예문의 3개소, '卯'의 경우 제44 예문, 제46 예문의 2개소, 이렇게 양쪽의 경우를 합하여 6개소가 된다. '卵' 자의 표기에서 '卩' 안에 '丶'를 찍는 것을 빠뜨린 3개소의 경우와, '卯' 자를 표기하면서 '卵' 자로 쓴 2개소의 경우가 그것인데, 이것은 필사할 때 착각하였거나 실수로 인하여 오기한 것으로 볼 수 있다. 그렇다면 '卩' 안에 '丶'를 찍지 않은 '夘', '卯', '夘' 자로 필사된 글자는 모두 '卯' 자로 볼 수 있으며, '卩' 안에 '丶'를 찍어 넣은 '夘' 자는 모두 '卵' 자로 볼 수 있는 것이다. 다시 말하면 확률로 보아 '卩' 안에 '丶'를 찍지 아니한 글자는 '卵' 자로 보지 않아도 무방한 것이다.

이러한 결론은 〈서동요〉에 사용되고 있는 제16 예문의 경우 '夘' 자의 필사체가 '冂' 안에 '丶'가 없는 자형이 분명하므로 '卵' 자로 판독될 가능성보다는 '卯' 자로 판독될 가능성이 더 높은 것이라 할 수 있는 것이다.

이렇게 볼 때, '卵' 자로 판독한 해독보다는 '卯' 자로 판독한 해독이 정설로 자리잡아 주었으면 기대할 수 있을지 모르겠으나, '卯' 자로 판독한 해독·해석이 타당성을 널리 인정받지 못하고 있는 것이 지금까지의 실정이다. 일반적으로 양주동의 '몰(몰래)', 지헌영의 '몰(무엇을)', 이탁의 '믇을(무엇을)', 박갑수의 '돍을(잠자리를)', 남풍현의 '모롤(마를)'이 모두 정상적인 차자표기의 실제로 보아 납득하기 어려운 것이 아닌가 보고 있다.

지금까지 살펴본 바와 같이 '夘' 자의 판독에 있어서 '卯' 자도 '卵' 자도 올바른 판독이 되었다고 하기 어려운 것으로 보인다.

4. '夘乙抱遣'의 해석

〈서동요〉의 해독·해석과 관련하여 논의의 핵심이 되어 왔던 '夘乙', '夘乙抱遣'을 보다 집중적으로 검토하기 위해, 다시 앞에서 살핀 견해들을 간략히 정리하면 다음과 같다.

〈서동요〉의 '夘' 자를 '卯' 자로 판독한 것은 鮎貝房之進에서 시작되어, 小倉進平, 양주동, 지헌영, 이탁, 김선기, 박갑수, 남풍현이 이에 따르고 있다. 鮎貝房之進는 '夘' 자를 '卯' 자로 판독하고 '夘乙'을 'ᄆᆞᆯ'로 해독했으나 의미 해석은 유보하였고, 小倉進平은 '夘乙'을 '몰내'로 읽었다.

양주동은 '夘乙'을 '몰'로 해독하고 '몰래'의 뜻으로 해석하여 '선화공주 님은 남 그으기 얼러 두고 맛둥방을 밤에 몰래 안고 간다'라는 해독·해석을 세웠으나,[52] '몰래'는 앞에 나온 '그으기(密)'와 의미가 중복되는 말이어서 무리한 표현이라는 비판을 받아 왔다.[53] 그러나 김선기는 '몰'로 읽는 양주동의 견해에 찬동하였다.[54]

지헌영은 '夘乙'을 '몰'로 해독하는 점에 있어서 양주동과 견해를 같이 하고 있으나, '몰'을 의문부사의 대격형인 '무엇을'로 해석하여, '夘乙'을 대격형으로 해석하는 길을 열어 놓았다.[55] 이탁은 '믇을'로 읽으면서 '무엇을'로 해석하는 것은 지헌영과 같이 하였다.[56] 박갑수는 '夘乙'의 '乙'을 목적격 조사로 처리하는 정렬모, 김완진의 견해를 따르면서, '卯'를 '돍'으로 해독하고 '잠자리(席)'로 해석하였다. 남풍현은 '卯'를 '모'로 해독하고 '마(薯蕷)'로 해석하여 '선화공주가 마를 안고 서동의 방으로 간다'는 것으로 이해하였다.[57]

홍기문은 '夘' 자를 '卵' 자로 판독하는 입장을 취하였고, 정렬모, 서재극, 김완진, 홍재휴, 유창균이 '卵' 자로 판독한 이 견해에 따르고 있다. 홍기문은 '夜矣卵乙'을 '밤으란'으로 읽으면서 '卵乙'을 '란' 음으로 읽었고,[58] 정렬모는 '夜矣卵'을 '밤이알'로 해독하여 '밤(栗)'으로 풀이하고, '夜矣卵乙'의 '乙'을 대격 조사로 보았다.[59] 홍기문은 '夜矣卵乙抱遣去如'를 '바므란 안고 가다'로 해독하여 '밤이면 안고 가다'로 풀이

52) 양주동, 『고가연구』.
53) 홍기문, 『향가해석』.
54) 김선기, 『옛적 노래의 새풀이』.
55) 지헌영, 『향가여요신석』.
56) 이탁, 「향가 신해독」.
57) 박갑수, 「향가해독의 몇 가지 문제」, 『김형규박사고희기념논총』, 서울사대 국어교육과, 1981.
58) 홍기문, 위의 책, 203쪽.
59) 정렬모, 『향가연구』, 115쪽.

하였고, 정렬모는 '夜矣卯乙 抱遣去如'를 '바믹 아롤 품고 가요'라 해독하고 '밤이라 알만 품고만 간다'라 풀이하였다. 서재극은 '卯乙'을 '알'로 읽으면서 '알'을 '불(고환)'로 풀더니, '卯乙抱遣去如'를 '알안겨거다'로 해독하면서 '알안다, 알품다'로 해석하였다.[60]

김완진은 '卯乙'을 '알홀'로 해독하고, '乙'을 대격으로 처리하면서, '卯乙 抱遣去如'를 '알을 안고 간다'로 풀이하였다.[61] '알을 안고 간다'라는 말은 은어이거나 비유적 표현일 것이라고 여운을 남겨 두었다. '알을 안고 간다'라는 말이 비유적인 표현일 것이라는 암시는 홍재휴에 와서는 '알'이 음핵에 비유되어 '밤이 되면 몰래 알(음핵)을 안고(가지고) 간다네'라 하였고,[62] 김문태는 '알을 안고간다'는 어구는 '임신하여 부른 배를 안고 간다'는 것을 비유적으로 표현한 것이라 하였다.[63] 유창균은 '밤의 알을 안고 가다'로 해독하고 '밤에는 알을 품고 가는구나'라고 풀이하면서, 서재극의 '알안다, 알품다'가 가장 타당성이 있는 것으로 생각한다고 하였다.[64]

양주동의 '卯乙(몰래)'은 '抱遣(안고)'를 한정하는 부사이다. 그리하여 '선화공주님은 남 그으기 얼러 두고 밧둥방을 밤에 몰래 안고 간다'라는 하나의 문장이 제시되었다. 이때 '선화공주님은'은 주어이고, '맛둥방을'은 목적어이고, '안고 간다'는 서술어이다. 이 문장은 매우 평이하다.

지헌영이 '卯乙'을 '무엇을'로 해석했을 때, '무엇을'은 '抱遣去如(안고 가느냐)'에 걸리는 목적어가 되어, 〈서동요〉와 같은 짧은 노래의 문장 속에 두 개의 목적어가 중복 사용되는 통사상의 불편이 생기게 되었다.

---

60) 서재극, 『신라 향가의 어휘 연구』, 24쪽.
61) 김완진, 『향가해독법연구』, 96쪽.
62) 홍재휴, 『한국고시율격연구』, 137쪽.
63) 김문태, 앞의 책, 113쪽.
64) 유창균, 앞의 책, 572쪽.

이러한 현상은 정렬모, 김완진의 경우에도 마찬가지인데, 이런 모순을 해결하기 위하여 도입한 방안이 '薯童房乙'을 처소격 내지 향진격으로 처리하는 방법이었다.

김완진은 '卵乙抱遣去如'를 '알을 안고 간다'로 해독했다. 전체의 해독은 '선화공주님은 남 몰래 짝 맞추어 두고 서동 방을 밤에 알을 안고 간다'이다. 여기서 '薯童 방을'을 '去如(간다)'의 행동 방향으로 잡으면, 그 풀이는 '선화공주님은 남 몰래 짝 맞추어 두고 서동의 방으로 밤에 알을 안고 간다'가 되는 것이다. '알을 안고 간다'가 은어 내지 비유적인 표현인 것같이 느껴진다고 함으로써 참신한 호기심을 불러일으켰지만, 막상 '음핵을 안고 간다', '임신한 배를 안고 간다', '알을 품고 간다'라고 감추어졌던 비유가 실상을 드러내고 보니, 착상은 호기심에 부합되는 것이기는 해도 문맥의 정돈이 어렵게 되었다. 즉 전체의 문맥 파악이 어려워 몹시 당황할 수밖에 없게 되었다.

물론 비유적 표현이라고 했으니, 아이들이 실제로 소리내어 부르는 노래는 어디까지나 '서동 방을 밤에 알을 안고 간다'이니까, 듣는이에게 별 문제는 없을 듯이 보이나, 노래를 듣는 사람의 사고 기능에는 여간한 혼란이 오는 것이 아닐 것이다. 즉, '선화공주는 서동의 방으로 밤이 되면 음핵을 안고 간다', '선화공주는 서동의 방으로 밤에 임신한 배를 안고 간다', '선화공주는 막동의 집을 찾아 밤에는 알을 품고 간다'와 같은 상황 설정은 직접적인 명쾌한 영상을 만들어 주지 못할 뿐만 아니라, 현실적으로 실존 가능한 행위가 아니거나 행위의 선후 순서 내지 인과 관계에 모순을 수반하고 있는 것이다.

'夘' 자를 '卵' 자로 판독하는 입장을 취하고, '卵乙抱遣去如'의 해독에 '알을 안고 가다'라고 제안하였을 때, 이러한 해석은 신선한 충격이었음에 틀림없었다. 그러나 시간을 두고 반추해 본 결과, 비유하고 있는 속뜻은 어떠하건 간에 아이들이 실제 음성으로 노래할 경우 '선화공주님은 서동방을 밤에 알을 안고 간다'라고 소리내어 부르는 노랫소리는 '薯童房乙'이 향진격이라고 일깨워주기 이전에 이미 현실적으로 청각적인 면에서 두 개의 목적어가 들려오는 것이니 불편하게 들리기는 여전한 것이다.

'夘乙'의 해독에만 초점을 맞추어 생각한다면 '알을 안고 간다'는 해독은 새로운 경지를 개척한 것이 된다. 그러나 '薯童房乙'과 함께 올려놓고 문장 전체의 구문과 의미와 시정의 균형을 염두에 두고 살펴본다면, '무엇을'로 시작하여 '알을'까지 오면서 '夘乙'이 대격형으로 풀이되었던 것은 길고 긴 우회로를 거쳐온 느낌을 주는 것이다.

〈서동요〉처럼 짧은 노래에 목적어 어형이 두 개 들어 있다는 것은 통사상으로 부드러운 문장이라고 말할 수 없다. 그중 한 개의 목적격(대격)을 향진격으로 바꾼다 하더라도, 조사의 어형을 그대로 두고 노래 부른다면 청각상의 불편은 여전히 남아 있을 수밖에 없는 것이다. 이러한 통사상의 불편이 '夘乙'을 목적어로 보는 데서 비롯되는 것이라면, 시선을 돌리어 '夘乙'에 대한 해독의 관점을 과감히 바꾸어 볼 필요가 있다. 다시 말해서, 지금까지는 '夘乙'에 대해 '抱遣'을 한정하는 부사로 보거나 '抱遣'에 걸리는 목적어로 생각해 왔다면, 이제는 '夘乙抱遣'을 복합동사로 처리하는 방법을 생각해 볼 수 있지 않을까 하는 것이 그것이다.

앞에서 살핀 것처럼 중종임신간본 『삼국유사』에는 '卵' 자가 사용된 경우가 24개소 있고, '卯' 자가 사용된 곳이 33개소 있다. 또, 〈서동요〉 안에 사용된 '夘' 자를 '夗' 자와 같은 자로 본다면, '夗' 자가 사용된 곳은 1개소가 된다.

'夘' 자가 '卵' 자로 사용된 글자는 '夘' 자의 '卩'안에 '丶'가 찍혀 있는 '夘'의 자형으로 필사되는 것이 전반적인 원칙으로 되어 있다. 그런데 '卯' 자로 사용된 24개소의 글자 가운데 3개소는 '卩'안에 '丶'가 찍히지 아니한 '夘' 자로 필사되어 있다. 또 한편 간지의 '卯' 자로 사용된 글자는 '卩'안에 '丶'를 찍지 않은 '夘', '卯', '夘' 자 등의 자형으로 필사되어 있는데, 33개소의 글자 가운데 2개소가 '卵' 자로 필사되어 있다. 이 전자의 '卩' 안에 '丶'가 없는 3개소와 후자의 '卵' 자로 필사된 2개소는 예외적인 오자로 보아야 할 것이다. 이것은 필사할 때 착각하였거나 실수로 인하여 오기한 것으로 볼 수 있기 때문이다. 그렇다면 '卩' 안에 '丶'를 찍지 않은 글자는 모두 '卯' 자로 볼 수 있으며, '卩' 안에 '丶'를 찍어 넣은 글자는 '卵' 자로 보는 것이 타당할 것이다. 그러니까 확률로 보아 '卩' 안에 '丶'가 없는 글자는 '卵' 자로 보지 아니해도 좋은 것이다.

『삼국유사』에 사용된 '卵' 자와 '卯' 자의 여러 자형을 검토해 본 결과, '卵' 자를 필사한 자형은 '卩' 안에 '丶'를 찍는 '卪' 자로 쓴 것을 원칙으로 하였고, '卯' 자를 필사한 자형은 '卩' 안에 '丶'를 찍지 아니하는 것을 원칙으로 했다는 사실을 알았다. 또 〈서동요〉에 사용된 '夘乙'의 '夘' 자의 '卩' 안에는 '丶'가 찍혀 있지 아니하여, '卵' 자의 필사일 가능성보다는 '卯' 자의 필사일 가능성이 더 높다는 사실도 알았다.

최남선의 『증보삼국유사』에는 〈서동요〉에 사용된 '夘乙'의 '夘' 자를 '卵' 자로 교정하고 있지만,65) 민족문화추진회에서 영인하여 간행한 중종임신간본 『삼국유사』의 해당면 상단에는 '卯' 자로 교정해 놓고 있다.66) 이 두 책은 모두 교정한 근거를 제시하지 아니하고 있어서, 자의

---

65) 최남선 편, 『증보삼국유사』, 민중서관, 1971, 98쪽.

66) 『삼국유사』, 민족문화추진회 영인본, 1973, 159쪽.
유창균은 "『삼국유사』에서 이 글자 자체가 부분적으로 지워져 잘 알 수 없다. 민족문화

적인 교정이라는 지적을 면할 수 없게 되었다. 이 두 책이 이 글자를 교정하면서 자의적으로 할 수밖에 없었던 것은 달리 참고할 자료가 없었던 것이 중요한 원인이겠지만, 이 글자가 사용되고 있는 문면이 한문으로 기록된 문장이 아니라 차자표기에 의존하고 있는 향가 표기 부분이어서, 차자표기된 〈서동요〉의 문맥을 판별하기 어려웠기 때문이었을 것이다.

실제로 '夘' 자의 자형이 책 전체에 공통으로 사용되었다 하더라도 한문 문맥으로 판단하여 '卵' 자의 용례와 '卯' 자의 용례는 확연하게 판별할 수 있지만, 〈서동요〉에 사용된 경우만 판별이 되지 않는 것이다. 판별하기 힘든 〈서동요〉의 경우를 억지로 '卵' 자나 '卯' 자로 읽으려고 할 것이 아니라, '卵' 자나 '卯' 자와 대등한 자격으로 사용된 별도의 또 다른 글자가 있었다고 보는 것도 문제 해결의 한 방법이 될 수 있을 것이다. '夘' 자는 '卵' 자나 '卯' 자의 간편한 필사에 이용되기 이전에 그 글자 자체가 '夗' 자와 같은 글자라는 사실을 간과해서는 안 될 것이다. 곧이어 확인하겠지만 '夗' 자는 자전에 '전와(轉臥)'의 번역어인 '누워딩굴 원', 즉 우리말의 '뒹굴다, 딩굴다'에 해당하는 말로 풀이되어 있다.[67]

최남선의 '卵' 자 교정이나 민족문화추진회 교주자의 '卯' 자 교정 어느 쪽이나 간에 이 글자의 교정에 있어서는 그대로 신용할 수가 없는

추진회에서 간행한 영인본에서는 이 자의 왼편 조각이 지워져 있고, 이 책의 상단의 교정에서는 무엇을 근거로 한 것인지 알 수 없으나, '卵'자로 바로 잡고 있다.(『향가비해』 571쪽)"라고 하였다. 그런데 이 자의 왼편 조각이 지워져 있는 것은 확인할 수 있으나 '卵'자로 교정되어 있다는 말은 잘 알 수 없다.

67) 장삼식(張三植) 편저 『대한한사전』에는 '夗' 자가 '누워딩굴 원'으로 풀이되어 있으나 '夗' 자의 우리말 의미는 '뒹굴다, 딩굴다'로 쓰는 것이 무난할 것이다. 표준어는 '뒹굴다'이지만 '딩굴다'도 널리 통용되고 있어 이 글에서는 '뒹굴다'와 '딩굴다'를 편의상 모두 사용하겠다. 충청도 방언에는 '둥굴다'가 쓰인다.

것이다. 왜냐하면 〈서동요〉를 표기한 문장은 한문이 아니기 때문에 여타 부분의 한문 문장에 사용된 글자에서 유추했을 것이니, 〈서동요〉의 '夘' 자는 이들과 동일하게 취급할 수 없기 때문이다. 다시 말하면 서로 다른 문장 원리로 표기된 이질적인 두 종류의 문장을 동일하게 취급할 수 있는 객관성·합리성을 인정하기 어렵다는 것이다. 두 문장 체계를 이질적인 것으로 다루었다는 증거로 다른 한문 문장과 달리 향가 표기의 분구(分句)에는 띄어쓰기를 시행하고 있다는 사실을 제시할 수 있다. 어차피 〈서동요〉(향가)는 특수한 인용문인 것이다.

앞에서 언급한 것처럼 자형에 있어서도 〈서동요〉가 아닌 여타의 문장에서는 '卵' 자와 '卯' 자가 거의 전부를 구별하여 필사하고 있다. '卵' 자의 필사는 '卩' 안에 '丶'를 찍은 '卪'로 쓰고 있고, '卯' 자의 필사에는 '卩' 안에 '丶'가 없는 '卩'로 쓰고 있는 것이 그것이다. 뿐만 아니라 자세히 관찰해보면 〈서동요〉에 사용된 '夘' 자와 여타의 문장에 사용된 '卵' 자, '卯' 자의 필사체가 운필하는 방식에서 구별이 된다는 것이다. 지워진 부분이 있긴 하지만 〈서동요〉 안에 쓰인 '夘' 자에서 '夕'의 경우는 '夕'을 편(偏)에 쓰고 '卩'를 방(傍)에 쓴 글자의 편 자리에 있는 '夕' 자가 분명하지만, 그 밖의 '卵' 자와 '卯' 자인 경우에는 '夕' 자를 썼다고 볼 수는 없는 운필인 자형이 많은 것이다. 〈서동요〉 안의 '夘' 자의 경우는 『삼국유사』 속에서 필사된 '外' 자나 '夕' 자의 경우처럼 '夕' 자 편의 제2 획을 분명히 꺾어내려 그었으나, '卵' 자, '卯' 자 경우의 운필은 꺾어내려 그은 것이 아니라 돌려내려 긋고 있는 것이다.

〈서동요〉의 '夘' 자는 '卵' 자의 가능성보다는 '卯' 자일 가능성이 더 크다. 그러나 '卵' 자도 '卯' 자도 아닌 다른 글자로 판독할 수도 있다. '卵' 자, '卯' 자가 아닌 다른 글자로 본다면, '夘' 자는 '夗' 자 이외의 다른 글자에서 찾기는 어려울 것 같다.

『한문대사전』에는 '夘' 자와 '夗' 자가 다음과 같이 풀이되어 있다.

【夘】 與夗同 [字彙] 夘同夗
【夗】[廣韻][集韻] 於阮切 音苑 阮 轉臥也 [說文] 夗 轉臥也 ㅅ人夕卪 臥有卪也 [段注] 凡夗聲宛聲字 皆取委曲意 卪節 古今字[68]

또, 『대한한사전』에는 '夗' 자와 '夘' 자가 다음과 같이 풀이되어 있다.

【夗】 (원) [集韻] 於阮切 누워딩굴 원(臥轉貌)
【夘】 (원) 『夗』과 같음[69]

두 자전은 위와 같이 적어 놓고 있다. 밑줄 친 부분과 같이 '夘' 자는 '夗' 자와 같은 글자이고 그 의미는 전와(轉臥)인데, '轉臥'의 우리말 풀이는 '누워딩굴다'이다. 『대한한사전』에서는 '轉臥'를 '누워딩굴다'라고 풀이하였지만, '누워딩굴다'는 한자어 '轉臥'의 자의에 충실한 풀이이고, 우리말 의미는 '누워'는 떼어내고 '딩굴다'로 족하리라 여긴다. '夘' 자는 '夗' 자와 같은 글자이다. 〈서동요〉에 사용된 '夘' 자를 '딩굴다'의 뜻을 지니고 있는 '夗' 자와 같은 글자인 '夘' 자로 판독하는 것이 어떨까 한다. '夘' 자 그대로 읽는 것을 말하는 것이다.

〈서동요〉의 '夘' 자를 '夗' 자와 같은 글자로 보는 것이 용납된다면, '夘' 자는 '딩굴다'의 의미로 쓰인 훈독자로 볼 수 있으며, '夘乙'을 '抱遣'과 붙여서 한 개의 어휘로 다룰 때 '夘乙抱遣'은 '딩굴안고'가 된다. '딩굴안다'는 '딩굴다'와 '안다'의 복합동사이고, 〈이상곡(履霜曲)〉의 '곱

68) 『한문대사전』 4책, 대북(臺北), 중화민국51년 (경인문화사 영인본, 서울, 1981), 3182쪽.
69) 장삼식 편저, 『대한한사전(大漢韓辭典)』, 진현서관, 1979, 320쪽.

돌다'의 '곱'이 '곱다'의 어간으로서 복합동사를 만들고 있는 것처럼, '딩굴'은 '딩굴다'의 어간으로서 복합동사를 만들고 있는 것이다. '딩굴다'의 어간 '딩굴'이 어간의 모양 그대로 복합어를 만드는 데 사용되고 있는데, 복합동사를 만들 때 앞의 동사가 부사적 성격을 지녀야 한다면, 고어(古語)에서 동사의 어간이 그대로 부사로 쓰이는 용례가 허다한 것으로 보아, '딩굴'은 부사의 자격으로 복합동사를 만드는 데 사용되고 있는 것으로 볼 수 있다.

'夘乙'의 '乙'은 음차자로서 '을'로 읽을 수 있고, '딩굴다'의 어간 '딩굴'의 말음첨기로 쓰인 것이라 할 수 있다. '尸'로 말음첨기하지 않고 '乙'로 말음첨기한 것은 '딩굴'의 어형에 따라 末音을 'ㄹ'로 보지 않고 '을'로 보아 '乙'로 표기한 것이라고 볼 수 있다. '夗乙(딩굴)'을 '乙'로 말음첨기했다는 사실이 신라어에 '딩굴다'의 어휘가 존재했다는 반증일 수도 있다.

'딩굴다'의 표준어는 '뒹굴다'이다. 현대어에서 '뒹굴다'와 '딩굴다'가 모두 널리 통용되고 있는데, 충청도 방언으로 '둥굴다'도 사용되고 있다. '乙(을)'로 말음첨기한 것에 근거하여 '둥글다'의 어형을 설정해 볼 수도 있으나, 신라 시대에 실재하던 이 어휘에 대한 신라어 어형을 모르는 지금 어느 쪽이나 불안하기는 마찬가지이다. 복합동사인 '夗乙抱遣'의 어형은 '뒹굴안다', '딩굴안다', '둥글안다' 등을 생각할 수 있겠으나, 여기서는 '뒹굴안다', '둥글안다'를 취하지 않고 '딩굴안다'로 써 두기로 한다.

〈서동요〉를 '善化公主主隱 / 他密只 嫁良 置古 / 薯童房乙 夜矣 / 夘乙抱遣 去如'와 같이 어절 단위로 띄어 쓰면서 4구로 분구하고, '夘乙抱遣' 자리에 '딩굴안다'를 적용하고 기왕의 '해독 노래'를 이용하여 다시 정리해 보면 다음과 같다.

善化公主 님은
놈그슥 얼어 두고
薯童房올 바미
딩굴안고 가다

'薯童房乙'을 '딩굴안고'의 목적어인 대격으로 처리하는 이상, '房'을 어떻게 해독하더라도 공간 개념으로 해석하지는 않으며, 따라서 서동이 거처하는 장소가 될 수는 없는 것이다. '房'은 인명에 붙는 접미사이거나 인명에 따르는 호칭으로 이해할 수 있는 것으로, '薯童房'을 '서동이의 집'이나 '서동의 방'이 아니라 '맛둥방'이나 '서동 서방'처럼 공간 개념이 아닌 인명의 호칭으로 이해하려고 한다.

'善化公主님은'은 '얼어 두고'와 '딩굴안고 가다'의 주어이며, '薯童房을'은 '딩굴안고'의 목적어이다. 〈서동요〉의 구문에서 '善化公主님은'은 주어이고, '薯童房을'은 목적어이고, '딩굴안고 가다'는 서술어이다. 서술어 구실을 하고 있는 '딩굴안고'는 복합동사가 되는데, 이렇게 되면 '夘乙'을 부사로 보거나 조사로 쓰거나 목적어로 풀이하는 데서 일어나던 무리한 점이 쉽게 해소된다.

요컨대 '夗'의 의미는 뒹구는 것이며, '夗乙抱遣'은 안고 뒹구는 것이다. 따라서 선화공주와 서동방이 어디서 만나는 것인지는 잘 알 수 없지만, '去如'는 선화공주가 서동방을 만나서 안고 뒹굴다가 돌아가는 것을 말하는 것이다. '去如'는 선화공주가 서동의 집으로 가거나 서동의 집을 찾아가는 것은 아니다.

'서동설화'에서 서동은 경사(京師) 남지변(南池邊)에 살고 있던 과부가 남지의 지룡(池龍)과 교통하여 출생하는 것으로 되어 있다. 이때 남지변의 과부는 지룡의 짝이 되는 신모(神母)이다. 신모와 지룡의 아들로 형상화된 서동은 신동(神童)으로 부를 수 있다. 밤기운이 감도는 대지에서 신동이 이웃의 신녀(神女)와 만나 뒹구는 그곳에 신화의 시간은 다시 열리는 것이다. 이와 같은 '신성(神聖)의 교혼(交婚)'이 〈서동요〉가 품고 있는 시적 진실인 것이며, 한 치도 꾸미지 아니한 진솔한 노랫말 속에 만물을 감동하게 하는 소이연이 있는 것이다. 〈서동요〉는 깊고 오랜 시간을 담고 있는지도 모른다. 〈서동요〉는 어느 건국신화 속의 신들이 사랑하는 모습을 이어받아 전해주는 노래인지도 모른다. 경사 남지는 익산(益山)의 마룡지(馬龍池)와 같은 의미를 지니는 성지(聖地)이며, 마아만 마아만한 용(龍)의 주처인 마룡지(馬龍池)를 출생지로 하는 그 자체가 이미 서동에게 건국시조의 영웅상을 투영하고 있는 것인지도 모른다. 신들이 사랑하는 모습, 그것이 자연의 품속에서 현란한 시간을 안고 뒹구는 순간, 그 덤거츤 뒤엉킴 속에서 벌써 백성의 복을 점지하는 아침은 밝아 오는 것이다.

해독한 〈서동요〉의 노래를 현대어로 풀어쓰면 다음과 같다.

'딩굴안다'는 현대어에서 '안고 뒹굴다, 안아 뒹굴다'가 실제로 통용되는 어순이지만, '딩굴안다'의 어순도 어감이 크게 거슬리는 바가 없어 그대로 '딩굴안다'를 사용해도 좋을 듯하다.

선화공주님은 남 모르게 짝지어 두고 서동방을 밤에 딩굴안고 간다.

〈참고〉 예문을 영인한 그림

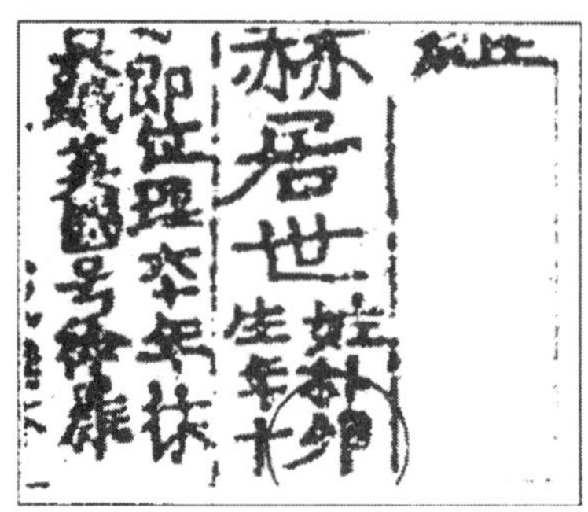

제 1 예문

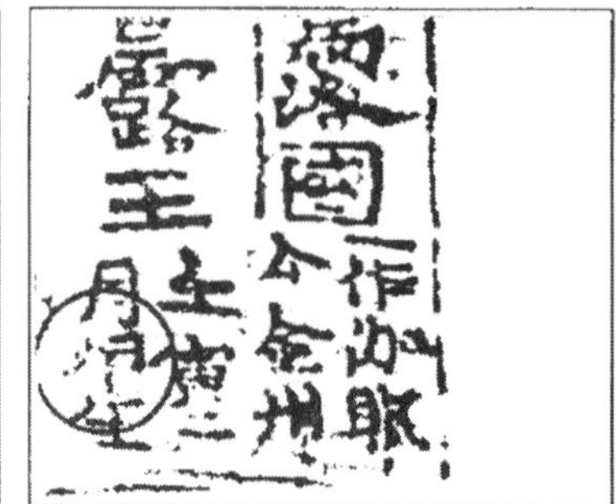

제 2 예문

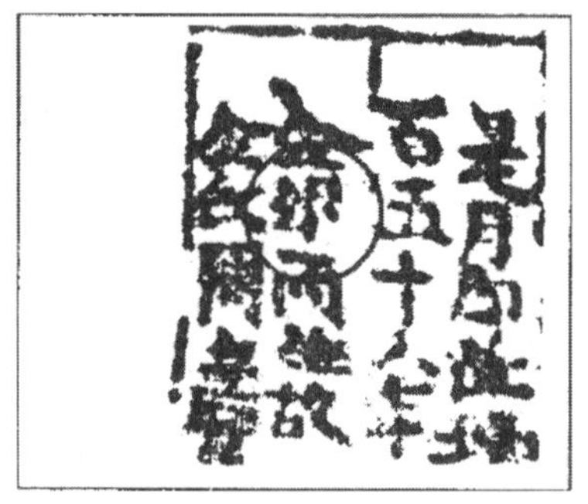

제 3 예문

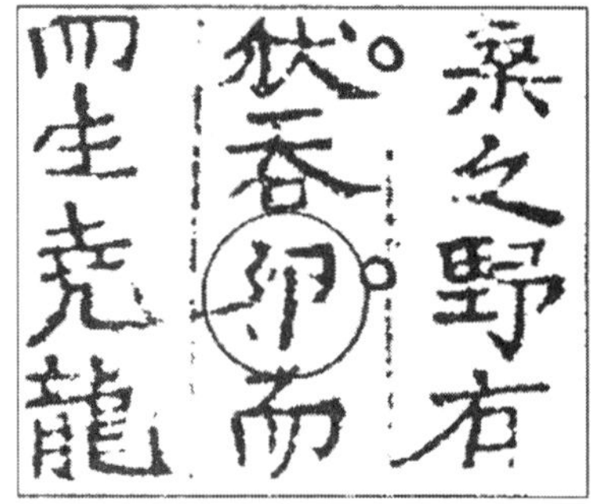

제 4 예문

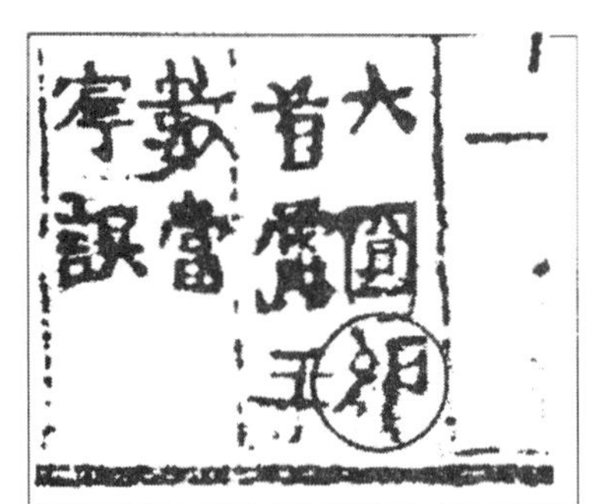

제 5 예문

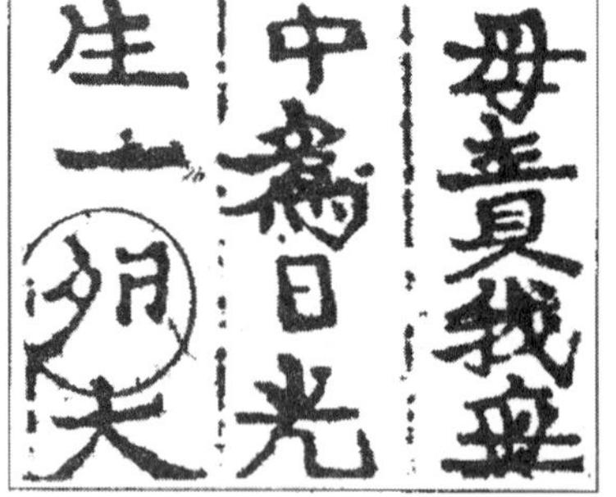

제 6 예문

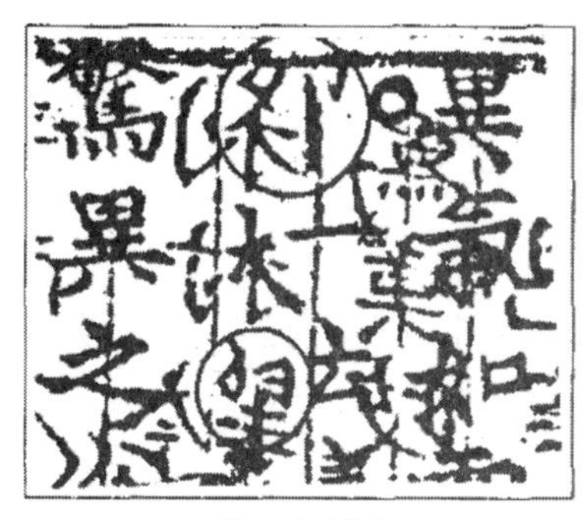

제 7·8 예문

제 9 예문

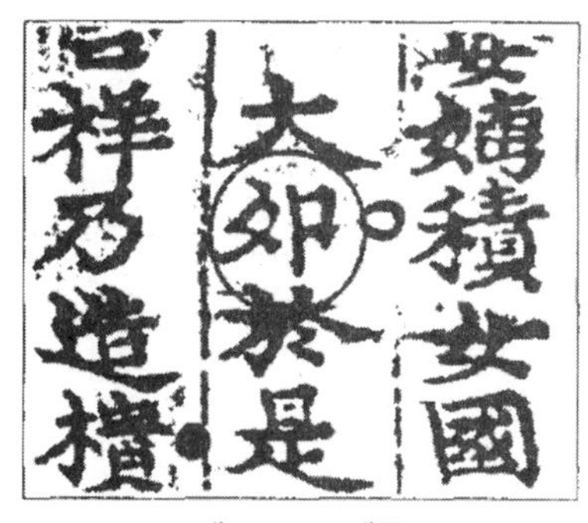

[illegible]嫡積女國
大卯於是
[illegible]祥乃造積

제 10·11 예문

川曰撥川
卯生卯[illegible]
名之二聖

제 12 예문

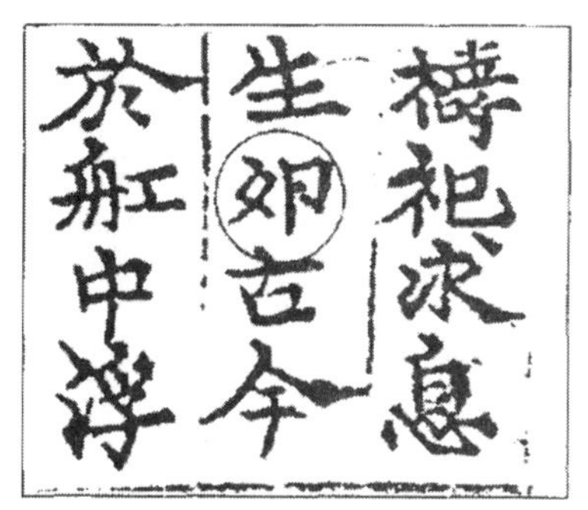

禱祀求息
生卯古今
於舡中浮

제 13 예문

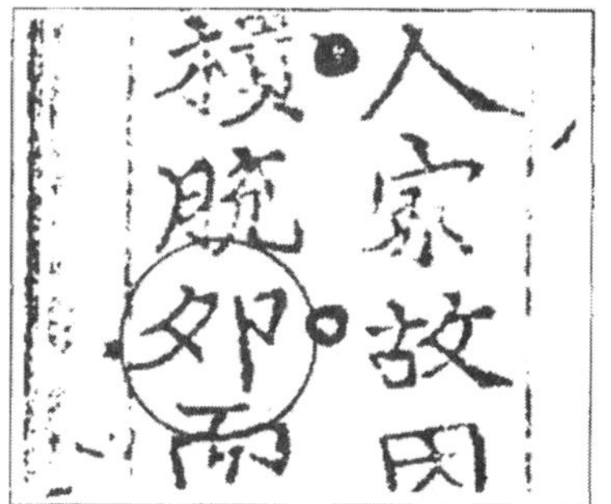

人家故因
[illegible][illegible]卯而

제 14 예문

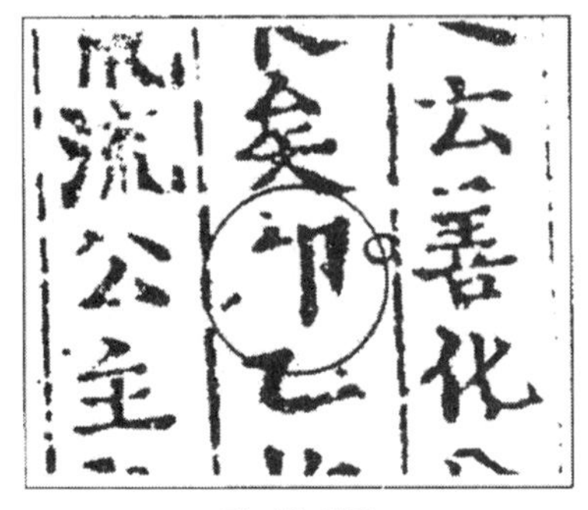

제 16 예문

제 17 예문

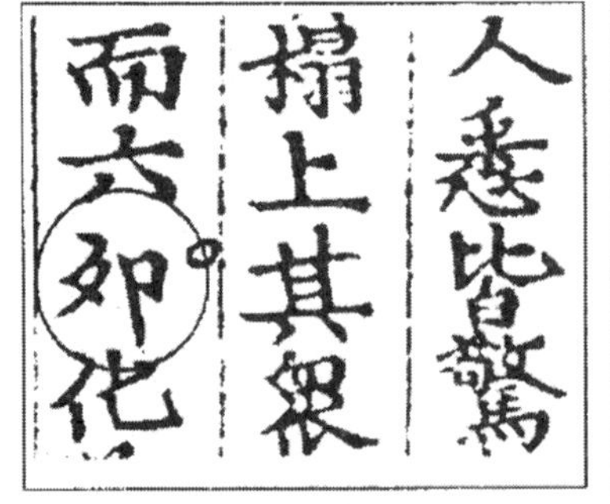

제 18 예문

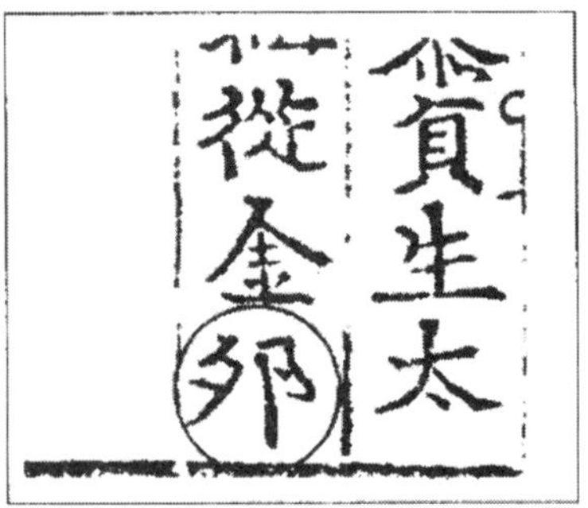

제 24 예문

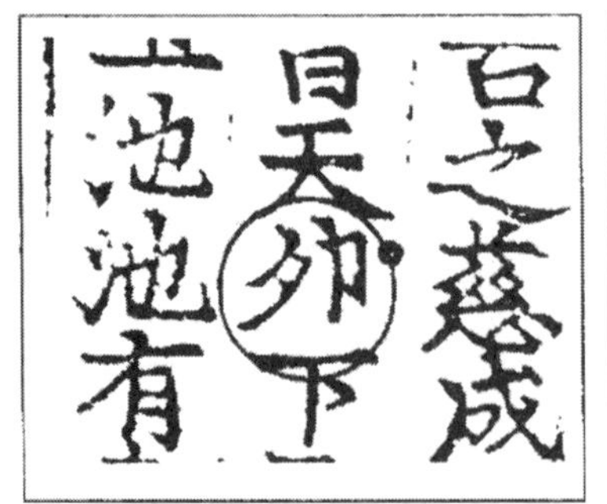

제 25 예문

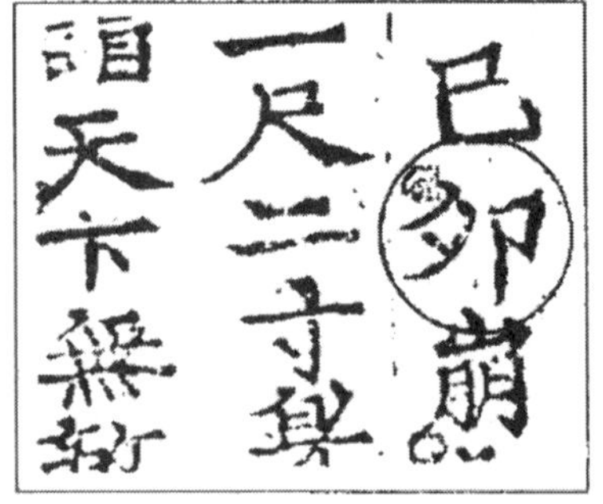

제 39 예문

제 44 예문

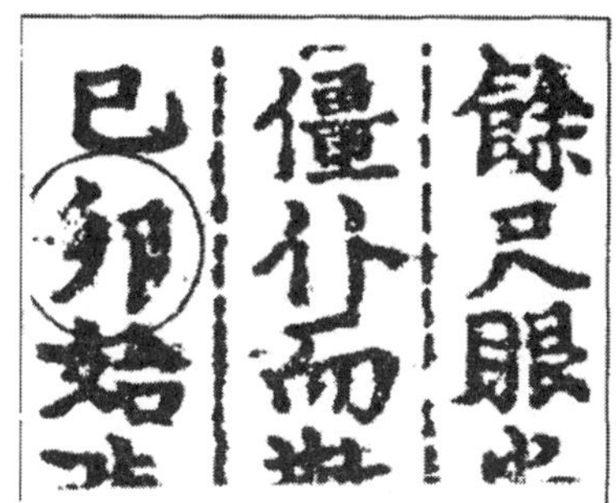
제 46 예문

제 53 예문

제 56 예문

제 58 예문

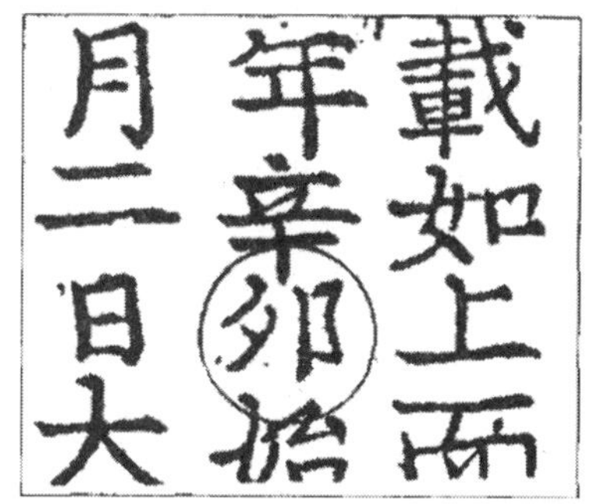
제 59 예문

처용설화와 굴아화국 신화의 아니신모

1. 문제의 제기

이 글은 『한국 고전문학 이해』[1]에 수록한 「처용설화와 굴아화국의 신화」를 부분적으로 개고한 것이다.

굴아화국(屈阿火國)은 경주 지역에 사로국(斯盧國)이 형성되던 시기에 울산 서남부의 외황강(外煌江) 유역에서 발달한 부족의 성읍국가(城邑國家)이다. 『삼국사기』 지리지에 신라 제5대 파사니사금 때 굴아화촌(屈阿火村)을 취하여 하곡현(河曲縣)을 두었다고 하였는데[2], 굴아화국은 그 굴아화촌을 두고 이르는 것이다. 하곡현(河曲縣)은 하서현(河西縣)이라고도 했으며, 굴아화촌의 중심 지역은 지금 울산시 청량면에 있는 영취산 일대와 울산시 범서면에 있는 태화강의 입암(立巖)과 용연(龍淵)의 서쪽 벌판 사이에 자리 잡고 있었던 것으로 보인다. 지금 울산시 범서면을 흐르는 태화강의 서쪽 벌판에 굴화리(屈火里)가 있는데, 이 지역이 옛 굴화역(屈火驛)이 있던 곳으로 여겨진다.

지금 굴아화국의 신화 기록은 없다. 역사의 세월 속에서 지워지고

---

1) 윤철중 외, 『한국 고전문학 이해』, 보고사, 2001.

2) 『삼국사기』, 권 제34, 잡지 제3, 「지리」1. 良州 臨關郡 領縣, 河曲一作西縣 婆娑王時 取屈阿火村置縣 景德王改名 今蔚州.

가려져서 신화의 본래 모습은 모두 사라져버렸다. 역사를 만들어 온 힘의 논리가 작용한 이 땅의 신화 세계는 굴절과 왜곡을 거듭하면서 변형과 도태의 운명을 체득하였다. 그렇게 이 땅의 신화는 상실의 길을 걸어왔다.

처용설화에 나타나는 신화적 현장은 개운포(開雲浦)와 영취산(靈鷲山)이다. 개운포에는 처용암(處容岩)이 있고 영취산에는 망해사(望海寺)가 있다. 처용암은 일신(日神)이 강림하는 돌섬[石島]이고, 망해사는 영산(靈山)에 세워진 망해(望海)하는 신당(神堂)이다. 개운포의 처용암과 영취산의 망해사는 처용설화에 나타난 굴아화국의 신화 구도 속에서 하나의 짝을 이루는 성지(聖地)이다.

처용설화는 동해 용신의 출현과 헌강왕의 대처에 대하여 이렇게 적어놓고 있다.

> 이에 헌강대왕은 개운포에 순유했다. 왕은 수레를 돌리려고 물가에서 낮참을 쉬고 있었다. 갑자기 운무가 어둡게 뒤덮여 길을 분간할 수 없게 되었다. 왕은 괴이하게 여겨 좌우에게 물으니 일관(日官)이 아뢰었다. "이것은 동해용의 조화[3]입니다. 승사(勝事)를 베풀어 풀어야 합니다." 왕은 이에 유사(有司)에게 명하여 용을 위해 근경(近境)에 불사(佛寺)를 지으라고 하였다. 그랬더니 명령이 떨어지자 구름이 개고 안개가 흩어졌다. 이로 인하여 그 물가를 개운포(開雲浦)라 이름하였다. 동해용은 기뻐하며 일곱 아들을 거느리고 수레 앞에 나타나 성덕(聖德)을 찬미하며 헌무(獻舞) 주악(奏樂)했다. 그 가운데 한 아들이 수레를 따라 서울에 들어와 왕정(王政)을 보좌(輔佐)했다. 이름을 처용(處容)이라 했다. (중략) 왕은 서울에 돌아왔다. 영취산(靈鷲山) 동

3) 원문의 '소변(所變)'을 동해용의 '조화(造化)'로 번역했으나 '변란(變亂)'으로 해석할 수도 있다.

> 록(東麓)에 승지(勝地)를 복정(卜定)해서 절을 세웠다. 망해사(望海寺) 또는 신방사(新房寺)라 이름했다. 용을 위하여 세운 것이다.[4]

헌강왕은 개운포에 순유했다. 수레를 돌리려 물가에서 낮참을 쉬고 있었다. 갑자기 운무가 뒤덮여 길을 분간할 수 없게 되었다. 괴이한 일이었다. 이것은 동해용의 조화이니 승사를 베풀어야 한다고 일관은 아뢰었다. 헌강왕은 용을 위해 근경에 불사를 지으라고 명하였다. 명령이 떨어지자 구름이 개고 안개가 흩어졌다.

용을 위해 근경에 불사를 지으라고 한 것은 동해용과 헌강왕 사이에 타결된 협상 내용이지만, 이것은 협상이기에 앞서 동해용의 요구 조건이다. 운무가 뒤덮였다는 동해용의 조화는 동해용의 시위이고 변란이다. 근경에 불사를 지어달라는 일은 시위하고 있는 동해용의 요구 사항이다. 이 요구 사항은 구체적으로 영취산 동록에 망해사를 세우는 일이다. 동해용은 누구이기에 영취산 동록에 망해사를 지어달라고 요청하였는지 의문이 생긴다. 왜 영취산 동록에 망해사를 지어달라고 하였는가.

협상이 타결되자 동해용은 일곱 아들을 거느리고 수레 앞에 나타나 왕의 성덕을 찬미하며 헌무 주악했다. 그 가운데 한 아들이 수레를 따라 서울에 들어와 왕정을 보좌했다.

운무가 뒤덮인 해변에 나타난 동해용은 먼 뱃길을 찾아오다 풍랑에 밀려 조난 당한 아라비아 상인(商人)일 수 있다.[5] 원성왕릉 앞에 도열한

---

4) 『삼국유사』, 권 제2, 기이 제2, 「처용랑 망해사」. 於是 大王遊開雲浦(在鶴城西南 今蔚州) 王將還駕 晝歇於汀邊 忽雲霧冥曀 迷失道路 怪問左右 日官奏云 此東海龍所變也 宜行勝事以解之 於是 勅有司 爲龍刱佛寺近境 施令已出 雲開霧散 因名開雲浦 東海龍喜 乃率七子 現於駕前 讚德獻舞奏樂 其一子隨駕入京 輔佐王政 名曰處容 (중략) 王旣還 乃卜靈鷲山東麓勝地置寺 曰望海寺 亦名新房寺 乃爲龍而置也.

석인(石人)이 중동 사람의 골격과 풍모를 지녔고, 이미 신라 건국 시기에 앞서 삼한 시대에 동해안에 찾아왔을 것으로 여겨지는 중동의 상인이 이 때에 이곳에 출현한 것은 있을 수 있는 일이다. 그런데 그들은 왜 영취산 동록에 망해사를 세워달라고 요구하였을까. 그것은 편안한 장사 뱃길을 비는 신심의 발로였을까.

협상 타결에 만족한 동해용은 헌강왕의 수레 앞에 나타나 성덕을 찬미하고 헌무 주악했다. 이것은 복종의 의례이다. 동해용의 아들은 왕의 수레를 따라 서울에 들어와 왕정을 보좌했다. 울주(蔚州)의 호족인 동해용은 아들을 왕경에 보내어 왕정을 보좌했다. 경주에 들어가 왕정을 보좌하는 울주 지방 호족의 아들인 처용은 고려시대 기인(其人)의 성격을 지니고 있다.[6]

동해 용신으로 표현된 무리가 어디에서 온 사람들인가라는 의문에서 출발한 이용범의 아라비아 상인설(商人說)이나, 왕의 수레를 따라 왕경에 들어가 왕정을 보좌했다는 지방 호족의 성격을 규명한 기인설(其人說)이 학계에 커다란 반향을 불러일으켰고, 이후 이러한 입론은 처용은 누구인가라는 의문에 대한 해답으로 정착하였다.

앞에서 거론한 이우성과 이용범의 양대 학설은 역사학적 방법으로 접근한 연구성과이었다. 처용설화가 『삼국유사』의 기이편에 수록되어 있는 신이(神異)한 이야기이고, 운무가 자욱한 해변에 나타나 헌무 주악하는 무리가 동해의 용신(龍神)이라는 신화적 분위기와, 국동 주군(國東州郡)을 순행하는 헌강왕의 수레 앞에 나아가 가무(歌舞)했다는 사람들을 그때 사람들이 산해정령(山海精靈)이라고 했다는 『삼국사기』의 기록 내용은[7] 처용설화가 기본적으로 신화사유(神話思惟)를 바탕에 깔고 있

---

5) 이용범(李龍範), 「처용설화의 일고찰」, 『진단학보』 32, 1974.

6) 이우성(李佑成), 「삼국유사소재 처용설화의 일분석」, 김재원박사회갑기념논총, 1969.

다는 것을 말해주고 있는 것이다.

그때 사람들이 산해정령이라고 했다는 이 사람들, 운무가 뒤덮인 해변에서 나타난 동해의 용신은 영취산 동록의 승지에 망해사를 세워달라고 요구하였다. 그렇다면 산해정령으로 인식하고 있는 동해 용신은 누구이며, 영취산 동록의 승지에 망해사를 세워달라는 이 요구는 무슨 의미를 지니는 것인가.

2. 굴아화국 신화의 현장 — 울산광역시 청량면(靑良面)의 지리

굴아화국 신화의 현장은 그대로 처용설화의 현장이기도 하다.

울산에 가면 태화강(太和江)이 있다. 울산 시가지는 태화강 양안에 펼쳐져 있다. 태화강의 물줄기는 언양(彦陽)을 지나 양산(梁山) 경계에 이르기까지 퍼져 있어서, 통도사가 있는 취서산(鷲棲山)에서 분수령을 이루어 양산천은 남쪽으로 흘러 양산시를 지나 낙동강으로 들어가고, 북동쪽으로 태화강의 한 줄기가 발원하여 언양을 거쳐 동쪽으로 흐르다 남쪽으로 휘어 울산만으로 흘러나간다. 또 태화강이 흐르는 울산 남쪽 온산읍(溫山邑)에는 회야강(回夜江)이 흐르고 있는데, 웅상면과 웅촌면에서 북상하여 청량면 중리를 돌아 남하 다시 온산읍으로 흘러내려 역시 동해로 흘러드는 것이다. 회야강은 태화강에 비해 아주 작은 강이다. 그런데 태화강과 회야강 사이에 또 하나의 강, 청량면 경내만을 흘러 동해로 들어가는 회야강보다도 더 작은 강이 있다. 이 강을 외황강(外煌江)이라고 한다. 이 외황강 하구에 그 유명한 처용암(處容岩)이 있

7) 『삼국사기』, 권 제11, 신라본기 제11, 「헌강왕」. 憲康王 五年 三月 巡幸國東州縣 有不知所從來四人 詣駕前歌舞 形容可駭 衣巾詭異 時人謂之山海精靈 古記謂王卽位元年事.

고, 청량면의 좁은 평야를 따라 강줄기를 거슬러 올라가면 곧바로 외황강의 발원지 청량면 율리에 이르게 되고, 그곳에 경관이 수려한 문수산(文殊山)과 영취산(靈鷲山)이 자리잡고 있다. 영취산 앞 아늑한 골짜기 복판, 언덕 밭 가운데 영취사지(靈鷲寺址)가 남아 있고, 그 동쪽으로 작은 고개를 넘어 영취산 동록에는 망해사지(望海寺址)가 남아 있다. 영취산 동록의 망해사지 앞에서 외황강 하구 쪽을 내려다보면, 공장지대 굴뚝에 얽혀 지형을 분간하기 어렵지만, 외황강 강줄기를 따라 내려가 하구에 자리잡은 처용암에서 서북 방향으로 상류 쪽을 바라보면, 문수산과 영취산이 한 폭의 그림처럼 강과 들길 너머로 아스라이 떠 있는 풍광을 만날 수 있다.

외황강 하구 주변은 울산의 석유공업 단지이다. 공기가 매우 탁하다. 그곳을 벗어나 조금 올라가면 동해남부선 철도의 덕하역이 있는 개곡리가 나오고,[8] 거기서 좀 더 올라가 진곡 죽전 두현저수지를 지나면, 울산에서 부산으로 내려가는 7번 국도를 만나게 되는데, 이 7번 국도가에 망해(望海), 영해(靈海), 영축, 지통(智通)골 등의 자연부락들이 한 줄로 쭉 늘어서 있다. 이곳 일대가 청량면 율리 지역이다. 망해는 망해사의 초입에 있는 마을이고, 영해 마을에서 영축 마을을 지나 작은 고개를 넘어 들어가면 안영축 마을이 나오는데, 이 안영축 마을이 영취산 앞 정남향으로 자리잡은 영취사지가 있는 영취산 골짜기이고, 안영축 마을 영취사지에 서서 서쪽을 바라보면 우뚝 솟아 있는 문수산이 보인다. 이 계곡이 『삼국유사』 탑상편에 나오는 「영취사」 설화의 현장이고, 피은편에 나오는 「연회도명 문수점」 설화도 이곳 주변을 배경으로 펼쳐지는 이야기이다.

---

8) 처용암이 있는 황성동 세죽나루에서 덕하역으로 나가는 길이 아직 건설되지 않아 석유공업 단지 안의 미로 같은 복잡한 길을 통과하여 돌아가는 불편이 있다.

지통골은 역시 피은편에 나오는 「낭지승운 보현수」 설화의 주인공인 지통성사의 이름에서 유래하는 마을 이름인데, 두현저수지를 지나 올라오던 외황강 물줄기가 영해 마을 아래에서 둘로 갈라져, 한 줄기는 그대로 서쪽으로 영해, 영축 마을을 지나 안영축 마을로 돌아들어 영취산 골짜기 경내의 개울을 이루고, 또 한 줄기는 남쪽으로 휘어 올라가 지통골의 상류 개울을 만들어 놓고 있다. 영해 마을 아래 물줄기가 갈라지는 곳, 영해 마을 앞산 조그마한 골진 언덕을 이 고장 주민들은 할미골이라 부르고 있는데, 할미골이라는 이름이 아니신모(阿尼神母)와 연결되는 이름인 듯하여 여간 홍미를 끄는 것이 아니다. 옛 신화시대로 돌아가 그때 그대로 말한다면, 아니신모가 그 시대 이 고장의 성모인 할미이기 때문이다. 위에서 살펴본 전 지역이 그 먼 옛날 굴아화국의 경역이고, 처용설화의 지리적 배경을 이루는 지역이다.

3. 「낭지승운 보현수」 설화의 양오(暘烏), 당목(堂木), 소도(蘇塗)

『삼국유사』 피은편에 수록된 「낭지승운 보현수」에는 이런 이야기가 들어 있다.

낭지승운 보현수(朗智乘雲 普賢樹)

삽량주(歃良州)[9] 아곡현(阿曲縣)[10]의 영취산(靈鷲山)[11]에 이승(異

---

9) 『삼국유사』 원주에 삽량(歃良)은 지금 양주(梁州)라고 하였다. 『삼국사기』 지리지에 '良州 文武王五年 麟德二年 割上州 下州地 置歃良州 神文王七年 築城 周一千二百六十步 景德王改名良州 今梁州'라 하였으니 삽량주가 더 오랜 이름임을 알 수 있다. 하곡현(울주)는 삽량주에 속해 있던 땅이다.

10) 『삼국유사』 원주에 '아곡(阿曲)은 아서(阿西)라고도 쓰는데, 또는 구불(求弗) 또 굴불(屈弗)이라 이르기도 한다. 지금 울주(蔚州)에 굴불역(屈弗驛)을 두었으니 지금도 구

僧)이 암자를 짓고 수십 년을 살았으나 향읍(鄕邑)에서는 모두 알지 못하였고, 스님 역시 성명을 말하지 아니했다. 늘 법화경을 강론하였고 신통력이 있었다.

용삭(龍朔)[12] 초년의 일이다. 지통(智通)이라는 사미승이 있었는데 본래 이량공(伊亮公) 집의 가노였다. 출가할 때 나이가 일곱 살이었다. 까마귀가 와서 울어 이르기를 "영취산에 가서 낭지(朗智)의 제자가 되어라."고 하였다. 지통은 그 말을 듣고 영취산에 찾아와 동구(洞口) 안 나무 아래에서 쉬고 있었다. 홀연 이인(異人)이 나타나 "나는 보현대사(普賢大士)[13]이다. 너에게 계품(戒品)을 주려고 왔다."고 말하더니 계(戒)를 베풀고 나자 숨어버렸다. 지통은 신령스런 마음이 넓어지고 지증(智證)[14]이 문득 두루 통해졌다.

다시 앞길을 가고 있는데 길에서 한 중을 만났다. 지통이 "낭지 스님이 어디 계십니까?"라고 물었다. 중이 "어째서 낭지를 묻느냐?"고 되물었다. 지통이 신령스러운 까마귀[靈烏]의 일을 다 말해 늘어놓았다. 중이 빙그레 웃으면서 "내가 바로 낭지이다. 지금 이 당(堂)집 앞에 역시 까마귀가 와서 알리기를 '성아(聖兒)가 스님에게 올 것이다. 나가 맞이하라' 해서 나와 맞이하는 것이다."라고 말하면서, 이에 손을 잡고 탄식해 말하기를 "영오(靈烏)가 너를 일깨워서 나에게 보냈고, 너를 맞이하라고 나에게 알렸으니, 이 얼마나 상서로운 일이냐. 아마도 거의 산령(山靈)[15]의 음조(陰助)일 것이다. 전해 내려오는 말에 산주(山

이름을 보존하고 있다.'라고 하였다. 아곡현(阿曲縣)은 하곡현(河曲縣)과 같은 땅의 이름인데, 아곡현(阿曲縣)은 울주(蔚州)이다. 삽량주(歃良州)에 속해 있던 아곡현(阿曲縣=屈阿火=蔚州)에 영취산(靈鷲山)이 있었다.

11) 영취산은 지금 울산광역시 울주군 청량면 율리에 있다. 청량면 율리에 있는 영취산에 영취사지와 망해사지가 있다.

12) 용삭은 당나라 고종의 연호이다.

13) 보현보살(普賢菩薩)을 이르는 것이다.

14) 진리를 달관하는 진실한 지혜로 열반을 증명하는 것을 말한다.

15) 산령(山靈)은 영취산의 산신(山神)을 이르는 것이다. 전해 내려오는 말에 변재천녀(辯才天女)를 산주(山主)라 하였으니, 이 설화에서는 변재천녀가 영취산의 산신이 되는

主)[16]는 변재천녀(辯才天女)[17]라고 한다." 지통은 그 말을 듣고 눈물을 흘려 감사하고 스님에게 예를 드렸다. 이윽고 낭지가 계를 주려하자 지통이 말했다. "저는 동구 나무 아래에서 보현대사(普賢大士)가 정계(正戒)를 주어 이미 받았습니다." 낭지가 탄식해 말하기를 "훌륭하다. 네가 이미 대사의 만분지계(萬分之戒)를 친히 받았구나. 나는 태어난 이래로 자라오면서 저녁이면 삼가 은근하게 지성(至聖)을 만나기 염원했지만 오히려 아직도 환하게 알아낼 수 없었는데, 이제 너는 이미 받았으니 내가 너에게 미치지 못하는 것이 멀리 떨어져 있구나." 하면서 도리어 지통에게 예를 갖추었다. 인하여 그 나무를 이름하여 보현(普賢)이라 했다.[18] (후략)

여기까지 살펴본 이 이야기는 문무왕 때 사미승 지통(智通)이 영취산에서 낭지법사(朗智法師)[19]를 만나는 이야기이다.

것이다. 〈연회도명 문수점(緣會逃名 文殊岾)〉 설화에서는 변재천녀를 만난 고개를 아니점(阿尼岾)이라 하였으니, 변재천녀는 불교전래 이후 굴아화국의 아니신모(阿尼神母)에 대치된 이름이며, 본래 영취산의 산신은 아니신모일 것이다.

16) 산주(山主)는 산신(山神)을 이르는 말이다.

17) 변재천녀(辯才天女)는 불교 세계에서 음악(音樂)·지혜(智慧)·변재(辯才)·재복(財福)을 다스리며 2개나 8개의 팔을 가지고 비파를 연주하며 아름다운 소리로서 중생을 기쁘게 한다. 묘음천(妙音天)·미음천(美音天)·대변재(大辯才)·공덕천(功德天)이라고도 부른다. 줄여서 변천(辯天)이라고도 한다.

18) 『삼국유사』, 권 제5, 피은 제8, 「낭지승운 보현수」. 歃良州阿曲縣之靈鷲山(歃良今梁州 阿曲一作西 又云求佛 又屈弗 今蔚州置屈弗驛 今存其名.)有異僧 庵居累紀 而鄕邑皆不識 師亦不言名氏 常講法華 仍有通力 龍朔初 有沙彌智通 伊亮公之家奴也 出家年七歲 時有烏來鳴云 靈鷲去投朗智爲弟子 通聞之 尋訪此山 來憩於洞中樹下 忽見異人出日 我是普[賢]大士 欲授汝戒品 故來爾 因宣戒 訖乃隱 通神心豁爾 智證頓圓 遂前行路逢一僧 乃問朗智師何所住 僧日 奚問朗智乎 通具陳神烏之事 僧宛爾而笑日 我是朗智 今玆堂前亦有烏來報 有聖兒投師將至矣 宜出迎 故來迎爾 乃執手而嘆日 靈烏驚爾投吾 報予迎汝 是何祥也 殆山靈之陰助也 傳云山主乃辨(辯)才天女 通聞之泣謝 投禮於師 旣而將與授戒 通日 予於洞口樹下 已蒙普賢大士 乃授正戒 智嘆日 善哉 汝已親稟大士滿分之戒 我自生年來 夕惕慇懃 念遇至聖 而猶未能昭格 今汝已受 吾不及汝遠矣 反禮智通 因名其樹日普賢.

19) 『삼국유사』, 권 제3, 홍법 제3, 「원종흥법」. 新羅本紀 法興大王卽位十四年 小臣異次

일곱 살에 출가한 지통이 낭지가 살고 있던 영취산에 찾아오는 길에 동구 나무 아래에서 보현보살을 만나 계를 받고, 동구 안 당집 앞에서 낭지법사를 만나는 전말이 모두 영오의 지시에 인도되었다는 것이다. 낭지법사는 지통에게 이러한 영오의 인도가 얼마나 상서로운 일인가를 말하고, 이러한 상서로운 일은 이 산의 산령의 음조일 것이고, 이곳에 전해 내려오기를 이 산의 산주는 변재천녀라 한다고 말하고 있다.

이 이야기 속의 영오(靈烏)와 변재천녀(辯才天女)는 이 산이 품고 있는 신화 자체이고 또 그 신화를 구성하고 있는 신화소이다. 변재천녀가 이 산의 산령(山靈)이라는 이야기는 이 이야기가 본래 이 산을 중심으로 형성되어 있던 옛 시대의 신화를 바탕에 깔고 있는 변형된 불교 설화라는 것을 말해주고 있는 것이다.

영오(靈烏)는 신오(神烏)이다. 영오는 신오이고 양오(暘烏)이다. 양오는 일정(日精)이다. 신화사유에서 양오가 태양 속에 살고 있는 태양의 정(精)으로 여겨지고 있는 것처럼, 지통성사(智通聖師)[20]를 영취산으로 인도한 영취산의 영오는 전래하는 태양신화의 영지(靈地)에서 신성의 실체로 활동하고 있는 일정(日精)의 기운이요 태양신의 상징인 것이다. 이러한 영오의 활동은 영취산이 일찍부터 태양신화의 본고장이라는 것을 말해주고 있는 것이 된다. 영오는 굴아화국 이래로 굴아화국의 성지를 지켜 온 굴아화국의 태양신인 것이다.

출가하는 지통성사가 보현보살을 만나 정계를 받은 영취산 동구의 보현수는 당목(신단수=우주목)이다. 보현수가 서 있는 동구, 지통이 낭

頓爲法滅身 卽蕭梁普通八年丁未 西竺達摩來金陵之歲也 是年朗智法師 亦始住靈鷲山開法 則大敎興衰 必遠近相感一時 於此可信.

20) 지통(智通)과 원효(元曉)는 대성(大聖)이다. 『삼국유사』, 권 제5, 피은 제8, 「낭지승운 보현수」. 通與曉皆大聖也 二聖而摳衣師之 道邁可知.

지를 만난 동구 안 양지바른 언덕, 거기에 낭지가 거처하는 당집(법당)이 서 있고, 이제는 변재천녀로 변모한 아니신모(阿尼神母)의 신당이 있는 고개[21], 이렇게 짜여 있는 골짜기 안의 아늑한 경계는 어느 시기 언제이든 간에 신들이 활동하던 성역의 여건을 갖추고 있는 성지 바로 그것이다. 이 성역이 굴아화국 신화시대의 소도(蘇塗)라는 사실에 주목해야 할 것이다.

영오는 굴아화국 신화의 천신(天神)의 상징인 양오이고, 이 불교 설화에서 보현보살은 굴아화국 신화의 양오이자 천신의 화현이다. 보현보살이 지통성사에게 계를 내린 보현수는 굴아화국 신화의 신단수의 구실과 신성을 이어 내려온 당목이고, 지통이 보현보살과 낭지법사를 만나던 단수와 당집(법당)이 있는 이 동중의 공간은 굴아화국의 신화시대에 굴아화의 신들이 놀던 소도인 것이다.

4. 「연회도명 문수점」 설화의 아니점, 변재천녀와 아니신모

『삼국유사』 피은편에 「연회도명 문수점」이라는 설화가 있다. 이 설화의 주인공인 고승 연회가 세속의 명리를 피해 숨어 들어가는 길에서 차례로 문수보살과 변재천녀를 만나게 되는데, 문수보살을 만난 고개를 문수점이라 하고 변재천녀를 만난 곳을 아니점이라고 한다는 것이다. 그 설화를 인용하면 다음과 같다.

연회도명 문수점(緣會逃名 文殊岾)

고승 연회(緣會)는 일찍이 영취산(靈鷲山)[22]에 숨어 살면서 항상 연

---

21) 『삼국유사』, 권 제5, 피은 제8, 「연회도명 문수점」.

경(蓮經)[23]을 읽어 보현보살(普賢菩薩)의 관행법(觀行法)을 닦았다. 뜰의 연못에는 늘 연꽃 몇 송이가 있었는데 사시사철 시들지 않았다. (지금 영취사(靈鷲寺) 용장전(龍藏殿)이 바로 연회의 거처이다.)[24] 국주(國主) 원성왕(元聖王)[25]은 그 상서롭고도 신이(神異)한 말을 듣자 그를 불러 벼슬을 주어 국사로 삼으려 했다. 스님은 그 소식을 듣자 암자를 버리고 도망했다.

서쪽 고개 바위 사이를 넘어가고 있는데 한 노인이 이제 막 밭을 갈면서 스님에게 어디 가느냐고 물으니 스님이 말했다. "내가 듣자니 나라에서 지나치게 잘못된 소문을 듣고 나를 관작(官爵)으로 얽매려 해서 피해 가는 중입니다." 노인이 이 말을 듣자 말했다. "이곳에서도 사줄 수 있는데 어찌 수고롭게 먼 데 가서 팔려고 하십니까. 스님이 이름 팔기를 싫어하지 않는다고 하겠습니다." 연회는 자기를 업신여긴다고 말하면서 노인의 말을 듣지 아니하고 드디어 몇 리쯤을 더 갔다. 시내 가에서 한 할미를 만났는데 스님에게 어디 가느냐고 물었다. 아까처럼 대답하자 할미가 말했다. "앞에서 사람을 만났습니까?" 연회가 대답했다. "한 노인이 나를 몹시 업신여기기에 골이 나서 그냥 와버렸습니다." 할미가 말했다. "문수대성(文殊大聖)[26]이십니다. 그 말씀을

---

22) 이곳의 영취산은 「낭지승운 보현수」 설화의 현장인 영취산과 같은 산이다. 요즘 양산(梁山) 통도사(通道寺)가 있는 산을 영취산이라 하고 있는데, 그 산은 본래 취서산(鷲棲山)이지 영취산(靈鷲山)이 아니다.

23) 법화경(法華經)을 이르는 것이다.

24) 영취사는 울주의 영취산에 있던 절이다. 고승 연회가 은거하던 영취산은 하곡현 굴불(屈弗·屈火=울주)에 있는 영취산이다. 영취산은 장산국(동래현)에 있던 절이 아니다. 『한국 고전문학 이해』(보고사, 2001.)에 수록되었던 「처용설화와 굴아화국의 신화」의 주(21번 註)에서, "이 협주는 영취산과 영취사가 지니는 설화적 변이를 거친 이중성을 보여주고 있다. 영취사는 장산국(동래현)에 있는 절이다. 영취사 용장전이 연회의 구거라는 이 협주는 영취사와 영취산이 공유하고 있는 동명(同名)에서 오는 설화적 굴절을 거친 연의적 변이로 보인다."라고 한 말은 영취사가 장산국(동래현)에 있을 지도 모른다는 관점에 연유한 잘못이다. 「영취사」 설화의 장산국은 충원공이 다녀온 온천이 있는 곳이지 영취사가 있는 곳은 아니다.

25) 신라 38대 왕.

> 듣지 않았으니 어찌하시겠습니까." 연회는 놀랍고 송구하여 노인이 있던 곳으로 급히 되돌아가 이마를 조아리며 회개해 아뢰었다. "성인의 말씀이신데 어찌 감히 명(命)하심을 듣지 아니하겠습니까. 이제 다시 돌아왔습니다. 시냇가의 할미는 누구이옵니까?" 노인은 말했다. "변재천녀(辯才天女)이시다." 말을 마치자 노인은 바로 숨어 버렸다.
>
> 이에 연회는 암자에 돌아왔다. 조금 있으니 임금의 사자가 조명(詔命)을 가지고 와서 그를 불러들였다. 연회는 마땅히 이미 받았어야 할 일인 줄을 알고 임금의 명을 따라 대궐로 들어갔고, 왕은 그를 봉하여 국사를 삼았다. (중략)
>
> 스님이 노인에게 감응 받은 곳을 이름하여 문수점(文殊岾)이라 하고, 할미를 보았던 곳을 아니점(阿尼岾)이라 한다.[27]

일연의 관점에서 보면, 이 설화가 『삼국유사』에 채록될 수 있었던 것은 연회가 피은(避隱)의 고승(高僧)이면서도 문수보살(文殊菩薩)의 뜻에 따라 임금의 부름에 응하여 왕사에 봉해졌다는 데에 있다. 그런데 그와는 달리 또 하나 지적해 둘 것은, 이 이야기가 문수점(文殊岾)과 아니점(阿尼岾)의 지명을 설명하고 있는 지명설명설화(地名說明說話)를 겸하고 있다는 것을 간과할 수 없다는 점이다.

이 설화에서 연회는 고승으로 표현되어 있다. 설화 속의 연회는 나라

---

26) 문수보살을 가리키는 것이다.

27) 『삼국유사』, 권 제5, 피은 제8, 「연회도명 문수점」. 高僧緣會嘗隱居靈鷲 每讀蓮經修普賢觀行 庭池常有蓮數朶 四時不萎 (今靈鷲寺龍藏殿 是緣會舊居) 國主元聖王聞其瑞異 欲徵拜爲國師 師聞之 乃棄庵而遁 行跨西嶺嵓間 有一老叟今爾耕 問師奚適 曰吾聞邦家濫聽 縻我以爵 故避之爾 叟聽曰 於此可賈 何勞遠售 師之謂賣名無肙犬(厭)乎 會謂其慢己 不聽 遂行數里許 溪邊遇一媼 問師何往 答如初 媼曰 前遇人乎 曰 有一老叟 侮予之甚 慍且來矣 媼曰 文殊大聖也 夫言之不聽何 會聞卽驚悚 遽還翁所 扣顙陳悔曰 聖者之言 敢不聞命乎 今且還矣 溪邊媼彼何人斯 叟曰 辯才天女也 言訖遂隱(中略) 師之感老叟處 因名文殊岾 見女處曰阿尼岾.

에서 벼슬을 내려주어 불러들일 것이라는 소문을 듣고 벼슬을 피해 도망하고 있으리만큼 세속의 명리를 멀리하는 높은 덕을 지닌 스님이다. 그런데 길에서 만난 노인(老人)은 이 같은 연회의 행동을 은일(隱逸)을 내세운 매명(賣名)이라고 조롱한다. 연회는 매명을 즐기는 은자(隱者)라고 조롱하는 노인의 말에 자신의 진의가 무시되었다고 골을 내어 숨는 길을 재촉하고 있었지만, 숨어 들어가는 길에서 또 만나게 되는 할미에게서 그 노인이 문수보살이라는 말을 듣게 되자, 성인의 명을 거역할 수 없다 하여 발길을 돌린다. 암자에 돌아온 연회는 임금의 부름을 받고 이미 이것은 피할 수 없는 업보라 여겨 조정에 나아가 왕사가 되는 일을 받아들인다.

이것은 걸출한 인물에게 수반하는 미화된 설화일 뿐이다. 연회는 인격이 고매할 뿐만 아니라 문수보살의 계시에 따라 왕사를 받아들임으로 해서 세속의 명리(名利)를 좇는다는 허명(虛名)에서 벗어나게 된다. 그러나 이러한 사실은 이 논문에서 그리 중요한 사안은 아니다. 이 논문에서 추적하고 있는 핵심은, 이 설화가 불교 설화로 성립되면서 이 설화에 등장한 변재천녀(辯才天女)가 굴아화(屈阿火) 지방에서 오랜 생명을 유지하고 있는 굴아화국 신화의 원조(遠祖)인 아니신모(阿尼神母)의 변신(變身)이라는 사실이다.

「낭지승운 보현수」 설화에서 이 고장에 전해 내려오는 말에 변재천녀는 영취산의 산령(山靈)이요 산주(山主)로 되어 있다. 이 설화는 일곱 살에 출가하는 지통 성사에게 나타나 영취산의 동구 안 나무 아래에서 보현보살을 만나고 이어 낭지법사를 만나게 인도하는 영오(靈烏)의 계시를 산령(山靈)의 음조(陰助)로 승화시키고 있는 것이다. 변재천녀는 전해 내려오는 말에 영취산의 산령(山靈)이요 산신(山神)인 것이다.

아니신모는 처용의 무리로 표현된 굴아화 사람들의 원조(遠祖)이다.

영취산에는 굴아화 사람들이 추모하는 아니신모의 신당이 있었을 것이다. 아니점(阿尼岾)은 아니신모(阿尼神母)의 신당(神堂)이 존재하던 고개일지도 모른다. '아니재·아리고개'로 해독될 수 있는 아니점은 굴아화국 건국신화의 신모가 산신으로 좌정한 성산의 영봉일 수 있다는 것이다.

이 설화는 전래되는 신화시대의 지명과 결합한 일종의 설명설화라는 일면성을 지니고 있는 것이다. 문수점이라는 지명은 후래의 불교신앙에 따른 문수보살의 영험을 기념하는 산물이다. 문수점이라는 지명은 불교 전래 이후에 새로 형성된 불교 설화의 작의가 담겨 있는 불교 신앙의 의지를 함유하는 산물이지만, 아니점은 아니점이 지니고 있는 의미 그대로 전래하는 지명이 지니고 있던 신화적 의미를 그대로 지키고 있는 것이다. 아니점은 문수점을 문수점이라 한 것처럼 변재점(辯才岾)이라고 하지 않은 것으로 보아, 이 설화의 불교화 과정을 거치면서 변질되지 않은 이 설화의 불교화보다 훨씬 더 생명력을 오래 전부터 유지해 온 지명이라 아니 할 수 없는 것이다. 아니점(阿尼岾)은 아니신모(阿尼神母)의 주처(住處)에 남겨진 이름이다. 아니(阿尼)는 굴아화국의 후예인 처용의 원조로서 굴아화 지방에 존재하는 신모(神母)의 이름인 것이다. 아니신모는 굴아화국 신화 세계의 신모이다.

굴아화국 신화가 불교 설화로 윤색되면서 아니신모는 변재천녀로 바뀌고 말았다. 아니신모는 살던 언덕에 아니고개[28]라는 이름을 남겨 두고 신화의 계곡에서 쫓겨나 변재천녀에게 자리를 내주었다. 그런데 아니신모는 정말 아주 물러난 것일까. 불교는 아니신모를 영취산 계곡에서 말끔히 몰아낸 것일까. 그럴 수는 없었던 것 같다. 신라 불교의 초기 불자들은 선도(仙道)[29]와 불도(佛道)가 같은 뿌리라고 생각하고 있었던

28) 아니(阿尼)고개는 아리(阿利)고개일 수도 있다.

29) 여기에서 말하는 선도(仙道)는 신라의 화랑도(花郎道)를 말하는 것이다.

것처럼, 굴아화 신화가 불교 설화로 변모하는 과정에 등단한 변재천녀의 성격은 그대로 아니신모의 면모와 성격을 대변하는 것으로 이해할 수 있는 것이다.

변재천녀는 불교세계에서 음악(音樂)·지혜(智慧)·변재(辯才)·재복(財福)을 다스리며 두 개나 여덟 개의 팔을 가지고 비파를 연주하며 중생을 기쁘게 하는 신적 존재이다. 이러한 변재천녀의 존재는 그대로 아니신모의 풍모를 설명하는 자료로 전용할 수 있는 것이다. 아니신모를 변재천녀로 대치하면서, 아니신모의 혈연적 후예와 그들 속에 살고 있는 불자들은, 아니신모의 존재를 철저하게 소멸하려는 의지를 강요하지는 아니 하였을 것이다. 이러한 해석은 아니신모가 악신(樂神)이었다는 사실과, 변재 재복을 주관하는 지혜의 여신(女神)이었다는 사실을 유추하는 것을 가능하게 할 것이다. 아니신모는 화락(和樂)을 재래(齎來)하는 천악신(天樂神)이요 풍요(豊饒)를 주관하던 지혜(智慧)의 여신(女神)이었을 것이다.

「연회도명 문수점」 설화는 전래하는 굴아화국 신화시대의 지명과 결합된 일종의 지명설명설화이다. 문수점은 문수보살의 영험을 기념하는 지명이다. 문수점(文殊岾)이라는 고개 이름은 불교 전래 이후에 윤색되어 새로 형성된 불교 설화에서 굴아화국 신화 세계의 신격과 지명을 바꾸어 놓은 불교 신앙의 의지가 담겨 있는 산물이지만, 아니점은 아니점에 상주하고 있던 신격의 이름이 그대로 고개 이름으로 남아 있는 것이고, 굴아화국 신화 세계의 신격의 이름이 그대로 지명으로 남아 있는 신화 기념물이다. 아니점은 문수점을 문수점이라 한 것처럼 변재점(辯才岾)이라고 하지 않은 점으로 보아, 이 설화를 불교 설화로 윤색하는 윤색과정을 거치면서 신화 본래의 모습을 유지하고 있는 특별한 사례이다. 아니점은 아니신모의 주처에 남겨진 이름이다. 아니신모(阿尼神

母)는 굴아화국 신화 세계의 신모이다. 그만큼 신화 세계에서 신모의 생명은 길고도 강하다.

그러나 아니점이라는 지명은 남았지만, 굴아화국 신화가 불교 설화로 윤색되면서 아니신모는 변재천녀로 바뀌고 말았다. 아니신모는 살던 언덕의 고개 마루턱에 아니점이라는 이름을 남겨두고, 신화의 계곡에서 쫓겨나, 변재천녀에게 자리를 내주었다. 아니점(阿尼岾)은 아니(阿尼)고개이다. 아니(阿尼)고개는 아리(阿利)고개일 수도 있다. 역사의 흐름 속에서, 이 땅의 보편적인 아니신모는 성모의 자리에서 추방되는 아픔을 몇 번이고 겪어야 했다. 아니신모를 성지에서 추방한 역사 속의 지성은 고덕(高德)과 현철(賢哲)로 추앙되고, 추방되는 신모를 추모하던 민중은 숨어드는 신모의 처절한 숨결을 따라 노래 불렀다.

"아리 아리 쓰리 쓰리 아라리요 아리 아리 고개로 넘어간다."

5. 「영취사」 설화와 영취산

지금 울산시 청량면 율리(栗里)에 망해사지가 있다. 울산시 청량면 율리와 울산시 중구 무거동과 울산시 범서면 굴화리와 울산시 울주구 삼동면 둔기리의 경계가 만나는 산속에 문수산(文殊山)[30]과 영취산(靈鷲山)[31]이 자리 잡고 있다. 이 산속에는 망해사지 이외에도 청송사지와 문수암이 있어 이 문수암이 「연회도명 문수점」 설화에 나오는 문수보살과 인연이 있는 암자일 것으로 보이고, 영취산 동록 아래 골짜기 입

30) 안영축 마을 영취사지에서 서쪽을 바라보면 우뚝 솟은 문수산이 있다. 문수산 동쪽에는 영취산이 있는데, 영취사지는 영취산 정남방 구릉 위에 있다. 영취산이 동쪽으로 뻗은 기슭에 망해사지가 있다.

31) 현지에서는 영축산이라고도 한다.

구에는 지통골과 망해 마을과 영축, 안영축[32]이라는 자연부락 마을들이 있어, 이곳이 「처용랑 망해사」와 「낭지승운 보현수」와 「연회도명 문수점」과 「영취사」 설화의 현장이라는 것을 알 수 있다.

「낭지승운 보현수」 설화에는 '삽량주 아곡현의 영취산에 신이한 중이 있었다.'고 서두를 열고, 영취산에 협주를 달아 '삽량은 지금 양주이며 아곡(阿曲)의 곡(曲)은 혹은 서(西)로도 쓰며 또는 구불, 굴불(求佛, 屈弗)이라고도 한다. 지금의 울주에 굴불역(屈弗驛)을 두었으니 지금도 그 이름이 남아 있다.'라고 하였다. 이 설화의 기록에는 아곡현이 양주에 속해 있는 것으로 되어 있지만, 당시 관할이 그러했다 하더라도 협주에서 밝히고 있는 것처럼, 『삼국유사』 기록 당시의 아곡현은 굴불역이 설치되어 있던 울주에 속해 있었던 것이다. 망해사를 지었다고 하는 영취산은 굴불(굴화) 근경에 있었다는 것을 알 수 있다.

울산시 범서면 굴화리의 '굴화(屈火)'라는 지명은 굴아화촌의 '굴아화(屈阿火)'에서 유래하는 이름이다. '굴아화(屈阿火)'의 '火'는 훈차한 표기로 고어 '블'을 표기한 것이고, '블'은 현대어의 벌판이나 들을 뜻하는 '벌'의 고어이다. '굴아화(屈阿火)'는 '굴아벌'이고 연철하여 읽으면 '구라벌'이다. 굴아화(屈阿火)는 굴불(屈弗) 또는 굴화(屈火)라고도 썼는데, 굴불역(屈弗驛)의 '굴불(屈弗)'은 '굴화(屈火)'의 다른 표기로 '굴화(屈火)'의 '火'가 훈차표기인데 대해서 '굴불(屈弗)'의 '불(弗)'은 음차표기로 '굴화'나 '굴불'은 둘 다 동일 지명에 대한 다른 표기인 것이다.

「연회도명 문수점」에서는 '고승 연회가 일찍이 영취산에 숨어 살았다'[33]하고, '지금의 영취사 용장전이 바로 연회의 옛 거처이다'[34]라고

32) 영축·안영축이라 한 자연부락의 지명 '영축'은 영취산의 '영취(靈鷲)'가 변음한 것으로 보인다.

33) 『삼국유사』, 권 제5, 피은 제8, 「연회도명 문수점」. 高僧緣會嘗隱居靈鷲.

하여, 영취사가 영취산에 있는 것으로 기록하고 있다. 더구나 「낭지승운 보현수」에서는 영취사기를 인용하여 '낭지가 일찍이 말하기를 이 암자는 가섭불 당시의 절터였으므로 땅을 파서 등항(燈缸) 두 개를 얻었다고 했다. 원성왕 때에는 큰스님 연회가 이 산속에 와 살면서 낭지 스님의 전기를 지었는데 이것이 세상에 퍼졌다'[35]고 하였다. 이야기가 이대로라고 한다면 영취사는 영취산에 있는 절이어야 한다.[36] 『삼국유사』 탑상편에 영취사 창건에 따르는 연기설화가 전해오고 있다.

영취사(靈鷲寺)[37]

사중고기에 있는 말이다.

신라 진골(眞骨) 제31대 신문왕(神文王) 때인 영순(永淳)[38] 2년 계미(본문에 원년이라 한 것은 잘못이다)에 재상 충원공(忠元公)이 장산국(萇山國 : 곧 동래현이다. 또한 내산국이라 이름한다.)[39] 온천에서 목욕하고, 성차(城次)[40]로 돌아오는데, 굴정역[41] 동지야(屈井驛 桐

---

34) 『삼국유사』, 위와 같음. 今靈鷲寺龍藏殿 是緣會舊居.

35) 『삼국유사』, 권 제5, 피은 제8, 「낭지승운 보현수」. 靈鷲寺記云 朗智嘗云 此庵址乃迦葉佛時寺基也 堀地得燈缸二隔. 元聖王代 有大德緣會來居山中 撰師之傳 行于世.

36) 지금 실제로 울산광역시 울주군 청량면 율리 822 외 1필지에 울산기념물 제24호로 지정된 영축사지 혹은 영취사지가 있다. 영축사지가 있는 곳은 안영축 마을이다. 이상하게도 영축은 한자표기가 없이 그냥 '영축'이라 소리내어 사용하고 있는데, 영축은 오래 동안 민간에서 사용해온 것으로 영취(靈鷲)의 변음이 분명하다.

37) 이 「영취사」 설화의 영취사도 「낭지승운 보현수」 설화에 나오는 영취사나 「연회도명문수점」 설화에 나오는 영취사와 같은 절이다. 지금 울산광역시 울주군 청량면 율리 안영축 마을에 남아 있는 영축사지(영취사지)가 이 절의 절터이다.

38) 영순(永淳)은 당나라 고종의 연호이다. 신라 신문왕 1년인 신사(辛巳)의 당나라 고종의 연호는 개요(開耀)이고, 신문왕 2년인 임오(壬午)의 당나라 고종의 연호는 영순(永淳)이고, 신문왕 3년인 계미(癸未)의 당나라 고종의 연호는 홍도(弘道)이다. 그러므로 영순은 신문왕 2년(682) 임오이다. 계미(癸未)는 신문왕 3년이다.

39) 장산국은 지금 부산시의 동래이다. 장산국의 온정은 지금 동래온천을 말하는 것이다.

40) 원문의 '還城次'를 '성으로 돌아올 때'로 번역하지 않고 '성차(城次)로 돌아오는데'로 번역하였다.

旨野)에 이르러 머물러 쉬었다. 갑자기 한 사람이 나타나 매를 놓아 꿩을 쫓으니, 꿩이 금악(金嶽)[42]을 날아 넘어가 종적이 없어졌다. 매 방울소리를 듣고서 찾아가 굴정현 관청(屈井縣 官廳)[43] 북쪽 우물가에 이르니 매가 나무 위에 앉아 있고 꿩은 우물 속에 있는데 물이 핏빛으로 흐려 있었다. 꿩은 두 날개를 펴서 새끼 두 마리를 안고 있고, 매 또한 측은하게 여겼음인지 움켜잡지 아니 하고 있었다. 공은 이것을 보고 측은히 여기고 감동하여 이 땅을 점쳐 물으니 절을 세울 만한 곳이라고 하였다.

서울로 돌아와 왕에게 아뢰어 그 현청(縣廳)을 다른 곳으로 옮기고 그곳에 절을 세우고 이름을 영취사라 하였다.[44]

---

41) 굴정역(屈井驛)은 굴화역(屈火驛) 인근에 있는 서로 다른 역일 수도 있고, 같은 곳에 대한 시대 차이에 따른 다른 이름으로 볼 수도 있다. 굴정역(屈井驛)은 굴화역(屈火驛)의 다른 표기인 굴불역(屈弗驛)의 오기(誤記)일 수도 있다. 현지의 향토사학계에서는 굴정역(屈井驛)이 중구 무거동과 범서면 굴화리(屈火里) 근처에 있었던 것으로 보고 있다. 굴화역(屈火驛)도 이 지역에 있었던 것으로 보고 있다. 언양에서 울산으로 들어오는 국도 가에 '굴화카센타'라는 간판을 건 집이 있다. 주인을 찾아 '굴화'를 상호로 건 연유를 물었더니 이곳이 굴화라고 해서 내걸었을 뿐 자세한 것은 모른다고 한다. 이곳 주변에 역졸들이 생업으로 삼던 옹기가마 터가 여러 개 있었다고 한다. 굴화리 안쪽에 장감 마을이 있는데 그곳에도 옹기가마 터가 있었다고 한다.

42) 금악(金嶽)은 이 산이 영취산(靈鷲山)으로 바뀌기 전의 본래의 이름일 것이다. '金嶽'은 '쇠뫼'의 차자식 표기일 수도 있고 '알티'의 차자식 표기일 수도 있다. 굴화역 쪽에서 영축사지가 영취산 골짜기로 가려면 영취산의 고개를 넘어야 한다. 지금 그 고개 이름은 '짠님배기'라고 한다.

43) 굴정현 관청은 굴아화국 신화의 소도 별읍에 남아 있던 굴아화 후예의 집회소였을 것이다. 매가 앉아 있던 나무는 굴아화국 신화시대 이래의 소도를 지키던 당목(堂木, 神壇樹)이고, 꿩이 숨어 있던 우물은 굴아화국 신화시대 이래 소도의 성수(聖水)인 정천(井泉)이었을 것이다.

44) 『삼국유사』, 권 제3, 탑상 제4, 「영취사」. 寺中古記云 新羅眞骨第三十一主神文王代 永淳二年癸未[本文云元年 誤] 宰相忠元公 萇山國[卽東萊縣 亦名萊山國]溫井沐浴 還城次 到屈井驛桐旨野駐歇 忽見一人放鷹而逐雉 雉飛過金岳 杳無蹤迹 聞鈴尋之 到屈井縣官北井邊 鷹坐樹上 雉在井中 水渾血色 雉開兩翅 抱二雛焉 鷹亦如相惻隱 而不敢攫也 公見之惻然有感 卜問此地 云可立寺 歸京啓於王 移其縣於他所 創寺於其地 名靈鷲寺焉.

이 이야기는 영취사창건연기설화(靈鷲寺創建緣起說話)이다. 꿩이 매의 공격을 받고 쫓긴 죽음 앞에서 새끼를 지키려는 모성본능, 꿩을 쫓던 매마저도 기필코 새끼를 지키려는 모성본능 앞에 측은함을 느끼는 자비심을 펼치고, 이와 같이 훌륭하고 신령스러운 매를 기념하기 위하여 영취사는 창건되었다. 이 일이 일어난 곳이 굴정현(屈井縣) 관청 북쪽에 있는 우물이라는 것이다. 이 우물은 굴아화(屈阿火)의 우물이다.

이 이야기는 재상 충원공(忠元公)이 동래현(東萊縣)에 있는 온천에 목욕하러 갔다가 돌아오는 길에서 겪었던 일이다. 이 일은 굴정역(屈井驛) 동지야(桐旨野)와 굴정현(屈井縣) 관청(官廳) 북쪽 우물에서 일어나고 있다. 신령스러운 매가 펴낸 자비가 실현된 굴정현 현청 자리에 영취사(靈鷲寺)가 세워진 것이니, 영취사가 세워진 곳은 동래현(東萊縣)이 아니라 굴정현(屈井縣)인 것이다. 그렇다면 굴정현의 현청이 있던 곳이 어디인가. 굴정현 현청이 있던 곳은 아마도 지통곡과 망해와 영축, 안영축 등의 자연부락이 있는 지금 울산광역시 울주군 청량면 율리라고 여겨진다. 이 영취사 터가 굴아화국의 소도 별읍(蘇塗別邑)인 성지(聖地)인 것이다.

요즘 산악인들이 영남의 알프스라고 부르는 양산(梁山)의 영취산, 통도사(通度寺)가 있는 이 양산 영취산의 본래의 이름은 취서산(鷲棲山)이지 영취산이 아니다.[45] 이 취서산에는 영취사라는 이름을 가진 사찰이나 암자는 없는 것이다.

---

45) 『신증동국여지승람』, 권22, 양산군, 산천조. 鷲栖山 在郡北三十里 又見彦陽縣. 佛宇, 通度寺 在鷲栖山. 彦陽郡, 山川, 鷲栖山 在縣南二十里.

6. 굴정현 관청과 영취사

망해사는 영취산 동록(東麓) 승지(勝地)에 세워졌다.[46]

영취산 주변에 발달했던 굴아화국은 신라 제5대 파사니사금 때(80~111)에 사로국에 병합되었다.[47] 그러나 이곳은 여전히 굴아화인들이 살아가는 터전으로 남아 있었다. 이로부터 400년 후에 낭지법사가 이곳에 들어와 불법(佛法)을 열었고, 다시 150년 후에 충원공(忠元公)은 이 자리에 영취사(靈鷲寺)를 세우고 있다.

낭지법사(朗智法師)가 영취산에서 법을 연 해는 법흥왕 14년(527)이다.[48] 영취산 동록 승지는 7세에 출가한 지통성사(智通聖師)가 영오(靈烏)의 인도를 받아 보현보살을 만나 계(戒)를 받고 낭지법사를 만나던 동구 안 골짜기의 승지(勝地)일 것이다. 지통성사가 출가하던 해가 용삭(龍朔) 초년이니,[49] 이 용삭 초년은 문무왕 1년(661)이 된다. 지금 청량면 율리의 자연부락 지통곡의 지명은 지통성사가 이 골짜기에 머물러 수도하던 것에 연유하는 것으로 보인다. 충원공이 굴정현 현청 자리에 영취사를 세우던 영순(永淳)은 신문왕 2년(682)이 된다.[50] 지통곡에서 좀 더 위로 올라간 곳에 자리잡고 있는 영축, 안영축 등의 자연부락 지명은 영취사의 절 이름에서 연유한 변음으로 보인다. 연회대덕(緣會大德)이 영취산에 숨어 살면서 문수보살(文殊菩薩)과 변재천녀(辯才天女)를 만났다는 제38대 원성왕 때(785~798)는 지통성사의 입산과 충원공의 영취사 창건이 있은 지 100년 뒤의 일이다. 연회대덕이 낭지법사의 전

46) 『삼국유사』, 권 제2, 기이 제2, 「처용랑 망해사」.
47) 『삼국사기』, 권 제34, 잡지 제3, 「지리」1.
48) 『삼국유사』, 권 제3, 흥법 제3, 「원종흥법 염촉멸신」.
49) 『삼국유사』, 권 제5, 피은 제8, 「낭지승운 보현수」.
50) 『삼국유사』, 권 제3, 탑상 제4, 「영취사」.

기를 남겼다는 것이 영취사기(靈鷲寺記)의 기록이니 영취사기의 성립은 원성왕 때보다 후대의 일이고, 지금의 영취사(靈鷲寺) 용장전(龍藏殿)이 바로 연회대덕의 옛 거처라는 「연회도명 문수점」의 주기는 일연 당시에도 영취산에 영취사가 있었다는 것을 말해 주는 것이다. 헌강왕이 국동(國東) 주군(州郡)을 순행했던 헌강왕 5년(879)이[51] 원성왕의 치세로부터 또 100년이 지난 뒤의 일이니, 영취산 골짜기에 충원공이 영취사를 지은 지 200년 후에 망해사를 세우고 있는 것이다. 이 때에 이르러 새삼 망해사를 세우려는 처용 일족의 의지는 무엇을 말하는 것인지 의문을 던져주고 있다. 단순히 불사(佛寺)의 건립을 원하는 처사가 아니라는 생각이 들기 때문이다.

이러한 의문을 풀기 위하여 앞에서 굴정현(屈井縣) 관청의 위치라는 관점에서 해석을 시도한 「영취사」 설화를 다시 재상 충원공(忠元公)이 굴정현 관청을 다른 곳으로 옮기고 영취사를 지었다는 사실에 대하여, 이것이 어떤 의미를 지니는 것인지 해석해 보기로 하겠다.

지통곡은 이 골짜기에서 수도한 지통성사의 행적을 기리는 이름이다. 영오(靈烏)의 인도를 받은 지통(智通)은 이 골짜기 동구 나무 아래에서 보현보살을 만나 계(戒)를 받고, 동구 안 당집 앞에서 영오의 지시대로 기다리고 있던 낭지법사를 만난다. 낭지법사는 영오의 인도에 따라 지통과 만나게 된 일을 이 산의 산령(山靈)이 음조(陰助)한 덕이라고 말하고, 전해 내려오는 이야기에 이 산의 산주(山主)는 변재천녀(辯才天女)라고 알려준다. 법흥왕 때 이곳에 불법(佛法)을 연 낭지법사는 문무왕 때 이곳에서 지통성사를 맞이하는 것이고,[52] 이어 신문왕 때 이곳을 지나가던 충원공은 신령스러운 매의 자비에 감동하여, 금령(金嶺) 아래

51) 『삼국사기』, 권 제11, 신라본기 11, 「헌강왕」.

52) 『삼국유사』, 권 제5, 피은 제8, 「낭지승운 보현수」.

이곳 골짜기 안에 자리한 굴정현(屈井縣) 관청(官廳)을 다른 곳에 옮기고 이곳에 영취사(靈鷲寺)를 창건한다.[53] 세월이 지나 원성왕 때 연회대덕(緣會大德)은 영취산에 숨어 살면서 문수보살과 변재천녀를 만나 처세하는 법을 얻게 되는데, 연회대덕이 문수보살을 만난 고개가 문수점(文殊岾)이고, 변재천녀를 만난 곳이 아니점(阿尼岾)이다.[54] 다시 세월이 지나 헌강왕 때 이르러 굴정현 관청을 다른 곳에 옮겼던 이 골짜기, 영취산(靈鷲山) 동록(東麓) 승지(勝地)에 처용 일족의 요청으로 망해사(望海寺)를 세운다.[55]

아니점(阿尼岾)은 아니신모(阿尼神母)의 상주처(常住處)이다. 아니신모(阿尼神母)는 굴아화국 신화의 신모(神母)이다. 아니신모(阿尼神母)는 굴아화국 신화가 불교(佛教) 설화로 윤색되면서 변재천녀(辯才天女)로 바뀌었지만, 변재천녀로 이름을 바꾼 아니신모는 낭지법사와 지통성사가 만나던 보현수와 법당이 있는 금령(金嶺)[56] 골짜기의 산령(山靈)이요 산주(山主)로 남아 있는 것이다. 지통성사가 낭지법사를 만나던 금령(金嶺) 골짜기는 굴아화인의 소도 별읍이 있던 곳이고, 동구 앞 나무 아래에서 지통성사가 보현보살을 만나 계(戒)를 받던, 그 보현수(普賢樹)는 불교 설화로 윤색된 굴아화국 소도 별읍 이래의 당목(堂木=神壇樹)이다. 금령(金嶺) 골짜기의 소도에는 엄연히 굴정현 관청이 남아 있는 것인데, 이 굴정현의 관청은, 굴아화 신화의 소도 별읍 이래의 읍락(邑落)을 주재(主宰)하던 천군(天君)의 처소(處所)가 변이한, 제도적 관청임이 분명하다. 이때는 이 골짜기에 낭지법사와 지통성사의 법당이 들어와 있었

53) 『삼국유사』, 권 제3, 탑상 제4, 「영취사」.
54) 『삼국유사』, 권 제5, 피은 제8, 「연회도명 문수점」.
55) 『삼국유사』, 권 제2, 기이 제2, 「처용랑 망해사」.
56) 금령(金嶺)은 영취산이 영취산으로 바뀌기 이전의 산 이름이다. 「영취사」 설화 참조.

다 하더라도, 아직도 굴아화인(屈阿火人)의 자치(自治) 능력을 지니고 있던 관청(官廳)으로, 굴아화인의 독자적인 치소(治所)가 존재했다고 보아야 할 것이다. 소도 별읍의 천군이 관장하던 권능이 이제는 축소되었다 하더라도 굴정현 관청에 남아 있었을 것이다.

충원공(忠元公)은 금령(金嶺) 골짜기의 굴정현(屈井縣) 관청(官廳)을 다른 곳으로 옮기고 그곳에 영취사(靈鷲寺)를 세웠다. 이러한 사실은 굴아화국의 신화(神話) 사유(思惟)를 금령(金嶺) 골짜기에서 몰아낸 것으로 이해할 수 있는 것이다.

이 골짜기는 애초에 굴아화국 신화 세계의 소도 별읍의 경내(境內)이다. 이 소도 별읍에는 원조(遠祖)를 모시는 당집이 있고, 꿩이 새끼를 품고 숨었던 우물, 바로 소도 경내의 성수(聖水)인 정천(井泉)이 있는 것이다. 꿩을 쫓던 매가 사나운 마음을 멈추고 앉아 있던 나무는 천신(天神)에 통하는 소도 경내의 당목(堂木=神壇樹)인 것이다.[57] 영오(靈烏)가 살던 굴아화국의 신목(神木) 위에는 불교의 교세를 상징하는 영취(靈鷲)가 날아와 앉아 있고, 태양신화의 사유가 지배하던 굴아화국 신화세계의 성지는 불교 교세가 지배하는 영취사의 성역으로 바뀌었다.

굴정현(屈井縣) 관청(官廳)을 다른 곳으로 옮겼다는 것은 굴아화국의 신화사유를 지키고 있던 굴아화국의 후예가 굴아화국의 성지에서 쫓겨난 것을 의미한다. 이것은 굴아화국 후예의 자치권 상실을 의미하고, 소도 별읍의 상실을 의미한다.

이 시기는 무열왕계 전제왕권의 중대(中代)가 열리는 시기이다. 율령제를 도입하고, 전제왕권과 불교가 손을 잡고, 통일 전쟁을 마무리하는 상무적 분위기와 왕권 강화의 정책이 추진되었다.

---

57) 당목이 복수로 나타나고 있다. 단군신화의 당목도 신단수와 단수로 표기되어 있는 복수로 존재한다.

굴아화국 신화 세계의 소도 별읍, 그 소도 별읍을 주재하던 천군의 처소는 율령제(律令制) 도입 정책의 추세에 따라 제도화된 굴정현 관청으로 변모하는 운명을 받아들이게 되고, 전제왕권(專制王權)의 강화와 불교 교세의 확대에 따라 굴정현 관청마저 영취사로 바뀌고, 전제왕권의 재상(혹은 관료)에 의해 소도 경내에 영취사(靈鷲寺)가 들어선 이후, 금령(金嶺) 골짜기의 이름도 영취산(靈鷲山) 골짜기로 바뀌고 말았다. 영취산에는 영취사가 일로 번창해 나갔을 것이다.

7. 망해사의 기능

처용의 무리인 동해 용신은 근경에 절을 지어주겠다는 말을 듣고 순행하는 헌강왕의 수레 앞에 나타나 헌무 주악했다. 이것은 협상의 타결을 의미한다. 일관(日官)이 아뢴 동해 용신의 소변(所變)은 처용 집단의 시위 소요에 대한 설화적 표현이고, 헌강왕의 순행은 동해 주군의 불안한 동정을 진무하려는 헌강왕의 통치 행위이다. 용신(龍神)을 위하여 근경에 불사(佛寺)를 세우라는 명령은 처용 집단과 헌강왕이 안출한 협상 조건이고, 동해 용신(龍神)의 헌무(獻舞) 주악(奏樂)은 요구가 가납된 데 대한 답례(答禮)이요, 협상 조건을 수락하는 복종(服從)의 의례(儀禮)이다.[58]

동해 용신의 신당을 모시는 주민의 시위가 벌어지고, 처용(處容)의 무리가 요청한 대로 영취산 동록(東麓)에는 망해사가 창건되었다. 재상 충

58) 헌강왕 대는 난세를 예고하는 견훤과 궁예와 왕건이 출현하는 시기이다. 진성여왕 대는 궁예의 고려와 견훤의 백제로 대표되는 지방호족이 난립하는 난세이다. 개운포에 출현한 동해 용신은 이러한 시대 상황을 활용하는 굴아화인의 복권운동이며, 굴아화국 소도 별읍의 신화 사유를 지키려는 굴아화 신화의 후예가 굴아화 신화 세계를 복원하려는 움직임으로 이해할 수 있다.

원공(忠元公)이 굴정현 관청을 옮기고 그 자리에 영취사를 세운지 실로 200년의 세월이 지난 뒤의 일이다. 망해사를 세우고 있던 당시도 여전히 영취산 계곡에 영취사는 운영되고 있었겠지만, 새삼 영취산 동록(東麓)에 승지(勝地)를 복정(卜定)하여 망해사를 세우고 있는 것이다.

망해사(望海寺)는 신방사(新房寺)라고도 했으며 동해(東海) 용신(龍神)을 위하여 세운 것이다. 동해 용신을 위하여 망해사를 세웠다는 것은 영취(靈鷲)의 자비심에 감동하여 영취사를 세웠다는 것과는 그 의미가 사뭇 다르다. 영취(靈鷲)는 불교의 교세를 상징하지만 동해 용신(龍神)은 불교의 교세를 상징하는 영취와는 전혀 다른 동해안(東海岸) 지방의 보편적인 토속신(土俗神)[59]이다. 울주 개운포의 토속신을 신앙하는 집단이 헌강왕에게 청원하여 얻어낸 절이 망해사인 것이다. 망해사는 단순한 불사가 아닌 것이다. 울주의 개운포(지금 외황강 하구)의 용신을 모시는 신당의 주민, 그 신당을 지키는 사재자는 충원공의 영취사 건립에 밀려 몰려난 굴아화국의 후예라는 사실이다.

망해사는 동해(東海)를 망해(望海)하는 절이다. 망해사는 동해(東海)의 일신(日神)을 망해(望海)하는 절이다. 동해의 아침 해는 바다용이 끌어 올리는 것인데, 이때의 바다용은 일신(日神)과 함께 움직이는 바다의 정령(精靈)이다. 날마다 태양을 끌어올리는 바다의 정령(精靈) 동해 용신(龍神)은 또다시 떠올라야 하는 아침 해를 위하여 바다에 머물러 활동하고 있는 것이다. 태양을 끌어올린 울주 개운포 동해변의 용신은 처용암에 머물러 동해의 물결을 움직이고 있을 것이다. 태양을 끌어올리고 바다 날씨를 움직이는 동해 용신은 망해의 대상이 될 수 있는 것이다.

망해사는 신방사라고도 하며 동해 용신을 위하여 세운 절이다. 망해

59) 동해 용신은 동해안 주민이 신앙하는 토속신(土俗神)으로, 오히려 태양신화의 솟아오르는 아침 해의 일신(日神)과 깊은 관계를 지니고 있다.

사는 동해를 망해하는 절이다. 영취산의 망해는 굴아화국 신화 사유의 하나이다. 망해사의 건립은 이러한 굴아화국 신화 사유의 복원 작업으로 여겨지는데, 이러한 측면을 감안한다면, 망해사라는 이름은 굴아화국 신화 사유의 신앙적 기능을 말해주는 이름이다. 망해사가 이러한 굴아화국의 신화 사유를 복원하는 신앙적 의미를 지니는 것이라면, 신방사라는 이름은 치소(治所)적 의미를 지니는 것으로 볼 수 있다. 신방사라는 말은 방(房)이 집회소(集會所)적 의미를 보여주고 있는 것처럼,[60] 굴아화인의 자치 관청의 성격을 지니고 있던 굴정현의 정치적 부활을 의미하는 정황을 내포하는 말이다. 신방(新房)은 새롭게 여는 정방(政房)의 의미를 지니는 것으로 풀이할 수 있기 때문이다. 신방사(新房寺)로도 부르게 된 망해사(望海寺)는 부처를 모신 불사(佛寺)이고, 동해 용신을 망해하는 신당(神堂)이고, 굴정현 소도 별읍의 자치 능력을 복구하려는 정방(政房)인 것이다.

놀라운 일이다. 길고 긴 굴아화의 생명력. 파사왕 때 병합되고 신문왕 때에 문을 닫은 굴아화국 금령(金嶺)의 신당(神堂)이 헌강왕 대에 이르러 영취산의 망해사로 다시 문을 열다니, 이 얼마나 끈질긴 생명의 의지인지 모르겠다.

8. 결언

처용설화가 기본적으로 굴아화국(屈阿火國)의 신화를 바탕에 깔고 있을 것이라는 가능성에 대하여 살펴보았다. 영취산(靈鷲山) 동록(東麓)에

60) 신방사(新房寺)의 '방(房)'을 도방정치(都房政治), 정방정치(政房政治)의 도방(都房), 정방(政房)의 '방(房)'과 같은 의미로 해석하려고 한다. '방(房)'은 신들이 노닐던 마루이거나 신을 받드는 신당이었던 것이 점차 정치 권력의 집회소로 변모하였을 것이다.

망해사(望海寺)를 세워달라는 요구는 굴아화국의 소도(蘇塗) 별읍 옛터에 원조(遠祖)를 모시고 용신(龍神)을 망제(望祭)하는 신당(神堂)을 복구하려는 청원이라고 해석하였다.

망해사를 세운 영취산(靈鷲山) 동록(東麓)의 승지(勝地)는 굴아화국 신화 세계의 소도(蘇塗) 별읍이라는 사실을 「낭지승운 보현수」 설화에서 유추하였고, 「연회도명 문수점」 설화에 나오는 아니점(阿尼岾)은 굴아화국 신화의 아니신모(阿尼神母)의 이름에서 유래하는 지명이라는 점을 밝혔다. 아니신모(阿尼神母)는 굴아화국의 후예인 처용(處容) 일족의 원조(遠祖)이며, 변재천녀(辯才天女)의 존재(存在)를 살펴 아니신모(阿尼神母)가 화락(和樂)을 재래(齎來)하는 천악신(天樂神)이요 풍요(豊饒)를 주관하는 지혜의 여신(女神)이라는 점을 유추하였다.

영취산(靈鷲山)은 울산광역시 울주군 청량면 율리에 소재하는 산이라는 사실을 추적하였고, 영취사(靈鷲寺)는 영취산에 있던 굴정현(屈井縣) 관청(官廳) 자리에 세워졌던 절이라는 사실도 「영취사」 설화를 통하여 아울러 추적하였다.

굴아화국 신화와 아니신모의 존재를 확인한 것은 〈처용가〉와 처용 설화를 이해하는 데 일조가 되리라고 믿는다.

참고문헌

향가성격고

『삼국사기』.
『삼국유사』.
『고려사』 악지.
『동국여지승람』.
『시용향악보』.

김동욱, 『한국가요의 연구』.
김열규, 『한국민속과 문학연구』.
김열규 외, 『향가의 어문학적 연구』.
양주동, 『고가연구』.
양주동, 『여요전주』.
유동식, 『한국무속의 역사와 구조』.
이병기·백철, 『국문학전사』.
이병도, 『국사대관』.
이상일 외, 『한국사상의 원천』.
장덕순, 『국문학통론』.
정병욱, 『국문학산고』.
조윤제, 『한국시가사강』.
최진원, 『국문학과 자연』.
현상윤, 『조선사상사』.
고대 민족문화연구소, 『한국문화사대계』 Ⅳ.
성대 국어국문학과, 『여요전주』.
진단학회, 『한국사』.
한국어문학회편, 『신라시대의 언어와 문학』.

김기동, 「국문학상의 불교사상연구」.
김열규, 「원가의 수목(백)상징」, 『국어국문학』 18호.
김열규, 「통과의례와 부락제」, 『한국사상의 원천』.
서정범, 「화랑어고」, 『한국민속학』 7호.
이능우, 「향가의 마력」, 『현대문학』 21호.
이동환, 「한국문교풍속사」, 『한국문화사대계』 Ⅳ.
이상목, 「한국사상의 원천」.
조윤제, 「향가연구에의 제언」, 『현대문학』 23호.

조지훈, 「신라가요연구논고」, 『민족문화연구』 1호.
최학선, 「고가명삽의」, 『무애 양주동박사 고희기념논문집』.
황패강, 「신라 불교설화 연구」, 『동양학』 3집.
황희영, 「한국시가여음고」, 『국어국문학』 18호.

〈회소곡〉과 사소신모의 직라

『삼국사기』.
『삼국유사』.
『동국여지승람』.
『성호사설』.
『환단고기』.
『일본서기』.

김열규, 「한국민속과 문학연구」, 일조각, 1975.
양주동, 증정 『고가연구』, 일조각, 1965.
윤철중, 「석남사내의 성격에 대한 시고」, 『상명여자대학 논문집』 제13집, 1984.
최동원, 『고시시론(古時詩論)』, 삼영사, 서울, 1980.

〈석남사내〉의 성격에 대한 시고

『삼국사기』.
『삼국유사』.
『동국여지승람』.
『규원사화』.

김열규, 『한국민속과 문학연구』, 일조각, 1975.
김완진, 「청산별곡의 '사슴'에 대하여」, 『문학과 언어』, 탑출판사, 1979.
윤철중, 「정석가 연구」, 『논문집』 10집, 상명여자대학출판부, 1982.
이병도, 『원문병역주 삼국유사』, 동국문화사, 1956.
이병선, 『한국고대국명지명연구』, 형설출판사, 1982.
장덕순, 『한국설화문학연구』, 서울대학교출판부, 1978.
차용주, 「수삽석남설화의 비교연구」, 『훈민최정여박사송수기념 민속어문논총』, 계명대학교출판부, 1983.
최정여·서대석, 『동해안무가』, 형설출판사, 1982.
최진원, 『국문학과 자연』, 성균관대학교출판부.

〈신공사뇌가〉 삽의

『삼국사기』.
『삼국유사』.
『동국여지승람』.
최준옥 편, 『고운선생문집』, 학예사, 1973.

〈혜성가〉 연구

『삼국사기』.
『삼국유사』.
『고려사』.
『신증동국여지승람』.

김석형, 『고대한일관계사』, 한마당, 1988.
김승찬, 『향가문학론』, 새문사, 1986.
김열규, 『한국민속과 문학연구』, 일조각, 1975.
김완진, 『향가해독법연구』, 서울대학교 출판부, 1980.
박노준, 『신라가요의 연구』, 열화당, 1990.
성은구, 『역주 일본서기』, 정음사, 1987.
양주동, 『증정 고가연구』, 일조각, 1965.
윤영옥, 『신라시가의 연구』, 형설출판사, 1980.

김대식, 「'궁노루' 의 어원에 대하여」, 『새국어교육』 41, 한국국어교육학회, 1985.
윤철중, 「만파식적설화연구」, 『대동문화연구』 26, 성균관대학교 대동문화연구원, 1991.
윤철중, 「탈해전승의 석총에 대한 고찰」, 『상명여대논문집』 18, 1986.
윤철중, 「한국 도래신화의 유형」, 『도남학보』 10, 1987.
이영호, 「신라중대 왕실사원의 관사적 기능」, 『한국사연구』 43, 1983.
최남선, 「금강예찬, 53불」, 『육당최남선전집』 6, 현암사.
최진원, 「사찰연기설화와 선풍」, 『국문학과 자연』.

〈서동요〉의 신고찰

『삼국유사』 (중종임신간본 영인본, 민족문화추진회 영인본).
『증보삼국유사』, 최남선 편, 민중서관, 1971.
『대한한사전』, 진현서관, 1979.
『한문대사전』, 경인문화사, 1981.

김문태, 『삼국유사의 시가와 서사문맥 연구』, 태학사, 1995.
김선기, 「쇼똥노래」, 현대문학 151호. 『옛적 노래의 새풀이』, 보성문화사, 1993.
김선기, 『옛적 노래의 새풀이』, 보성문화사, 1993.
김완진, 『향가해독법연구』, 서울대학교 출판부, 1980.
김준영, 『향가문학』, 형설출판사, 1981.
남풍현, 「서동요의 '夘乙'에 대하여」, 『백영정병욱선생환갑기념논총』, 신구문화사, 1982.
서재극, 『신라 향가의 어휘 연구』, 계명대학 한국학연구소, 1975.
양주동, 『조선고가연구(朝鮮古歌硏究)』, 박문서관, 1942.
양주동, 『고가연구 증정판』, 일조각, 1965.
유창균, 『향가비해(批解)』, 형설출판사, 1994.
윤영옥, 『신라시가의 연구』, 형설출판사, 1980.
이탁, 「향가 신해독」, 『한글』 114호, 1956.
정렬모, 『향가연구』, 사회과학원 출판사, 1965.
조윤제, 『조선시가사강(朝鮮詩歌史綱)』, 동광당서점, 1937.
지헌영, 『향가여요신석(新釋)』, 정음사, 1947.
최학선, 『향가연구』, 도서출판 우주, 1985.
홍기문, 『향가해석』, 과학원, 1956.
홍재휴, 『한국고시율격연구』, 태학사, 1983.
鮎貝房之進, 「국문(國文), 이토(吏吐), 속요(俗謠), 조자(造字), 속자(俗字), 차훈자(借訓字)」, 『조선사 강좌(특별강의)』, 조선사학회, 1923.
小倉進平, 『향가 및 이두(吏讀)의 연구』, 경성제국대학, 1929.

처용설화와 굴아화국 신화의 아니신모

『삼국사기』.
『삼국유사』.
『신증동국여지승람』.

윤철중 외, 『한국 고전문학 이해』, 보고사, 2001.
이용범(李龍範), 「처용설화의 일고찰」, 『진단학보』 32, 1974.
이우성(李佑成), 「삼국유사소재 처용설화의 일분석」, 김재원박사회갑기념논총, 1969.

초출알림

「향가성격고(鄕歌性格考)」
성균관대학교대학원 국어국문학과 석사학위논문, 1976.

「〈회소곡(會蘇曲)〉과 사소신모(娑蘇神母)의 직라(織羅)」
『임하최진원박사 정년기념논총』, 1991.

「〈석남사내(石南思內)〉의 성격에 대한 시고(試考)」
『논문집』 제13집, 상명여자대학, 1984.

「〈신공사뇌가(身空詞腦歌)〉 삽의(揷疑)」
『논문집』 제14집, 상명여자대학, 1984.

「〈혜성가(彗星歌)〉 연구」
『도남학보』 제13집, 도남학회, 1992.

「〈서동요(薯童謠)〉의 신고찰(新考察)」
『반교어문연구』 제6집, 반교어문학회, 1995.

「처용설화와 굴아화국(屈阿火國) 신화의 아니신모(阿尼神母)」
『도남학보』 제19집, 도남학회, 2001.

윤철중尹徹重

1935년 충남 연기군 조치원 출생
대전고등학교 졸업
고려대학교 의과대학 의예과 수업
성균관대학교 문과대학 국어국문학과 졸업
성균관대학교 대학원 문학석사
성균관대학교 대학원 문학박사
상명대학교 국어교육과 교수
도남학회 이사장
한민족신화연구소 소장

향가와 선풍

2020년 9월 22일 초판 1쇄 펴냄

지은이 윤철중
펴낸이 김흥국
펴낸곳 보고사

책임편집 이경민
표지디자인 손정자

등록 1990년 12월 13일 제6-0429호
주소 경기도 파주시 회동길 337-15 보고사
전화 031-955-9797(대표)
02-922-5120~1(편집), 02-922-2246(영업)
팩스 02-922-6990
메일 kanapub3@naver.com / bogosabooks@naver.com
http://www.bogosabooks.co.kr

ISBN 979-11-6587-088-1 93810
ⓒ윤철중, 2020

정가 20,000원
사전 동의 없는 무단 전재 및 복제를 금합니다.
잘못 만들어진 책은 바꾸어 드립니다.